我们阅读
WOMENYUEDU
魅丽文化 花火工作室

恋他明月好

小满 xiao man

作品 zuo ping

江苏凤凰文艺出版社
JIANGSU PHOENIX LITERATURE AND ART PUBLISHING, LTD

图书在版编目（CIP）数据

恋他明月好 / 小满著. -- 南京 : 江苏凤凰文艺出版社，2018.7
ISBN 978-7-5594-2393-1

Ⅰ. ①恋… Ⅱ. ①小… Ⅲ. ①长篇小说－中国－当代 Ⅳ. ① I247.5

中国版本图书馆 CIP 数据核字（2018）第 132420 号

书　　名	恋他明月好
作　　者	小　满
出版统筹	黄小初　邹立勋
选题策划	朵　爷
责任编辑	胡小河　姚　丽
文字编辑	肖云梦
文字编辑	刘芳英
责任监制	刘　巍　江伟明
出版发行	江苏凤凰文艺出版社
出版社网址	http://www.jswenyi.com
印　　刷	湖南凌宇纸品有限公司
开　　本	880 × 1230 毫米　1/32
字　　数	268 千字
印　　张	10
版　　次	2018 年 8 月第 1 版，2018 年 8 月第 1 次印刷
标准书号	ISBN 978-7-5594-2393-1
定　　价	36.00 元

目录
CONTENTS

目录

CONTENTS

生活不可能像你想象得那么好，
但也不会像你想象得那么糟。

第一章
似是故人来

Chapter 01

昨天晚上，他喝得太醉，她状态也不佳。早上起来，她洗去一脸浓妆，脸盘似美玉一尘不染，穿浴袍，裹湿发。他看了两眼发红，牙根发酸，浑身上下冒着滋滋的热气。

他走过去，一把拽过昨晚在他背上犯下滔天罪行的手，欺身把她压在水池边上。她还睁着一双乌漆漆的大眼睛，天真地孩子气地看着他。

乔颜是真的有点恍惚，在光可鉴人的水龙头中勉强看到了自己的脸。那里头的人表情迷离，双颊泛红，眼里晕开的光也是水雾环绕的。

一时之间，她有点认不出自己。

乔颜明显有些心不在焉，离她最近的人轻易就感知到了。

段明过带着几分不耐，用虎口扣住她的下巴，那弯曲的弧度很好地贴合着她的下巴，严丝合缝到一分不多，一分不少，仿佛天生为她而长。

他转过她的脸，湿乎乎热烘烘的气息都喷在她的脸上。嘴唇紧贴上去，他没有任何保留地和她亲热接吻。

结束的时候，乔颜觉得自己已经完完全全被掏空。

可没等休息，马盼的连环夺命 call 和短信，就暴风雪似的涌进她调成静音的手机里，屏幕上，有他一遍遍深情的呼唤：乔女王……乔奶奶……

乔颜瞥了一眼就放下，换上昨晚穿的小礼裙，站在房间里的全身镜前化妆。脸上，粉已经压过了一层，黑眼圈仍在，她就又压了一层。

段明过刚刚洗过澡，打着赤膊，劲窄的腰上只系着一条白毛巾。他神色慵懒地叼着支烟，从她身后走过的时候，随手揉了下她的腰，没看她。

他一言不发，坐到房间中央的大床上再次打量她。

过了会儿，烟抽过半支，房间里腾起细微微的白雾时，他才说："那部戏的女四没有就没有了吧，我让人给你安排个差不多的。最近国内的真人秀很热，你要是喜欢，也可以上一个。"

说这话前，他刚刚吐出一口烟，许是被迷住了眼睛，他仿佛看见乔颜的脊背一收，整个人都颤了一下。

幸好她没让空气静默太久，过了一会，她从镜子前歪身看向他，笑容是教科书级别的："谢谢老板。"

他呵了一声。

乔颜道过谢，随即拎包匆匆离开。

一个人坐到酒店对面时，她才觉得后悔——再怎么着急，也应该爬到顶楼的旋转餐厅，在呼啸的晨风里吃个饱饭的。

现在她空荡荡的肚子一阵难受，于是破天荒地给马盼回电话，说："马姐，来接我，市中心紫气大厦斜对面的街心花园长凳上。"

马盼声如洪钟地怒吼："滚！"

马盼是乔颜的经纪人，体型矮小，不过长相堪称秀美；又因为说话举止带着一点娘，被圈里人称作"马娘娘"。乔颜跟他曾是校友，有过深刻的革命友谊，从不乱喊他"马娘娘"，只称呼一声马姐。

一直拿自己当纯爷们看待的马盼以此为耻，于是投桃报李地拿下了原本属于她的好几个通告，并热情友好地跟她说，这种情况再发生一次，我会让你从春天直接进入冬天。

不过一次又一次，马盼从来也没和她真生过气。这时候他又把电话回过来，问："姑奶奶，你没事跑外面坐着干吗？被狗仔拍到丑照的话，还搞不搞高冷艳压人设了？"

乔颜今天是真的没力气，也就省去了许多抬杠怄人的宝贵时间，只是淡淡然说上一句：“来接我吧。”

听到那句“收到”，她眼前自发地浮现出段明过的那张脸。刚才她从镜子边走出来的时候，他正单手支着上身，半倚在床头，另一只手夹着烟，时不时地用拇指在烟灰缸里弹一弹余烬。

极闲适的。

这个姿势更显得他肌肉贲张，腰肢劲窄，小腹上码得整整齐齐的腹肌已经练出八块，跟着两侧凹下的马甲线一起包裹进松垮的毛巾里。

但他脸上是真正的漠然凛冽，说话的时候简直像刮起了寒风，只有一双幽深的眼睛里亮着促狭似的光，又冷酷，又慵懒，心不在焉也要看你笑话一样。

仿佛几十分钟之前，搂着她的腰，热情似火的那个人，从来都不是他。她也确实被他看了大笑话，腹诽他心里会把她描绘成什么人呢……千种万种，唯独不会是什么好人。

乔颜是十八线的小明星，段明过是圈里只手遮天的大老板。小角色跟大角色的遇见，多是在连成串的饭桌上。

那天是马盼做东，请编剧、导演、制片人等关系在市里有名的酒店里腐败。马盼实在是高兴，虽然手底下的几个艺人没一个成器的，偏偏还学曼玉、青霞这样的大腕闹情绪。

只有乔颜这丫头出息，一出道就有数不清的广告接，虽然多是猪饲料、复合肥这样的农产品，不过无产阶级有力量，马盼觉得能为农民服务是件很光荣的事。

这一年就更顺，乔颜初次演电视剧，居然一上来就排到了女四号。据说这事得到了编剧江流萤的钦点，她甚至为了乔颜修改了剧本，将女四号改得更加娇俏可人。

见面的时候，江流萤对乔颜果然热情异常，因为比乔颜大好几岁，揽着她胳膊要她喊自己姐姐。乔颜天生是个冷性子，心里是觉得感激，脸上却维持着疏离的笑，说："江姐姐。"

马盼看得喜笑颜开，将马屁拍出了新高度："什么江姐姐啊！江编剧看起来比我们乔颜还小哩，又漂亮！你怎么就不考虑拍电视呢？你要是出道，哪还有佳妮的事呢？"

姜佳妮是国内炙手可热的小花旦，江流萤怎么会听不出这话里的谄媚，向着马盼使眼色道："药可以乱吃，话不可以乱说啊，佳妮今天也在呢，就在不远的一个包厢里。"

马盼满嘴的火车跑得停不下来："佳妮面前我也是一样说的。"

江流萤黑白分明的眼珠子一转，说："行，现在就带你们去她那边，看你还敢不敢说。不只有她哦，那边还有个特别嘉宾呢……"

马盼知道这是要将他们引荐给别人，捞起乔颜跟上江流萤的步伐，凑在她耳边小声说："一会儿你可要好好表现啊！"

乔颜还是那副冷面孔，即使嘴角带着弧度，也是笑着的冷面孔。入行一年多了，她还是不喜欢在这种场合露面，总觉得自己是待卖的瓜，要被人翻来覆去、挑三拣四地查看。

进到房间，同样没开席，大伙三五成群聚在一起打牌，压根来不及照顾他们。唯独一边沙发上坐着一男一女两个人，女的是一身盛装的姜佳妮，坐在她旁边的是一个西装革履的男人。

姜佳妮正十分热烈地跟那人说着什么，兴起之时完全是手舞足蹈的样子。那男人倒不像是仔细听的样子，叼着支烟，眼神随意落在某处，一手反复摆弄着袖扣。

姜佳妮大约也发现了，很亲昵地用胳膊推了他一下。他这才笑起来，将烟从嘴里抽了，歪过头，带点无奈地看着她。

乔颜一下就怔住了，仿佛回到几年之前头一次见他时的情景。当时她在台下，他在台上，冷调的灯火之下，他也给人一种很冷的感觉，但笑起来的时候却带着懒散。

江流萤正要招她过去，她一屁股坐到沙发里，捉着旁边的人喊段三，指指面前的乔颜："我新戏里的小姑娘，乔安娜，长得漂亮吧？"

乔颜听到称谓，更确定是他。他应该是没认出她，眼睛在她身上只停了很短的一阵，就轻飘飘地移开去，有口无心地附和："漂亮啊。"

气氛于乔颜而言本就尴尬，偏偏旁边还有人起哄。有个打牌的男人回过头，小麦色的皮肤，五官颇为清俊，喉咙却像喇叭："哎，段三，这姑娘面熟啊，仔细瞅瞅，是不是像那谁谁？"

哪谁谁？互打的暗语，只有段明过真正听懂了。他起来往他背后狠狠拍了一掌，说："打你的牌吧，不说话还能当你是哑巴！"

往烟灰缸按灭了烟，段明过又走回来，这才真正看了乔颜第一眼。他个子很高，肩膀又宽，稍微走近点，便有一道很重的阴翳压过来，不笑的时候空气都冷下来几度。

乔颜一颗心止不住怦怦跳，然后听见段明过用只有他俩才听得到的声音问："都长这么大了？"

这一晚乔颜跟马盼都吃得心不在焉，一个是因为得遇故人，情绪万重，一个是因为发现故人的故人居然那么厉害，欣喜若狂。

晚上回去的时候，马盼不肯送她回家，把她丢在酒店门前，要她自己去想办法。不过考虑这丫头实在是很木，他忍不住给她点破。

"让那个段先生送你回家，机灵一点。人家是传媒公司老总，从他手里漏一点给咱们，就够吃上几年了。"

乔颜稍微有点异议。马盼立刻做出抹脖子的动作："你不是要买房吗？不是要供你弟弟吗？成天傻了吧唧的……明天等你汇报！"

乔颜索性不多言语，等他走了就准备开软件喊车。只是没想到她跟段明过是真有缘，她还在输入位置信息，他的声音已近在咫尺："乔颜，还没走吗？"

乔颜一惊，误点之中按错了位置。回过头，就看到段明过在她身后半米的地方。他喝过一点酒，脸色隐隐发红，目光却很清明。

段明过稍一垂眼，就看到她手机上打开的软件，装模作样地问："一个人？要打车回去？太晚了不安全，还是我送你吧。"

恰好有辆黑色的车子停在他们前面，司机从驾驶位上下来，打开后座的车门。段明过一手扶在上面等了会儿，像在等候她的回答。

乔颜没让这阵静默持续太久。她冲男人点一点头，说：“那就谢谢了……”有点犹豫，但还是礼貌地说，“明过哥哥。”

段明过这时候忽然笑开了，神色戏谑又慵懒。他朝她略微扬了扬下巴：“还以为你都不认识我了，装得倒挺像那么一回事儿的。”

他身后，夜色正浓，五彩斑斓的霓虹如流水，没有边际地蔓延开去。

Chapter 02

马盼是个急性子，一分钟都不愿意多等，当晚就给乔颜打电话问进展。

艺人二十四小时保持电话畅通是生财之道，乔颜对此习以为常，揉揉眼睛坐起来，嗓子带着一点沙哑：“喂？”

马盼一愣，说：“没打扰你的好事吧？”

乔颜脑子拐了好几个弯才想到他在说什么。她不由得耳朵发热，脸上红起来，说：“什么事？”

马盼笑呵呵的，说：“你跟那位段先生怎么样了？”

乔颜方才头扭着没睡好，这会儿脖子上的筋一抽一抽地疼。她拿手捏着，思索着过两天一定要把枕头换了，有口无心地回：“就那样。”

马盼纳闷：“就那样是哪样？我可是听说他送你回家了哟。快跟我说说，一个字一句话都不要漏。”

乔颜简直不知道要跟马盼说点什么好。段明过是送她回的家，可当询问过她家地址后，他就开始了一通接着一通的电话。

内容从生意股票到人情世故，哪怕乔颜刻意开窗看夜景阑珊，还是无可避免地听到其中一两句对话。期间，她若有似无地想着这大约就是成功人士的代价。

一直到她家小区门外，段明过这才在通话结束后将手机塞进口袋，声音自暗色里再次幽幽地响起，却是对她说的：“对不起啊。”

段明过的声音甘醇清润，不是一句简简单单的好听就可以囊括的。说这话的时候，他微微垂着头，虚握着拳头，用大拇指刮了刮眉尾。

透着窗外橘色的灯，乔颜勉强看到他的小半张脸：鼻梁笔直挺拔，在嘴唇上落下小片的阴影。她低声："是我打扰了你。"

车子正从一个小门驶入，小区路窄，乔颜打算步行回家，段明过却执意送她到楼下。驶过一半，果然跟打头过来的另一辆车会车，两边司机都探头出来，相互喊话，要对方挪车让道。

段明过明显不耐烦，索性下了车，绕去一边帮乔颜开门，弓着腰从车外看她，眼睛里亮亮的："让他们慢慢协调吧，咱们下来，我送你到家再走。"

"太麻烦了吧？"

"哪儿的话。"

小区里物业不行，灯本就不亮，这晚上又坏了两盏，黑黢黢的，只有各家各户家里透出的灯发出一些光亮，似一只只不成双的眼睛。

石架上，光秃秃的藤萝迎风招展，长长的手臂盘根错节，印在水泥地上，像一张拉坏的巨大蜘蛛网。

乔颜和段明过一前一后，保持着两拳的距离，影子落在蜘蛛网上，时而重叠在一起，时而远远地隔开。一路上两人都没有话说，一直走到乔颜楼下，她才开口要他早点回去。

段明过也确实不打算再往上送，站在她单元楼外的路牙下，从口袋里摸出一支烟，说："你上去吧，我抽完这支烟就走。"

只是打火机不给力，连续开了几次都没打着。乔颜看到他眉心稍稍隆起来，于是伸手到他面前，勾了勾指尖，说："我试试。"

他一边的眉梢挑起来，像在讥诮：你会？却还是把东西放到她白生生的掌心里。她抓着捂了会儿，又使劲晃了晃，再打开，居然真的打起了火。

段明过立马笑起来，蓝色的火焰里，他眉眼向下弯了弯，没有平日里那般漠然，整个人都跟着温暖起来。

他握着她的手点烟，撮着两腮吸了吸，烟头立马变红。他畅快地吸了一口，吐烟的时候轻声调侃："是有两把刷子。"

乔颜的爸爸乔贵桃是个老烟枪，她在家里帮他点烟点惯了，熟谙各类打火机的脾气。不过对上段明过，她回答得简单:“没什么用的小技能。”

段明过仍旧是笑，手往楼上指了指：“赶紧回去吧，真是不早了。记得替我跟你爸爸，还有你弟弟问个好。”

乔颜点头，想投桃报李地嘱咐他路上小心，他却没有给他时间——他的手机又响了，系统自带的铃声不算嘈杂，黑夜里分外地牵动着她的神经。

乔颜上楼的时候，正好听到他说话。他今晚心情真是不错，声线带着难得的温柔：“嗯，每周末都去的……东方啊……你想来就来，不过拍是不借的……”

马盼天生是个八卦精，一点点撺掇着乔颜把这一晚的细节说尽，最后才一脸餍足地告诉她继续努力：“点烟这事儿做得好，就跟电视剧里一样。”

乔颜已然恹恹，并不想迎合他的怪趣味，就这么随意应了几声，不置可否。这番对话到底还是影响到了睡眠，乔颜翻来覆去几次睡不着，索性爬起来，捂着脖颈在屋子里走一走。

弟弟乔恒还没睡，白色的灯光从门缝里偷跑出来。

她走过去敲了敲门，里头响起了椅子拖动的声音，随即有脚步声渐近。门把手转了半圈，乔恒瘦得颧骨突出的一张脸出现在她面前。

乔颜一点都不矮，一米七的个子，绝对是圈里的女巨人。

她弟弟青出于蓝，初中起就比她高上一头，这几年才长得慢下来。她哪怕穿一双七厘米的高跟鞋，平视过去也只勉强到他鼻子。

这时，她心里有个模模糊糊的影子，就把他跟弟弟放在一起比高矮。

恐怕还要再高上一截——两个人差了一个台阶。她给他点烟的时候，他微微弓下腰，她这才看全他的脸，睫毛盖在上面，像两只小小的手。

紧接着，他往上一抖，露出清明的一双眼，里面跳动着豆大的火焰。

乔恒等了半天都没等到乔颜说话，踢了下她的小腿，问:“什么事啊？我马上就睡了，还有半份卷子没做好。”

乔颜眼里涣散的光渐渐聚拢，说："哦……那你抓紧点。真的不早了，明天还要早起呢。实在不行，放明天再写吧。"

乔恒一边听一边应，不耐烦极了："知道了，说了马上就睡。明天怎么写？明天还有明天的事。早上会早起的，哪天要你喊过了？"

男孩子的青春期，叛逆桀骜，又漫长得没有期限。明知是好意，乔恒还是横眉冷对，一副不胜其烦的模样，半个字都不想多说。

乔颜向来不喜欢跟人争辩，对面站着的又是她最在意的人，无理都要让三分。何况这么多年磨合下来，她早就习惯了，这时候把扶在门框上的手收回来。

"那你自己好好把握吧。"说着就转身。

乔恒看着姐姐单薄的背影又觉得懊悔，没话找话地追她回来，又说了两句："你最近忙什么呢？状态这么差，你小心人没红脸先垮。"

这小孩说话总要反过来听，乔颜向他点头，说："我一定好好保养。"

乔恒瘪瘪嘴："哎，要是一直不红就不红吧，你也不要太强求了。我马上不是考大学了吗？出来年薪百万，稍微分点给你就够用了。"

他那向来冰山似的姐姐终于笑中带上几分温婉："我等着啊。"

乔恒心里这才轻松几分，向她重新摆摆手，赶鸭子似的："走吧，我去做作业了。你说说你啊，成天正事儿不做，浪费我时间。"

乔颜点头："关门吧……对了，你钱够不够用，明天我再给你拿一点儿？"

"又来废话了。我有钱，谁要你赞助？你省着当嫁妆吧，别为了两个钱什么活都接。"说完将门"砰"地关上。

这一趟出去得值。乔颜回房间，一躺下就有睡意，一觉睡到日上三竿。然而醒过来就要连轴转地忙工作，小演员是块砖，哪里需要哪里搬。这边剧组缺个丫鬟了，换上衣服就去端茶倒水；那边通告有人临时不来了，妆只化了一半也要填补上。

乔颜近日因为接到女四号，马盼为了维持她的身价，推了不少猪饲料广告，带着她四面八方地跑饭局。期间不止一次地劝她别这么端着："你要想星途顺畅，就要跟老板们搞好关系，千万别往不正当的地方想啊！你完全可以和人来一场纯粹的男女……感情。”

乔颜知道他是刀子嘴豆腐心，逼良为娼的事，借他一万个胆子，他也不会做。只不过夜路走多了，总会遇上鬼；酒席去多了，总会碰见色鬼。

剧组开过第二次剧本讨论会的当晚，大家组织一道聚餐。几个番位在前的大腕一早就溜了，只剩下乔颜和其他几个十八线作陪，没想到吃到一半，出品人从其他包厢绕来应酬。

大概是这桌上的酒分外香甜，他一坐下就落了根，没有走的意思了。马盼鬼灵精地要服务员添一副碗筷，点头哈腰道：“荣幸荣幸。”

乔颜并不想自负地认为，这人是因为她才留下，可他刚一进包厢就将视线瞄准了自己。坐到她隔壁后，更是小动作频频，又是灌酒，又是夹菜，手总是有意无意碰到她，最后又拿脚尖在她小腿上蹭了又蹭。

乔颜让过几回，实在忍不了了，椅子往后一推，站起来。满桌的人都看着她，空气静了一秒。马盼看出端倪，朝她直飞眼风。一她深呼吸两秒，方才说：“抱歉，我出去补个妆。”

走到卫生间，这才从镜子里看到自己的表情有多狰狞，整张脸的肌肉都是紧绷的，两只眼睛狠狠瞪着，下嘴唇被咬得泛白。她开了水龙头，往脸上扑了几层水，缓缓定下心来，思索着要不一会儿就不回包间去了，让马盼随便编个理由，帮忙搪塞过去好了……

她一边低头发短信，一边用余光扫着地砖往外走，却在厕所门前被一个人挡住。没等她视线往上移，两只手紧紧扼住她的肩膀，将她往外一旋，拖着进了男厕所。毛手毛脚的出品人将她一把按到墙上，嘴唇堪堪划过她的脸，语气暧昧地说：“等你半天了。”

乔颜不是遇事就爱大呼小叫的人，饶是事情如此突然，也只是张了张嘴，却没有发出半点声音，最后只冷冷地说了一句：“放开我！”

她是打心底里不愿相信青天白日下会有强迫人的事情，何况厕所里不止他们这对人——一个高个子男人用了最靠里的那个便池，这时候刚刚整理好衣裤。

冲水声响起的时候，这位出品人吓了一跳，然而扭头确认那人是谁后，他又放松下来，笑着说：“段三啊，我还以为谁呢。”

乔颜忽的一怔，放眼去看。可不就是段明过吗？身材高大，西服笔挺，一头乌黑的秀发总是梳得一丝不苟，刘海整个被拨上去，露出饱满精致的额头。

一时间就像抓住稻草的溺水人，乔颜一点都不想放过救命的机会——不得罪人，又能完美脱身——段明过不就是上帝派来的友好使者吗？

可段明过一开口就让她失望了：“厕所里？口味很重啊！”

商场里摸爬滚打了几年，段明过养出了见人就带三分笑的好习惯，只是此刻他的桃花眼微挑，这笑里就带上了玩世不恭的意味。

段明过拿拇指刮了刮眉角，语气轻松地说：“怪不得出去一趟就不肯回来，原来是被美女勾住魂了……急什么呀？这夜，还长着呢。”

Chapter 03

段明过说话的时候，一挑眉一勾唇，摆出一副戏谑的笑脸。两手已经悬在胸前，虚虚地拢起，手背互相蹭起袖管，露出经脉明显的手臂。

大家平时都是一起玩惯的，听话的这一位知道大家是同类，没一点紧张，还有空冲段明过挤眼睛：“是是是……哎，你快出去啊！”

乔颜眼巴巴地看着段明过，在开口和闭嘴之间犹豫。眼下是世人皆知的状况，他但凡有一点正义感，不用她提也会出手相救。若是他打定了主意做壁上观，那求救也只是徒增尴尬。

乔颜注意到段明过一双精亮的眼睛在她的脸上停了会儿，随即微不可察地扬了扬眉，便扭过头去，大步一迈，往门外走。

乔颜一颗心闷沉沉地落地，再次明白求人不如求己。

移回视线，面前这人正朝她笑得猥琐狰狞，循循善诱道：“我这里还有几个本子，里面有几个角色特别适合你，晚上一道看看吗？”

乔颜目光不打弯地笔直地看到他的眼里，一字一顿地说：“先生，请你自重！”她分明还没动怒，五官仍然维持着一贯的姿态，然而整个人仍像是夹着冷雨和冰雹，朝着人劈头盖脸地甩过来。

出品人心里不由一窒，脑子里却反反复复说这姑娘有趣，想试探下她是真贞烈，还是假正经。没想到，她却趁他走神的时候往前猛地一撞，身下随即针刺斧劈般剧痛起来。

乔颜没学过防身术，这两年练形体倒是把韧带给开了，高抬腿踢得又快又好，以至于身前人用哀鸣和号叫来为她喝彩。她一眼都不多看，匆匆跑到卫生间外。

段明过刚将手洗好，从挂在墙上的格子里抽出一张纸，慢条斯理地擦着手上的水，听到声音，眼皮不抬地说："动作挺利落的。"

段明过穿着一身熨得笔挺的西装和干净的衬衫，露出一截白袖口的位置嵌着精致的袖扣，浑身上下贵气逼人。

乔颜瞬间顿悟，觉得她跟这人真不属于同一个世界。

但是，也没必要生气。乔颜从他的身边挤过去，撸起两边袖子，露出白生生的膀子，在奔腾的水流里把方才那人的气味洗净。

那人捂着下身，踉跄着从里头跑出来，嘴里骂骂咧咧的，指着段明过说："报警！这妞是真用劲啊，老子差点就被她废了！"

两人分明就离一尺远。段明过倒像是耳背一样，将身子弓到他面前，满脸真诚地问："啊？说什么呢？"

那人冲着乔颜怒吼："出来卖就要有个卖的态度，刚刚酒席台上冲谁飞眼笑呢，现在倒装起贞洁烈女了！"

恰好马盼一手端酒，一手搂着醉鬼往卫生间走，凤眼一抬瞧见乔颜，撮嘴不满道："补妆补半天，一桌子人都在等你。像话吗？……哎哟，这不是段总吗？"

一秒前的风雨欲来，一秒后的喜笑颜开，段明过觉得这人铁定是上四川拜过师，不然变脸的技术怎么这么娴熟呢？就见乔颜从他身边擦过，三步两步抢到马盼跟前，一把夺过他手里的酒杯，立马掉过头，气势汹汹地走向嘴里不干不净的男人。

会叫的狗不咬人，行动派都是闷声不响就逞凶作恶的。乔颜死死抓着杯子，脑子里已是一片空白，一时间就一个想法，看看这一杯敲下去，这人到底还废不废话。

至于后果，她没空去想，也懒得去想，什么事情先做再说。手往下就是狠狠一砸，却只划出小半个圆，就被人拦在空中。

杯子里红通通的液体一股脑全倒在段明过的袖口上，雪白的衬衫立马染了色。顺着手臂往上看，他的表情已冷冽了几分。“别做傻事！”他说，极坚定的口气，“为这种人，不值得的。”

他再一用力，扣得乔颜变了脸色，一只手止不住发颤。杯子终于落下来，恰好砸到那人脚上，又是一阵杀猪似的叫声，说：“报警！”

马盼平时不靠谱，关键时候还有几分眼力见，扶着醉醺醺的家伙往那人身上撞，说：“你好点没啊？你忍一忍啊，进了厕所再吐啊！”

说话的间隙里狂给乔颜使眼色。

乔颜咬着下唇深呼吸几口，扭头就走。

夜里风紧，乔颜之前被劝得喝过几杯啤酒。她酒量本就一般，这时候被风一吹上了头，整个人都晕晕乎乎起来。她走路走出蛇形，后面跟着的车子不耐烦了，朝她按了两下喇叭。

她打起精神站上路牙，没走两步，后面的车子又按了几下。她这才觉得不对劲，停下步子扭头看，车前灯如有斗大，两条灯柱笔直地射过来，照得她眼睛一花。

等适应过来，她才看到这是辆好车，再看一看威风凛凛的牌照，觉得不仅仅只是好车那么简单。

后座窗子落下，段明过探出一张英俊的脸，朝她微微笑着，说：“走得挺快，差点跟不上你。上来，我送你回去。”

乔颜淡淡然看过去一眼，说：“不用，家离得不远，走两步就到了。”想了想又补充，“谢谢段先生了。”

段先生被喊得直皱眉，一手穿出窗户向她招了招，说：“上来……这么别扭，是怪我刚刚没出手帮忙吧？”

乔颜脚步一顿，腹诽自己演技就这么差，故作大方这种事都做不好。

段明过很快就看出端倪：“你脸黑得夜里都看不见了。”

乔颜平复一两秒情绪，说：“没有的事。段先生跟他毕竟是朋友，为我伤了和气就不好了。何况他那点伎俩还伤不到我，我可是练过的。”

“了不起。”段明过向她赞许地点头，嘴角噙着似有似无的笑容，半真半假道：“……本来我还急着出去洗个手，再回去帮你解围的。”

这回轮到乔颜彻底说不出话了。

段明过的问题回到了一开始：“真的不上车，要走路回家？”

乔颜回神，点了点头。

段明过轻轻吁口气，说：“那就不勉强你了，到了给我回个短信……我电话，你应该有的吧？”

乔颜再点了点头。

段明过将车窗关上，吩咐司机直接回去。

司机再三确认：“先生，你真不送那姑娘回去？天这么黑，她又醉醺醺的……其实有时候吧，女人说‘不’就是‘是’，这话你必须得反过来听！”

段明过陷在后座的阴影里，完全隐匿于一片黑暗中，过了会儿才呵地笑出一声，声音飘忽地说：“你知道怎么对付一个不吃饭的孩子吗？”

段明过一手撑着头，自窗户里看路走得歪歪扭扭的乔颜。春寒料峭，她光着两条腿，只穿一条短裙跟露肩毛衣，身上大部分都是光着的，皮肤白得像瓷。

许久不见，这姑娘发育得真好，该有的地方前凸后翘，不该有的连一丝赘肉都看不见……穿成这样来赴酒席，不针对她针对谁？

他自问自答：“最好的办法就是饿她几顿……你现在管她，她还怪你呢。”

司机一想还真是，连忙竖着大拇指奉承道：“厉害！怪不得家里大小姐谁都不怕，偏偏在你面前服服帖帖的。”

段家三子，老大段明润长段明过一轮有余，又因为结婚得早，女儿段雨溪比段明过小不了几岁，亭亭玉立已快成年。

段雨溪作为家族里最小的一位，是被众星拱月地哄着长大，自小就被宠得脱了形，家里谁都不怕谁都敢教训，唯独对这位小叔叔礼让几分。

段明过听司机提及，眼前不由浮现起这女孩儿撅嘴发脾气的模样。他是怎么降服这烦人精的呢？也简单，三个字：不理会。

他自此觉得人的本性真的都很贱，一个被哄上天的孩子，忽然发现自己撒娇和发脾气对另一个人不起半点用，自己就巴巴地贴了上来，又乖巧又可爱。

背后不能随便议论人。段明过这晚刚刚和司机谈到段雨溪，第二天一早，小丫头片子就给他打电话，要他抽空参加她的家长会。

段明过刚刚洗过澡，一身水汽未干。他拿毛巾往背上随意抽了抽，奚落那边的人：“让你别谈恋爱影响学习，你早点听我的，至于连你爸都不敢知会一声？”

段雨溪气咻咻地纠正：“段明过，你别血口喷人，谁谈恋爱了？”

段明过一嗤：“还挺横，又直呼我大名是吧？”

段雨溪语气软了软：“小叔……最后一次，小叔叔叔……”

一个字语调转成九曲十八弯，要是换个女人，段明过就得直接撂电话了，顾忌这是他侄女儿，再忍一忍：“考了多少名啊这次？”

段雨溪清咳两声：“三十四吧。”

段明过笑：“你们班一共三十五个人，你这是倒数第二啊。”

段雨溪打断他：“段明过！你可以侮辱我，但你不能侮辱我的成绩！”

段明过又问：“行行，那他考了多少名啊？”

段雨溪说：“第一，每回都是他跟白静轮流坐庄。”空气静了下，“段明过你诈我啊？亏我这么信任你，你居然这么对我！”

要么怎么说小姑娘脑子不好使，段明过三句两句就将她带进了坑里。段雨溪见事情败露，也就不跟他扭捏了，大大方方承认了这件事。

不过从头到尾都是她的单向暗恋，这位品学兼优的好学生可不知道她心里的弯弯绕。她一再叮嘱段明过要不动声色，别一过去就掀了她的老底。

段雨溪什么时候这么娇羞过，隔着电话都能听出她声音如水似蜜般地涌来："家长会那天，他跟白静做引导，你见到他，也会喜欢他的……"

段明过当天一来，果然看见了段雨溪心中的小男神。他个子高挑，五官精致，待人处事落落大方，确实是女孩子喜欢的款。

可在段明过这儿，这孩子实在太嫩，那双眼睛透明得能一下看进心里。

他一手插兜，站着观察了会儿，那男孩跟身边的女孩交换两次眼神，他立马就猜到了七七八八，于是拿手机给段雨溪发微信：一般般，不适合你。

段雨溪秒回：我们的友谊破裂。

女孩白静给段明过领路，听到他说是段雨溪的家长，特别郑重地看了他一眼。他连忙解释："她爸爸忙，我是她叔叔。"

白静点点头，将绑得高高的马尾一甩，说："小段叔叔这边走，雨溪跟乔恒结对子，这阵子他俩是同桌呢……乔恒就是跟我一道做引导的那个。"

段明过点点头，心里还在琢磨着乔恒这名字挺熟悉，好像在哪里听过，就听乔恒声音响起来："姐，我的位置就在那。"

段明过回头的一刹那，已经回忆起来了。及至一张莹白娇小的脸映入眼帘，更让他确定了自己的想法。

她今天打扮得保守许多，淡妆，披肩发，卡其色短风衣，浅蓝色的紧身牛仔裤。她的腿部线条极好，在弹性面料包裹之下，双腿细长。

乔颜这时也看见了他，然而身为一个演员，她的表情真的控制得很烂。段明过看到她一张脸上带着很明显的愕然，步子也顿了一下。

段明过偏偏喜欢逗这样的她，抬手很轻松地挥了挥，说："真巧。"

Chapter 04

侄女儿心仪的对象是受过自家恩惠之人的孩子，这家女儿又跟段明过有过几分交情，计较来计较去，最后算到了一家，连剧本都没有这么巧的。

段明过暗自思忖，觉得段雨溪要是真对乔恒这小子有意思，以后通过乔颜这根线，说不定还真能攀上亲戚。

他想着，就又把面前的女人看了一遍，跟上回见时相比，她明显瘦了一点，本就巴掌大的脸长得尖尖的，一双眼睛更加灵动。

乔颜当然不知道段明过心里想什么，只觉得被他打量得不舒服，拍拍身边的弟弟乔恒，说："你去忙你的吧，我知道坐哪了。"

乔恒这时看了一眼自己的座位，旁边段雨溪的座位上坐的是个男人，皮肤紧绷，过分年轻，一看就不是她亲爹。

乔恒想到段雨溪听到开家长会后哆哆嗦嗦的模样，还有这几天突然异常放松的模样。他本来还觉得奇怪呢，这才恍然大悟，她原来换成了方案二。

乔恒这时候挺不待见地瞥了那男人一眼，又跟自己的姐姐耳语："别理你旁边那男的，我那同桌是个不学好的，家长会都不喊家长的。"他冷冷一哼，"也不知道上哪雇了这么个小白脸过来凑数，真没救了。"

乔颜大概知道这里头的弯弯绕，赶紧打断他，推着他的背说："你赶紧出去忙吧，人家一个小姑娘都应付不来了……怎么就是小白脸了，人家看我是不是该像童养媳了。"

姐弟俩嘀嘀咕咕说了一车话，乔颜方才有空来跟段明过打招呼。段明过调侃他们感情好："我跟段雨溪那混世魔王多说两句，她就开始嫌我烦。她要有你弟弟一半省心，他爸爸可能还会多活几年。"

乔颜怔了怔，白着脸问："你大哥他……"

段明过立马知道她想岔了，揉了揉她的头发说："小丫头胡想什么呢！我那就是一个玩笑。我看你有点恍惚，身体不舒服？"

这举动未免有些亲密，乔颜条件反射地往后一靠，紧绷起身体。他恰好错过，被邻桌的家长引去说话，笑容礼貌，神色自如。

可那手下的触感却搅乱了另一个人的心。

乔颜觉得自己整张脸从耳后的地方都开始发热发红，然后一直蔓延到脸颊两侧，再热烘烘地冲上眼睛。而他居然在谈话的间隙，回过头来冲她一笑。

简直要命。

段明过眼光实在毒辣，乔颜近来确实不顺，因为那场“厕所play”，她那新戏女四号的事吹了，之前定好的几个广告也黄了。

虽然片方一再强调是为了戏好，要选个更合适的人入组，但给马盼打电话的时候，其实明里暗里都在指责乔颜不懂事在先。

马盼为此急得上火，成天为这事圆谎。她虽然怨多过悔，可煮熟的鸭子飞了，心里到底不太舒服。

两事相逼，这场家长会乔颜开得心不在焉。直到散会之后，老师和个别学生谈话，在他们座位前询问学生在家里的情况时，乔颜这才把飞散的心收了回来。

段明过正逻辑清晰地给班主任介绍段雨溪的情况，恳请她不要过早放弃这个孩子：“她就是基础薄弱一点，但小孩儿脑子很聪明。”

班主任是个四五十岁的老教师，善于跟各种各样的家长打交道，安抚他道：“我从来不放弃一个孩子，所以才让她跟乔恒结对子，平时要乔恒多帮她课业。她要真想学，肯定能慢慢追上来。”

段明过等的就是这番话，虽说段家财大气粗，肯定会为这大小姐铺好前路，可他始终觉得，不经历中国式高考的人生不是完整的人生。

这时候他很慎重地向老师作揖道谢，要她千万不要客气：“以前我念书吃过很多苦，现在后继有人，也要让她尝尝里头的辛酸。”

他一番言行惹得老师哈哈直笑，说：“你不要谢我，你要好好谢谢这位乔小姐。现在家长都恨不得让孩子全天候啃书学习，有几个肯让他们结对帮扶呢。”

这席话转来转去，终于转到乔颜这里，她没办法作任何反驳，只能装大方道：“同学之间互帮互助，其实是应该的。”

等段明过走后，班主任又换了副面孔，拍拍她的手背说：“其实你不太乐意吧，我刚刚就说了，结对帮扶这事儿现在没几家乐意了。”

乔颜思忖几秒，斟酌用词：“学校的生活老师说了算，我没有意见的。”

班主任连连点头："感谢理解，反正时间也不长，等过上一个月，会让所有人再换一次。"乔颜总觉得她话里有话，但她已经站起身来说："不早了，我回去了，有什么事咱们再联系。乔恒学习上的事情是不需要人烦的，但生活上，你们一定要好好关心他。学生生涯，学习最重要。"

乔颜似懂非懂，出了教室方才回过味来。她等不及回家，站在教室门外就给弟弟发信息，叫他离段家小姐——包括一切女生都远一点。

刚刚输好一个"段"字，身前就落下一片不同寻常的影子，连同空气里的温度都降下不少。她将眼皮一抬，可不就是他吗？

段明过送来一脸好整以暇的笑容，声音有些低，听起来像是一对老友间亲切的呢喃："晚上一起吃个饭？"

乔颜当即摇头："不好意思，晚上有点事要做。"

段明过大概没想过自己会被拒绝，顿了顿，反问："是真有事还是假有事？"说完方才觉得后悔，好像特别要和这位冷面的小姐约会一样，他于是一笑，说，"开玩笑的，你忙，下次约。"

乔颜一点没说谎，是真的有事。

马盼用尽浑身解数，这才查到那位出品人爱在市里一个叫"菲比酒吧"的地方消磨时间。他一连驻守几天，摸清了他来的节奏，今天特意联络乔颜要来个瓮中捉鳖。

马盼知道这人不是好鸟，得知厕所事件的来龙去脉后，拉着乔颜把人臭骂了一顿。只是嘴皮利索敌不过权势，乔颜的女四号被摘了之后，马盼偃旗息鼓，就跟瘪了的皮球一样，再也跳不起来了。

他先是求爷爷告奶奶，问事情还有没有转圜的余地，夸下海口哪怕要他给出品人倒尿壶也是心甘情愿，再回来威逼利诱恐吓敲打乔女王，他要是给人当牛做马，她也别想置身事外。

何况马盼精准掌握了乔颜的七寸："你弟弟就快上大学了吧？大学学费可不比高中，贵得很呢。出来之后还要找工作，谈对象，完成人生大事。这年头，想结婚，房子是首当其冲的，有房子了你才能喊丈母娘，不然只能喊阿姨！"

马盼再劝慰："只是过去道个歉。仔细想想，你确实也有不对的地方，别人如何终究是别人的事，你一旦出手那意义就变了，人家没告你已经是仁义了。"

乔颜想过几晚，终于松口了。这天开过家长会后，她在街头小店随便吃了点东西，就跟着马盼来了菲比。

跟想象中烟熏火燎、灯红酒绿的样子不同，菲比这地方格调优雅，堪称一道清流。不仅装修布置得极有品位，来的人也是斯斯文文的，店里放着很舒缓的蓝调音乐。

马盼先去打前哨，要乔颜带一瓶酒过来。然而涉世未深的小姑娘露了怯，站在吧台前看着单子上名字华丽的酒名，完全不知道要点哪一种。吧台里有人看出乔颜的窘状，热情地过来问她有何需求，顺便听听自己的推荐。

乔颜抬眼一看，这人穿白衬衫小马甲，因为剪裁贴身，腰板笔直，显得很是精神。他分明有一张清俊的带点孩子气的脸，肌肤却硬是晒成了健康的小麦色。

一个恍然，她记起自己似乎在哪看见过这张脸，而这人也认出了她，说："你不是那个谁谁，有天吃饭时咱俩见过，我还说你特别像一个人来着。"

孔松送走了乔颜，端了杯威士忌去找段明过。这家伙近来很忙碌，难得今晚有空，今天好不容易大驾光临，来了却不怎么理人。

孔松于是给他找了一位美女解闷，这会儿过来，却只看见他一人坐着，于是不快道："没点眼力见，段少爷来了也不好好陪，还想不想混了，我喊她来给你道歉。"

段明过手一挥，说："别，还是让我一个人安安静静地待会儿吧。"

孔松觉得这人稀奇，一屁股坐他的旁边，勾着他的脖子道："改性了？平时看惯你吃肉，什么时候改吃素的啊。"他忽然想到什么，说，"这儿还真有一个你喜欢的款。"

男人间的小笑话，谁也不当真，孔松今天却很慎重地拉他去看一边的卡座。段明过百无聊赖，索性顺着看过去，却不由一下直起腰。

是乔颜啊！她还穿着下午的那套衣服，哪怕外套已经足够宽松，还是遮不住身体起伏的曲线，如瀑的长发垂下来，在前胸划出一道曲线。

在她对面，是那回在厕所里冒犯过她的男人，当时还喊打喊杀的，现如今变成了低眉顺眼。她经纪人给她不停递酒，她想也不想一次次仰头闷下。

完全不用多想，段明过立马猜出了来龙去脉。他心中情绪几重，其实却完全不在意，端起杯子喝了口，很舒服地点上支烟。

孔松看不懂他表情，自说自话："这妞挺能喝啊。这么几杯下去，居然还能站得住。估计之前没少练，想想也是，她混的那叫什么圈子啊。"

段明过抓过烟灰缸，掸了掸烟灰，幽幽地说："怎么着，看不起啊？"

孔松说："分人，有些人出淤泥而不染，姜佳妮算一个；有些人一开始就染黑了，我看这姑娘就是。"

段明过呵声："别血口喷人啊！"

孔松拿手机翻网页，说："谁有空造她的谣。这是网上八卦出来的，有人评点娱乐圈里不甘寂寞的小花呢，这姑娘首当其冲第一个。人家可是有理有据的，陪男人吃喝的照片一抓一把。更夸张的是，还在高中就有豪车在学校外等她，这种人能是什么好玩意儿？你别说，这车型这风格怎么那么像你们段家的呢！"

孔松越说越带劲，八爪鱼似的套着段明过要他一定仔细看。段明过拗不过他，就随意看了几眼，脸上明暗不明："你懂什么……"

不远处忽的一声炸响，人群静了静，随即喧闹声大起。

孔松讶异："坏了，刚刚还唱负荆请罪，现在怎么上演全武行了？"说完就弹簧似的蹦起来，边走边抱怨，"早说了这小妞不是省油的灯。"

段明过向后扭身，乔颜那处已经炸开了锅。经纪人跟出品人叽叽喳喳地不知在辩论些什么，她卡其色的外套上染了一大片红，一张脸却是惨白惨白的。

第二章

最后一根稻草

Chapter 05

冲突是怎样爆发的，乔颜后来清醒过来的时候，印象并不是很深。又或者是因为人总习惯给自己一个缓冲地带，自动过滤掉不好的回忆。

乔颜只隐约记得这位出品人太过骄纵，端着架子把人损得灰头土脸。他当着朋友的面喊马娘娘，又学他翘兰花指的动作跟女气的音调。

最过分的还不在此，这人绷着脚尖有一下没一下地踢马盼，问：“听说你还要给我倒夜壶？这都什么年代了还用夜壶！不如你现在给我买个去，我现尿一泡让你倒着玩？”

一定是酒上了头，麻痹住本就愚钝的神经，乔颜跳起来要跟他理论。

那人因为上回的事落下了心理阴影，一见她靠近，就慌不择路地避让，手里的一杯红酒砸到她前胸，杯子随即掉到地上，原本安静的空间里，立刻轰然一声炸响。

马盼也是憋了一晚上的气，这时候无论如何控制不住了了，站起来跟这人理论。双方推推搡搡，最后一人一拳打了开来，完全是近身肉搏。

混乱之中，乔颜终于酒醒大半，眼见马盼败下阵来，脸上也添了好几个拳印，连忙歪七扭八地拨开众人，要救他于水火。

腰上却是一紧，被人拦腰抱住。男人身上有淡淡的烟草气味，混着淡淡的高级香水味，铺天盖地地钻进她的鼻腔里。

她撑着重有千斤的脑袋回头，视线凌乱，却认出是他，没有一点意外，又很是意外地说：“……段先生？”

孔松忙不迭地过来拉架，却顾此失彼，每每无法如愿。他焦急地搜寻店里保安的时候，身后有个声音突兀道：“闹什么？我已经报警了，都等着去局里坐坐吧。”

冷飕飕的，像寒冬腊月里钻进的过堂风，方才还乱哄哄的一堆人就这么安静下来。唯独一张脸肿成猪头的马盼跑来求段明过。

“段先生，麻烦你带我们乔颜先走，她这副样子要是被拍下来，一会再被抓进了警局，这辈子就完了！”

酒劲终于上来，乔颜已经如一条入水的泥鳅，整个人软软绵绵，又滑不溜秋。段明过几次捞不住她，索性一打横将她抱起来。

对面那出品人还振振有词：“段三，你走可以，把那女的留下，小浑丫头涮了老子几次了，这次非要扒她一层皮不可。”

段明过卸了冷脸，露出一副戏谑的笑容，却依旧没半点暖气：“你也说了，这就是一小丫头。你跟个女人计较什么，说出去也不怕大伙笑。”

“笑屁笑！谁敢笑，你要是当老子是你兄弟，就别掺和进来。”

段明过话没听完，转身就走。

那人气得直跳脚，无奈被马盼挡住去路，极焦躁地喊道：“段明过，算你有种！”

段明过将乔颜抱出菲比，路上收获一众路人或疑惑或艳羡或不齿的目光。孔松三者兼有，提醒他不要玩得过火。

段明过一笑而过。

怀里的人轻得像一片羽毛，或者一片叶子。明明不是干柴的身材，居然还是这样纤瘦，他几乎不费什么力气，就把她塞进了车里。

司机回过头问去哪，段明过也在考虑这个问题。

方才还在迷糊的乔颜忽然睁了眼睛，拉住身边的段明过道：“麻烦你！不要送我回家……去宾馆吧，随便送我去一个宾馆就好。”

她的手是软的，掌心烧灼，腰是软的，懒懒地靠在他身边。车里光暗，她一双眼睛仍旧清亮，氤氲着细濛濛的水汽，黑白分明。

段明过将她吃进嘴里的长发拎出来，跟着鬓角的直发一同别在耳后。她乖巧如一只小猫，在他怀里扭了一下身子，然后又慢慢闭上眼睛。

段明过报了个酒店名字，车子启动，一路上开得异常平稳。

乔颜脑中昏沉一片，身上发烫，只感觉身边有个人让她感觉很清爽，既被他纳入怀中，她便贪恋无比地汲取他身上的那股清冷。

路上，她只听到有人隐约在耳边说话："干吗把自己弄得这么辛苦……你有什么要帮忙的，来找我就是了……"

乔颜彻底陷入梦境，靠在段明过肩上轻轻打起小鼾。段明过一低头，下颌便磕在她头顶，蓬松的头发挡住她大半张脸，只见她长睫微抖，鼻尖挺翘。

司机自车内的后视镜里看到这一幕，笑眯眯地说："老板，那小孩儿终于不淘气了，肯回家来乖乖吃饭了吧。"

段明过哼笑出声，将空调给关了，又掏出手机，选了免打扰的模式，过了会儿才幽幽来一句："还没呢，不过也快了。"

到了地方，段明过又将乔颜抱进房间。

走之前，他看到她那件被酒泼湿的外套，有些犹豫，思忖再三，还是绕回去给她脱了。正解着扣子，她醒了，一把抓上他的手，神情惊骇。

段明过安抚她，说："这么湿漉漉的囫囵睡一晚，你该多难受。我帮你把外套脱了……"想了想，补充一句，"我没想别的。"

这些小心翼翼的话乔颜铁定没听进去，因为她下一秒就挺起身来，胸前剧烈起伏几次，然后猛地一低头——

段明过这叫一个头疼，好不容易做件好事却惹得一身脏。他是一个有轻微洁癖的人，这时候恨不得撒手让她溺死在自己的呕吐物里。

但他又有几分不忍，说到底还是良心未泯。他一边痛恨自己心软，一边不再有任何顾忌地剥了她的外套。抱她去浴室前，打电话要人来收拾房间。

一分钟后，乔颜被扔在浴室的地板上。

段明过脱了外套，将领带往脖子上一绕，鞋子不脱地走进去。调节好水温，一手将她捞起来，对着她脸上乌七八糟的地方一阵猛冲。

乔颜不小心呛进一口水，咳得肺都要吐出来，整个人八爪鱼似的盘到段明过身上，害怕地喊：“妈妈，妈妈……”

段明过头疼，将她整个剥下来，抱怨道：“不会喝酒，还不会让酒吗？以为自己把酒都喝了就能成事了？你那天在卫生间外面的悍劲呢？今天怎么怂了？”

乔颜好像听进去了，又好像没有。这时候她睁开眼睛，眼中的焦距一点点聚拢，待看清面前的人，低声呢哝道：“……段先生。”

段明过嗯一声，说：“谢谢你还记得我。还能想起晚上的事吗？知道自己刚刚做了什么吗？起来，好好看看你自己！”

乔颜的脑中一片浆糊，看是看不了自己的。段明过帮她看得仔细。

那件卡其色外套里居然是一件无袖的高领打底衫，贴身款，修饰出上半身婀娜的曲线，朱红色，衬得皮肤白得似雪。衣服的腰收得很细，下围卡在包臀的牛仔裤里，因为身体在活动，现在向上滑动，露出一线雪白的小腹。

段明过看得喉结一阵活动，欲要移开眼睛，一晃之下，正对她水光潋滟的一双眼。因为方才咳嗽了一通，所以两眼都红了一圈，而且，两颊和鼻尖都是红彤彤的。

男人心动的时候，有点风吹草动都被当成是邀约。段明过揽过她的腰，恨不得将她揉进身体里。她身上很烫，他更甚。

段明过想到阔别许久后，他们头一次见面的场景：她穿一身小礼裙，露出弧线优美的脖颈，纤细灵巧的脚踝。她刚一走进来，他就忍不住去看了。

然后是又一场酒席。她身穿一字肩毛衣，及膝短裙，被人按在墙上，柔软中带着坚韧，不服气地冷面昂着头。

让人恨不得更加用力地欺负她。

段明过红着眼，将乔颜的衣服拉过头顶，顺势缠绕几下，卡住她藕段般的双手。恍惚了一晚的乔颜，被嘴上的纠缠惊得清醒大半，回想起刚才的情景，让她更觉得羞耻。

女人的力气与男人相比，完全不在一个量级之上，抵死挣扎，在他们眼中只是多了小小的情趣。乔颜无法挣脱，只有耐心等待他主动停止。

哪怕无人回应，段明过依旧吻得投入，直到他抬头准备换气的时候，才看到身下的女人已经苏醒。他心中分明是无愧的，却在对上她那双冷得彻骨的眼睛时，还是怔了一下。

乔颜终于找到机会，自衣服里抽出的手划出一道弧线，很快浴室里响起清脆的响声。

段明过只觉得耳边一“嗡”，一时间由讷讷至不解至愤怒再至平静，方才的欲望未收，心却先冷下来。

他从乔颜身上翻下来，懊恼中揉了揉湿发，说：“对不起，我之前以为……”他以为她欲拒还迎其实是一种邀约，现在回想起来，他其实错得离谱，“冒犯了。”

乔颜挣扎着要坐起来，酒精麻痹后的四肢却不听使唤。她看到段明过轻叹一声，去取了一条宽大的白色毛巾。她本可以一把拽过毛巾，然后色厉内荏地控诉他一番，再潇洒而去。

然而人在屋檐下，不得不低头，她只有请求他再次帮忙——她已经没有一点力气，如果他现在选择离开，她就只能在这里坐上一整晚。

段明过带着几分欲求不满，也觉得没面子，这时候蹲在她身边，贲张的肌肉将衬衫撑得鼓鼓的，最上面的几颗扣子被扯了下来，湿了半截的领带松松地垂下来。

他真诚又戏谑地问：“你就不怕我再对你做点什么？”

乔颜心说怕，当然怕。他那样的出身，是向来约束不好自己的，他们的人生里没有求而不得这个词，见惯的是他人的欲擒故纵和矫揉造作。

可她没有办法。

她说：“段先生，像您这样的人，想要什么样的女人没有？您所受过的教育和自身的底线，是不会让您对一个拒绝过您的女人下手的。”

她抿了抿唇，慢慢垂下眼睛，声音更小了：“我一直都很尊敬您，真的……从我十六岁认识您的那天开始。”

乔颜无论怎么看都不像是个聪明人，偶尔说出来的话却很有水平。先抬高他，把他架在半空，再给他镀上道德的金边，要他考虑犯错的成本。

她更拿手的，是甩出那段彼此都很有印象的青春往事。

段明过只能做一回柳下惠，将她抱回已经收拾干净的床铺。不过临走之前，他要扳回一点场子：“别以为你了解我，我是什么人，你根本不知道。”

“还有，”他又勾起唇角笑，整个人却冷成霜：“别用‘您’这个字，我比你大不了几岁，还没到七老八十。”

乔颜看他绕去浴室取了衣服，随即头也不回地走了出去，这才将一颗怦怦跳动的心塞回原位，松松地吐出一口气来。

她身体明明累极，思维却高度紧张，思忖自己大概是被方才的事情吓到了。失眠许久后，她才迷迷糊糊地入睡，却不由得舔了舔嘴唇，暗自体味他方才留下的触感。

乔颜心里羞耻和自责的情绪交织在一起，一直熬到凌晨时分才睡，手机铃声却如鬼魅，不解风情地一大老早就将她喊起。

乔颜带着宿醉后强烈的头疼，勉强支撑着去拿手机。送到耳边的时候，她已经累得气喘吁吁：“喂，乔恒？”

乔恒在那边呼哧呼哧地喘气，极生气地问：“你在哪呢，一晚上都不回来！”

她昨晚大醉如泥，只有力气要人送她来酒店，哪还有力气拨电话回去解释。她以为乔恒是为此生气，心里又宽慰又懊悔，连忙说：“对不起啊，弟弟——”

乔恒却打断她的话，大声道：“你赶紧给我回来！家里有人来了——”他顿一顿，声音里带着颤，让人觉得他下一秒就要崩溃地哭了，“这日子没法过了！”

Chapter 06

乔恒情绪激动，言辞含糊，乔颜不知道家里究竟发生了什么事，一时之间急得不行。她顾不上头疼脑热，起来洗漱一下就往家赶。

她在前台结账的时候，被告知账单记在段明过名下。乔颜心想已经麻烦他许多，不好再添一笔糊涂账。何况昨晚闹得很不愉快，她心里已经自觉地跟他划清界限。

于是她很认真地告诉前台，一定要自己结清。前台只好拨了个电话出去请示几句，然后从乔颜手里接过卡，笑着说："您这样的客人，我还是头一次见。"

路上，乔颜一边思考如何应对家中的意外，一边反复咀嚼着那位小姐的话。

乔颜知道那间编号0521的房间，是段明过包年预留的一间。早上出来的时候恰好遇见健谈的清洁阿姨，她亲切地向她透露，段先生每隔一段时间就会住几天。

前台说头一次见她这样的客人，是指那房间里头一次出现她这样的女客人？还是众人之中，头一次见这样选择自己付款的女客人？

她反复想过几次又觉得自己无聊，幸好小区近在眼前。司机懒得进去七拐八拐，只肯停在小区外面。乔颜付过钱，从车里匆匆下来，一路小跑。

石架上的藤萝不再是暗夜惊悚的蜘蛛网，纤细的藤蔓上长出一串串花苞，过不了多久就有紫色的花海绽放。

乔颜眼光一扫，心里隐隐猜到了些画面，走进单元楼的时候已经心无旁骛，神情紧张地准备应付家中的鸡飞狗跳了。

开门进去，倒也安静。好像风暴平息，万物宁和，也好像风雨将至，只是爆发前的蓄力。

房子的采光不好，哪怕青天白日，狭小的客厅里也是黑黢黢一片。她随手开了灯，就看到乔恒一个人坐在沙发上。

他原本两条胳膊抱在胸前，做沉思状，因为适应了黑暗，陡然见到白光，忍不住捏了捏眼睛，手放下的时候，眼圈居然通红，只有声音还算稳定："回来了？"

乔颜看了有点心疼。乔恒虽然任性，但有着比同龄人更多的韧性和坚强，上一次见他这样还是几年之前在妈妈的葬礼上。

他红着眼眶忍得辛苦。她见他这样，拍着他的背要他哭出来，他却仰起头，死活不让眼泪流下来，说："妈妈在的时候，有她保护我们；她现在走了，我保护姐姐。"

那大概是乔颜从小到大听过的最美的告白，他执拗地坚持男儿有泪不轻弹，她一个小女子则管不了那许多，趴在他身上只顾号啕大哭。

乔颜这时候坐到乔恒身边，轻声问："今天不用上学吗？"

乔恒一把将她甩开，说："念什么书，家都毁了！"他忽然跳起来，咚咚咚猛敲他爸爸的房门，又对他姐姐发脾气道："丁贤淑在里面呢，行李都拿来了！"

乔颜心尖一跳，路上就隐约猜到跟这人有关，她于是也站起来走过去。父亲乔贵桃正要开门，却只敢露出一道缝，看着她说："乔颜，你回来啦。"

乔恒一下扑上来，捶打着要把门挤开，说："有什么见不得人的呢，都敢住别人家里了，还不敢见别人的儿子、女儿啊！"

里头立马传出嘤嘤的哭声，有个女人操着细声细气的嗓音道："老乔，我看我还是走吧，我不能给你惹麻烦。"

乔恒在外冷哼："求之不得呢！姐，把大门开开，顺便给这位老阿姨喊个出租车，安安全全妥妥帖帖地给她送回府上去！说出去的话泼出去的水，您老一把年纪了，别骗我们小孩子！"

乔贵桃脸僵住了："你这孩子，你怎么说话呢！乔颜，赶紧把你弟弟送走！"

乔颜正是一肚子疑惑加愠怒，但见乔恒如此激动，留下来于事无补不说，还很可能坏事，于是一边安抚，一边拖着他往外走。

乔恒老大不乐意，手舞足蹈，差点要把乔颜掀翻。他大声骂着，说：“谁敢让这老三住这儿，我就从这儿搬走！有她没我，有我没她！”

乔贵桃反复叹气：“真是反了，供你吃供你喝，还供出脾气来了。这是我家，我是户主，你爱住不住，不住就给我滚出去！”

乔恒一听这还得了，追过去就要跟他爸爸拼命。他混乱之中推开他姐，不知道怎么手甩到她脸上，就听清脆的一声——“啪”！

乔恒回头，看到乔颜捂着脸颊，嘴角隐约渗出血色。他一下慌了，连忙过去查看，哄着他姐道：“姐你没事吧？你给我看看，你要有哪不好，我非砍了他俩不可！”

乔恒老早就习惯了自家亲姐的冷脸，从小他就觉得这姐姐是个烤山芋，表面看起来一片土色，没点儿热气，皮一旦撕开，里面全是热乎乎的红心。

可今天看到她的模样，他还是吃了一惊，很是不安地将头一低，然后听到她说：“你们都给我少说两句。乔恒，你先跟我去上学。”

乔恒是断掌，打起人来最疼。乔颜今天硬生生吃下这一巴掌，起先的几秒，完全恍惚了。她撵他下楼的时候才缓缓回神，心说这就是现世报，谁叫她昨晚也这么打人呢。

她心里牵挂家里，又怕乔恒胡来，喊了一辆出租，千叮咛万嘱咐，要司机直接带他去学校，又当着乔恒的面给他老师打了个电话。

乔颜叹着气，说：“乔恒，不管怎么样，姐姐再跟你说一遍，别拿别人的错误惩罚自己。前途是你自己的，你要是因为旁人荒废了，最终后悔的只有你。”

乔恒正处于逆反期，听到老生常谈就憋屈，咬着牙：“你别总是这么教训我好吗？”

乔颜仍旧说：“你旷课的事情，我以后不想见到，你要是还想认我这个姐姐，你就好好掂量着再做。”她眼风往楼上一瞟，说：“我得回去问问情况。”

乔恒扶着车门，仍旧不着急上去，说：“姐，你了解情况可以，但我也有一句话要提前知会你一声。不管那老三说什么，你都不许她在咱们家待着，她跟乔贵桃在外面怎么闹怎么恶心我都可以不管，但这是我们的家！”

——是妈妈生活过、住过的家！

乔恒一时语结，眼泪在眼眶里打转，这句话他说不出口。但看姐姐的反应，她一定知道他要说什么。他于是咽口唾沫，继续说：“否则，有她没我，有我没她。这句话，我不只是说说而已的。”

乔颜听他语气如此严肃，心不由一颤，想拉着他再嘱咐几句，要他做人做事不要如此极端，但他已经坐到车上，要司机开车了。

往回走的时候，宿醉后的头疼跟方才那一巴掌交织，让乔颜整个人都是晕乎乎的。她踩在楼梯上，像踩在软绵绵的云朵上，不过几步，就伏在扶手上喘气。

这时候，那种名为失落的情绪再次袭来，像十级风似的，一遍遍抽动着她的心。她不由得想问自己：为什么她就过得如此艰辛？

母亲早逝，家庭破碎，她好不容易熬到成年，踏上社会，工作上的事却始终不能让她省心。现如今一波未平一波又起，家中的炸弹已经让她神经紧张，弟弟的偏执更让她惶恐。

她偶尔回想儿时，父母俱在，家庭和睦，唯一的烦恼来自于爱跟她抢东西的弟弟。每每此时，她总觉得恍如隔世，仿佛那是另一个人的童年。

后来很长一段时间，她都被母亲生病的恐惧所支配，每每看到她被一次次的化疗折磨得骨瘦如柴，就好像看到了自己这辈子剩余的时光。

但这个家庭又遭遇了一次更沉重的伤害，就是他们一直仰仗的尊敬的父亲出轨了。对方是一个泼辣的外地女人，长得浓眉大眼，笑声如夏季里轰隆隆炸响的雷。

她是真的无法理解这样的感情，也不明白为什么一向恩爱的父母会走到穷途末路，而那个粗鄙市井的女人又到底有哪一点吸引人？但父亲就是一往无前地走进了这段感情，甚至从家里搬出，和那个女人去挤一间狭小的工棚。

乔颜总是在放学以后，拎着空空的饭盒，站在门口等她爸爸。只不过出来的永远是那个女人，她很得意地让乔颜回家，临了再称呼她一声“讨债鬼”。

乔颜向来不认可这个词。如果她的人生是拿来讨债的，那她的业务水平也实在太差了：她还没将父亲讨回，自己先欠了旁人一大笔债。

老师帮她申请到了慈善教育基金，钱来自于一个有钱家族的慷慨解囊。

颁发当天，他们在市里豪华的会议中心召开了发布会。乔颜和其他几位孩子一样穿着校服，戴上红花，排队接受好心人善意的施舍。

电视台的镜头在她身上停驻的时间最长，他们甚至递来话筒，向她询问各种问题。可已然晕头转向的她只会讷讷地说“你好”“谢谢”“再见”。

主席台上一个很面善的男士过来帮忙解围，要媒体远离这个可怜的姑娘。她从主持的介绍中知道，这是段家的老二段明泽，是今天为他们授奖的主席先生。

她同样注意到他身边的另一位，比他看起来更加年轻，也更加张扬，笑容如三四月的阳光一样和煦灿烂，只是打量人的一双眼睛里充满着桀骜跟精明。

她赶着去卫生间的时候，又见到他一次。他站在沙盘边上抽烟，拿嘴叼着，仰头，闭眼，两手松松地插进裤兜。这时的他才收敛锋芒，真正放松下来。

出来的时候，她听见有人议论，说这是段家的三少爷，之前鲜少露面：“说是在外辛苦求学，一表人才，现在看看，也不老实嘛。”

上点年纪，吃喝玩乐，那叫欢迎进入成人世界；稍显年轻，只是窝在洗手池边抽一根烟，也可以被称作是不老实。

乔颜不想用大人的观点看待问题，带点稚气地试图用孩子的方法迎接世界。她于是开始给段家写信，借此来表达自己暂时无以为报的感激之情。

和学校月月有大考的节奏一致，乔颜月月给段家人写信，向他们汇报总结近来取得的成绩，还有现下的不足，以及未来征程的展望。

偶尔的偶尔，她成绩上取得进步，足以登上校内橱窗的荣誉榜。，就在信里分外附上一张她戴红花的照片，阳光之下，她总是试图让自己笑一笑。

她从没有期待这样的信件会有人回复，因而收到有段家戳记的信件时，也没有觉得有多惊喜。何况这是一份机打的回信，带着机械工业特有的冷调。

她于是机械地打开信封，机械地一行行读到最后，然后终于在落款的地方看到一点人气，一串笔走龙蛇的签名：段明过。

那是她第一次知道这个人的名字是这样的写法，用手摸上去，这三个字仿佛油墨未干，还带着他书写时流畅的热度和淡淡的烟草气味。

牛顿先生说，力的作用是相互的。有时候，想起另一个人的作用也该是相互的，乔颜于混乱之中想起段明过的时候，段明过也正在这城市的另一端想起她。

这诚然不会是一次自发的行为，特别是在他们那次不甚愉快的夜晚之后。事情的起源是江流萤拨来的电话，因为搬了新家，所以邀请段明过在几日之后来参加一场小型派对。

段明过问过时间，并没有贸然答应，说：“我让秘书安排一下，尽量抽空过去一趟，你看行吗？”

江流萤满心喜悦，要他一定抽出宝贵的时间。两人闲话几句，临近挂断时，江流萤忽然想起什么，说：“哎，段三，我那电视剧女四号换人了。”

不是什么新鲜事。段明过甚至两次亲历这位女四号丢角色又去争角色的场景，不过这事儿能透露吗？他很闲？段明过只是口吻随意地说：“哦，是吗？”

江流萤有些生气，说：“我这角色虽然戏份不重，可那是女主角的青年时代，对剧情有多大的推动作用啊。我的要求是清纯又清冷，他们给我换了个一笑起来就带着风尘味的，要我怎么办？”

噼里啪啦说了一大堆后，她终于提到那女人：“之前那个多好啊！乔安娜，还记得吗？我领她过去见过你的。那小姑娘多青春逼人啊，明明在笑，眼睛却是冷冷的，往那一站就是很有故事的一个人。”

段明过挂电话的时候还在想，这个乔颜到底适不适合这个故事他不知道，但这个人很有故事他却是一清二楚。

那时候，因为地皮飞涨，段家一夜之间跃升为国内地产企业的龙头老大。但树大招风，为了美化企业形象，拿出了一点钱搞慈善。乔颜就是段家基金的第一批受益人。

颁奖那天，他跟着兄长段明泽出席，只不过姓段的身份没有给他什么出风头的机会，万年当陪衬的他，只能坐在主席台最末的位置。

那期间，他只有无聊地看看身前的席位卡，或是在去厕所的时候吸一两支烟。

颁奖的过程紧张有序，并没有什么意外发生，只是等段家的两兄弟回去后，发生了一件不大不小的怪事。

一位叫作乔颜的女孩给段家写了一份感谢信。

起初谁都没注意，甚至没人从堆成山的信件里试图拆开这封表面过于朴素的信件。直到一月又一月，女孩锲而不舍地写信，这才引起了他们的注意。

那个月，她考入年级前三，照片被贴在荣誉榜上，被全校师生围观。后来，照片被段家奶奶拿在手中，她对孙子们说：“这女孩儿真好看。”

于是乔颜的资料被重新挖出。这是一个身世堪称可怜的姑娘，父母感情不和，父亲长期跟第三者在外同居，母亲罹患白血病，已被病魔摧残得奄奄一息。

她小小年纪就一人扛起了家中的重担，既要照顾重病的母亲，完成自己的学业，还要养育比自己小五岁的弟弟，生活之困苦难以想象。

在其中一封信里，她写道，她用段家的钱和学校的捐款凑齐了母亲换髓的钱，捐髓的不是旁人，正是这位已经命途多舛的女孩。

段奶奶看了之后眼圈泛红，问两位孙子对这女孩是否还有印象。

段明过搜肠刮肚，也只记得那天豪华的场馆和散发着淡淡檀香的卫生间，对这女孩自然全无印象。可他仍旧说：“记得的，她很瘦，但眼睛里的光很亮。”

段明泽大约也想在奶奶面前讨巧，他略微眯着眼睛想了想，然后忽然一点点笑起来，说：“怎么不记得，我还帮她解过围呢。”

过了会儿，话题转移，段明泽又没头没脑地说了句：“……奶奶你说得对，那是一个很漂亮的姑娘。”

段奶奶对认真又知恩图报的人，向来青睐有加，吩咐乔颜再来信的时候，要小孙子段明过代为回复。

段明过满口应承，吩咐专用的司机帮忙写了一篇，本想手抄下来以示诚意，然而刚写了没两个字就不想写了。

他心说，现代人的通信也该与时俱进，既有捷径，为何偏要去绕小路？于是心安理得地打印下来，最后再大笔一挥签上名字。

跟想象中对方的激动不同，女孩还是在下个月的同一时间来信。除了第一句多增一行“段先生，你的来信已收悉”外，便又按部就班地走起了固定套路。

她的笔迹清晰，思维严密，一手行楷写得颇有几分风骨，然而字体瘦削笔锋犀利，跟她的文字一样莫名透着淡淡的冷。

后来与她遇见，她站在段明泽身边，尽管顺从地笑着，却总有一种冷眼看世人的感觉。那更确定了他的看法。

……当然，这些都是后话了。

Chapter 07

江流萤入住新宅当天，人来得不齐，特别是男友梁铮的缺席让她很是悻悻然。只是没想到给邻居送去礼物的时候，居然看到乔颜一张秀丽的脸蛋从门后出来。

“乔安娜？”江流萤笑起来，热情地去挽她的胳膊，说：“你怎么也在这儿……中间房子是你租的？真巧了，来我家里吃个饭。”

乔颜还没来得及说话，从身后又走出个女人，四十来岁的模样，五官浓烈粗放，说起话来像炮仗：“乔颜，这是你朋友啊？”

乔颜表情尴尬，答应江流萤一会儿去她家坐会儿，当下绕回去，将那女人推进家门，又将门牢牢关上。

江流萤连忙掏手机给段明过打电话，问：“段三，什么时候来啊？又开会？太不够义气了！知道我这儿还有谁来吗？乔安娜哦……哎呀，就是乔颜啊！”

半小时后，段明过捧着一束百合来到门前。

江流萤指着一边冲他挤眉弄眼，说：“来得挺快啊，在阳台上呢。”

段明过拿手指刮了刮眉角，语气随意道：“我又不是来找她的。”

江流萤立马换上一副看人笑话的模样，反问：“太敏感了吧？我只是说家里人都在阳台上晒太阳呢，你说的她是谁？”

段明过眼尾噙笑，抻脚出去点了两下，吊儿郎当的样子像个大男孩。再进来的时候，将花束拍进她的怀里，说：“给我倒点水，渴了。”

阳台上，确实围着三两人。

江流萤闺蜜一家带着乳臭未干的孩子同来，当爸爸的正搂着孩子学习走路。团子被折磨得小脸变了形，两条胖腿一边打架，一边在地上滑动。

妈妈被逗得哈哈笑，乔颜也在，大约实在是被这其乐融融的一幕感染，鲜见地露出一脸温柔的笑意。她打扮简单，穿一件宽松的短毛衣，大大的领口荡在前胸，浅蓝色的牛仔裤剪裁得十分修身。

江流萤将水塞进段明过手里，顺带着拍了拍他肩膀，意味深长地问：“看什么呢？都入迷了。”

段明过端起来喝一口，沁凉的水灌进他冒烟的嗓子，整个人总算是活络开来。他笑：“看孩子呢，可爱。”

“就只有孩子可爱？”江流萤一双眼睛亮晶晶地看着段明过，问，“难道大人就不可爱了？”

其他几人听到这对话，都转头看过来。有人笑着说：“多大的人了，还吃小孩儿醋，你要是以后跟梁铮生一个小孩，是不是天天都要忙着争宠了？”

一番话听得旁边乔颜一怔，一来是因为这话里大名鼎鼎的一个名字，二来是因为刚来的大名鼎鼎的一个男人。

她向这人点头示意，一声“段先生”从嗓子里含糊而出。段明过仿佛没看见似的将眼睛一晃而过，朝那小孩儿勾了勾眉毛。

男人还在打趣江流萤，问：“到底什么时候结婚？你们俩也在一起这么多年了，不会真要等到梁铮得奥斯卡吧？那时候我家宝宝都有小女朋友了。”

江流萤一声呸说得中气十足，迎上旁边满脸疑惑的乔颜。她又憨憨地笑起来，说：“就是你认识的那个梁铮。怎么样？惊不惊喜？开不开心？”

圈里大名鼎鼎的影帝梁铮，神一般的人物，居然是江流萤的男朋友？十八线的乔颜一时间难以消化：“好像知道了什么了不起的大秘密。”

“男人找钱比自己多几倍的女人，是爱情，伟大；女人找钱比自己多几倍的男人，是物质，拜金。”江流萤指着乔颜的反应给大家看，笑着打趣，“所以我不着急结婚呢，说出来谁不会觉得惊讶啊。段三，你说是不是？”

被点名的人原本倚着墙看风景，这时候终于看过来，腰身一扭，更显得劲窄有力。“是啊，”他慢慢开口，浅浅笑道，“可惜，有些人想找还找不到呢。”

两道视线渐渐聚拢到乔颜身上。

段明过一直觉得乔颜跟自己二哥段明泽有过一段什么。

段明泽自小养尊处优，年纪轻轻就被当成家族继承人培养。又因为眉清目秀，英俊潇洒，年纪轻轻便已有追求者无数。

一个如此天之骄子，集万千宠爱于一身；而另一个出身贫寒，家徒四壁，上有患病老母，下有待哺幼弟。因而，自打这段若有似无的暧昧之情伊始，段明过就认定必然是女方积极在先。

段家人大多留学吃过几年洋饭，回来之后便留了一些洋派作风，逢上节日、生日喜欢喊朋友来办派对，一方面形式灵活宾至如归，一方面也是为了生意。

那时候段雨溪还是个爱流哈喇子的黄毛丫头，生日当天自然有派对要开。老太太除了开闸放钱，拈着手里的佛珠一笑，说请那女孩子一道过来。

具体由谁负责通知接洽已不可考。但段明过记得，那天她是和段明泽一道进门。段明泽不知道跟她说了什么，她那冷冰冰的一张脸忽然绽开笑颜。

不过到底是小门小户的孩子，头一次见到这种场面，不由发怵，站在大门之外已经开始惶恐，不知道先迈左脚还是右脚。

段明泽到底受过精英教育，在英国的那几年培养出了绅士风范，亲自给她递上一双干净的拖鞋，态度谦和，姿态诚恳，甚至弯腰替她解开球鞋鞋带。

段明过原本吃着开心果，把壳扔给小侄女，骗她是海边的小贝壳。这时候搓了搓手，跟老太太说:“哥哥真是好客，对什么客人都这么热情。”

老太太倚着黄花梨的贵妃椅，抬起重重叠叠垂下的眼皮子，懒洋洋地望了一眼，慢慢道：“就数你话多，赶紧吃你的吧。”

那次往后，段明泽就不大敢独自去接小丫头了。不过他到底有办法，让弟弟成为自己忠诚的僚机，每每有事必然要他在旁陪着。

段明过有过疑惑，说段家两个男丁都去接一个女孩，这要是传到旁人耳朵里，岂不是更加让人觉得可疑了？

段明泽当然也表现过这种担忧，不过完全没有更好的办法。后来老太太问起，他于是睁眼说瞎话：“年轻人爱跟年轻人玩，我是陪着。”

段明过那天不在跟前，吃了哑巴亏，自此担了一份虚名，成为段家人口中爱玩的年轻人。仅仅是二男一女玩，也不太对劲，于是喊上一帮狐朋狗友，群体狂欢。

段明泽每每在旁边开一桌，既不融入也不远离，就跟乔颜脸上的表情一样，不能说不食人间烟火，却又让自己置身事外。

无论环境有多嘈杂，乔颜总是安静的，好像声音从她身边会绕开，她自成一体地形成了一个小小的绝缘体。

她的面孔尽管带着笑容，却总是冷冷的，火与冰的矛盾在她身上是和谐的统一体，所以不仅仅吸引了他哥哥，连他一众朋友都觉得新奇。

一开始的生疏过后，他们频繁跟她开玩笑，知道她家境不好，便专拿她的短处开刀，特别喜欢跟她“探讨”穷人的生活。

“听说你们吃饭是三菜一汤，能吃得饱吗？”

“一家人住两室一厅，所以要共用卫生间？”

“你们假期都会去哪度假？新马泰吗？”

段明过从不打断他们，比他们还有兴趣地双臂支着桌面，一双眼睛炯炯地看着这个女孩——她梳着马尾，露出素净的小脸，身穿校服，因为洗涤太多卷起了毛边。

她的视线比他还笔直地打量着身边的每个人，带着淡淡的笑意，说：“我妈妈生病，我通常只有工夫做一道菜，大家吃得很饱，因为谢天谢地饭是管够的。两室一厅只有一个卫生间，不过比起楼下一家三口挤一间屋，我很欣慰能让弟弟有独立的房间。假期肯定没法度假，我有培训班要上，早晚起码还有两分工要打。”

一番话不卑不亢，说得旁边围着的富家子都是脸上一热，都已经是初入社会的成年人，好像还不如一个十六岁的小女孩懂事。

只有段明过曲起指头敲了敲桌面，脸上带着若有似无的笑意。他眉眼一扬，便是说不出的丰神俊朗，只是言语是刺耳促狭的。

“那恭喜你了，乔颜。”这大约是他第一次喊她的名字。她微微一怔，终于露出不易察觉的那份不安。

段明过以为看出了那个皮囊下真正的她，说：“你这么费心费力地讨好我哥哥，看来很快就能跟我们平起平坐了。”

段明过没想到这么多年过后，又能跟乔颜在这样的私人聚会上喝酒，忽的想起当年自己的那番话，尽管承认很幼稚可笑，却又没什么不对。

她把自己绷成一张紧紧的弓，以为这样就可以攻守兼备百毒不侵。其实，在明眼人看来，她只是长着一副好皮囊，稍微一戳，就能刺破她薄如纸的脸皮。

不管是过去，还是现在，乔颜都用她那副自作聪明的样子，小心翼翼地与人交往，其实不过是为了维护自卑过头的自尊心。

Chapter 08

聚会的重头戏在梁铮，但他一直没来。东道主江流萤尽管挂着笑脸，但就跟有心事隐藏着的乔颜一样讪讪然，聚会于是在沉闷中早早结束。

出来的时候，丁贤淑在过道摘韭菜。这是春天割来的第一茬，烧起来鲜嫩好吃，只是气味不佳。段明过鼻子敏感，刚一出来就打了喷嚏。

丁贤淑见乔颜的这伙朋友衣着鲜亮，一个个极有精气神的样子，忍不住上来卖乖问好，却害得乔颜没办法介绍，一时间杵在原地无话可说。

大家都是聪明人，看乔颜如此局促，并不多问这位是谁。丁贤淑也不会蠢到主动上来说她是小妈，等关上门才抱怨：“我有那么见不得人吗？”

乔颜拎过自己的包，一刻不停地要走，随口照应：“你有什么事情就打电话给我，别烦我弟弟，也别烦我朋友。”

丁贤淑挺气不过，抱怨：“你这孩子怎么说话的！”跟着她出门，看她将地上掉的韭菜装进塑料袋，更是气不打一处来，大声问：“你干吗？”

乔颜生怕她这一嗓子把对门的江流萤给吼出来，抓着她袖口低声道：“这儿不是你农村老家的晒台，你要摘菜，进厨房里去！”

丁贤淑一拧眉：“农村怎么了？看不起农村啊，我老家灶台都比你这鸟窝大！你还明星呢，也不怕人笑话，就给我租这么个房子！”

乔颜油盐不进，听到这话不忧更不恼，拎着袋子往电梯里走。反把丁贤淑激得跳起来，跟着过来抓住她的肩，说：“你什么态度？”

乔颜冷冷看着她。

丁贤淑心里一窒，随即心说不怕，将肚子一挺，说：“你以后说话客气点，我这肚子里可是你们乔家的种。你不尊重我不要紧，你得让着你弟弟。”

一番话刺中乔颜心中结痂的口子，尽管她放过“谁知道这孩子姓什么”的狠话，可她到底捱不住他父亲一再的劝说和丁贤淑屡屡的进犯，最后只好破财消灾，给她在这小区找了间屋子。

两人约法三章，丁贤淑答应不再去乔家闹腾，折磨乔恒衰弱的神经，可却没说不提这档子荒唐事。

乔颜只好掩耳盗铃，宽慰自己已经仁至义尽，以后当这人是死的，最好当乔贵桃也不存在。这样不念不想不怨不气，日子还能轻松一点。

恰好一辆黑色轿车从旁滑过，丁贤淑心里感慨这车漂亮的时候，乔颜视线也正巧从车头滑至车尾。她一怔，很快就做出决定，紧走几步挥挥手。

本来不大抱希望的，没想到车子滑出去一两米，又退回来。后排的车窗降下，段明过伸手撑在窗框上，露出一张似笑非笑的脸，语气慵懒地问：“怎么，带你一程？”

乔颜立马甩了丁贤淑坐上去，一连道谢过几次，把司机都弄得紧张起来，说：“是段总眼尖看见乔小姐了，要不然，我铁定已经一脚油门开出去了。”

“你平时挺好，今天话怎么这么多呢……”段明过直了直腰，将西服下摆抻平了，问，“送你回家吗？”

乔颜说：“不用，我回公司。跟你们应该不顺路，一会儿随便把我在路边站台放下就行了，我可以自己坐车回去的。”

司机在前面听得心颤，心想这小孩又不肯乖乖吃饭了。

男人要是想对你好，那千万要收下。否则一而再再而三拒绝，你是矜持也好扭捏也好，男人一律认为你难搞，就提不起兴趣再往下走了。

这对于爱麻烦的段明过更是如此。司机耐心听着，老板果然没反应，过了会儿才漠然道：“前面靠右停吧。”

还没开到，乔颜手机响了。来电的是乔恒的班主任，声音堪比滚滚春雷，炸响道："你……来学校一趟！怎么了？你弟弟把人给打了！"

段明过这边恰好大哥来电，语气也不佳，说："你现在在哪？不忙吧？赶紧去学校一趟，现在就去，段雨溪被人给打了。没了王法了，你给老子打回来！"

段明过耳朵被喊得一阵疼，连忙把电话挂了塞回口袋里，凑巧看到身边乔颜的眼神在他脸上转了几圈——两个人都回过味，暗自思忖，该不会这么巧吧？

来到学校，段雨溪跟乔恒果然都在班主任办公室里，只不过待遇大不相同，一个眼角挂泪，乖巧地坐着；一个仰头，傲娇地站着。

老师正跟乔恒做工作，循循善诱地问着什么。只不过乔恒天生一张铁嘴，这时候打定主意不坦白，只说："人是我打的。"

段雨溪一听就着急了，拨拢着耳边的头发站起来，扯了扯老师的袖口道："老师，其实是那人……那人先动手的，乔恒也是帮我。"

"你刚刚怎么说是路过呢？"

"我……我刚刚不是害怕嘛，一害怕就给忘了。"

"那这事就是因你而起咯？"

段明过不由皱起眉，撇下乔颜去拽自家小侄女，拉扯过来的时候，才看到她额角磕破了一块，殷殷的血染湿头发。

段明过从口袋里摸出块手帕，一点都不怜香惜玉，往她额头上按了下，轻声讥诮着："你是我祖宗，可真有本事啊。"

段雨溪疼得直抖，可哪里顾得上闹别扭，抓着段明过说："小叔，你帮乔恒说说话呀，别让老师骂他了！"

段明过冷下脸，要她闭嘴。

他心里跟明镜似的，怎么不知道这宠坏的公主爱闯祸，这事九成九跟她有关。只是同是姓段，胳膊肘要往里拐，先听听老师怎么说。

班主任跟乔颜念叨："事情也简单，你这个弟弟课间跟人打了一架。那孩子脸上破了相，胳膊脱了臼，现在正在校卫生院里做急救。一会儿你领他去医院好好看一看，再跟他们家里人道个歉，不管是因为矛盾发生冲突，还是见义勇为，你弟弟把人打坏了，这就是理亏。”

这理论颇像马盼劝说过乔颜的那一种，不管别人先前是否轻薄过你，但你最终打下的那一巴掌，就给你的行为定了性。

乔颜吃过这种亏，再不想拿谁受伤谁受害作为界定对错的标准，可是乔恒在旁一句话不说，一副完全认可这判罚的模样。

她想想，这事说不定还有自己不知道的细节，太过咄咄逼人地提出反对意见，可能会把局面弄得更加尴尬，只好不再多说什么。

乔颜先跟段明过和段雨溪说声抱歉。小妞看起来很是焦灼，捧着一肚子话恨不得全倒出来的模样，使劲说：“不关乔恒的事的，真的不关他的事……”

段明过揽过她的肩膀，默不作声地将她挡到自己身后，色厉内荏地要她闭嘴。

庇护的动作被乔颜尽收眼底，反感却又理解。家人面前，他们都是护崽的母鸡。她牵过乔恒的胳膊，向段明过点头道：“那我们先走了。”

班主任这时候扔了手里的笔，跟着乔颜出去，对她多说了几句话：“那家不是个好惹的主，他父母现在不在国内，特地喊了律师过来，看来是想搞点事情。”

乔颜心里不由一紧，向着班主任连连道谢，说：“我会处理好的。”

班主任看着乔恒叹气，说：“我知道你是个好孩子，发生这件事一定有你自己的原因。可你没必要为里头那丫头打掩护，她家大业大，腰板硬着呢，就算是捅了天大的娄子，她家里也会替她扛下来的。”

乔恒被说得面色一动，却仍旧执拗地摇头，说：“是我打的人。”

办公室里也有一场小型讨论。

段明过拽着段雨溪坐到椅子上，一边查看她额头的伤口，一边问：“你最好跟我说清楚，到底是怎么回事，不然你爸那边我可不会替你圆场。”

段雨溪方才的紧张情绪还没缓解，现在一下子又被激得打了个冷战，可怜巴巴道：“小叔，这事我可以告诉你，可你千万别告诉我爸。”

事情起因是一段情感纠纷。段雨溪咽口唾沫，说：“我之前谈了……谈了一个男朋友。你先别激动啊，我俩除了说话和发发短信，可什么都没做过。”

段明过眉间皱得更深，问：“你才多大，这么着急谈恋爱？”

段雨溪不好意思极了，说：“真的什么都没有，而且我后来不是喜欢乔恒了吗？他学习好，人又帅，谁还喜欢那些抽烟耍酷的混小子啊。”

“毛还没长齐呢，那人已经会抽烟了？”

“……”段雨溪吐个舌头，“所以我就赶紧跟他分手了。可谁让你侄女美若天仙呢，他老忘不了我，总来找我。今天课间，他又溜过来送巧克力，我气得直接扔进垃圾箱里。谁知道把他惹毛了，跳起来就要打我，这时候乔恒正好路过。”

段明过算是看见开头猜中结尾了：“两个人于是打了一架，只可惜你这前男友百无一用，书念不过人家也就算了，打架都打不过人家。乔恒还好好的，他已经断胳膊断腿，闹到要上医院了，是不是？”

段雨溪方才还是一脸的阴云密布，现在已经变成晴空万里，特激动地跳起来，攀上段明过的胳膊晃来晃去：“可不嘛！小叔，乔恒的身手可棒了，左一拳右一拳，拳拳到肉，简直帅惨我了，我现在彻底成他迷妹了！”

“你还敢说！”段明过低声喝止，眸光微动，说，“这事无论如何要瞒住你爸跟你妈，要是被他们知道，你就能提前体会什么叫家无宁日了。”

段雨溪当然知道，她爸爸书念得不少，脑子里却满是传统大家长的那一套，教育孩子习惯用拳头说话，她尝过不好好吃饭就被当众打屁股的耻辱。

段雨溪怕得不行，两手反复搓绞，说：“小叔，这次你无论如何要帮我，乔恒那边也不会露馅的，他答应过会替我保守秘密。”

段明过实在是懒得挑起纷争，当然也是怕烦，就想将此页翻过，只是心里有几分纳闷：“乔恒又不喜欢你，干吗要替你保守秘密？”

段雨溪长长的睫毛抖了抖，脸上阴晴再变，嘴角带着似笑非笑的弧度："那是因为，他有把柄落在我手里。"她忽然一怔，朝段明过噘嘴，大声埋怨："谁说他不喜欢我了嘛！"

这才又变回那个天真无邪的小女孩了。

段明过有意要替段雨溪打掩护，所以回去之后，与她一道应付了大哥段明润。段明润尽管有所疑惑，听到弟弟、女儿连同学校老师都是同一口径，也渐渐打消了疑虑。

只有一件，他不依不饶，要跟那位弄破女儿额头的人家较真到底。他言之凿凿："小伤就算了，这是破相，女孩子的脸多重要！"

这事最后被全权委托给段明过处理。段明润信不过口头承诺，要段明过拿出纸质文件，再清晰详实地反馈给自己。

段明过知道这其中的弯弯绕，不好真的追究乔恒，于是让律师草拟了一份责任书，又着秘书跟乔颜沟通，说好只要她签名，一切索赔事项都由他代劳。

签字那天约在医院，本来该是秘书跑的事情，段明过恰好有空，带段雨溪去换药的同时，决意自己亲自出马。

Chapter 09

乔颜连日以来，一直在医院照顾那位被乔恒打伤的少年。

他们一家就不如段家这么"通情达理"，律师一开始开出了天价赔款。在多次协商无果后，乔颜身体力行，企图用自己的诚心赢取对方的妥协。

这家人也乐得有人使唤，因为省了请护工的钱，心情甚好地将这个年轻貌美的姑娘，心安理得地呼来换去。

起初几天，乔颜是满心不顺，可熬着熬着，圣母病犯了，觉得这家的孩子也真是可怜，一个大小伙子伤成这样了，父母还在满世界乱飞，一家人唯一的交流是每晚不足三十秒的电话。

直到一周过去，他父亲才露了一次面。他块头高壮，有着中年人挺拔的啤酒肚。样子明明看起来很彪悍，一副不好对付的样子，跟她说话的时候，却偏偏很是礼貌。

乔颜起初以为自己的辛勤劳作起了效果，这家的大人终于被她的诚心打动，看来高额赔偿的事情还有得谈，她甚至开始做起了不用担责的梦，却发现这孩子的父亲有点不太对劲。

起初他一点面都不露，现在是天天都来跑几回，更是热情地将乔颜家里的情况问得透彻，还半真半假地问她想不想过一种轻松的日子。

乔颜借口内急，从病房里跑出来，在公共卫生间里蹲了半天，确定自己没有一点尿意。站在镜子前洗手的时候，不由多看了自己几眼。

年轻是自然年轻的，不过才二十二岁。所以哪怕生活艰辛，也不会让一点风霜染在眉心眼角。漂亮也自然是漂亮的，巴掌大的脸，桃花眼，见惯美女的圈内人也说她惊艳。

她一面知道因为这皮囊，会遇见许多善意或不善意的注目，提醒自己注意；一面又打击自己只是个善于倒人胃口的人，其实没那么多人钟情自己。

她回去的时候，鼓起勇气重新推门而入，却听见里头那男孩高声在说：“老爸，你最近来得是不是太勤快了一点？这儿不是有什么勾住你魂了吧？”

答话听得不太清楚，差不多是骂他“浑小子”之类的话。浑小子又说：“也正常，那妞长得正，身材又好，我看了都喜欢。”

乔颜脑中“嗡”的一声，只觉得血气上涌，一时间杵在原地，脚下生根。身边正有一团阴翳逼近，她余光一瞥，看到一个熟至入骨的人。

来人抬手刮了刮眉角，语气懒散道：“看不出来，你还挺有办法的。”

乔颜一时间又羞又恼，脸刷的红得透彻。段明过脾气古怪，性情乖僻，认识之初，乔颜就知道他是个不好对付的人。

然而多年过去，他已变得成熟，却还拿夹枪带棒冷嘲热讽她，不是过于放肆，就是完全不把面前的人放眼里。

乔颜脑子快速转动，在想如何应付，旁边的段明过已经推门进去。

里头大小一对父子吃了一惊，躺在床上的浑小子见到一张生脸，僵着两腮不满道："谁啊？怎么随随便便进别人房间？"

旁边的爸爸眼尖，拉扯他，要他别乱说话，而后换上副笑脸走过来，毕恭毕敬地伸出手："段先生？"

段明过得了便宜还卖乖，露出一副思索的模样，恍惚说："以前见过？"

男人笑着说是头一回见，不过天下谁人不识君："段先生我肯定是认识的，至于我嘛，段先生不认识也正常。"

提及来意，段明过眼神状似无意地瞥了眼病床上的人，说："带我侄女儿来换药，有人不长眼睛，差点给她开了瓢。"

语气淡然的一句话，说得病床上的男孩一怔。已经知道这是段雨溪小叔，只是不知道自己跟段雨溪的那点交情，他了解多少。

他一时间心下情绪万千，不知道来人是敌是友，是否抱着什么目的，踟蹰着是先一步坦白从宽，还是让他爸爸挡在身前。

段明过的眼神却放过了病床上脸色惨白的男孩，转而看向这房间里同样表情僵硬的另一个人。

乔颜明显感觉一股热源向自己袭来，一抬眼，发现段明过已站在自己眼前。他个子太高，朝她说话的时候弓着腰，微微垂下头，她方才与他平视。

"这边事情结束就出来——不着急，我在外面等你，一直。"

热乎乎的气息喷在她的耳廓，烫得她一张脸比方才红得还要彻底。她不解地看着他，他露出一脸温和的笑意，从她身边擦过时略勾一勾唇角，是不足为别人道的心照不宣。

果然，这人一阵风似的进来，又一阵风似的出去后，病房里的父子立马变了一副嘴脸，对她居然客气了起来。小孩儿沉不住气，说话直来直去："你跟那段三什么关系？"

话一出口，被他爸爸立马喝止，骂道："没大没小。段三也是你喊的？乔小姐你有事就去忙吧，这儿有我呢。"

乔颜也不解释，拿着鸡毛当令箭，依言去找段明过的时候，很是诚恳地向他说了句："谢谢段先生。"

段明过正从包里将拟好的合同整理出来，听到这突然冒出的一句话还有些发怔，转而一笑，说："我怎么不记得帮过你？"

他指着合同签名页的位置说："家兄所托，我也是情不得已，合同只走形式，纯粹糊弄人的。怕你觉得不放心，我这里还有一份另外起草的免责书。"

段明过果然抽出另一份文件，也是语句严密、格式工整，正经律师弄出来的东西，想来不会有错。乔颜提笔刷刷签下自己的名字。

段明过见她看也不看，随口说了句："你心挺大，就不怕我里头夹了暗款，讹得你倾家荡产？"

乔颜明显一愣，果真审视起这话有几分可信。对面的段明过收拾好东西，笑着站起来，拍了拍她的肩膀，说："你忙，走了。"

段明过来也匆匆，去也匆匆，乔颜回去的路上总觉得像是经历了一场幻梦，又想到梦中的自己对他太客气了点，哪怕他说话向来真真假假，她也总分辩不清。

年轻的时候，她经常跟段家兄弟往来出入。有次段明过当着众人的面上让她下不了台，说你这么费心费力地讨好我哥哥，看来很快就能跟我们平起平坐。

乔颜出身寒门，身上天然带着一分倔强的傲骨，听到这番话已然黑下脸来。可他却忽然露出笑脸，像今天一样，拍了拍她的肩膀，说开玩笑的，当真了啊丫头。

云淡风轻，轻描淡写，仿佛方才刻薄阴冷的并不是他。他只是一个爱开玩笑、爱捣乱的年轻男人，谁跟我计较那就是谁的错了。

乔颜看不出段明过是怎么样的一个人，不知道他是否戴着面具，如果有，那面具之下又会是怎样的一副面孔。

她唯一知道的是，他有一双很亮的眼睛，看人的时候总带着一点笑意，等你将视线移去时，却又会对上他凉薄的余光。

乔颜看不清这个人，而她自己却如同赤身裸体般站在他面前。那次不甚愉快的会面过后，乔颜借口学业繁忙，拒绝了段明泽几次邀约。

段明泽大约猜到了是哪一次会面时，冲撞到内心敏感的乔颜，在电话里很是小心地询问是否能有一次赎罪的机会。

乔颜正好收到段家的回信，一边歪头夹着电话，一边展开信件。仍旧是机打的信件，不过落款处除了那行熟悉的签名，还多了一行小字——

好久不见，我想你了丫头。你呢，想我了吗？

"啪"的一声手机落地，只花五块月功能费就能申领的诺基亚手机居然没有半点问题。段明泽在那头"喂喂喂"的声音依旧响亮。

她连忙接过来，说："对不起，段先生，我要写作业了。"

她将手机直接关了，再将桌上散着的信封、信纸一道锁进自己的书桌。她搓着双手，不安地坐下来，心想，再也不要和段家的人来往了。

段明过闯进来后，给病房里的父子俩留下了长久的后遗症。乔颜跟小孩独处的时候，他总爱拉着她，说他跟段雨溪的情史，央求她有空在段明过面前美言几句。

"我是真的爱雨溪啊！真的，我比她爸还爱她！她爸除了给她找小妈，还会做什么？我就截然不同了。"

大约真的事不关己，所以乔颜才有闲情逸致来拿这种事来开玩笑，逗着小孩儿问："你到底爱她哪一点？"

小孩埋头想了想，半晌怔怔道："她腰很软的。"

乔颜倒没笑话他，心想也不止他一个人是这样。楚王爱细腰，这世上的感情本来就是奇奇怪怪的，有人爱腰，有人爱脚，也有人爱长不大的毒舌大男孩。

小孩的父亲还是每天都会来，只是没以前那么爱动手动脚，也不会在言语上冲撞调戏乔颜，只是时不时贴着她问一两句段明过的事。

段家主攻房地产，不过做得大了，也对其他行当感兴趣。这家想跟段家攀关系，偶然遇见一个恐怕能牵线搭桥的，就表现出十二分的兴趣。

乔颜听他问得多了，害怕自己多说露出马脚。然而越是避而不谈，这人就越是以为他俩交情匪浅，一直追着卖笑脸给她。

恰好这天小孩母亲来，女强人忙于工作，却也能发现家庭中细微的变化。一向不管闲事的先生忽然天天跑医院，这事就很值得玩味了。

过来一看果然有猫腻，对象是一个穷酸的十八线女明星，按照两人交头接耳的亲密程度来看，关系已然匪浅。

女人的嫉妒夹杂着女强人的不可一世，她二话不说，揪着乔颜的胳膊，就把她扔出了病房。男人在后头抱怨，她忽然跳起脚来，跟自己丈夫互相大吼。

这一日的结局是，乔颜选择避让，灰溜溜地逃出了医院。她想回家找点清静，开门的时候却遇见乔贵桃跟丁贤淑肩并肩地看电视。

她爸爸很是局促了一阵，离开丁贤淑，往沙发那头挪了挪。丁贤淑冷冷一笑，话倒是极漂亮的："乔颜回来啦，我给你洗水果。"

乔颜走进房间将门一关，倒头埋进乔恒的床上，耳边不知怎么响起那天段明过说的话："看不出来，你还挺有办法的。"

她想这次，自己还真有点跳进黄河也洗不清了。

夜里，乔颜被一阵手机铃声吵醒，马娘娘一副忧心忡忡的语气，说："有个坏消息，有个好消息，你想听哪一个呢？"

乔颜心下惶然，说："你别跟我卖关子。"

马盼说："好消息是，你今天红了，爆红，现在微博第一挂的就是你的热搜。坏消息是，好事不出门，恶事行千里，你可不是因为什么正经事红的。"

乔颜一颗心怦怦直跳，过热的血液从胸腔一直冲腾到耳朵。她整个人都开始晕晕乎乎的："到底怎么了？"

马盼说："你今天在医院是不是闹事了？"

乔颜隐约就知道是这事在发酵。当时有人在旁举着手机拍摄，她因为自己不吵不闹也没被拖进漩涡中心，就没管这么多。

她将下午发生的事情一样样说给马盼听。对方听了半晌没有吭声，说："我去联系公司的公关，看怎么把这件事应付过去，处理得好，说不定对你将来还有帮助。"

乔颜心里过意不去，说："麻烦你了，马姐姐。"

"滚！"马盼呼哧呼哧喘气，过了会儿说："你早点休息吧，微博暂时不要上了，说什么的都有，怕你看了之后心脏出问题。"

乔颜嘴上答应，当然也知道网上什么污言秽语都会有，可在床上翻滚几次，还是忍不住偷偷登上软件。

热搜第一触目惊心：美女小三被原配暴打。她反复读过几次，怎么都不肯相信这是关于她的信息。

点进去一看，最热的一条还有视频。画面确实是她下午在医院的情形，只是中途经过剪辑，视频里多了一段有人掌掴的短视频。

熟悉乔颜的人，多看几次自然知道视频经过处理了，里面被暴打的另有其人。可正义感爆棚的路人只会拍手称快，恨不得冲进画面手刃小三。

往下拉，热评里面说什么的都有，满目都是冷笑嘲讽狂风暴雨。再往下翻，乔颜更是忍不住冷汗涔涔，已经有人开始人肉出她的所有信息，连累乔恒也被当成了靶子。

手机一直在震，她匆匆退出搜索，就被软件上提示的艾特和私信刷屏。发现她上线的人们一波波涌来，污言秽语涌满视线。

乔颜这才深深感谢起马盼的远见卓识，她确实不像自己心中想象得那么坚强，看到这样汹涌澎湃的恶语，她的心脏确确实实承受不来。

乔颜坐在床上思绪万千，一直到有人疯狂敲响房门，她方才收回放飞的理智。她回过神来，才发现自己出了满身的汗，擦一擦额角，慢慢起身。

门外，乔恒黑着一张脸恶狠狠地看向她。乔颜心中一窒，还要装作若无其事地说："上过自习回来啦，今天在学校怎么样？"

乔恒将门一下顶开，从兜里掏出手机，按亮在他姐姐面前，大声质问："你到底怎么回事？不是要你洁身自好吗？你是不是就想让我在学校里抬不起头来？"

乔恒将手机一扔，铁疙瘩不偏不倚正好打上乔颜的锁骨。她疼得禁不住低头，还要在混乱里抓住乱飞的手机。

她又开始了新一轮的胡思乱想，觉得有句谚语确实不错，压垮一头骆驼的往往就是那微不足道的最后一根稻草。

现在，稻草就站在她面前，迫不及待地要压到她身上来了。

第三章
哪个才是真的你

Chapter 10

乔颜跟乔恒闹过一场矛盾后，就从家里搬了出来。说搬也不大对，家里就两室一厅，主卧是乔贵桃占着，次卧有弟弟住着，乔颜一直都睡客厅的沙发。

衣服也没有两件，稍微一拨拢，带上日常换洗的就能走。

期间乔恒已经良心发现，只是少年的自尊心不允许他轻易低头，只好一边闷闷不乐地看着她收拾东西，一边暗自后悔地咬着舌头。

乔颜当晚敲开了马盼的家门，大男人穿着一件连体的喵星人睡衣，一脸疲惫地站在房门后头，问："你怎么来了？"

乔颜将手里的袋子往玄关一搁，跳进门槛里脱鞋子，说："借宿。"

"被家里人赶出来了？"马盼磨牙，"你还真敢到我这儿来求援，瞧你捅出多大娄子了，我现在删帖删得手都快断了。"

乔颜朝他笑了笑，说："我给你捏肩。"

乔颜这一住就是几天。只是马盼家也并非是世外桃源，在外打拼的上班族，有几个年纪轻轻就能攒下一套房的？

马盼尽管白日里做了一份光鲜的职业，夜里却要回到和人合租的鸽子笼。一墙之隔的小天地还住着两户人，夜深人静之时，隔壁就会响起此起彼伏的鼾声。

乔颜本就不习惯打地铺，如此一来更是整晚整晚都睡不着，翻来覆去，往往连马盼也吵醒了。他终于叹着气说：“你到底什么时候才走？”

乔颜不敢再动，蜷在被子里弯成一个小小的虾子。马盼又问：“孤男寡女共处一室，你也不怕我兽性大发？你不是有钱吗？自己租房子去。”

乔颜随口就回：“不行，那是攒了给我弟弟上学用的。”

她转而一想，自己沦落至此，乔恒也是罪魁祸首，臭小子好没良心，至今连个电话都没有，亏她到现在还全心全意向着他。

马盼连连叹气，说：“你这人还真挺苦的。”

工作刚有起色，就遭遇圈里的潜规则，鱼死网破保得清白却损失良多。如今终于要有风平浪静的迹象了，谁知道还遇见了张冠李戴的破事。

唯一值得庆幸的大概是，网上发酵的舆论有了令人哭笑不得的转弯。

满屏喊打喊杀的话里，突然多了许多感慨她美貌的言论，美得让人不忍苛责她，尽管他们自己也承认这是又一重道德的沦丧。

乔颜的背景在群体性的高潮过后，被更深一步地详细挖掘，她几次出入同一辆豪车的照片也被搬出来，以印证她狼藉的声名。

奇怪的是，那时候的乔颜只不过是一名十八线的小明星，还不值得狗仔大张旗鼓地跟踪。唯一的解释，就是他们偷拍段明过的时候，附带上了无辜的她。

所以照片除她之外都做了很严格的处理，饶是这样，还是免不了在面世的几小时后被删得干干净净，连同乔颜的消息都附带着被压了一压。

马盼越想越觉得心潮澎湃，往地上的人身上扔了一个枕头，说：“那个段先生还真是了不得。你跟他到底是怎么认识的啊？”

乔颜只好将两人的那点故事一一说出来，其实颠来倒去也没有几句可谈的。毕竟两人重逢之前，在一起时说过的话一只手都数得过来。

马盼却听得很是津津有味，最后忍不住评判道：“走得那么近，也没有擦出什么火花，可惜了。”

这话就有毛病了。她那时候不过十六岁，情窦未开，段家两兄弟早已成年，怎么可能对一个乳臭未干的黄毛丫头感兴趣？

马盼平躺在床上，心想这人呆得很，没有无缘无故的恨，也没有无缘无故的爱，别人三番五次约你出门，不是对你有意思又是什么？

于是他劝道："不管怎么样，你们也算是旧相识，如果有用得上的，不要害羞，尽管去求一求他。不帮忙是他的事，帮忙的话，对咱们都有好处。"

乔颜不吱声，抱住自己翻了个身，心事重重。

马盼在床上反复喊着她，故意逗她似的问："乔安娜，你对我可是一点都不客气，对他怎么就怕得退避三舍？你是不是对他有想法？你喜欢他哦？"

乔颜闭上眼，狠狠地摇了摇头，说："睡吧，你话可真多。"

事实证明，马盼从来不说无谓的话，也从来不做赔本的买卖。没过几日，马盼就找到了向乔颜索要房费的合理方式。

"老总近来要跟段家老三谈生意，不过找不到合适的人牵线搭桥。我跟他提了你的事……你看看，你是不是有办法请人出来？"

乔颜这时才后悔自己的坦诚，连忙推脱道："真的没办法。我上次跟段明过……闹过一场，从那之后，他特别不待见我。"

事实是，一直都不太待见，他年轻时候何曾给过她好脸？

马盼却说："就是让你想办法约人出来见个面，哪怕偶遇也可以。老总自然有自己的办法，见面之后的事情，你就不用管了。"

可她上哪给他们制造这次偶遇呢？忽然之间，她想到再遇到他的那天晚上，在她家楼下，段明过对电话那头说，他经常会去一个地方打球。

马盼见她尽管为难，眼中的神色却渐渐清明，于是勾着兰花指在她鼻子上一刮，说："就知道你能想出办法，我先帮你应下了……老总这次为你的事没少费心，要知恩图报，你总该拿出点什么做谢礼吧。"

乔颜只好去做功课。那天他说每周末都会去一个叫东方的地方，用的是拍，那必定不是打高尔夫或是什么桥牌的雅致地方。

她转而想到他曾经喜欢打羽毛球，给她每月一封的机打回信里，他曾经提及得到过省运会羽毛球冠军的事。

线索都有，她拿几个关键词在网上一搜，果然找出本市有个叫东方的体育馆，里面的羽毛球馆设施齐全，许多羽毛球爱好者都会前往。

乔颜于是联系马盼约好老总，两个人周末的时候各背一个拍子去了东方。进门的时候，乔颜脚下忽的一个趔趄。

她心中质疑自己是否上了旁人的当，跳进了一个新挖好的坑里。

还有更深层次的担忧。她疑心自己是否先给自己挖了一个坑，然后心甘情愿地往里跳了下去……她脸上一红，浑身烧灼。

刚一进入场馆，乔颜更是被里头横冲直撞的热气砸得头昏眼花。羽毛球馆虽大，可人更多，穿花花绿绿运动衫的人在里面来往穿梭，球飞在半空呼呼带响。

也不知道怎么的，乔颜还是能在这一群人中一眼发现段明过。他黑衣黑裤，身材修长健美，挥拍的时候动作利落，连飞扬的汗滴都闪着光。

老总显然也发现了目标，激动地一把握住乔颜的手，拽着她紧赶慢赶，说：“走，安娜，咱们跟他打招呼去。”

可段明过是什么人呢？只要他打定主意不理人，就是天王老子过来也是半分面子都不给。乔颜在旁边喊了他几声，他也只是当耳旁风，球拍挥得飞快，冲对面那人喊：“再来。”

乔颜半叹口气半松口气，说：“老板，你看，我说我们不熟的，而且我跟他闹过不愉快……”

老总眯着眼睛，指着球网另一头的人说：“那是哪位？看起来很眼熟啊。”

乔颜稍一打量就认了出来，跟段明过对打的不是旁人，正是和自己有过一面之缘的姜佳妮。她打球也不忘伪装，将帽檐压得极低。

乔颜想起八卦新闻里描述姜佳妮感情的消息，说她事业、爱情两得意，近来跟一位小开打得火热，如今想来，这人该是段明过无疑了。

肩上忽的一重，乔颜转头去看，江流萤一张笑脸露在眼前。她眨着水灵灵的大眼睛道："远远看着就像你，怎么那么巧，你也来打球？"

乔颜一时间有些局促。江流萤指着她身边的人道："咦，这位是谁呀？"

乔颜知道她误会了，赶紧解释："这是我老板。"

江流萤这才重新笑起来，说："跟你们开玩笑呢。来得正好，大家一起玩，段三也在这儿呢。"

江流萤为人热情，张牙舞爪地一定要段明过停下来，指着一边的人说："乔颜来了，跟你打招呼，你怎么不听呢？"

这时候是无论如何也装不了糊涂了。段明过只好收拍跟过来，朝乔颜随意地飞一下眉梢，再跟她身边的男士寒暄。

老总是找准机会便见缝插针，赶忙将自己的名片递过去。只是对方一点面子都不给，拦在半路，说："私人时间，不谈工作。"

一时间气氛尴尬。还是江流萤解的围，将名片接过去塞进段明过口袋里，说："四海之内皆兄弟，大家都是朋友嘛。"

老总跟着附和，说："是是是。"

段明过拍子一挥，说："那要不要打一局？"他很是自然地拉过姜佳妮的手，走到半区，说："你俩一队，我俩一队。"

乔颜总觉得段明过今天举动诡异，可来不及思考，半推半就之中，跟着老板去另外半区受虐。

江流萤在旁大喊加油，叮嘱段明过："一定要手下留情哦。"

段明过显然没听到她的叮嘱，球发得又快又狠，还偏偏不偏不倚就是冲着乔颜而来。她心下慌张，只来得及闭眼，就被一阵刺痛击中脑门。

江流萤惊得在旁大喊了一声。

乔颜踉跄几步跌到地上，屁股着地的一刻还在胡思乱想，早知今日，不应该为了走捷径地过来找他。他那么心细的人，又怎么可能不知道她的来意？他很反感吧？可他身边围着那么多有求于他的人，多她一个又能如何？

睁开眼的时候，江流萤和老总都围在身边。段明过也姗姗赶来，正站在姜佳妮的身后，表情阴冷无比，仔细看看，又仿佛隐约藏着一点埋怨。

Chapter 11

乔颜被砸中了脑门，曾经的专业运动员挥拍，发出来的球自然是又快又狠，一开始撞上的时候还不觉得如何，时间越久就越觉得刺痛加剧。

这其中当然还包括面子被拂而产生的幽怨。肉体和精神上遭受到双重折磨，想不难受也是挺难。

老总被这架势吓了一跳，轻轻按着乔颜的肩膀，在她耳边小声嘀咕：“这个段先生真是了不得，哪有一上来就动手打人的。”

江流萤急忙迎过来扶乔颜，患难之中见真情。她一脸的紧张不像有假，搂着她肩膀焦急道：“这儿有医生，我带你过去看一看！”

乔颜还记得来的目的，这时候无论如何不想再破坏气氛，坚持道：“我到一边坐坐就好了。”

几个人里除了江流萤，都没有意见。段明过更是迫不及待地要让一切恢复如常，指着姜佳妮道：“来，咱们再打几局。”

乔颜被搀扶到一边，江流萤拧开一瓶矿泉水递给她，拂过她披散在两肩的长发，很温柔地说：“喝吧。”

乔颜生性淡薄，可哪怕是千年冻成的一块冰，此刻也会被这样温暖的女人焐化了。她有一点局促，更多的是感动，低头说：“谢谢。”

江流萤视线看得很远，场上的段明过跟姜佳妮还在切磋，战况激烈。

她不知道看出了什么，轻笑道：“段三这个人，性格古怪，忽冷忽热，但不是一个难相处的人。而且他有个好处，就是对女人一向客气。”

段明过从不为难女人，可跟乔颜稍一走近，就忍不住打开满身的棱角。哪怕笑容也是冷的，绵里藏针。这自然不是因为性格突变，那唯一的解释就成了……她不是个女人？

好像也不对。但顺过来想，逆过来想，都不太对。

段明过打了整个下午的球，洗过澡回去的时候精神振奋，坐在车上一连处理了几份文件，又翻阅完各大门户网站的新闻。

江流萤累到不行，睡了一觉，醒来的时候见他仍旧在手机上划来划去，懒洋洋地问了声："你也不嫌累。"

段明过嗡笑，说："累这个字跟不行一样，是男人永恒的忌讳。我就是真的累到不行，也不可能跟你诉苦。"

两人认识许久，平日里插科打诨惯了。江流萤找准一切时机损他，说："也亏得是我，换个人就当你是调戏了。"

不知道这句话切中了他哪个要害，段明过的笑容明显淡了些。他终于将手机收起来，直起腰来放松一会儿肌肉，说："一会儿去哪，赏脸陪我吃个饭？"

江流萤乐得去蹭一顿，只是替旁人可惜："你也太不懂怜香惜玉了，别人陪了你一整个下午，你连一顿饭都懒得跟人家吃。"

段明过这会儿是一点笑意都没有了，推开一点窗缝吹晚风，说："我就是想请她吃饭，她也未必会答应……何况她不是一个人来的。"

江流萤扑哧一声笑出来，摇着头，叹了几口气。见此，段明过脸上有丝意外，终于换上一副清明的模样，说："你说的是佳妮？"

江流萤阴阳怪气道："可惜有人就是要听成另一个。"

话不投机，段明过向司机报了一个餐厅名字，就不再说话。黑暗之中，他的手机屏幕又亮了起来，拿着一支修长的手划啊划。

江流萤推了一下他的胳膊，问："你到底怎么回事？一上来就把人给打了，你什么时候学的这一身戾气？"

段明过眉心一动，其实眼前也在反复回放下午的一幕。大家只知道他欺负了一个手无寸铁的女孩子，没人知道球击中她的时候，他握着拍拍的手收得很紧。

段明过这时才觉得有点累，捏了捏眉心，说："其实我没打算让球打到她的。"

是真的。发球那一刻，他只是想让球擦过她的肩膀，或是手腕——任何一个痛感不明显的地方——只是想教训一下她。谁能想到，这些年来他的球技退化得如此之多。

江流萤叹气："干吗这样？虽说她今天跟你不是简单的偶遇……旁

边那个是她老板哦，你们之间有生意往来？”

段明过说：“曾经有过。公司投资的几部电视剧里，他们也有入股，不过合作得不甚愉快，下面人就给砍了。这老板虽说大小是个‘总’，但公司规模不大，还有作坊习气，总觉得要跟我碰面才能把事情谈妥。开玩笑，我哪儿有空跟他废话？”

江流萤点头，说：“原来是这么一回事。这么说来，这个人也真是不懂事，他也不想想，事无巨细都要你来亲自过目，那你得忙成什么孙子样。所以他才施了美人计，想要乔安娜来接洽，却没想到孙子更不乐意了。”

段明过皱着眉睨她，琢磨着：“你这番话听着怎么有点刺耳啊？不是什么好话吧？你们动笔杆子的就是这样，随便几句话出来，就把人编排成孙子，我还什么都不能辩驳。”

江流萤咯咯地笑起来，骂他是活该，又挑他爱听的来讲：“这事儿不能怪乔安娜，她也是被逼的。她要是敢忤逆自己老板，还不被那作坊主给开了？”

段明过又不说话，抿嘴翻着手机，也不知道该看点什么打发时间。

江流萤又推了推他，小声询问：“她来找你，你就这么生气啊？局面搞得这么难看，我倒要看看你怎么下台。”

生气啊，当然生气，好像她每次都带着目的而来。

他当年借着逗趣跟她说想她，她居然一消失就是小几个月。等重新出现在他面前，又是有事相求，以前是要扶助金，这回是要让他介绍个好医生。

她像一棵风雨里不肯弯腰的小杂草，谦卑还是谦卑的，就是不肯流露出哪怕一点的可怜。她说：“我妈妈不行了，你能不能帮她找个好点的医生？”

段明过古怪的脾气在那一回也是展现得淋漓尽致。他昂着头，说：“你前几个月都干吗去了？”

乔颜不解。

段明过说："你信也不写了，脸也不露了，就是养条狗也要天天来摇尾巴才有感情。你人间蒸发这么久，某天忽然跳出来开口要我帮忙，说得过去吗？"

此时，段明过烦躁地调整坐姿，说"有什么下不来台的？下次见到她，我真要好好问问她，是她觉得我俩太熟，已经到了互通有无的地步，还是我给过她什么错觉，让她觉得只要找我，我就会无条件地帮她做事？"

江流萤是看热闹不嫌事大，撺掇着："你一个大男人别总嘴上开炮，既然早晚都要问，那你不如现在就发短信给她，你看她怎么回你！"

段明过冷哼一声，明知这是一招烂到底的激将法，可还是心甘情愿地走进陷阱，"发就发，我还怕她啊！"

于是这晚，乔颜的手机上接到一串消息。她一连看了几遍，觉得不是自己眼睛发花了，就是对面段明过手机中毒了。

——以后别因为别人的事来找我。

——你是不是觉得我俩太熟，还是我给过你什么错误的暗示，让你觉得我很好说话？

乔颜被这突如其来的消息弄得不知所措，过了会儿，她更加确信这一晚是如此地别开生面。

——刚刚我把话说重了，对不起。

——你头还疼吗？我去给你送点药。

乔颜一下跳起来，觉得这事儿再发展下去，就有点棘手了。她于是打开对话框回复，一字一字敲得很慎重。

——不用，我很……

一句话没发完，又有新短信进来。

——下楼，现在。

"……"乔颜是真的有点儿反应不上来了。

——你在我家楼下了？

——嗯，还带了点夜宵给你。下来，外面风好大。

——可是……我现在不在家啊，我最近一直住朋友家。

手机静谧一两分钟。

——你朋友男的女的？

乔颜很想说虽然是男的，但也跟女的差不多，输到一半觉得这是出卖马盼，又只好删了，有点无望地写：是很好的朋友。

——男的。

——走了。

短促的两个字后，乔颜再也没等到段明过的新消息。

哪怕她随后组织语言，表达内心的谢意，他也像是人间蒸发般，彻底没了信儿。

他当然不会是真的人间蒸发，他只是不想理她。

这天夜里，乔颜又失眠一宿。马盼被她来来回回的翻身折磨得五内俱焚，磨着牙齿说："你到底睡不睡？"

她这回不像以前一样立马装睡，而是一边绞着被子一边埋怨："有一个人，一直对我很过分。但……"

言犹未尽，可马盼等来等去也等不到下一句，深夜之中只听得见她微重的鼻息。他忽然一个激灵，想起室友杀人的社会新闻，赶忙将头一埋，觉得还是不要触发身边的定时炸弹。

乔颜随后也将头埋进被子里，无聊之中掏出他发来的信息反复浏览，想问问他到底哪句是真哪句是假，哪个表情才是真正的你。却又怎么都不知如何发问。

她有些悲哀地想，一直以来他俩都处得不是很好，除了许久未见后，带着陌生感互相试探的那短短几日，他们见面时就闹不愉快的情况一直没有改观。

他们唯一平心静气地交流时，都是在信纸上。可能那样有足够的时间去想，去写，斟酌反复……可如今，他们连纸上的交流都开始不顺了。

Chapter 12

经历那晚的短信事件后，乔颜跟段明过有很长一段时间没有再见过。

乔颜更加确定了自己的看法，段明过的手机铁定中了病毒，不然他那样审慎的男人，怎么会发那样幼稚的短信。

事情既然平息了，乔颜便也学着放下。幸好阴晴不定的春日已过，暖风给满城带来雪白的柳絮，也带来了温热的湿气。

视频事件过后，乔颜的生活有了堪称天翻地覆的改变。

原来是杵在大街上都没有人看的十八线，现在进阶了一点，成了镜头乐于捕捉她丑照的十七线，尽管每次新闻标题都顶着“美女小三”之类扎眼的字样。

既来之，则安之。乔颜感谢自己那尽管一生不顺、但天生自我良好的纾解机能。她消除了大半不适感，名声不好，有钱就行，近来通告渐渐多了，也是不幸中的万幸。

没事的时候，她偶尔会去丁贤淑那边转一转，确保她没有做出什么出格的事情。这期间多次遇见在家写稿的江流萤，一来二去，两人玩得更熟。

江流萤这人简单，忙的时候整日写稿，闲下来了，也会外出一疯就是一整天。

据她反应，丁贤淑这段日子还算老实，除了偶尔在楼道里摘菜，或是把垃圾扔得处处都是，也没做出什么更加过分的事情。

江流萤抓着她的胳膊，笑着思忖了一会儿，说：“只有一次，她来我这里借盐。我说抱歉，我从不做饭。她又拉着我寒暄，说是你妈妈，要我借她点钱。”

乔颜听得一脸通红，一时间不知道怎么道歉。江流萤反而先宽慰她，说：“你千万别觉得不好意思，我也是看咱俩这么熟了，说话又很投机，这才告诉你的。”

乔颜立刻起身要去找她，江流萤死命拖住她，说：“你家的事，你虽然从没跟我说过，但我多少能猜出一点。你不用跟她啰唆，那样好心情也被搞坏了。她那种人倒还难不住我，我三岁就出门帮家里打酱油，泼辣两个字不是说着玩玩的。”

乔颜见江流萤这样通情达理，倒不好再有进一步的行动。她想，每次自己有什么尽力想瞒的事，其实不过是掩耳盗铃，早已被人洞穿。

乔颜苦笑道："你应该看出来了，我家其实条件很不好。这人也不知道到底看上我爸爸哪一点……他们都在一起好多年了。"

江流萤说："不奇怪的。有时候你觉得这人层次低，但在另一个人的眼里，或许就不是这样。有的女人能站得高看得远，有的女人只要一日三餐，温饱就行。可是归根结底，如果是利用男人，那不管怎么挑三拣四都是一样的性质；如果从一开始就不想依赖他们，那男人是否高低贵贱，对她们来说其实也没什么分别。"

大概真是剧本写多了，说什么都喜欢来上一大套正反论证。

江流萤洋洋洒洒地说了一通，可就像上次她对男人女人的见解一样，乍听起来很有几分道理，仔细想想还是老一套的鸡汤。

乔颜还没想好怎么回答，兜里的手机响起来。

马盼告诉她，新接了一个脱口秀的节目，是近期网上最热门的一档综艺；要她有空就去看看往期的节目，当天正常发挥，不要怯场。

乔颜一听名字，还真是个大热节目，马上自我感觉应付不来诸如此类的犀利画风。她立马想推，却被马盼骂得狗血淋头。

"你那些债还清了吗？人家律师天天盯着我，要我催促你还钱呢。他们没那么庸俗，不会成天盯着你的伤口看，而且主角不是你。我听说那天有重量级嘉宾要来，海归绅士、商场新贵……听说制片跟段家关系极好，你说来的这人可能是谁？"

乔颜挂完电话回来，江流萤已经将手提包收拾妥当，牵上她的胳膊问："你有空没空？陪我出去逛个街呗？"

乔颜没有意见，心想反正也好久没出去逛过，权当散心。

两个人坐车来到市里的百货商场。江流萤购物欲旺盛，从头到脚、连同床上用品都买了一遍。她见乔颜始终游离在外，很是不忍，试衣服的时候分给她一件，催促她一同享受。

乔颜换好之后却迟迟不肯出来，江流萤在外敲门，说："你再不露面，我就要喊警察叔叔过来撬门了啊。”

乔颜还扭扭捏捏的，声音细细小小地从里面传出来：“好像有点露。”

江流萤听都不要听：“年轻人古董心，这点露就害怕了？以后哪天让你为戏脱光，你是不是不活了啊？”

乔颜这才磨磨蹭蹭地出来，甫一出门，就把在场的人给镇住了。这是一条抹胸白色小礼裙，剪裁得非常修身，特别考验气质跟身材。

瘦一点，或是大一点，效果都会是毁灭性的。只有乔颜这样匀称的身材，才会最大限度地穿出它的美，衣服衬人，不是人衬衣服，轻重主次都是恰到好处的。

江流萤跟店员都撺掇乔颜买，乔颜被说得有点心动，一看标签却又犹豫起来。四位数的价格不算高，但问题是她现在太寒酸。

江流萤忍不住掏出信用卡要替她埋单，说：“值得的。”乔颜只好将江流萤的手推开，递上自己的卡说：“我有新通告要上，我现在有钱。”

回去的路上，乔颜不止一次伸手进去摸这条裙子，反复说服自己买得确实值，节目不会赞助她衣服，她总不能穿着牛仔衬衫就上去吧。

上节目那天，乔颜果真穿着这条裙子去。化妆师都忍不住多看了她几眼，开玩笑道：“安娜，你要是不红，天理不容啊！”

乔颜飘飘然，自己也觉得有些魂飞天外的感觉。她幽幽而来，幽幽而去，这一不正常的精神状态在赶到摄影棚后到达顶点，然后在确认嘉宾后又魂魄归位。

这一晚录制的时候，乔颜很好地诠释了一个花瓶的涵义。

她不与人互动，也从不向切来的镜头微笑，几乎如同一尊玉制的坐佛那样，只是由内而外地散着自己冰凉的气息和不可触碰的威仪。

直到有人把话筒递到她手里，几十双眼睛看着她瓷一般的脸时，她的表情才总算有点儿波动。然后大家一起笑起来，说：“乔安娜一直是这么呆萌的吗？”

那位不管棚里多热，也要穿花哨西装的男主持人，又念了一遍问题。

今晚的主题是交流世间各种不为人表的隐秘感情，有人分享了自己暗恋老师的一段青葱回忆，有人描述了自己跟踪邻居弟弟的滑稽事迹……

轮到她，绯闻八卦里的美女小三，问题的指向性是非常明显的：爱上一个有妇之夫是怎样的一种感受？是爱大过一切吗？还是只是为了钱？

乔颜自认在这个问题上有最好的发言权，又自认自己的回答决不会令人满意。她自左及右地看过这里每一双不怀好意的眼睛，就好像要记住他们的面孔一样。

过了会儿她才说："我妈妈是一个很普通的工人，没有念过什么书，需要很努力才能喂饱我跟弟弟。她不止一次跟我们说，我们每个人都生活在这个世界上，有的人忙着征服，有的人被迫屈服；可不管在这个世界上，我们是国王还是乞丐，只要我们不偷不抢，就已经很好了。"

或许是她说话的声音真的很小，所有人都需要屏息凝神才能听到只言片语，棚里一时间安静到只有机器的声响。过了片刻，大家方才从这女人天生的桎梏感中逃脱出来，相互窃窃私语。主持人也只是淡淡地说了一句："好像偏题了哦。"

录制结束的时候，主持人过来跟乔颜握手。他是一个厉害却又憨厚的胖子，不刻意怼人的时候，亲和力会更强。

他说一切都是为了节目效果，如果有什么地方冒犯到她，请多多谅解。又邀请她下次继续来上节目，有个赏心悦目的美女在旁，收视率都要高一点的。

胖子又问："能不能赏脸一道吃个饭？我对你还挺感兴趣的，想多知道你的一些事。就是不知道我有没有这种荣幸？"

他话说得坦荡，只是乔颜吃过太多次亏，不想再和圈里的人来往过密，于是谢绝了这份好意："我很想去，但我跟人约好了，他要来接我的。"

胖子讪讪而走，不过接下来的时间总是忍不住往乔颜这边瞥，打定主意要看看她说的是托词，还是真有人来接送。

乔颜没有因为他的举动而心虚，甚至脑中清明，没有迟疑地给一个号码拨了过去，听到他声音的时候也是很镇定的。

她吐字清楚："来接我。"

段明过明显一怔，说话的声音显得很空旷，一句话说得百转千折，每一个字都卷起磨毛的边："稍等我一下。"

静谧中，有椅子被推开的声音，乔颜听到他对其他人抱歉道："接个电话。"

再过一会儿，他终于移到一个稳妥的地方，声音回归一贯的清朗，慵懒中透着促狭："你要我干吗？你今天吃错药了？"

乔颜立刻就把电话挂了。

时间过得如此漫长，就像湿透的抹布上的水，一点一滴地滴落下来。

她数心跳数到第五下的时候，电话响起。段明过不耐烦地道："你胆子肥了，敢挂我的电话？"

乔颜的心跳终于超速，怦怦如擂动的锣鼓。

段明过依旧凶巴巴的："在哪？我现在过去。"

Chapter 13

段明过半小时后到达，恰好赶上楼里另一个节目结束，一群男男女女从楼里鱼贯而出，都打扮得浓妆艳抹、花里胡哨。

段明过还真是佩服自己的眼睛，在这么多牛鬼蛇神里，居然还是一眼就看到坐在一边的乔颜——谁叫她白花花的一片闪进了他的眼？

段明过径直走过去，蹲在她面前与她视线平齐，正搜肠刮肚想着拿什么话来揶揄她，就见她冲自己一笑，巧笑嫣然，如夏季最灿烂的花。

她捂着肚子，说："好饿啊。"

段明过一时之间想不出更好的餐厅，就带着她去孔松的酒吧，找里头的大厨给她现场烹制，用料都是新鲜的，最重要的是方便照顾她的胃口。

乔颜一连吃了许多，把旁边的孔松看得一愣一愣的，调侃道："不是说女明星都是只喝水就能饱吗？你是从哪儿跑来的饿死鬼？"

乔颜看着他笑，倒把人弄得晕晕乎乎的。孔松搭着她的肩膀，眼神迷离："好看，漂亮，怪不得那么多人惦记你，我心里都痒痒。"

一边有漂亮女孩跟段明过耳语，两个人谈得热火朝天，热烈的气氛在彼此间流淌，最后他们居然手挽手一道站起身来。

转过来的时候，段明过看到一桌狼藉，不由睨了乔颜一眼，脸露嫌弃。他临走的时候，却又不动声色地拿开了孔松的手。

“我一会儿过来。”段明过走出几步才后悔，跟谁报备呢？

那女孩是孔松店里新请的琴师，负责给大家弹琴解闷。小女孩儿嘴甜会来事儿，几乎没有人不喜欢她的。

她刚才邀请段明过来个四手联弹，恰好少爷今晚心情好，就没有拂了她的面子，欣然允诺。

双双坐到钢琴前时，段明过却掌控了局面。女孩报的几个经典曲目他都不满意，兀自摇头说：“你坐着就好，我来，我来。”

夜幕初上，酒吧里已经挤入了夜归的人。英俊的人弹琴也似乎更好听一些，大家纷纷放下手里的酒杯，往他这边看来。

当缓缓的音乐自段明过手下流淌，整个酒吧就像被罩在精密的玻璃器皿里，居然连一个说话的人都没有了。

在舒缓的乐声里，他往前倾身凑到话筒边，颇为搞怪地故意清了清嗓子，说：“心脏不好的，可能要提前退场了。”

大家这才笑起来，掌声稀稀拉拉地响起。孔松很是捧场地吹起口哨，撞了撞乔颜的肩膀，说：“难得他这么高兴！”

乔颜放下手里的叉子，捻过一张面纸擦了擦下唇。他们之间隔了很长一段距离，从她的角度只堪堪看到他的侧面。

平日里他那刀刻般的轮廓，在今晚昏黄的光线里，居然被柔化了边缘。等到他一张口，她更加惊讶，那声音如山涧泉水般潺潺而来，如此清澈，如此甘冽。

……

Across the oceans,

Across the seas,

Over forests of blackened trees,

Through valleys so still we dare not breathe,

To be by your side.

……

寒门出身的乔颜，从小就围着柴米油盐打转，没有学过音律知识，不知道贝多芬跟莫扎特各自好在哪。英文也是一早就还给了高中老师，平时只会念 ABC。

可孔松在旁问歌名的时候，乔颜却能答上来。她说这是吕克·贝松导演的纪录片《鸟的迁徙》的主题曲《to be by your side》。

纪录片登录国内院线的时候，她跟段明过一道看过——其实严格来说，是她、段明过，还有段明泽。总是如此。

那段时间，她妈妈的病情来得凶险，很多迹象表明，这个被病魔摧残得不成人形的女人，终于快要等到被解救的那一天。

身为儿女，血浓于水，还是无法最终的割舍。小小的乔颜唯一能想到的，就是去找一直以来向她展现最大善意的段家。

只是第一次的贸然打扰并未成功。乔颜抱着书包，兴冲冲地跑到段明过面前时，他用一种居高临下的、冷漠的、淡然的眼神看着她。

他一字一顿，用极挑衅的语气说："养条狗也要天天来摇尾巴才有感情，你人间蒸发这么久，某天忽然跳出来就开口要帮忙，说得过去吗？"

乔颜羞愧之极，屈辱之极，以至于自那之后的每一次见面，她都要不停地询问自己，我是不是摇够尾巴了，他是不是足够满意了。

现在开口说的话，是会被当成逆耳的造次，还是顺耳的忠言。

那天在车里，他说你有什么要帮忙的，来找我就是了。

她虽然醉得离谱，却未必没有听进心里。同时她又在喟叹，曾被用力打开的手仍记得疼，所以诱惑再大，她也知道要把手时刻都缩在袖子里。

所以今晚她变得这么胆大，其实却做过破釜沉舟的准备。

段明过这个人，总是不够好，也不够坏。前一秒会冲她发脾气，后一秒也会放下身段来哄她。两人闹不愉快的当天下午，他给她回电话，口气颇大地责怪她为何不告而别。

他少爷气十足地下达命令："晚上我去接你看电影。"

"段先生，我还有作业。"

"那等你考过试，再跟我谈你妈妈的问题？"

她抓着手机，出了一手心的冷汗，上课铃正远远地响起。她终于答应："你告诉我地址，我会准时到的。"

晚上校门口停着辆扎眼的豪车，一看便是段家的手笔。乔颜自无数双眼睛里埋头走过去，敲了敲后车窗。

里头出现的却是段明泽的一张脸。

他带她去电影院，说："很高兴你也喜欢看纪录片，明过还说你有点小麻烦，一会儿进场的时候，你可以跟我慢慢说。"

乔颜是个聪明的孩子，知道该在什么时候说什么话，她等待着时机，然后咬牙将苦水一一倒出。

很顺利的，大屏幕上刚刚播出影片前的广告时，妈妈已经被换进了最好的病房，等待外地赶来的名医会诊。

乔颜心中感激，段明泽只是做了个"嘘"的动作，说："片子要开始了，这种好片需要用心体会。"

那时的段明泽，在乔颜看来，就像是全身都镀上了层金光。她很柔顺地听从他的意见，很柔顺地努力看电影，很柔顺地拼命集中注意力……

最后很柔顺地不让旁人看出自己打瞌睡的蠢样。

只是人算总是敌不过天算。乔颜醒来的时候片子已进入尾声，黄色的大灯照得人两眼发胀。她一歪头，看到将肩膀借给她许久的段明过，朝她不怀好意地笑着。

出来的时候，仍旧沉浸在纪录片里的段明泽，询问乔颜对电影的看法。

乔颜智商降至三岁，搜肠刮肚，说："我挺喜欢那首主题曲的。"

段明泽笑着摇头。段明过从两人之间穿过，玩世不恭地拿拇指擦了擦眉角："英雄所见略同，其实，我也挺喜欢那主题曲的。"

一曲唱完，满座皆惊。酒吧气氛高涨，几乎所有人都起身为段明过鼓掌，撺掇着要他再来一首。

他含蓄地挥手，把长夜让给大家。起身的时候，却又夸张地谢幕，单手压在胸前，绅士地对着众人转上一圈。

孔松再次感慨："段三回来大半年了，我还头一次见他这么高兴。"

乔颜借口去卫生间补妆，跟着段明过出了前厅。

地上分明铺了厚厚的地毯，按理说走起路来足够悄无声息。他却好像背后长了一双眼睛般，忽地向后伸手将她抓住，然后用力一带，将她整个按在门板上。

后来想起，总觉得是这一晚的灯光太美，酒意微醺，一男一女如同天然相吸的磁铁，于是不费什么力气就粘合在一起。

谁先吻谁都不重要，重要的是一旦开始就再没回转的余地。

段明过像是把一生的耐心都耗尽在这个吻上，缓缓停下的时候，只觉得整个人都骨酥神迷，要被溺死在这温柔乡里。

说话的时候，他的嘴唇都不曾离开她。他一边细密地亲吻，一边含糊地询问："你最后一道吃的什么？"

"布丁啊。"

"哦。"

"软吗？"

"嗯。"

"甜吗？"

"嗯。"

他们没有跟孔松道别就匆匆离开了菲比。坐上车的时候，段明过已经松开了她礼裙上侧边的拉链。他手如灵蛇，滑上那团柔软时，两个人都止不住地发颤。

段明过只来得及向司机说一句"老地方"，就将头埋进了她乌发蓬飞的脖颈，一边顺着她动脉流动的痕迹，一边感受她血管搏动的温热。

这个时候，她终于懂得至亲至密的两个人，为什么要吃干抹净，为什么要分拆入腹。

半夜时分，乔颜被手机铃声吵醒。她怕吵到段明过，匆忙之中迅速接听，马娘娘声音高亢地问："这么晚还不回来，你上哪鬼混去了？"

乔颜立马紧张地看了一眼身边的男人，确定他没有受到打搅，这才捂着肚子赤身站起来，深一脚浅一脚地走到床边。

乔颜极小声地说："对不起，忘了跟你说，今晚我不能回去了。"

马盼听出她声音中带着过分绮丽的音调，一时间大脑迅速运转，问题跟倒豆子似的蹦出来："你在哪？和谁在一起？做什么呢？你这丫头一直挺老实的，今天干吗这么鬼鬼祟祟，还夜不归宿！"

马盼忽然一个恍然，说："你是不是和谁在一起呢，段先生？他今晚真的去那节目组了？"

乔颜清咳，声音怎么也压不住马盼的欣喜，只好听他在另一边不停地胡言乱语："这下好了，不用坐自行车后面笑，可以躺宝马车里哭了。还不止宝马呢！你是不是终于能火了？我要成金牌经纪人了，以后带着你出门，见那群小妖精也能直起腰了？哼，我们家乔安娜虽然演技差，可她命好啊，有人玩命砸钱玩命捧呢！"

他越说越来劲，乔颜一连将话机挪开几寸，耳朵才不用受他的轰炸。她安抚着："是啊，你不是喜欢铂金包吗？以后买一打咯。"

挂过电话，她耳朵都微微发烫，将手机设了静音，暗夜中如蛇般又爬回绵软的床上。映着月色，他脸白得发青，长长的睫毛盖住眼睛，整个人看起来都沉寂下来。

乔颜一手撑着下巴，一手悬在他脸上，一寸一寸细致入微地观察他：那饱满的额头，笔直的鼻梁……他的眼珠此时转了转，忽地睁开眼睛，说："还不睡啊？精神这么好，是不是想再来一次？"

Chapter 14

大约男人的欲望会在早上到达巅峰。两人醒来的时候，乔颜被按在水池上，又配合了段明过一次。说不上具体是怎样的感觉，第一次的余威还在，疼痛当然大过舒适。

只不过乔颜对疼痛的忍耐度一向极高，这大抵是因为她为妈妈捐髓的那段日子吃尽了苦头，打那之后，她的神经便被彻底磨钝。

更何况，在这世上，有许多东西比疼痛更让人在意。

乔颜洗得干干净净，换上昨晚的礼裙后，立马站在穿衣镜前保养化妆。她将随身带的小瓶小罐拿出来，手法细致地往脸上擦。视线一转，恰好看到段明过系着毛巾走出来，只是一眼她就不好意思直视，没出息地拿余光乱瞟。

长久锻炼的身材跟寻常人就是不同，肌肉流畅，体型健美，皮肤白得没有一点瑕疵，唯独宽阔的背肌上被划出数道印子，一旁的罪魁祸首忍不住低头。乔颜描眉的时候忍不住想到昨晚开始时，他男孩气十足地狞笑：小心啊。

顽劣无比，乖僻无比，乔颜的一双手就鬼使神差地替内心做了选择。她手一抖，眉尾扫得长了些，衬得双眼更加妖娆，踟蹰着要不要擦去几分，就看到自己耳廓绯红，脸也热腾腾地烧了起来。

段明过这时候在点烟，懒洋洋地吐出几口烟圈，不知想到什么，突然就乐了起来，发现她看来时眨了眨眼睛。

“那部戏的女四没有就没有了吧，我让人给你安排个差不多的。最近国内的真人秀很热，你要是喜欢也可以上一个。”

乔颜猛地一颤，几难相信地看了他好一会儿，确定是从他嘴里说出的，而不是幻听或是旁人的串音后，才终于回过神来——一切温情被悉数打碎。

“谢谢老板。”离开之前，她最后说。

她和马盼碰面时，已近中午。

马娘娘狗腿十足地单膝跪地，将乔颜从冰凉的长凳上请了起来，溜须拍马道：“乔女王，乔奶奶，你现在可要注意自己的身子啊。”

乔颜被逗得直笑，说：“你不去演公公真是太屈才了。不然你也搞个副业，说不定立马一炮而红。”

马盼冲乔颜妖冶地翻了一个白眼，说：“你懂个屁。做演员有什么前途啊？我现在可是金牌经纪人，手底下有未来娱乐圈的扛把子呢！”

乔颜忍不住一嗤。马盼抓紧她的手，神秘兮兮地说：“安娜，你昨晚是真跟段先生在一起吧？他对你好不好？是不是特别喜欢你？”

乔颜的表情讪讪的，整个人都颓了一点，说：“能不能先带我去吃个饭？我走得太着急了，现在觉得好饿啊。”

小小要求，马盼自然帮她达成。两个人找了家面馆，各要了一碗汤面，面对面大声吸溜着，吃得热火朝天。

马盼跟乔颜说话，她总不理会，一直到把最后一口吞下，两手抱着碗沿，连汤也一下喝尽了，这才擦干净嘴看着他。

乔颜舔了舔嘴唇：“段三说了，以前错过的机会就错过吧，他会给我找个新片做女配，还要让我去上真人秀呢。”

马盼听得喜不自禁，将面店里送的糖渍蒜嚼得咔咔响。他眼睛亮得精光四射，说：“还有呢，你俩怎么样？”

乔颜带着纳闷的表情，说：“没有了，还想有什么，这些已经够好了。”

马盼始料未及，猛地一嚼，咬破舌头，疼得一阵抽抽。他往纸巾上吐出一口血唾沫，问：“这跟我想的不大一样啊。哎，乔颜，你上哪儿去？”

乔颜吃饱喝足，自然是拎包要走。只可惜天公不作美，早上分明出了太阳，现在忽然变了天，没多一会儿就落下豆大的雨点。

地面被冲得腾起尘土，混入冰凉的雨水，汇成泥，滚入下水口里。

马盼脱了外套顶在头上，摆着短腿追上乔颜，想喊她一道避雨，却被她铁青着脸唬了一下。马盼心里怦怦瞎跳，小心地问：“安娜，你这是怎么啦？”

乔颜低垂着眼帘，任凭大雨将她精致的眼妆冲得不成样子。她感觉到一股冷，从内而外渐渐弥漫开来，说话的时候甚至连嘴唇都哆嗦起来。

“没事啊，”她说：“就是有点太累了。”

经历了一场大雨，乔颜那件风情万种的小礼裙也变了样。原本喇叭形的下摆，有内外两层，外面是短一截的设计，以便露出里面风致的一道黑边。

礼裙在沾水之后，内外缩成一样长短。乔颜借马盼的电熨斗烫过几回，确认无法还原后，只得将它折叠整齐，收进行李的最底层。

伸出手来的时候，乔颜有点恍惚。她想起自己十六岁的时候，也用同样的心情收拾过落款写满了“段明过”的信。

许多东西，值得收藏，值得怀念。

一旦放出，就变化多端起来。

乔颜歇了几天后，去了丁贤淑那儿。孩子月份已大，前几个月还是悄无声息的肚子，近来如同打足气的气球，一天一天看着长大。

丁贤淑厚着脸皮问乔颜多要了一份生活费。据她而言，近来一天要吃五顿饭，每天想的不是啃猪蹄就是啃蹄膀。

乔颜冷眼看着，心情不可谓不复杂。丁贤淑又带来糟心的八卦，说江流萤和她男友日前大吵了一架：“你还是她朋友呢，你都不关心的哦！”

乔颜听得心颤，说：“你别卖关子了，有话直说，他们俩吵什么呢？”

“没感情了能吵什么，无非是一个要走，一个要拦呗。你那朋友平日里看起来挺泼辣，在男人面前却跟摊泥一样，有次就差给他跪下来了，哭着要他再给俩人一次机会呢。”

乔颜是真的想不到，又疑心丁贤淑在添油加醋，只信了一半。这天走的时候，她踟蹰几次，到底还是没有敲门去找江流萤。

江流萤这人看似大大咧咧，其实心思缜密，如果她真像丁贤淑说的那样，肯定不希望有人这时候去打扰她。

乔颜于是发了条短信给她，没提其他，只说许久没见，等她有空了，两人一道出来逛街。

江流萤回得不快，几乎是到这天傍晚才有回音，说：“好的，最近接了个新本子，写得不顺，等理出头绪，就去找你玩。我做东，顺道把段三也给喊上……你们还好啦？”

“段三”两字冷不丁地钻进乔颜眼里，教她几多不适。她随意回了一句，立马像躲猫的老鼠似的，连同整串短信都给删了。

Chapter 15

段明过对乔颜不薄，捧她去的是大热的国民综艺《向前冲》。节目有五个常驻嘉宾，每期都往里补充数量不等的新嘉宾，一群大人做三两无聊游戏。

乔颜不知道这种节目有什么趣味，但收视率一向居高不下。乔恒知道这事儿后，还特地给她打了个电话。姐弟两个许久以来只通过短信来往，贸贸然通起话来还觉得有点不适应。

乔颜问支支吾吾的乔恒是不是想要签名。乔恒说："那当然了，特别是梁铮，我可喜欢看他演的电视电影了。艾琪也要，人漂亮啊。姜佳妮就算了，妖里妖气。"

乔颜一一应了。他又迟迟不肯挂电话，末了闷声说了句："你自己小心啊！"

乔颜就知道这家伙是想自己了。

乔恒那样说完她后的第二天，她就已经不再怪他了。只是人搬了出来，没有一点契机就自个儿灰溜溜地回去，其实挺丢脸的。

马盼知道她离家出走的事后老劝她，做咱们这行最重要就是不能脸皮太薄，脸皮一薄，那就把红的机会拱手让给其他人了。

马盼看她脸露不屑，忍不住揭穿她："你上次去找段三，就真的一点不想让他帮忙？他都能看出来，你还有什么不敢承认的。所以，他最近为什么不找你啊？明摆着就是受够了你的坏脾气。我要是你，就直接对他撒娇提要求，他反而乐得自在，觉得你懂事。你信不信？"

两人闹得不甚愉快，录制那天，马盼还是大包小包跟着乔颜过去，先带着乔颜向一圈嘉宾打招呼。他态度极恭谦，几乎要点头哈腰了，掐着乔雅的腰，要她喊前辈。

现场的不是一线流量，也是单扛过几部戏的红星，冷不丁混进来一个没有半点作品的十八线，大家的表情都很值得玩味。

她坐立难安的时候，一旁有个软绵绵的声音喊她："乔安娜，你坐到我这边来。"乔颜四下一看，发现是姜佳妮，心里是不太爽快的。然而盛情难却，只好挪腾步子走过去。

姜佳妮看起来心情极好，轻快地拍了拍身边的椅子要她坐，问："吃过早饭了吗？我这儿还有点豆奶糯米饭，不知道合不合你胃口。"

录节目的时候，也是姜佳妮一直照顾她，每到分组，就拉她站一边，有哪个想借着节目挤兑乔颜一下，她立刻跳出来挡开。

所以乔颜这一天录制得分外顺利。结束的时候，乔颜起初对姜佳妮若有似无的敌意已经被彻底冲散，转而添上了发自内心的许多好感。

她心里疑惑，这是否是自己太容易受外界影响。然而她也承认姜佳妮确实是个八面玲珑的女人，不怪这么多人青睐她。

正想着的时候，梁铮从她跟前走过。

乔颜因为江流萤的缘故，今天关注最多的就是梁铮。他是常驻嘉宾里的核心，担负串联全场的重要职责，为人兢兢业业，最难得的是情商、智商双高，说话做事都很让人信服。

节目组为了炒作，酷爱拉郎配。和他一直热炒 CP 的是一个叫艾琪的美女。然而每每轮到他们现场互动，梁铮却总表现得绅士有礼，对大家别有他意的玩笑也置若罔闻。

乔颜认定梁铮是个意志力坚定的好男人，怪不得骄傲如江流萤也要跪下来哀求。

只可惜打脸来得太快，乔颜看见梁铮走进背阴处时，忽然有个窈窕的身影闪现。尽管背景很暗，两人亲密接耳拥抱的一幕却还是能看得一清二楚。

等那女人自阴影里走出，乔颜吓了一跳，这不正是梁铮在节目中极力与其撇清关系的艾琪吗？乔颜肩上此时被人一拍，惊得她直跳起来。姜佳妮声音温婉地说："别怕，我是佳妮。"

乔颜惊魂甫定，挤出一抹笑容，说："是你啊，前辈。"

姜佳妮笑容很甜，帮她顺了顺长发，说："要不要我送你一程？明过正好有空过来，我想他应该很愿意见到你。"

乔颜一时发怔，不知作何回答。

姜佳妮跟段明过交情匪浅，这她是知道的。段明过那样的人不大可能对个普通朋友如此上心，可一旦超越普通朋友的界限，这两人又算是个什么关系？

他们亲切接耳、一起打球、手挽手……女人多多少少都是有嫉妒心的，姜佳妮这样热情，又知不知道她跟段明过的关系？

……还是早已经习惯了？

乔颜越想越觉得身上发冷，找出马盼做托词回绝了。

姜佳妮看着乔颜匆匆而过的背影倒很是不解，进到段明过车里的时候，忍不住掏出手机当做镜子照了照自己，说：“平时觉得自己挺平易近人的，今天怎么还能把人给吓走了。”

段明过正忙着查看文件，头也不抬地回应道：“吓走谁了？”

姜佳妮很是亲昵地往他身边倚了倚，声音一旦放低，整个音调都绮丽起来。她说：“就你当小孩儿哄的那个，乔安娜……我今天可是一直帮你照顾她，怎么谢我呢？”

手机屏幕发着莹莹的光，段明过的目光明显一顿，手指在屏幕上随意又划过两道，终于关掉了。此刻他坐直了身子，好整以暇地看着身边的人，反问：“你想我怎么谢你呢？”

姜佳妮哈哈笑起来，说：“一点幽默感都没有，怎么一脸要吃人的样子。谢谢你百忙之中还来接我，要不是有你，我一个人简直不知道怎么办了呢。”

段明过这才神态自若地说：“不必，应该的。”

节目人气高，嘉宾又是实打实的大牌，每次录制都要出动不少警力来维持秩序。车子从清场过的地方驶过时还好，一旦要突出重围就分外不易。

司机早早把车窗升好，叮嘱后座的两位不要随便开窗。姜佳妮更是戴上墨镜和帽子全副武装，随时应对窗外探来的长枪短炮。

段明过看着乌央乌央的人就觉得烦躁，翘腿的姿势换了几个，想问还要多久才能出去，就听司机说：“前面好像发生事故了。”

段明过挤在车座中间去看，可不是嘛，前面一个男人不知犯了什么病，躺在地上使劲抽搐，旁边围了一圈人看热闹，就是没有一个敢上前去救助。

段明过冷冷嗤了一声，却也懒得管闲事："换条路走。"

窗外却有警察拼命敲他玻璃。待他将窗压出一道窄缝，那人说："先生，这儿有个孩子发羊癫疯了，救护车堵在路上暂时开不进来，借你车用一下，送人去趟医院，我们帮你开道。"

段明过有几分踟蹰，回头看了眼姜佳妮。她倒是古道热肠，说："明过，让那人上来吧，怪可怜的，别耽误了救治时间。"

段明过只好从后座下来，跟着三两警察把那口中被塞了布条的男孩搬到车上。将他两腿收进车里的时候，段明过方才有空瞥了眼那人抽搐的脸，脑子里忽地嗡一声——这不是叫段雨溪魂牵梦绕的那个好学生乔恒吗？

Chapter 16

乔颜看到手机屏幕上闪着"段明过"三个字的时候，还有过几分是否接听的犹豫。旁边的马盼眼疾手快地帮忙按了通话键，他的声音如水似的流过来。

"市人民医院，立刻过来。"

乔颜一时间有些懵，想问问你是不是打错电话了。那头段明过又说："在哪呢？我让司机去接你，你弟弟好像犯癫痫病了，我现在就在他旁边呢。"

乔颜吓得一个激灵，差点把手机给弄摔了。马盼听到对话，立刻替她拿主意，说："赶紧去医院啊，还傻愣着干什么？"

一行人风风火火地来到病房，乔恒病情已经纾解，正闭眼躺在病床上挂点滴。旁边一个穿白大褂的护士不知跟段明过在说什么，洋溢着一脸喜悦的笑容。

有人走入，那份暧昧的气氛终于被打破。护士红着脸往后退了几步，临走的时候还不忘回头看了段明过两眼，低声道："先生，你真会说笑话。"

另外三人几乎是心照不宣地看了眼段明过，当事人却像没事人一样走过来，说：“还好，警察处理得不错，这小子没受什么额外的罪。”

段明过这时才看清，乔颜宽大的T恤里穿着一身运动专用的压力服，紧身的布料将她的曲线完全修饰出来，稍一倾身，他就能从她宽大的领口看到里头鼓鼓的胸脯。

她今天很是鲜见地将头发整个儿扎起，露出光洁饱满的额头。因为运动，整张脸红扑扑的，带着细小的汗珠，像是闪着露水的蜜桃。

段明过一时间喉咙有些发痒，搓着手指往脖颈上刮了刮，又不动声色地将她的T恤往身后拉了拉，问：“要不要找主治医生来让你问问。”

司机和马盼都是很有眼力见的，这时候主动请缨去找那个不知姓名的主治医生，临走的时候又帮忙把病房门关严实。

乔颜觉得空气一下被抽走，气氛立马变得局促起来。偏偏段明过肆无忌惮地挤到她身边，手如滑鱼地摸上她出的腰，掐了把，又急匆匆松了。

“你这穿的什么玩意儿？”乔颜还没兴师问罪，他先责怪起来，“就块薄料遮住半边，连条裤子都不穿。”

他是摆明了找碴，乔颜也就懒得费口舌解释这是正正经经的运动装，便公式化地说道:“谢谢段先生送我弟弟来医院，费用我稍晚一定打给你。”

她有意划清界限，段明过也就不跟她闹了，说：“行啊，我马上把账号发给你。”

他手机铃声恰好响起，走一边急忙接了，又换上惹人遐思的亲密语调，说：“到了？今晚过不去了，这边事还没解决……嗯，你早点睡。”

他挂了电话，发觉对面两道视线照得不适，一抬头，乔颜果然在冰冷冷地看着他。她那万年平淡的面色，如今终于显现出某种叫幽怨的神情。

段明过看着居然很受感动。

乔颜几乎是咄咄逼人地说：“段先生在女人丛中左右逢源，想必很是得意吧？可你有没有听说过，水能载舟、亦能覆舟，你就不怕有一天鸡飞蛋打玩翻船吗？”

她语气很重，段明过倒没生气，又是一副看人好戏的模样，歪着头，仿佛第一次见她似的，细细打量她，反问：“你倒是说说看，我玩谁了？”

乔颜一时间像是吃了很大的苦，这一天来心里压抑的那点东西都被勾了出来。她拳头松紧几次后，还是没忍住说了出来。

“段明过，你应该知道我妈妈去世前受过什么样的折磨，你也应该知道我最讨厌的就是小三。我以前得罪过你，我向你道歉，可你别让我做我最讨厌的那种人。”

她认真的时候就会很认真，生气的时候也会很生气，做什么都是执拗而坚定的，就像明明他从不认真理会，她还是一封接着一封给段家写信。

段明过看乔颜这么严肃，还真不好再做火上浇油的事情，尽管他顽劣的性格让他一直特别喜欢冷眼旁观别人的喜怒哀乐。

他瞥了一眼病床上眼珠滚动的乔恒，牵着乔颜的手往一边的房间走。她起初挣扎几下，被他瞪过几眼，也就老实了下来。

段明过推门而入，关锁的时候，顺势将她推上坚硬的门板。她后脑猛地磕上门，疼得眉目一阵纠结。他拿手垫住了，嘴唇衔在她尖俏的下巴上。

莫名其妙的一通，教人摸不着头脑。乔颜还没挣扎开，又被他软乎乎热乎乎的嘴唇搅得脑中一片稀烂。他沿她下颌一路往上，最后厮磨在她颤抖的唇角，再一点点含住她柔软的嘴唇。

尝过滋味的身体最先开始沦陷，脑中明明说着不能，却还是一点点放开，一点点瘫软，最后由上至下地融化。

段明过也比她好不到哪儿，吻到后来，身体的接触已经不足以熄灭他心头的火焰，紧按着她的腰缓了半天，这才声音哑暗地说：“你好像对我有什么误会？”

两个人彼此对峙了许久，这才分开。段明过坐在一边的椅子上点烟，眼神玩味地看着火红的烟头。

半晌，他笑起来，说：“几月前再见的那晚，风紧夜深，你不上楼，反而特地来给我点烟……哎，我说，你那时候的温柔劲去哪儿了？”

一句小小的激将法，乔颜就当听不懂，跟着坐到一边的椅子上，随手抓了瓶矿泉水来喝。无奈劳碌一天，此时手软得连盖子也开不开，抓着瓶子就是一阵发抖。

段明过嗤笑一声，拿牙咬着烟，支起身子接过水，不费半点力气就打开了，再塞进她怀里，说："今天去录节目了？安排得还满意吗？"

乔颜仰面喝了好几口，听到这话，视线凉凉地探过来，揣度这人到底是什么意思呢。她擦了擦嘴角的水，说："就那样吧。"

段明过仍旧是笑，说："国内一线综艺，到你这儿也就'那样'，我哪还敢给你介绍拍戏。片酬万一不够你买一打铂金包，你岂不是要在心里骂死我。"

乔颜一怔，心里腹诽道：这人城府真不是一般的深，一早就听到她说话，偏偏拐了这么大一个弯在这儿等着她。她有些气短："你偷听我说话。"

段明过说："我也不想听，可那么静的夜，你们声音又那么吵。说坏话的不知道避开人，反怪我这个被害者偷听了？"

乔颜脸色发白。段明过却红润可人，此刻拉着她手，将她环进自己怀里，玩似的揉着她的腰，问："说说，还想要什么？"

乔颜挣脱不开，索性由着他，颇有点破罐子破摔道："想要做女一行不行？"

明过哈哈笑，说："女人胃口果然是越来越大。"

乔颜气极反笑。他倒很是得意，又吻了吻她的下巴，才一道走了出去。

去找医生的两人这时才姗姗而来，段明过喊过司机去开车，自己拿手碰了碰乔颜的手，说："我先回去，有空就来看你……跟你弟弟。"

乔颜点头。

两人互动的小动作被旁边的马盼看得一清二楚。娘娘兴奋得心脏扑通扑通跳，没等段明过走出去，就已经迫不及待地拉着乔颜问怎么样。

乔颜不厌其烦地将他推得远远的，抓着主治医师问乔恒的状况，余光却忍不住往段明过背影上飘，心里若有似无地想着，马盼这人虽然说话不着调，但有件事倒真是被他说中了。对段明过这种精神贫瘠的人，谈感情是谈不起来了，索性摆条件谈要求，两个人的相处还能简单点。

过一天，段明过果然又跑过来，身后还跟着一个眼睛圆溜溜的姑娘。

段雨溪一进来，就嘴甜地追着乔颜喊大美人，又招呼自己的小叔去带人下去吃点好吃的。她伶牙俐齿道："你都瘦了！"

段明过这是为自己找了个僚机。乔颜想找个借口留下来，却拗不过段明过，被他连拉带拽地拖了出去。

段雨溪看着这两人打打闹闹的背影，忍不住感慨："都一把年纪的人了，还跟小年轻似的闹别扭呢，也不嫌羞。"

乔恒坐在床上，收起面前的报纸，黑着脸问："你瞎说什么呢？"

段雨溪扭过头来，朝他飞了个媚眼，说："我小叔看上你姐了，在家成天愁眉苦脸的，看到她才跟活过来一样。"

乔恒一脸懵，将手里的报纸揉得咔嚓咔嚓响，说："你的想象力太丰富了吧？胡说八道也要有个限度。"又问，"你过来干吗？"

段雨溪说："当然是来看你的。一听到你生病，我连早饭都不想吃，拽着我小叔立马就开车过来，你还这么凶！"

乔恒白她一眼："懒得理你。"

段雨溪嘴上哼哼，心里还是痒痒的，趴到他床边说："乔恒，今年暑假你有什么安排不？我们打算一道骑车去小横山，你要不要跟我们一道去？"

乔恒连看也不愿意看她，说："马上都高三了，还尽想着玩，不去。"

段雨溪不服气："谁尽想着玩了？我告诉你，这次是白静想在高三前彻底放松一次，才拉着我们一道入伙的。"

乔恒听到那名字，忽然就愣了下，慢慢抬起眼帘向她看，清咳一声说："是白静组织的？"

"嗯。"段雨溪瘪瘪嘴，小心瞥他，带点期待地问："那你去吗？"

乔恒靠到床背上，过了会儿，说："我再想想。"

第四章

你千万，不要后悔

Chapter 17

段明过带着段雨溪一走，病房里的气氛陡然变冷。乔颜狐疑地看向自己弟弟，只见他气呼呼地坐在病床上，一眨不眨地看向自己。

乔颜觉得莫名其妙，坐在一边，边给他削苹果边问："你昨晚不好好上自习，跑那地方凑什么热闹？"

乔恒扁嘴，说："我闲的。天天都念一样的东西，烦都烦死了，想去看看梁影帝和艾琪散散心。这也不行啊？"

乔颜笑，手里一重，连成串的果皮断开来。她索性切一块塞进乔恒嘴里，两只眼睛亮晶晶地看着他："就只是想看他们，没想看你姐？"

乔恒鼓着嘴，两只手捧起下巴，嘎吱嘎吱地嚼，到最后含糊不清地说："你有什么好看的，又不是没看过！对了，姐，你跟那段家三少爷，没什么事吧？"

乔颜手里的刀一顿，苹果皮又断开了。她声音倒还镇定："没啊，怎么了？"

乔恒把她的小动作都看在眼里，冷冷哼一声，说："骗小孩呢，你弟弟可不是三岁的人了。事先声明，我不同意啊。家世门楣这种话我就不多说了，你起码要先看看这人是什么品性吧——哎，你先把刀放下。”

乔颜一声不吭地将苹果塞进他的手里，再抽张纸，慢条斯理地将刀细细擦干净了，这才抬头看他，说：“你又不认识他。”

乔恒一嗤：“还没怎么着呢，已经替人家说话了。我虽然跟他不熟，可我跟他侄女儿熟啊。那丫头太不让人省心了，他这个当叔叔的能好到哪儿去？”

乔颜一下释怀了，原本以为弟弟能洞察人心，能见常人所不能见；或是段明过这人声名狼藉，坏名声已经传到象牙塔里——谁知道是这么啼笑皆非的原因？

乔恒说：“光是成绩差也就算了，我实话跟你说吧姐，这人名声差得很，男朋友都换了好几打了，还有人说她为人打过胎。”

乔颜一怔，下意识地看了下病房门，说：“乔恒，你可千万不要人云亦云啊！这事关人家女孩清誉，你再怎么不喜欢她，也别这样背后中伤她。”

“她敢做还不让人说啊，什么强盗逻辑。”乔恒满不在乎地一昂头，说，“我就是看不上她这种人。一个女人最重要的是什么？当然是自尊自爱。”

旁人的无心之说，有心人听起来，竟像是字字句句都打在痛处上。乔颜不知道自己弟弟是真这么想，还是只逞口舌之快，反正一顿狂轰滥炸，先把她弄蒙了。

乔恒又多抱怨几句：“财富是个好东西，能把任何普通人装扮得金光闪闪，好多女的看见这层光圈就沦陷了。其实哪天他们要是被扒下皮来，根本就是一个彻头彻尾的草包。”

这天的话，乔颜一直隐隐约约记在心上，遇上段明过的时候总忍不住比对一番。

可这人伪装得实在太好了。乔颜不知道他扒下金钱的外衣后是怎么样的一个人，但他扒下世俗衣服后的模样，她倒是一清二楚。

窗户纸第一次被捅破后，再往后，就发生得很是自然了。

套路都是一样的。段明过带她去孔松的酒吧，他高兴的时候会和那位美女一道弹琴，不大高兴时，就懒洋洋地倚在她身边看她吃东西。喝到微醺，喝到氛围最浓的时候，两个人转去那间宾馆套房。乔颜偶尔会留宿，偶尔不会。

有些时候，乔颜回想起来，觉得段明过这人实在是太可怕了。

男人的欲望都是汹涌澎湃的，来时完全不费周折；女人的欲望则如溪流小河，需要慢慢积累。他帮她养成习惯，漫长的前戏自踏入菲比就已经开始了，回到房间已然升腾至高点。

这样工于算计的男人，她如何能敌得过？而无论这一晚多么折腾，第二天笔挺的高定一上身，又是正儿八经的衣冠禽兽一枚。乔颜看着他，又忘了应该提醒自己小心。

某天走前他拍拍她的脸，将一张冷冰冰的东西塞给她，说："别再住你那个经纪人家里了，说出去我脸往哪儿搁。搬回去或是住这儿来，别让我说第二回。"

乔颜将那卡片一扔，有点迷糊，埋怨道："不住这儿。万一过来遇见其他女人怎么办？"

段明过嗤地笑出来，微眯着眼睛瞧她，说："不是挺好嘛，凑齐四个人还能玩一圈麻将，反正你平时也闲得慌。"乔颜没力气再跟他贫，翻个身说又想睡了。段明过哄孩子似的拍了拍她背，蹑手蹑脚地往外走。

尽管盛情难却，乔颜到底还是没将家搬来。

一来是跟段明过名不正、言不顺，她不想让他觉得自己过于依赖他；二来是她又接了一部新戏女四，完全可以搬到影视基地生活。

开机拜神那天，乔颜意外遇见多日不见的江流萤。两个人一道烧香合影，吃饭的时候也挤在一起。

新片的编剧是江流萤的徒弟。说起这事的时候，江流萤忍不住感慨："我还记得我师父领我进这行的那天呢，现如今我都开始带徒弟了，时间果然如流水。"

一餐饭吃得漫不经心。乔颜总觉得江流萤情绪不稳，连说话都有点神神叨叨的，可她不提原因，她也不好意思问。

梁铮跟艾琪的事还堆在乔颜心里，她一直想找机会跟江流萤点一点，没想到这天夜里江流萤主动给她发短信，算是彻底剖开了这个疖子。

江流萤说：“明天有空吗？陪我去一趟医院……我做人流。”

“人流”两个字在乔颜眼前转来转去，这话题太过隐私，也太过劲爆，害得她一整晚都翻来覆去睡不着。江流萤跟梁铮的感情看来已至穷途末路，只是牵连上一条小生命，令人可惜。

她在手机里翻找半天，怎么也找不到一个人倾诉；告诉共同的朋友段明过吧，她又生怕辜负了江流萤的信任。

隔天，乔颜顶着两个重重的熊猫眼出了门。她在敲门的一瞬，简直不知道该拿怎样的表情面对江流萤。没想到门开的时候，里头不只她一个，姜佳妮也在。

乔颜像是陡然添了份底气，头一次觉得姜佳妮如此顺眼。姜佳妮看到她也很是高兴，拉她过来道：“帮我劝劝流萤，这么多年的感情，怎么能说放就放呢。”

乔颜一听，就知道姜佳妮是来劝和的，只是不清楚她知不知道江流萤要流产的事。她扭头去看江流萤，她状态比昨天见到的更差，然而眼里的光又很坚定。

姜佳妮说：“流萤，梁铮就是一时犯糊涂，他心里是有你的。而且，我说句实在话，男人不都是这样吗？何况梁铮身边的诱惑本就比一般的人大……”

姜佳妮说这番话大抵有点心虚，临时拖上个乔颜鼓气，说：“安娜，你说我刚刚说的对不对？我听说隔壁住着的是你家小妈吧？你爸都这样，何况是梁铮……对吧？”

乔颜一时间大脑空白，不知做何回答。江流萤抢在她的前面开炮：“你自己三观有问题，别扯上老实人来做垫背的。什么叫男人都这样？天底下好男人多得去了，你是什么人，才会眼里全是什么人。”

江流萤内心悲愤，然而伶牙俐齿的功力不减。姜佳妮被噎得脸一阵白一阵红，最后一摇头，气极反笑道：“我是招谁惹谁了，反正话我带到了，也算仁至义尽了。”

姜佳妮头也不回地出去，将门关得山响。

方才腰板挺得笔直的江流萤终于承受不住，两腿一软倒在沙发上，浑身上下止不住地抖，话语仍旧坚决道：“等我歇一会儿，我们就走。”

乔颜坐到她身边，按了按她的肩。

两个人吃了点东西，随即匆匆出发。到达医院的时间刚刚好，只差一位就到江流萤的号。她不知怎么突然泪流满面，将乔颜看得心揪成一团，翻出纸巾帮她擦脸。

江流萤写过数百集狗血剧，每每提到女性堕胎，总带着批判的敌意。

在她看来，这是一种对己对人都不负责的行为，一个人堕胎更是错上加错，爱过一个只做不负责的男人，女人的眼瞎耳聋亦是原罪的一种。

可人在戏中难免迷失，她自以为清醒，直到亲身经历，方才想通。江流萤将眼泪擦干，又理了理鬓角的头发，深吸一口气后说：“以后我都不会再为这个人流泪了。”

乔颜看江流萤进去的时候，脚步已经变得很是轻快。她一边隐隐松口气，一边又希望这不是昙花一现。

男人跟女人的特殊构造，决定了这种事对女人的伤害会最大。男人只需要贡献一粒种子，就能守株待兔地等待收获，对女人而言，却是十个月漫长艰辛的孕育。

乔颜越想越生气，却也越想越害怕。怎么那么巧，她身边就有一个爱撒种子，还特别勤于垦种的家伙。她看着墙上避免意外怀孕的小贴士，和身边活生生的例子，背后不由起了一片鸡皮疙瘩。江流萤白着脸出来的时候，也没能冲淡她的这股担忧。

乔颜一路上都是浑浑噩噩的。送完江流萤回去，她借口给她出去买饭，一头就扎进了小区的药店。之后立马躲进公共厕所里研究验孕棒的用法，再一边手抖着一边操作。

试纸上很快显示出一条红杠杠。她嘴里念着不要再有不要再有，可惜天不遂人愿，试纸上忽然有了浅浅的另一条——乔颜差点一头栽在这坑里，心扑通扑通直跳。

真是见了鬼了。

Chapter 18

乔颜怀疑试纸有错，一连买了好几个牌子的过来检测，无一例外都是两道红线，一条深一点，一条浅一点，根据说明书上写的，这是弱阳性。

她有些迷迷糊糊地往外走，起初并不觉得自己身体哪里不对，现在确认了，就情不自禁地把脚步放慢下来。

有个猴急的不看人就往厕所钻，她几乎是下意识地捂住肚子躲去一边——这动作既让她痛苦，又让她羞愧。

时间已至正午，乔颜想到江流萤，连忙搓了把脸，要自己打起精神。她去一边菜场挑了只母鸡，几根淮山药，回来的时候，在干净的小吃店里买了饭和小菜。

江流萤看她去而复返还挺惊讶，声音略显虚弱地问："怎么又回来了？"

乔颜赶忙将她手里的水壶接过来搁去厨房，不由分说将她塞上床，说："我看网上说，坐小月子比月子还重要，正好这几天没事，可以过来照顾你。今天时间晚了，不然给你做饭吃。"

一连几天，乔颜鞍前马后地照顾江流萤。每天一罐好汤喂下去，江流萤的脸色又渐渐红润起来。江流萤看乔颜忙里忙外，心里很是过意不去，却不知道乔颜把这儿当成避风港。

找个机会让自己忙碌而不是瞎想，这对于现在的乔颜来说再重要不过。

乔颜一直回避想那天验孕的事情，也害怕去医院，直面最惨淡的人生。她宁愿这像是一场感冒，几天过后便恢复如初。可它偏偏就那么存在着，乔颜上午再次测试的时候，还是被那两道红线闪得眼疼。

一个走神，刀切到手上，切下了小半截指甲。

乔颜吓得低声抽气。坐在客厅修理指甲的时候，恰好被江流萤看见，她说：“你最近是不是有什么心事？我看你总是有点恍恍惚惚的。”

乔颜一直调整不好表情，喜与怒总是很容易被人看穿。她知道自己瞒不过去，也实在想找人倾诉，便把那两道杠的事情告诉了她。

江流萤听了之后久久没有说话，抓着桌上的一杯水反复喝了几次，这才流露出一脸担忧地说：“试纸的准确率在 99% 以上，我建议你去医院确认一下，不要再拖了。”

乔颜听得心颤，像被判过死刑，露出一脸菜色。

江流萤说：“你先不要把这件事看得太悲观，你跟我的情况不一样。段三那人我很清楚的，平时虽然看着有点乖僻，难以捉摸；其实本性真的很好，是个有担当的男人。”

乔颜在她身上见识过爱情失败的后果，她与梁铮多年的感情尚且溃败如此，她和段明过的露水姻缘又怎么可能一帆风顺？

她叹息：“我真的不知道他到底是怎么样的一个人，我现在心里很乱。”

江流萤拍拍她的肩，说：“怕什么，如果他愿意负责，那当然最好。他毕竟是有钱人家的贵公子，你留下这个孩子，起码在经济上不会再像现在这么局促。如果他不同意，那这个人也没什么值得你留恋的，跟他谈清条件早日分开，追你的男人还是会从这儿一直排到楼下去。”

乔颜听了好一阵没说话，最后讷讷着说：“你说得都对。可你说的这些都是从利益角度出发的。”

江流萤咦了声，说：“你有了面包，还嫌不够，现在又想要牛奶，还想要爱情——乔安娜，其实你很喜欢段三吧？”

乔颜怔怔地看着她，没有说是，也没有说不是。片刻之后，她做出决定：“我先去医院。”

不是礼拜天，医院里依旧人头攒动，热闹得像是闹市。乔颜挂了妇科，坐在候诊室里等了四十来分钟，这才等到叫她的号。

来前做好的心理准备，现在一瞬间坍塌。她又紧张又害怕，短短的一段距离，走起来就像奔赴刑场似的，背后手心都出满了汗。

拿到检查单子时，她更是眼前一黑，上面清楚地写着：宫内孕囊样回声，两卵巢可见。

她耳朵里嗡嗡地响，当看不懂，问应该没事吧。医生如看傻子似的看她，简单道："怀孕了，还很小。你要想要，下周再来看看。"

乔颜一路脚踩棉花似的走回家。

江流萤撺掇她立刻给段明过打电话："这种事宜早不宜晚，我说句难听的你别多想——如果要拿，是越早越好的。"

乔颜只好把手机翻出来，打开联系人，一个一个翻找段明过的号码。

段明过出差几周了，他们的交流不多，除了到的那天给她发过一条报平安的信息，剩下的都是带着满满恶意的聊骚。

他每每路过一家奢品店，或是车子停在某处商业中心，就爱给她随手来一张照片，后面还要附带上一行：

——想不想要铂金包啊？乔安娜小姐。

——想不想要珠宝首饰啊？乔安娜小姐。

——想不想要漂亮衣服啊？乔安娜小姐。

乔颜不堪其扰，索性晾着。他见她无甚反应，渐渐也不来骚扰。于是乎，一直默然相对到如今。

拨出电话的时候，乔颜是真忐忑，担心他不接怎么办，担心他说难听话怎么办。真等电话拨通，那边人显然没打算让她说话。

段明过压着声音，明显有些焦躁地说："这个时候别给我打电话，我这边有点忙，有什么话等我回去慢慢说。"

乔颜吭都没来得及吭一声，就听那头挂了。

江流萤听完他的话，再看乔颜一脸颓败，忍不住打抱不平道："反了他了，忙得连说话的空都没了？你给他发短信，问他到底要怎么办。"

乔颜拗不过江流萤，只好依言发过去一条。只可惜左等没人回，右等也没有，直到这天向晚，她手机方才震动起来。

段明过语气比下午还不耐烦，问："你又跟我耍什么花样呢？"

Chapter 19

段明过这段日子忙得像是抽疯的陀螺，接到乔颜电话的时候亦在外陪同客户，此时说话诸多不便，只能匆匆跟乔颜说再见。

客户原本姓王，因为生性好色，被人戏喊成黄总。段明过原本跟他上司谈生意，见过几次反倒觉得他很有意思，约他单独出来吃饭、聊天，有劝他跳槽跟着自己的意思。

黄总说："近来股市低迷，邗城在二级市场频频举牌，短短几月，已经吃下了你们正泰 10% 的股份。资本来势汹汹，想必你们段家已是人人自危。"

段明过说："家兄是跟我说过这个问题，不过邗城能动得了如此高的资金，主要是运用了多路杠杆。这样层层借钱，短债长投，根本就是富贵险中求的危险行径。"

黄总将烟往缸里一掸，说："这是你那两个兄弟的看法，段总呢？"

段明过心知这人聪明，不在自己之下，此时给他一点就通，反而显得自己被动。于是还是把时间交给表演者，询问他的意思。

黄总早就急于表现，说："浑水之中好摸鱼，想不想走得更远，就看段总一念之间了。"

段明过有意要把话题收回来，一边散漫地抽烟，一边无聊地搜索电视，翻到一群俊男靓女占满屏的节目时，才终于停下来。

没想到这恰好切中黄总喜好。他立即挥着夹烟的手说："就看这个，我特别喜欢里面那个姜佳妮，小脸长得太可人了。"不过很快，他的注意力就被姜佳妮身边的一位所吸引，咂着嘴说这位才是极品。

段明过看他指的是乔颜，心中情绪几何，以退为进地说："也就那样吧。"

"不不不，段总你到底是年轻，玩得少，看人不准也是有的。这位不仅脸好，身材也是一流。"他手舞足蹈："你看她这腿、这腰，这胸——"

电视屏幕忽然一黑，段明过将遥控扔在一边。黄总一头雾水，就见他黑着脸往外看，说："我出去打个电话。"

段明过心情不佳，少爷脾气就像火山喷涌的岩浆。他极其不耐烦地向着话筒那边的人问："你又跟我耍什么花样呢？"

他等着这女人清冷高洁的声音，情绪压抑又愤怒；如果运气好一点，说不定能见识到她气急败坏和歇斯底里的一面。他可以把之当撒娇，不计较她以下犯上。

没想到她居然一句话都不说，立刻就把电话掐了。他傻子似的向着话筒喂喂几声，认命地听到那边的忙音，然后立马追拨过去，又被挂断！

……反了她了。

段明过翻出前一条短信，那短短四字"我怀孕了"，如针一样往他眼睛里钻。段明过坐立难安，跟黄总打过招呼，便匆匆离开。

飞机定了第二日上午最早的一班。他在机场宾馆囫囵一晚，清晨顶着混沌的脑子和疲惫的身躯踏上归程。

乔颜正跟着剧组讨论剧本，刚轮到她发言的时候，马娘娘火急火燎地跑来找她，向众人打过招呼，不由分说地将她拖了出来。

乔颜一脸狐疑，听到他说："你没事跟段总闹什么矛盾啊？人家都急得把电话打到我这儿来了，赶紧给我回一个过去。"

乔颜想到昨晚那通不愉快的通话，怎么也不想再听到他的声音，横下心说："我不想跟他多啰唆。"

话音刚落，就听马盼的手机响起来。他像是捧着定时炸弹般递到她耳边。乔颜分明用不着心虚，但半边脸却腾地烧起，心扑通扑通跳。

段明过声音低沉道："你架子大啊，敢挂我电话！给你十分钟到门口，我在车里等你。"

乔颜恨不得脚下生根，多拖一会儿是一会儿。但马盼不会放任她如此舒服，推着她的背往外面赶。

段家的车子停在门口，马盼打开车门，把乔颜推进去，向车里端坐如泰山的男人打招呼："段总别跟乔颜置气，她还小，不懂事呢。你们慢聊，我先走了。"

下一秒，门"砰"地被关上。

尽管许久未见，重新坐到一起的两个人倒没有想象中那么局促。

段明过摇下窗子准备抽烟，想到身边那对清冷的眼睛，又把烟给收了起来。他将空调温度打高，摸了摸她的手，确认乔颜不会受凉。而她也只是微微挣扎后，便宣告放弃。

有一种情绪叫见不到面的时候恨不得弄死对方，什么最坏的打算或是凄惨的下场都一一想过，坐到一起又立刻世界和平，内心宁静。

两个人手牵手坐了好一会儿，段明过方才开口问："多少周了？"

乔颜咬了咬唇，说："大概六七周吧。"

段明过点了点头，视线无意识地掠过她的小腹，仍是平坦如初，她整个人却好像瘦了一圈，下巴更显得尖细。

段明过问："你有什么想法呢？"

想法早已在脑海中反复多次。乔颜完全是下意识地说："我也不想这么早就生孩子，可我现在既然有了他，就证明我们两个有缘，我应该把他留下来。而且医生们说，第一胎是很宝贵的，流产比生产更伤身体。我已经对自己不负责任过一次，这次我想好好爱护自己。"

段明过静静地听着，又问："那你对我有什么想法吗？"

他视线热热地投在她脸上，让人避让不及，乔颜索性对视上去。她早已破釜沉舟："孩子是你的，我不会一个人霸占他，我会告诉他你是爸爸，要他一直爱你、尊敬你。如果你不相信，我也没有办法，但无论如何我都会好好带着他。"

段明过陡然笑起来，露出整齐的牙齿，方才深沉的眼神里又添上几分戏谑。他说："听来听去，你的计划里都没有我啊。那你何必还要告诉我呢，自己偷偷躲起来生不就行了？"

乔颜语塞。

段明过嘴角一压，说"你有没有想过当单身母亲要付出多大的代价？你事业刚刚起步便又宣告夭折，甘心吗？你不做演员又能做什么，去酒店端盘子还是去超市收银？那点钱够你养孩子吗？你别忘了，你还有个弟弟。孩子没有爸爸，你一个人连张准生证都办不到，以后孩子没法落户，连上学都成问题。"

乔颜听得背脊上起汗，冷气一吹，直打激灵。段明过索性将空调关了，又将她的手搓了搓。她方才回神，怔怔地问：“你不想要这个孩子？”

段明过微拧着眉头，说：“我没想过这么快，你觉得以我们之间的关系，能养育得了这个孩子吗？而且我还有很多事想做，还没来得及做，能照顾得了你吗……”

乔颜方才堵在胸口的东西，一下子落地，又空虚又释然：“我知道了，你根本不想要这个孩子。”

段明过没再说话。

乔颜紧咬牙关，立刻起身下车，关门一刹，又被他自里面挡住。她以为事情仍有转机，没想到段明过递出一个包装精美的礼品盒。

他笑容浅淡，说：“给你的。”

乔颜不解。

段明过说：“铂金包，你不是喜欢吗？”

乔颜又急又气，不由分说将盒子一下砸进去，转身即走。段明过被撞到鼻子，眼前顿时冒出金星，骂道：“这什么女人。”

谁想到那女人又绕了回来。段明过立刻如临大敌，不知道她又要使出什么幺蛾子，就见她弯腰将盒子往外一抽，说：“不要白不要！”

段明过大跌眼镜，等她跑得没影，才敢抱怨：“她以前不这样啊。”

司机医学知识丰富，很有几分感悟，这时扭头跟老板说“可以体谅的，孕期女人体内激素失调，脾气就是这样时好时坏的，咱们男人就得让着。”

段明过听得眉目纠结，说：“你给我闭嘴，我不知道吗，要你废话？”

Chapter 20

段明过一时疲乏，却不知道该去哪里休息，索性嘱咐司机在街上转转。没走多远，搁在一边的手机又响起来。

段明过原本懒得说话，看见是江流萤才勉强接了。她在那头咋咋呼呼地问：“你在哪呢？乔颜跟你说的事怎么着了？乔颜是个好姑娘，你小子可别始乱终弃。”

段明过嫌吵，话筒拿得老远，掐着太阳穴道："我已经回来了。"

电话那头的人没料到，愣了一愣，问："你不是出去办事了吗？怎么说回来就回来？"她忽然笑起来，说，"看来是我多虑了，你对乔颜还挺上心的。"

段明过一嗤，说："本来事情也要了结了，早回晚回都一样。"

江流萤一点面子都不给他，说："得了吧，你根本不是这么急着收尾的人，无事也要等三天，大方承认下来能掉一块肉？你现在还有事吗？没事来我这儿一趟，我再好好问问你。"

段明过心想，反正也没地方去，到江流萤那边还能蹭上一顿饭。于是临时要司机改道过去，没想到车子开到门口，江流萤却要他在楼下买饭上来。

段明过千金之躯，没进过这路边小店。他望了一眼凳子上腻起的油脂，感觉就不太舒服，随便点了几个菜打包带走，付钱的时候看到留言墙上有乔颜的字迹。

希望我们都能好好的——乔留。

日期留的是近期的，每个字都一笔一画写得工整。她因为从小练字，提顿转折都带笔锋，在一群鬼画符里很有辨识度。

店主见他看得入神，递笔过去，问他要不要也留一句心声。段明过将大小餐盒归置到一只手上，接过笔来，在乔颜那张纸上刷刷留下几笔，然后将笔随手一扔，说："多谢。"

段明过敲开江流萤家大门的时候忍不住抱怨，说："你近来可真是越来越懒了，连饭都不想做一顿，这玩意儿你也吃得习惯？"

江流萤从他手里接过袋子，看过里头饭菜打包的式样，说："这家其实还不错，做的东西干净，油盐也少，乔颜都在他们家买过。喏，你要不要也来吃一点？"

段明过趿着双男士拖鞋进来，从江流萤手里接过一次性筷子，说："你们俩近来怎么走这么近，饭都凑到一起吃？"

江流萤用手搓了搓，剔了筷子上的毛刺，说："不仅是一起吃，她有空的话还过来掌勺呢，锅里还热着她昨天炖的鸡，一会儿来一碗？”

段明过当即将筷子扔了，去厨房掀锅盖，里头果然热着一锅汤，汤色清凉，鸡肉酥软，枸杞和虫草上下翻滚，光闻味道就知道好吃。

他将锅盖重新盖上，有几分不耐烦地说：“以后别让她过来做这些事了，她现在怀孕了，不能太过劳累。”

江流萤一时失神，怔怔地看了他一会儿，吃吃的笑容里带着几分苦涩道：“我没看错你，你果然和梁铮不一样。”

提到梁铮，段明过后知后觉地想起一件事来，他在外出差的时候接过此人电话，内容大约是要他劝一劝江流萤。

他那时候忙得焦头烂额，嘴上答应，转身却给忘了，今天听她提起才想起来，说：“你跟梁铮怎么样了？他把电话打到我那里。我心想你们的事情还是由你们解决，我个外人要是一不留神拉了偏架，岂不是里外不是人。”

江流萤的表情立马就有些不好看，原本夹起的一块肉掉下去。她戳了几下，没捡过来，说：“我们俩完了。段三，你知道吗，他为了那个女人跟我动手。”

段明过一时愕然，说：“或许是失手。”

江流萤说：“我不是小孩儿，不小心还是故意，我能分得出来。如果说之前我还对他有什么幻想的话，他推我的瞬间就都破灭了。”

段明过听她一席话说完，许久都没有吱声。他借着喝水的间隙偷偷打量这女人，她身材、面色看起来都与此前无异。

如果一定要找出什么不同，那大概就是一种玄而又玄的精气神。段明过觉得她好像硬生生从身上剥离出什么，尽管她一直努力将之填补，却还能看见那漏风的一角吞噬着黑暗。

段明过虚握着拳头撑住下颌，牙齿轻轻咬着关节，半晌才说：“怪不得乔颜要天天过来照顾你，你现在恢复得怎么样？”

江流萤反倒轻松，耸一耸肩，说：“托她的福，恢复得还算不错。我就当体内生了一个小小的瘤，现在让医生给剜去了。”

段明过轻叹："我不知道该说点什么好。"

江流萤凑近他身边，说："明过，我真的劝你考虑把那孩子留下。你跟乔颜是当局者迷，我这个外人却看得很是清楚。没有几个女人会为一个自己不爱的男人生孩子，乔颜心里肯定是有你的。而你愿意为她这么着急赶回来，证明你对她也有那么一点意思。既然你有情我有意，那不如凑到一起过过看，说不定能有意想不到的改变。"

段明过眼皮一抬，深邃的眼睛看向她，问："流萤，你到现在……难道还相信爱情吗？"

江流萤伏在桌上笑道："不管我信不信，爱情都还是存在的呀。只是有的人得来全不费工夫，有的人穷尽一生也找不到知心的人。"

两人随便再吃了点，江流萤钻进卧室休息。段明过一个人把桌子收拾干净，看到客厅里空着的沙发，就有些挪不动步伐。

他跟江流萤照应了一声，躺在上面，刚把眼睛闭上，立刻就坠入梦乡。人越是劳累，越是容易做梦，他走在昏暗的世界里，几乎把前半生重新看过。

偌大的段家宅子，威严如山的大家长，他那些皮笑肉不笑的哥哥，还有天真烂漫会搂他大腿的段雨溪。

不知怎么就见到了十六岁时的乔颜。他在心里喟叹，这女人就是换上学生的装扮，也还是一副清冷的样子，只是眼睛不会说谎，那里面存着让人难以忽视的欲望。

没有错的，是欲望；或者说，是野心。

孤苦伶仃的小女孩儿，在泥土一样的环境里奋力冒头。想比其他人拥有更多的阳光和雨露，就要不断攀升，抓牢每一个来之不易的渺小的机会。

所以她给段家人写信，风雨无阻，按部就班地写信，然后如愿得到她所需要的关注，得到情感空虚却自认为泛滥的段家人的青睐。

他给她回第一封信的时候就带着鄙夷，所以从不认真，白纸铅字，再带着浓重的讽刺意味，签上自己的大名。

她也无甚表示，因为知道目标已然达成，接下来的时间就只需要坐享其成，等待秋收之时前来收割。他后来果然等来她的求援。

她尽管聪明，然而眼光不佳，他其实徒有其表，是无用的阿斗。他帮不上忙，于是请出哥哥，三个人的电影，他看得索然无味。

回去的时候，他没有送远，任凭段明泽风头出尽。他站在影院的一角，于黑夜里看车缓缓滑走，然后一瘸一拐地回到家里。

他后来给她打电话，离开之前约她在机场见面。她在电话那头沉默良久，说："明过哥哥，你去哪里？"

段明过言语轻松，说要出国留学，时间已定，即日启程："这一走不知道要多少年才能回来，想看我的话一定要抓紧机会。"

段明过等她半天，她却迟迟沉默。他立刻不耐烦地拄拐踱步，说："怎么，小爷纡尊降贵地邀请你，你居然还不想过来？"

她这才嗫嚅几声，说不是，说有事："我最近有很多考试，周末也要补习，我怕那天请不出假来。"

他一下心如死灰，大吼："那你千万不要过来，我祝你鹏程万里，马到成功！你这么热爱学习，以后清华、北大尽在你股掌之中！"

盛怒之下，他摔了手机。偏偏那玩意儿质量堪比砖头，没过一会儿又叮叮当当地响起来，他气呼呼地接过来，问你还想干吗？

她怯怯地说："你告诉我时间、地点，我一定会去。"

而结果是，他拄着拐棍等到闸口要关，仍旧没能见到她小小的影子。

飞机之上，他给她拨去电话。

反复几次才有人接，却是个男人的声音。他哥哥段明泽十分诧异，问："你还没有飞？"

很久之前，曾经有人告诉过段明过，希望你能遇见一个对你心动的人，而不是权衡取舍分析利弊后，觉得你不错的人。

他深以为意，向来求全责备，要么是零，一无所有；要么是一，完完整整，从来没有第三种折中的选择。

醒来的时候，他怔怔地望向天花板，直到现在，也还是一样的想法：

如果需要妥协，那宁可没有，好过慢慢埋怨，心有不甘。

段明过再睡不着，给江流萤留下便条，匆匆而走。这一回他终于有了明确的去处，吩咐司机往片场开去。到达目的地才被告知有误，他又开车去乔颜家里。

头次拜访，按道理不该空手而来，只是太过心急没时间置办。幸好她父亲不在，弟弟未归，不大的家里只有她一个人在。

乔颜抵着门，起初不愿让他进来。段明过跟她开不合时宜的玩笑，说："你好歹收了我一个包，请我进去喝一杯水总是可以的吧？"

乔颜拿人手短，只好吃一回哑巴亏，放他进来。没料到引狼入室，他果然不拿自己当外人地四处踱步。

段明过鲜少进到贫民窟，点来点去，不知道她睡哪一间房。乔颜拿手一指沙发，又不耐烦地问："你来到底干吗？"

段明过脱了外套，勾在椅背上面，手指一勾，说："你的检查报告呢？我来看看。"

乔颜哪知道他葫芦里卖的什么药，狐疑中去包里翻出那张纸，不由奚落道："你能看得懂吗？"

段明过嘴角噙笑，咕哝道："这世上就没我不懂的。"纸上寥寥几行术语状况，真正被看进眼里的只有最后那几个字：宫内孕囊样回声……

下面黑白的图里一片雪花，唯独一处有个豆大的黑点，倔强地抢占着人的视线——段明过若有似无地想，这就是他的孩子。

两个人坐到桌边，彼此对视。段明过交握两手，搁在台上，说："你最好和最坏的情况都想过，却没有发现解决问题还有另一条捷径吗？"

乔颜心脏一揪，却不知道他的捷径是不是她所想的那个。

段明过松开一手，按到她的肩上，嘴角又噙上笑意："咱们结婚吧，我给你和孩子一个合法身份，我只有一个要求。"

乔颜眨着眼睛，静静等待。

段明过说："你千万，不要后悔。"

Chapter 21

人是趋利避害的动物，有着寒夜之中拼命接近热源的本能。乔颜尽管觉得两人之间有诸多问题，不过有更重的山压来时，她理所应当选择绕道而行。

也许以后回想，觉得是很讽刺的，两个没有多少感情的人，居然可以因为孩子贸贸然走到一起。然而跳脱出来看，这世上的真挚感情又有多少？

来来去去的人见两面就结婚的有，家里觉得差不多就走到一起的有，甚至有些人连面都没见过，新婚之夜床上摸到才算打了头一回照面的，也有。

乔颜越想越觉得围城可怕，反而冲淡了问题解决后的喜悦。对面的段明过大约也是如此，意兴阑珊里，百无聊赖地拿手指搁在桌上点着。

气氛一时降到低点，直到许久之后，沉闷的“咕咕”声打破沉寂。

乔颜微怔，意识到声音是从段明过处传来，挑着卸了眼妆的眼睛斜视而去。他正尴尬地捧着肚子，挽回场子地粗气道：“你肚子就没饿过？”

分明恶声恶气，但是大概是习惯成自然，乔颜一点没觉得这男人的放肆有何不妥，看着看着笑起来，说：“你还是小孩子吗？”

段明过刚要跟她理论，她已经站了起来，说要给他做点东西来吃：“我正好炖了一锅骨头汤，舀一碗做底，下面条，西红柿鸡蛋当浇头，行吗？”

段明过两手摊开，闲散地撑到椅背上，说：“高汤要清醇鲜，不是有机绿色认证过的西红柿不吃，洋鸡蛋不吃。”

乔颜默不作声地往砧板上放了个西红柿，一把刀晃得精光四射。段明过睨了她一眼，认了怂：“随你……随你发挥吧。”

十分钟后，面条被端上桌子。段明过光是闻着气味就忍不住咽口水，袖口一挽趴桌上，端着碗咕嘟咕嘟地喝起来。

汤水正烫，他吃得额角冒汗，眉梢挑起，两眼眨动，薄薄的嘴皮子有了用武之地，边使劲地吹气，边咂摸着将汤往嘴里送。

乔颜笑着在旁帮忙扇风降温，职业病犯了似的问食客好不好吃，他没嘴说话，用空碗做回答。问他还吃吗？他得了便宜还卖乖：“晚上要少吃。”

乔颜弯腰收拾碗筷，一俯身，披在脑后的头发如瀑般垂散下来，丝丝缕缕划过段明过脸上，痒兮兮的一直牵连进心上。

他忽地伸手，抓住乔颜拿碗的手，诱哄着要她放下手里的东西，再将另一只手缠到她腰上，轻轻一拉，将她环到身前。

不见面时的怨偶，变成见面后的佳友；再靠近一点距离，穿过安全的界限，随即开始迷失，要完全听荷尔蒙的话。

两个人摸索着亲吻到一起，冰凉的鼻尖碰鼻尖，许久不见后积蓄起的气味，浓得化不开来。是谁说的，只有动物才靠嗅觉找到彼此？

乔颜喜欢他身上暖暖的气味里夹杂的一点烟草味道，带着草木死亡的枯朽，灰烬掸落的干燥，甚至还有一点臭臭的，但就是如致命毒药般让她着迷。

一室旖旎，挡不住突兀的敲门声。乔恒声音不耐烦地催促“姐，开门！你在不在家呢？在不在家呢？不在我自己掏钥匙了啊！”

乔颜连忙慌张失措地从段明过身上下来，理好头发和散乱的衬衫，看也不敢看他，就往门外走，说：“我来了，你别拿钥匙了。”

段明过在她身后发出短促的嗤笑声，笑她胆小，跟在她后面出去。

三人会面，乔恒吃了一惊，指着自家姐姐问：“这人怎么在我们家？”

段明过大大方方地摆出一副前来串门的样子，摸着乔恒的脑袋问：“最近怎么样？病是不是已经好了？没欺负我们家段雨溪吧？”

可又不等人回答，他转身又捏捏乔颜红透的一张脸，说：“我走了，电话保持畅通，我随时找你有事。”

段明过一阵风似的离开，弄得乔恒很没面子，拉着乔颜问：“他刚刚是跟我说话的？怎么那么没礼貌啊？还随便摸我头，当我三岁小孩儿啊！”

乔颜朝他笑笑，没回话，将桌上的碗筷收起来，站在厨房里问：“喝不喝汤，我给你舀一碗？排骨山药汤，煨了好久了。”

乔恒还对方才的事耿耿于怀，说："我不是要你跟段家的人少来往吗？都不是什么好人，我也是男人，我一看他眼睛就知道他没安好心。"

乔恒接过碗，颇有几分食难下咽的样子，一边挑着汤里的山药，一边思忖着说："以前你俩就是眉来眼去，现在他都跑门上来了，你俩这是谈恋爱呢？"

乔颜头皮发紧，既不想一下子完全交底，把乔恒给吓着，又不想瞒得太死，不利于之后开展工作。于是点头，说："是呢。今天怎么回来得这么早？"

乔恒说："老师看我身体不好，提早让我走的。反正你弟弟我成绩好，就是一个月不上晚自习，也照样有把握考到全校前两名。"

乔颜说："你这么有出息，怎么不能保证每次都争第一名呢？"

乔颜有口无心，被乔恒听进心里，他将筷子往桌上一放，跟在姐姐后面瞎转悠。存在感刷到差不多了，这才笑嘻嘻地说："姐，我想买辆新车。就是那种普普通通带后座的，可以骑车带人的。哪怕二手的也行啊，我保证期末考头名。"

乔颜正在沙发上铺开今晚抗战的床褥，此时身子一侧看向他："买什么新车，我不是给你买过一辆吗？何况考试是你自己的事，前途也一样，你拿这个威胁我，是不是有点搞不清状况啊，男子汉？"

乔恒急得面孔冒汗，竖着两指向天花板起誓："那我不干涉你的感情生活好不好？管你是段明过也好，段明理也罢，我都不再说让你讨厌的话了！"

这倒是可以考虑。只是乔颜更加纳闷："你到底要买车干吗？"

乔恒恨恨地咬两下嘴唇，说："就是想换种口味骑车呗，还能有什么别的原因？"

晚上的时候，段明过果然给乔颜打来电话，被她以担心吵到弟弟学习为由掐了，两个人改成互发短信联络。

段明过要乔颜尽快从蜗居里搬出，说你一个孕妇睡沙发，算怎么一回事儿；以后高跟鞋也不要再穿，万一摔倒后撞到肚子，后果相当惨烈。

最好连戏也不要去拍，头三个月必须静养养胎。他给她找一两保姆跟着，负责科学全方位地照顾她的起居饮食。

乔颜听得好不惊奇，想到他前一天还在问她要什么花样，今天确定是他的孩子后就态度大改，成了截然不同的另一个人。段明过对她不见得有多深的感情，对她肚子里的孩子却已经父爱泛滥。

乔颜一一拒绝，她好不容易搬回家里，弟弟又大病初愈，还想再和他多待一阵。她一直都有训练体能，一天拍几场戏根本就是小意思，完全不必要辞演。

段明过发了一连串问号，最后深沉地发问：那我下午来找你是为的什么？

乔颜想起他下午说要给她和孩子合法身份时嚣张的模样，故意踩着他肋骨回道：我现在还不是你老婆呢。

段明过回：反了你了，看来我要尽快拜见老丈人了。

段明过说到做到，几天之后，便提着大包小包的东西亲自上门。乔贵桃胆子小，看到女婿横在楼下的豪车，已经吓得同意了一半。

听他介绍完是段家子弟，更是点头如捣蒜，恨不得让闺女立刻出阁。送段明过出门的时候，乔颜无奈地说：“我家的情况就是这样了。”

妈妈早逝，爸爸势利，身后还有一个总不让人省心的小弟。

乔颜垂着头：“我一直没敢告诉你，我爸爸还有个相好的，年纪已经不小了，还怀了孩子，就住在流萤家隔壁……你们说不定见过呢。”

段明过感慨：“你们家这情况，是有一点乱啊。可能怎么办啊，娶你就要娶一家，换成其他人也还是一样。”

乔颜更加抬不起头：“我爸爸还要彩礼呢。”

段明过说：“给啊，传统习俗嘛。”

乔颜说：“我可没有嫁妆的。”

段明过笑着揉揉她的头，说：“算了，你那点小钱，我还看不上眼呢。”

乔颜说：“要不然，你做个婚前财产公证吧，我不多要你一分钱。”

段明过说：“那倒不需要，反正很快你就会知道了……”他又露出那副漫不经心、玩世不恭的笑，看得人心里凉飕飕的。

乔颜忍不住问："知道什么？"

段明过拿手指一刮眉角，说："到时候再说吧。"

Chapter 22

段明过动作挺快，没几天就告诉乔颜，已经跟家里人说过结婚的事，晚餐就定在这天下晚，要她准备一下。

乔颜正拿着病历本在医院挂号等看医生，听到这话，心扑通扑通跳得飞快，诘询他为什么不早点通知她："我昨天偷懒，头发都没洗。"

段明过的话里透着浓浓的嫌弃，隔着电话都能想象得出他下压的唇角和蹙紧的眉心："瞧把你懒的，大伏天不洗头，你留着养臭虫？"

乔颜怀孕不到八周，还没有呕吐恶心的妊娠反应，唯一的反常就是嗜睡，往往不到九点就开始打瞌睡，等到乔恒回来时，她已在沙发上困到东倒西歪。

体内激素乱虽乱，倒是一点没影响她的皮肤，眼瞧着自己一天比一天变嫩，原本略油的肤质变成中性，头发也不像以前一样油腻腻的。

乔颜这才放低对自己的要求，没想到在段明过看来，她已经彻底不顾形象地堕落了。她嘴上不肯认输，耍赖说："不是我的错，是你孩子老不让我安生。"

这话挺有效果，段明过嗤笑几声，没再奚落她，反而难得体贴地问："在哪？"

乔颜说："妇幼保健院，医生要我来检查的。"

段明过顿了顿，说："我现在过去。"

段明过到的时候，乔颜正围在窗口外的一堆人里缴费。

四周要么是陪孩子来的上了年纪的老人，要么是挺着肚子已是孕晚期的妈妈，有的怀里还抱着孩子，哭哭啼啼的。四处都是乱糟糟的。

说起来真是奇怪，他还是一眼就能看见她，像一苇纤细的芦草似的，清清瘦瘦地站在众人里，穿一双白色平底鞋，浅蓝的修身连衣裙，皮肤白如细瓷。

段明过脱了外套，就这么两手环抱着，站在一边看了会儿。

她看起来清爽，其实为人很笨拙，站在队伍里很有礼貌地与前方留出距离，却一次又一次被后面不守规矩的人强插到前面。她心情不好，嘴唇抿成一线，但是怎么也不肯动动嘴皮子阻止，只有一次一次地控制着自己的脾气。

段明过起初并不出手阻止，直到一位膘肥体壮的大妈提着大包小包将乔颜挤出去。他这才匆匆上前，一把捞她进怀里。另一只手则不甚友好地推开这女人，拧着眉说："缴费的话，麻烦后面自己排着去，谁的时间都不是偷来的，讲究点先来后到行不行？"

乔颜以为段明过又要开始例行地说风凉话了，没想到他这次出奇地安静，全程又如水桶似的将她罩在怀里，排队的进度立马快了起来。

后面抽血化验时也十分顺利。结束的时候，天上阳光正猛。段明过还有点意犹未尽，说："这就完了？"

乔颜说："哪那么快？结果要明天下午才能出来，我还要来跑一趟，再把单子给医生看，然后决定做进一步检查，或是要不要吃药。"

段明过这才点头，觉得这丫头大热天的跑来跑去确实不容易，说："你以后过来都跟我说一声，我要是有空就陪你，实在不行就让司机接送。"

乔颜又忍不住想，这人果然对孩子上心，以前神龙见首不见尾，现在居然可以随叫随到了。

她的满腹心事被段明过看穿，他把她的下巴勾到自己跟前说："又耍什么心眼呢？我现在得想想去哪给你收拾一下，不然晚上就真成丑媳妇了。"

段明过带乔颜去临近的美发会所洗头、做造型，又去店里挑了几套合体的成衣。凡是她试穿的效果不错的，一律开票带走。

临了，乔颜偷偷看了眼价格，不得不感慨嫁给有钱人的感觉确实不赖，不仅物质生活能得到保证，透过店员眼中艳羡的神情，还能满足精神世界的需要。

晚上段家的长辈见到包装一新的乔颜，果然露出欣慰、赞赏的表情，特别是与人和善的段老太太，夸她女大十八变，越长越是水灵。

乔颜跟段家人多年没有来往，今晚见到他们，倒也不觉得十分陌生。

偌大的一张桌边坐着几个人她都认识，老太太之外，左右手的位置分别是段明过的父母，靠门的一个是鬼灵精的段雨溪。

她还是沿用以前的称呼，喊段明过父母为叔叔、阿姨，没想到段雨溪这时候窜出来喊她小婶婶，说："你也太见外了，直接喊爸妈吧。"

段远山对这个过分活泼的孙女儿向来没办法，这时候也只是虚张声势地拍拍桌子，问："来之前跟你说的话都忘了是吧？以后这种场合再也不带你出来了。"

段雨溪吐一吐舌头，压根一点都不怕他，这时候念念有词地犟嘴道："不带就不带，反正我也没别的婶婶了——你说是吧，小叔？"

段明过嗤笑一声，戳中她眉心说她皮痒。老太太这时候发了话，说："都赶紧过来坐下吧，我让人走菜了。雨溪你离小颜远一点，她从小就文文静静的，我真怕你把她吓着。"

段明过之前必定做过许多工作，这一晚的气氛始终不错，一家人在一起随意聊天，间或夹进几句段雨溪的插科打诨，大家被惹得哈哈大笑。

乔颜吃得极有感慨，真心为段明过有这样的家庭环境高兴，脑子里时不时闪过自己儿时的情景，居然全是她提着空荡荡的饭盒，在棚户外面等乔贵桃的画面。想想还真是佩服自己，她那时候到底是怎么坚持下来的？

水果端上来的时候，段远山点了一支烟，游离了一晚上的话题终于来到关键之处。他提议办小型婚礼，只请双方父母到场。

段远山说："早几年给他哥哥大办过一次，各家的关系都要顾及到，结果牵家带口来了几百桌人不止。真是忙怕了，到现在想想腿肚子还发酸呢。"

他掸了掸烟灰，说："而且你现在不是做演员的吗？你们明星最忌讳这个了。我看电视里有哪个明星谈恋爱，还有粉丝为他要死要活的呢。"

乔颜一直怕麻烦，以前参加婚礼，一场喜酒办下来，又唱又跳，完全像看一场劣质晚会。新娘新郎就是那蹩脚的主持人，明明是今晚最该高兴的两个人，却总在试图取悦台下的人。

乔颜见段远山如此开明，简直要举双手双脚赞同，一句同意差点脱口而出。余光瞥到一边的段明过身上，她又停住了。

现在不是一个人做决定，而是有了一个小家，要为整体考虑。乔颜斟酌用词，拿出充分体谅身边人意见的态度，说："我听明过的吧。"

段远山立马笑起来，说："明过啊，明过没什么意见。既然你也赞同，那我就先让人这么准备着，过两天我再跟你父亲商量下，大家互相理解吧。"

段明过这时候猛地靠向椅背，银制的叉子落在盘里发出清脆的"咚"的一声。桌边的人都不由看了他一眼，也只是一眼，就又恢复到方才的状态中去。

乔颜却从中嗅出几分端倪，隐隐觉得这氛围似乎不对。可是一定要说哪里不对，她又没有丝毫头绪。

段老太太这时候招过儿媳，在她旁边耳语几句。段夫人连连点头，回到座位的时候便起身说要先走。气氛更加诡异，除了她出去时高跟鞋踩地的叮咣声，桌边的所有人都维持着敌不动我不动的态势。

乔颜看向段明过，段明过面无表情地回看她；乔颜看向段雨溪，小丫头朝她吐一吐舌头，也是一脸讳莫如深的样子。

五分钟后，有人敲响包厢大门，段老太太说进来，门随即向两边开启。一个中年女人垂头走进来，很恭敬地喊了一声："老太太。"

段老太太向她颔首示意，视线一扫，咂嘴道："你一定要注意保养啊，怎么看起来比上次还要瘦，脸色也黄得很。给你配的中药按时吃了吗？"

女人毕恭毕敬地站着，说："谢老太太关心。我一直都按时吃，就是最近胃口实在不好，饭吃得不香，脸色也就差了。"

老太太点头，不像是担心的模样，随手一指："你坐吧。"

这人是真的弱不禁风，走上两步就要喘一喘。手臂从外套里伸出来的时候，活脱脱像是两根枯柴，不要说拉不动椅子，连包都拎得吃力。

一直没动的段明过终于站起来，急忙走到她身边，替她挪椅子。

两人一旦贴近，乔颜忍不住倒吸口凉气，这女人虽然憔悴，但面容仍旧清秀，轮廓眉眼和段明过是出奇的相似——她这才知道方才的不对劲是从何而来。

老太太这时候才给乔颜作介绍，说："小颜，今天要你过来，除了咱们见面叙旧，还想介绍个人给你认识……这一位，我想你应该认出来了。"

她话语简单，眼皮不抬，很有几分不胜耐烦的样子。乔颜再去看段远山，他略显尴尬地又点了一支烟，眉头微皱，话都懒得说，仿佛对面坐着的是他人生的污点。

段明过正给这女人捶肩，声音很轻地问她刚刚是怎么过来的。他见乔颜看着他，干巴巴一笑，说："这是我妈妈，过来喊人。"

乔颜脑子里"嗡"的一声，怎么也没想到如此平凡一晚，居然还有这么戏剧化的一幕。她屁股一时间钉在椅子上，根本不知道下一步要做点什么。

段明过妈妈连忙拦着，说："我只是顺道过来看看，很快就走，不打扰你们吃饭的心情。来之前我就说过，不要让她为难。"

段明过平日里骄纵跋扈，他妈妈却像有张很好说话的脸。乔颜最怕老实人吃亏，将飞远的神思收回来，手忙脚乱地起身。

走到半路，她才想起，给段远山夫妇敬茶时，她敬重他们是段明过至亲，如今遇见真有血缘的，更不好怠慢。她喊过侍应生倒茶，毕恭毕敬地端到段明过妈妈手里。

段明过妈妈没想到乔颜会这样做，一时间怔在原地接也不是，不接也不是，最后在儿子催促下才端过来，说："可惜阿姨没有给你准备红包。"

段明过妈妈没待多久便向大家告辞。段明过放心不下，要送她回去。他妈妈不同意，你来我往谦让了好一会儿才成行。

段明过只能将乔颜交给段雨溪，说："到家之后发个短信给我，记得卸妆再睡。”

所有人都陆陆续续出去，段雨溪拖着乔颜单独坐一辆车离开。段雨溪已经憋了小半个晚上，现在没有别人后，立马忍不住打开了话匣子。

她捉着乔颜胳膊说：“小婶婶，今晚你可算是知道我们段家的大秘密了，但你千万不要看不起我小叔啊！”

乔颜也正想听这些事，说：“怎么可能呢，我就是有点意外，之前你们把这件事藏得太好了……明过他妈妈看起来挺年轻的。”

段雨溪点头：“就是这几年她身体不好，憔悴了，当年可是相当出众的美人呢。她那时候是我爷爷的助理，听说单位一多半人都追求她，后来……”

乔颜竖着耳朵等听下文，偏偏段雨溪这时耍滑头，不往下说了。她那双亮晶晶的眼睛盯过来，说：“反正你要对我小叔好一点。”

乔颜忍不住笑起来，将手轻轻拍在她额头上，说：“我对他一直都不错，倒是说这句话的人，应该是欺负过他的。”

段雨溪眼睛一闭，整个人埋到她的肩窝去，乖巧可爱，说：“我才没有欺负过他，是他一直欺负我来着。也是啊，柿子要挑软的捏，他倒是想欺负其他人呢。”

她虽然说得委屈，语气却没有半分埋怨，这时候唉声叹气道：“你知道他以前喜欢打羽毛球吗？一心想要在体育界混出点名堂，家里人说他是玩物丧志，倒是从来不拦着。可是后来小叔腿脚受了伤，再也打不成羽毛球，想换条路子出国念经济，家里就开始有人唱反调了。”

乔颜边听边在心里梳理时间线，想到几年前最后见着他那次，他似乎腿脚不方便。只是当时段明泽着急送她回家，她没来得及多问。

这事于是一搁就搁置了好几年，到今天才被人翻出来。

乔颜问段雨溪谁唱反调，为什么唱反调。段雨溪支支吾吾地说：“反正就是有人唱反调呗，后来僵持不下，闹出动静，老祖就出来调停了。说是给小叔签了份协议，回国之后不许他进正泰工作，也不能继承股份。”

乔颜听完后许久都没说话，无法想象段明过这些年在段家是如何度过的。尽管顶着段家的姓，老三的排行，关起门来，想必和蝼蚁般辛勤劳碌。

她跟段明泽有过交情，那人尽管看起来始终温和如玉，却总教她觉得距离感十足。想来想去，应该是源于他骨子里透着的高傲，他那样的人，如果真的黑下脸来，也是够教人胆寒的。

乔颜几乎立马在眼前模拟起兄长教育庶弟的场景：段明过要低着头，弓着腰，静静地听，慢慢地受，他并不能有所反应，否则还有家长们轮番上阵。

乔颜自认待人宽厚，每每遇见丁贤淑的时候，却总忍不住板下脸，拿最恶劣的态度面对她，肢体上虽说努力克制，言语上的挑衅却从来不少。

换在段家，这样的情况只怕更加严重。

人的两面性在这种时候体现得淋漓尽致。乔颜既是反感一切破坏婚姻的人，盼望天道轮回，总有一天被正义压倒，又并不忍心去想段明过吃过的苦，希望世人都对他良善一些。

段雨溪看乔颜一直不说话，自我反思是不是说了什么出格的话，想起电视里有为条件结婚的一类人，边安慰自己小叔没那么背吧，边亡羊补牢道："婶婶，你千万别瞎想！我小叔虽然没什么大钱，但养你还是绰绰有余的！"

乔颜柔顺地笑着，说："没，就是觉得很感激，谢谢你这么坦白地告诉我。"

段雨溪放下心来，说："不谢，我还不是为了你们的小家能和谐幸福嘛。"她嘿嘿地笑，又想到什么似的说，"婶婶，你真的要谢我吗？那你给我乔恒的号码吧，我想……我想问他作业怎么写；还想跟他说，我才不要做他的大侄女，我不喊他叔叔！"

乔颜忍俊不禁，再次示好地拍了拍段雨溪的额头，心想，人的判断是有多不准确：她要收回段家是个幸福家庭的话，同时给段雨溪说句对不起，之前一直以为她是脾气很大的富家千金，现在才知道她未必有乔恒难说话。

这天夜里，体内激素失调的乔颜也不能早早入睡。她躺在沙发上翻来覆去，觉得这里也不舒服，那里也不舒服。

安静之中除了乔恒在屋里的翻书声，忽的有汽车轮胎碾过的声响。她索性起来看看是哪个晚归的人，却意外发现段明过的车子停在楼下——他倚在一边静静抽烟。

他正拨弄手机，手掌大的一片光照在脸上，映出莹莹的玉色，脸的五官轮廓被衬得夸张而犀利。乔颜远远看着，却觉得不丑。

没过几秒，她手机震动，段明过给她发来短信：睡了？

乔颜踱回床边回复，说：还没，在看怪兽。

段明过立马懂了，头向上一抬，看到个白生生的身影立在窗前，漆黑的头发乌蒙蒙地笼在两边……呵，她又好到哪里去了？

段明过回：我脱了衣服更怪兽，你信不信？

乔颜看得面红心跳，往下瞪去，那人居然脱了外套，甚至慢条斯理地解起领带，简直是变本加厉地耍起流氓。

乔颜呼吸都不畅快，心想自己也真是蠢，白白为他担心一整晚，结果人家好得不行，还要给她演月下变身了。

几秒后，乔颜回复：要脱就脱干净，不喜欢看半遮半露的。

第五章

只要是你情愿

Chapter 23

那晚，乔颜最终还是没有下楼，段明过将领带扯松后就停止了表演，朝她远远挥了挥手里的烟后，在一边的藤萝架上掐灭了，回身钻进了车里。

不多会儿她手机又收到短信，写着：下次在床上慢慢脱。

冷冰冰的一行铅字，映在眼里就像灼烧的热铁。乔颜本就发红的脸继续发烧，一直蔓延到耳后。她用凉凉的手机紧紧贴着脸，紧跟着长长吁出一口气。

往后一段日子，乔颜忙结婚，段明过忙工作，居然一直都没能见面。

随着时间无限拉长，乔颜渐渐回过味来，觉得自己处理人生大事的态度未免太不谨慎了一点，所以才糊里糊涂地怀孕，糊里糊涂地结婚。

能不郁闷吗？先生的性格是怎样的，先生的家庭是怎样的，她原本觉得自己熟知，现实却一次次教她做人。说真的，她现在连先生的工作是什么都不敢确定。

段明过不在家族企业任职，可风里来雨里去，也不像是个拿死工资吃饭的。说他生意做得不大吧，她老板也想跟他搭上线；说他生意做得好吧，连段雨溪都能鄙视他。

乔颜越想越觉得有必要叫他出来谈一谈，夫妻之间理所应当坦诚相见，要是他一不小心为钱铤而走险，误入歧途，她还能及时悔婚。不，及时让他悬崖勒马。

只是几次翻出手机都下不去决心联络他，短信也编不下去，仿佛那次坐在电视大楼前喊他来接的根本不是自己，是另一个姓乔名颜的勇士。

这一等就是几天。直到乔颜去医院检查，照过B超，年轻妈妈看着那塑料板上的小黄豆很是欣慰，尽管只是变大了一点点，还是迫不及待地给爸爸发了张过去。

只可惜年轻爸爸日理万机，一直到乔颜看过医生取完药，他这才打来电话，问："你怎么又去医院了？没事做这个干吗？"

乔颜说："我又验了次血，医生说我指标高，孩子不像是只有八周，要我去做了个B超看看大小，我就去了。"

乔颜是实话实说，不知道段明过怎么听岔了，语气里带着调侃道："嗯，你往下说啊，测出来是几周了，孩子爸爸是谁，我还撑得住。"

乔颜原本是想求表扬，她明明人瘦，不爱吃饭，偏偏身体就是倍儿棒，医生都感慨她指标超群，孩子生命力极其旺盛……怎么到了段明过这里，就这么不堪入耳了？

乔颜懒得解释，没好气地说："你现在要是想悔婚还来得及。"

段明过笑起来，说："不不，我还是认的，你看上面这黑点，跟我长得多像啊。"

乔颜又好笑又好气，不知道他哪句话是真哪句话是假："我挂了。"

乔颜撑把阳伞走出来，原本计划要打车，手往兜里一插，翻来覆去居然只找得出几张毛票。怀孕初期，检查项目多，乔颜每跑一次医院都要花好几百。

她储蓄本就不多，近来更是面临无米之炊的窘境。

思来想去，还是多走几步路坐了公交。无奈车上人多，空调又不给力，她一路反胃，回家后躺了许久，大叹自己没用。

孩子不是一个人的事，按理说该由夫妻双方合理抚养，只是向段明过开口要钱的事，插科打诨的时候可以说，正儿八经的时候就开不了口。

所以，打断牙齿往自己肚子里咽。想想也真是纳闷，她到底是怕什么呢？

她一边纠结一边翻来覆去，直到傍晚的时候，楼下又响起汽车的动静。段明过的司机居然给她送来一张银行卡，账户密码写在一边的信封里。

司机递上了自己的名片，要乔颜有需要的时候直接打电话给他："二十四小时随时都可以，我不来也有其他人顶替我。老板说卡里的钱你随便用，不用跟他打招呼，喜欢什么就去买，他还约了江小姐陪你去试礼服。"

乔颜受宠若惊，留司机喝了晚茶，这才将他送出门。

那卡放在手中，沉甸甸的倒有千斤重。人果然还是不可貌相，看起来自我膨胀到极点的男人，原来也是个心思缜密的家伙。

她不矫情地把卡放进钱包，再发了一条道谢的短信。只是石沉大海，直到她进入梦乡也没能等到回复。

江流萤守约，过了一天就拨电话给乔颜，说要陪她去试礼服。虽然是小型婚礼，毕竟是一生一次的大事，段明过显然要对新娘的虚荣心负责。

江流萤近来心情大好，早就在家里窝不住了，跟乔颜出来纯粹当散心。晒晒阳光，人都能开朗点，话自然说得甜："我没看错段三，你也没看错。"又说，"今天试礼服的这家可有名得很，也不知道他找谁开的后门才预约上，真是花了工夫了。"

可惜两人刚一进去，就被告知前一个客户仍旧没试完衣服。江流萤气恼地看了眼手脖上的表，问："是没试完呢，还是刚刚来？"

店员脸上讪讪的，仍旧一口咬定是他们太磨蹭。

江流萤说："做生意一点不守规矩，说好两点之后约给我们，现在又在前面插一个。什么了不起的人物让你们这么恭维，我们也是VIP啊！"

店员一个劲地赔不是，保证耽误的时间不会超过半小时。江流萤还要再呛她几句，被乔颜拉去一边吃茶点，说："等等就等等。"

江流萤冷哼："就是看不惯他们把人分成三六九等。"

两个人只好闲扯家常消磨时光。提到婚后跟谁住的问题时，乔颜说会搬去段家老宅，他奶奶和父母应该都在，至于他两个哥哥，她就不甚清楚了。

江流萤听得皱眉，说："年轻人跟老人住一起，肯定是有问题的。平时看段三出手阔绰，成天拽得跟个二五八万似的，没想到居然连套房子也没挣下……"

乔颜想说这是情有可原的，只是理由太过奇崛。她尽管憋在心里，一直想找人倾诉，可每每一想，这也算是自家先生的隐私，就一直忍了下来。

江流萤这时忽然朝她摆了摆手，说："那试衣服的出来了，我倒要看看是哪来的大佛。"突然她两只精亮的眼睛一眯，微嗤道，"原来是姜佳妮啊。"

乔颜顺着她的视线看过去，确实是有个娉婷的身影，隐在欧式的拱门之后，光看身段就知道是个美人。跟在后面的还有一位男士，身材高大，穿一身考究的黑色西服，头发梳得板正油亮，侧脸一晃而过。

乔颜心尖一跳，莫名觉得眼熟，想看清楚，人已经携着姜佳妮从另一道门出去了。

江流萤这时发出特别清脆的一声"切"，说："姜佳妮也真是有本事。"

乔颜知道江流萤这人直率张扬，若不是事出有因，绝不会阴阳怪气地说人坏话。上次她跟姜佳妮争吵时的情景还历历在目，这时候忍不住问："姜佳妮是不是跟……"

江流萤连忙摇头，说："不是。梁铮那人虽然可恶，也不是荤素不忌的。有些事情难得糊涂，姜佳妮的事情你还是知道得越少越好。"

越是神秘如斯，越是引得人浮想联翩。

下午试穿婚纱跟礼服的时候，乔颜时不时地走神，先是想到每次姜佳妮出场，每次都有段明过在旁；再想到姜佳妮跟他交情匪浅，两人还当着她的面拉过小手。

江流萤知无不言，偏偏每次谈到姜佳妮时就话语含糊。莫非这事跟段明过有关？只是怕她这个孕妇情绪波动，所有联合起来瞒着她？

再仔细一想，方才那人的身段，确实跟段明过相似，疑惑就像雪球似的越滚越大，到最后变成令自己也信服的论断。

乔颜在外吃过晚饭回来，一路走得杀气腾腾。她心里已经计划好，一会儿跟段明过打电话对质，想到他说话时可憎的嘴脸，恨不得立马磨刀霍霍，把他揪出来大卸八块。

楼道里的声控灯又坏了，她一连跺了几脚也没能唤醒。她摸黑掏钥匙的时候，身边忽地传来一阵窸窸窣窣的声音。余光中，她只见一个黑影，下一秒就被一双手拉到怀里，死死按在墙壁上。

乔颜"啊"的一声尖叫，接着被身前人捂住嘴巴。黑夜里他叹息一声，说："是我，你这女人怎么一点情调都没有？"

乔颜想说你这是情调吗？黑黢黢的，一声不吭地就冒出来，你这是变态。她将他的手挪开，公报私仇地往他身上一捶，问："你没事过来干吗？"

段明过忽然低低笑起来，像被自己逗乐了似的，半晌才说："我来看看我孩子是不是真的八周了，总不能不明不白地就被人给绿了。"

话没说完，肩上又挨了一拳。

段明过嘻嘻哈哈挡过，一手真的摸上她的肚子，轻轻揉了两揉。乔颜胸腔起伏，克制不住地加重了呼吸，感受到他手如燃火的引子，在她身上轻柔地转圈。

月黑风高，乔颜还是看到他喉头滚动了一下，自那里发出轻声的一声喟叹。

他很快倾覆下来，一手撑在她耳边，低头与她轻柔地接吻。

Chapter 24

不见时生气，看见后又不太在意。乔颜没办法做到对段明过真正生气，特别是在看到他那张过分桃花的脸后。

她于是在厨房里将刀剁得咚咚直响，心里埋怨：你怎么这么没用，这么没用。

另一重声音又纾解道，他段明过就是再无法无天，再胆大妄为，也不至于蠢到明确知道新婚妻子要去试衣服，还带小三出场。

这么一想，心里好受许多，煮面的时候稍加用心，段明过吃得不亦乐乎。乔颜在旁鼻子不是鼻子、脸不是脸。段明过含糊道："别嫌我粗鲁，我快饿死了。"

乔颜："你吃饭能不能规律点？"

段明过："开完会已经下午两点了，我想反正错过午饭时间，索性不吃。留着肚子，晚上过来找你的时候，吃你做的面，顺道再带你过去。"

乔颜一时没反应上来："带我去哪？"

段明过端起碗，爽快地喝了几大口，一抹额头上的汗，说："带你去段家。"

两人一早就商量过这事，只是乔颜没想到来得如此之快，小声询问着能不能稍晚两天，却被段明过一口回绝："过几天我又要出差，哪里有空过来接你。"

乔颜只好一边埋怨，一边整理自己衣物。

跟上回赌气搬到马盼那边短住不同，乔颜这回心态更加沉重，更加复杂。这家里纵然给她带来很多失意和痛苦，但也有她无法割舍的家人和依恋。

乔颜看着满屋子自己生活过的痕迹，一时觉得这也要带走，那也要带走；一时又觉得什么都想留下，她总有一天还要回到这里。

衣服和日用品塞满了一个行李箱，还有她儿时的奖状、奖杯，弟弟亲手给她做的小玩意儿，妈妈留下来的照片跟女红。

情难自已，在乔恒回来的时候达到高潮。她几乎是泪眼婆娑地拉过弟弟的手，说："以后姐姐不在，你一定要好好照顾自己。"

这小子倒是看得透彻："你又不是搬去异国他乡了，想回来随时踩个自行车就到，至于这么哭哭啼啼的吗？"

乔颜碰了一鼻子灰，什么多愁善感、伤春悲秋都没有了，方才附身的林妹妹被一下踢走，她拿过自己的包就走。

乔恒跑来夺走，说："你一孕妇别拎重东西，以后这种活，要么交给姐夫，要么交给我，你负责看着就行。"

乔颜顿时又很是感动，心想，到底是自己弟弟，随即察觉不对："你怎么知道我怀孕了……还姐夫，你以前不是挺反感他的吗？"

乔恒嗤声道："反感有什么用，你们都是要结婚的人了，当然只有接受他啊。你也别老要小性子了，跟姐夫好好过，说真的，有时候我都嫌你烦。"

坐上段明过车子的时候，乔颜还在纳闷，乔恒这人从小就是出了名的轴，一旦他认定的事情，就是一百头牛都拉不回来。脑子转了几圈，她问段明过："你是不是答应给我弟弟买车了？"

段明过本想说是由于自己的男人魅力，看到乔颜一副认真的模样，只好实话实说道："不要铂金包，也不要主演，一辆自行车而已。"

那就是了。乔颜没心情再跟段明过说笑，从包里翻出手机要给乔恒打过去："他现在是越来越不像话了，怎么可以随便问人要东西呢。"

段明过连忙拦着，说："你干吗？姐夫送礼物给小舅子，这是天经地义的事。况且他没主动开口，是我先跟他提的。"

乔颜说："那也不行。"段明过索性将她手机抢了，坐到屁股底下说，"你别闹了，你这不是不给我面子吗？我说给就给了，又没几个钱。"

乔颜气结："这不是钱的事。"

两人闹了些矛盾，剩下一路谁也没先说话。段明过嫌她小题大做，乔颜嫌他独断专行，彼此都在心里把对方数落了一顿。

等到进了门，乔颜这才因紧张而分神了。

一过多年，段家没变，院子还是那么长那么阔，一棵棵的行道树被修剪成小宝塔的形状。当季的鲜花在苗圃中被摆成特定的形状，草坪保养良好，灯光之下绿得蒙起烟雾。

乔颜还记得自己刚来的第一天，完全如同刘姥姥进大观园，另一个阶层的财富让她感到惊讶，在此之前，她还以为庄园只是电视里狗血八点档的布景。

那时候在她身边的还是段家的另一个男人，他大她甚多，完完全全是一个成熟男人的形象，说话的时候一边拨弄袖扣，一边笑容和煦。

“不要紧张，我家的人都很好相处。”

她见惯的是端着铝锅下楼买豆浆、油条的男人，也有和他父亲一样只会拿妻子、孩子出气的懦夫，头一次见到这样和风细雨的男人。她吃惊许久，直到现在也能回忆起那日他在旁说话的语气。

车子刚一停在门外，已有等候的佣人拉开车门，行李交到他们手上。里头一个年级稍大的对段明过说：“人都在呢。”

乔颜更加紧张，脚步几乎趔趄。段明过在前面笑她，说：“你怕什么？脸都白了，又不是没有见过。”

他说得不对，还真是有没有见过的。段明泽结婚比较晚，她那时候已不和段家来往，也就错过了见到他妻子的机会。

男人们讨论事情，剩下四个女人在客厅里组局摸四人麻将，听到开门声，其中一个年轻的眼睛发亮，朝着外面直挥手，说：“新郎官回来了，赶紧过来站我后面冲一冲霉运，输了一晚上，就看这把行不行了。”

段明过立马笑着说：“来了。”丢下还在整理着装的乔颜，迈着大步走到那人后面，一手撑在她旁边，弓腰看她的牌，说：“哟，不错啊，就差一张。”

两人相视一笑，有分享同一个秘密时的心照不宣。女人朝他一眨眼，将搓过的手放他面前，说：“看这次灵不灵啊。”

段明过很有默契地渡一口仙气过去。女人趁热摸回牌，然后笑成朵花似的将牌往外骨碌碌地一推，说：“和了，给钱给钱。”

段明润夫人坐在她对家，开了小匣子扔金瓜子，说：“不来了，不来了，新人都在你后面提气了，还让我们这些人怎么打啊。”

老太太跟段夫人也说不来了：“坐了一晚上腰都酸了，眼睛也要睁不开了。他们几个真能聊，怎么还没把事情谈完？”

年轻女人将金瓜子一粒粒捡回自己匣子里，说：“没劲啊，我刚要开始赢，你们就不来了，以后千万别再喊我做牌搭子。”她又想起什么，推了推段明过，“傻了你，尽一个人杵在这，怎么不把太太带来给我们介绍介绍？”

所有视线这才汇集到乔颜身上，段明过过来搂住她的腰说：“没什么好介绍的，大家都挺熟。就重点给你介绍一下吧，这是我太太乔颜。乔颜，这是我二哥的太太褚静。”

段明过不懂道理，乔颜不能跟着装糊涂，她礼貌地先冲褚静笑一笑，依次喊了其他三位一声，这才说：“二嫂好。”

褚静夸她有礼貌：“明过看起来不靠谱，找老婆的本事倒不错。”她随即摇头给段明过整理歪了的领带说，“看你，一点也不会打理自己，多大的人了。”

三句两句，弄得乔颜觉得自己是外人，褚静跟段明过倒像是一对。她心里在怪自己胡思乱想，可他们一走近，分明立刻竖起一道墙，连她自己也被阻拦在外。

身后忽然有人喊“乔颜”。大家都转身，褚静最先笑着跑过去，挽住自己丈夫的胳膊，说：“谈完啦？明过带着新娘子回来了。”

段明泽始终看着乔颜，没移开视线，片刻后才道：“是啊……好久不见。”

确实好久不见，他比想象中又成熟许多，穿一套黑色的正装西服，头发往后梳得一丝不苟，露出饱满风致的额头——她忽的一怔，想起下午一晃而过的身影。

段明润正从楼梯上下来，没等到乔颜打招呼，转头一看，自己弟弟也是呆头鹅一般。他笑着说：“就说今晚明泽怎么有点魂不守舍呢，原来是弟媳妇过来了。”

他老成持重地打量一眼乔颜，话却说得不正经：“乔颜以前就是小美人，现在比以前还出挑。我看着怎么跟褚静还有几分相像，你们两兄弟是照着乔颜找嫂子呢，还是照着嫂子找媳妇呢。”

一番话说得很不讨巧，老太太在旁一直清嗓子。

段明过已经黑下脸，冷言冷语道：“我看她们俩一点都不像。”

段明泽也回过神来，一手插进口袋往外走，说：“我也觉得不像。”

搬来新家的头一晚，乔颜一直忙着收拾东西。她行李虽然不多，但一点点放出来，再工工整整地塞进衣柜里，还是费了不少工夫。

回到房间的时候，段明过已经洗好澡，很简单地穿着一条三角裤，倚在床边上翻杂志。腰一折起，就露出形状分明的腹肌。

大约因为乔颜的视线太炽热，最后即使脸皮厚如段明过，也忍不住拉过被子遮一遮自己，抬头，正好抓住她眼睛，问：“是不是很好看啊？”

乔颜这才收回视线，拿块毛巾，坐在床沿擦头发。

她今晚穿一身黑色的丝绸睡衣，衬得腰肢更细，身材更窈窕，蕾丝缀在鸡心领上，根本挡不住雪白的波涛，她胳膊活动一下，便随之荡一下。

段明过食髓知味，之前在她身上沉溺过多，如今早已蠢蠢欲动。他被撩拨得心神不灵，杂志上的字如游走的蝌蚪，终于忍受不住地将书本一合。

段明过扔了手里的书，将她抱到腿上，佯装好心地给她擦拭头发。乔颜只觉得心神俱晃，不由咬着下唇嗯了一声。被他听到耳里，倒像是催化剂，按着她后脑就吻过来。

两个人唇齿厮磨了许久，段明过将她放平到床上，喘着气说：“我轻一点好不好？”

乔颜方才回神，拦着他说：“还是不要了。我身体不舒服，也没那个心思。”

段明过红着眼睛看了她一会儿，方才默不作声地翻身下去，扯起床上的毛巾，深一脚浅一脚地进了浴室。

出来的时候，乔颜侧躺在被子里像是已睡着。没料想他带着一身水汽钻进去，她又往一边再挪了挪。段明过在她身后看了好一会儿，这才将灯关了。

夜里起了风，自没掩实的窗子吹进来，将窗帘吹得一阵翻滚。

段明过这时忽然没来由地说了句：“是没心思，不是不舒服吧？老情人见面，触景生情了？”

乔颜一直没睡，睁眼看着墙上起伏的影子，脑子里的画面一帧帧闪过，褚静的、段明泽的，还有头一次见面时孔松的脸，以为他搭讪时故意说的话。

“这姑娘面熟啊，仔细瞅瞅是不是像那谁谁？”

乔颜觉得累极倦极，江流萤说难得糊涂，果然越是想得深入，越是觉得段家的这趟浑水难趟……她来过多次，却还是头一次觉得，这儿真是太可怕了。

乔颜此时冷冷哼一声，说：“是你老情人见面，情难自禁了吧？”

Chapter 25

几日之后，乔颜和段明过在段家旗下的一家酒店里举行了结婚典礼。

婚前一晚，乔颜听到老太太拉段明过耳提面命谈家法，说一早就想提醒他，凡事都要注意点，不要做出什么不体面的事。

段明过那时狡黠地一笑，反问已经做了该怎么办。

老太太当即惊愕，一拳捶在不孝子身上，连忙去问怀了几个月，要是结婚之后不足十月就生下来，外头人听起来，又是闲话一箩筐。

乔颜摸摸肚子，带着她跟她的不体面，识相地悄悄走开。第二天一早，立马觉得老太太看她的眼神都变了味。

段家这位老太太，最喜欢聪明又伶俐的小姑娘，尤其敬佩家境贫寒却顽强不屈的好孩子。是以乔颜最初出现的那两年，特别得她的欢心。

等到乔颜大学肄业，早早进入社会，进的还是众人口中大染缸的娱乐圈，老太太对她的态度就拐了一百八十度弯。乔颜接连几次趁着节日登门拜访，都被她拒绝见面。她终于发现自己不再受待见，渐渐就跟段家断了联系。

现如今，不受待见的庶子跟不受待见的新媳结合，所有人都不上心，婚宴更像是普通的家庭聚餐，而两个衣着光鲜的新人是最华丽的陪衬。

同病相怜，闹了几天冷战后，乔颜终于跟段明过有了几分同仇敌忾的感觉。她偷偷一瞥旁边西装革履的段明过，觉得他人似乎又瘦了一点，精神也不十分振奋。

想到住在一起以后，他总是早出晚归，半夜三更也能接到工作电话。她后知后觉，尤为后悔，开始埋怨自己不该跟他赌气。

这时候她欲要给他夹菜，想说老公你多吃点，而褚静却在一边喊他，要他过去合照。他顺从地答一声就来，兀自起身，连跟她打个招呼的时间都没有。

乔颜的闷闷不乐完全落在一边的伴娘江流萤眼里。江流萤拉过她的手，说："新娘不是该高高兴兴的吗？怎么还撅起嘴来了，你是不是觉得这婚礼太简单了？"

乔颜回给她一个勉强的笑脸，说："应该是累了。"

江流萤这才放心地笑起来，说："这就好，我也觉得这样不错。你现在怀孕，正是需要休息的时候，又是上升期的演员，婚姻状况越不详越好。"她眼睛忽然一转，迫不及待地站起来说，"那家伙过来了，我先出去躲一躲，就讨厌这种口没遮拦的。"

乔颜还没反应过来，旁边的孔松就勾住她的肩坐下来，言语纳闷道："你那朋友怎么一见我就跑，难不成刚刚喝了几杯，现在一不小心变猪头了？"

乔颜无奈地叹气，心想我一见你都要跑。刚刚一来，孔松便将江流萤一阵打量，那反应好像八辈子没见到女人似的，眼睛都冒绿光。此刻她将他一只胳膊从肩上拿下来，说："也就是流萤人老实，换成我，你脸上早就开花了。"

孔松笑眯眯地盯着她，说："你还是那么厉害啊！也是，你要是手段不高明，能这么轻松地把我们段三拐过来吗？"他手往外一指，说，"你弟弟也不赖，把段家小公主顺得服服帖帖的，我还从没见过这小妞这么乖巧呢。"

乔颜顺着他的手看过去，段雨溪果然趴在乔恒身边碎碎念，两手撑在下巴上，眼里的光是又佩服又欣赏。

段雨溪说："你到底想好了没？到底去不去？再过几天，咱们的补习课可就停了，我们几个已经在商量时间了。"

乔恒闷不吭声地吃着菜，手时不时划一划手机，看新闻。

段雨溪有劲没处使，手钻到台下推着他的大腿，说："乔恒，你倒是说话呀！去还是不去，去的话我就加上你，不去的话我接着劝你。"

乔恒将腿一摆，移出身边这人的势力范围，仍旧看新闻。

段雨溪彻底急了，一把抢过他的手机，说："你今天不给我回复，我就不把手机还给你，我还要用它给白静发短信，说你讨厌她，看你以后还怎么见她！"

乔恒登时急了，顾及身边有人，只能压着声音低吼道："你把手机还给我，我去不去关你什么事？"

段雨溪扁扁嘴，一副委屈大发的模样，往自己椅子里一陷，再也不说话。过了半晌，她才将他手机还过去："乔恒，你浑蛋！"

乔恒听她声音有异，忍不住瞥过去一眼，她居然挂了一脸泪，眼睛、鼻子都涨得通红。乔恒心里一梗，扔了块面巾纸过去，说："哭什么，立刻擦了！"

他本意是不教人发现，毕竟是亲姐的婚宴，小舅子一言不合逼得男方小辈哭鼻子，这事儿说出来实在是不光彩。

遮丑之举，映在段雨溪眼里就成了心疼。她接着纸巾又哭又笑，嘀咕："还算你有良心……哎，你就去吧，我跟你保证过，白静肯定会去的！"

乔恒叹口气，觉得这丫头真烦，问什么都一问到底。他偏偏不想让她如意，仍旧打太极："我也说了到时候看，你再废话，我就彻底拒绝了。"

段雨溪当然不敢再多嘴，闷闷不乐地喝冷饮，过了好久才低声抱怨："白静到底有什么好……你为什么那么讨厌我？我什么都愿意为你做。"

一周之后，横山骑行正式开启，段雨溪跟一群同学等待的时候还在忐忑，万一乔恒真的不来怎么办，万一乔恒临时有事怎么办。

她一连央求白静几次，结果人家一脸不理解："他来不来是他的事，为什么要我给他打电话？要我说，少一个人还少操点心，随他去。"

段雨溪急得团团转，电话一个接一个，拨到最后，被拉进黑名单。幸好出发的时候，她却看到一张清秀俊气的脸。白静拱拱她胳膊，说：“如愿以偿了吧？”

如愿以偿，当然是如愿以偿。

段雨溪踩上自己粉色的自行车，一阵猛骑到乔恒身边，挤眉弄眼道：“还挺准时的。你什么时候换的车，后面留个座是想带我哦？”

乔恒看都不愿看她一眼，嘴一撇：“带你？你脸大哦？”

段雨溪气得直跳脚，看他如鱼得水地将尾巴一摆，“嗖”地窜到白静后头。明明是张万年冰山脸，一见白静却悄然融化，换成忠犬般真挚的笑。

段雨溪知道乔恒心里放着谁，可一颗心由她不得，她就是爱惨了乔恒，从真正见他第一面，从他为自己打架那天起，就爱惨了。

横山离市区说远不远，说近也不近，单程三十里，尽管一路通达好走，还是将这群长在城市里的孩子们折腾得够呛。中途他们已经停下来休息过两回，大伙还是骑一米喊一声累。

白静被阳光晒得小脸通红，贴在额角的胎发湿成一片，蹬车的速度一早慢了下来。她止不住呼哧呼哧喘气。

此情此景映在有情人眼里自然心疼不已，乔恒几次三番劝她别坚持：“你就把车停路边，我骑车带你，我后座还装着软垫呢，一点不硌肉。”

白静笑着婉拒，说：“没事呢，还能坚持。好不容易有这个机会，我肯定要跟大家同甘共苦的。”

乔恒还要再劝，旁边段雨溪插上来说：“人家都说不愿意了，你老追着赶着问干吗？要不你带我，我两腿都累得麻木了。”

乔恒狠狠瞪过去，潜台词是你来捣什么乱。

段雨溪视若罔闻地求关注：“你就带带我嘛，我真的快累死了！”

白静看着他俩笑，说：“真受不了你俩。乔恒你快哄哄她，要不然千金小姐就快要发火啦。”

段雨溪朝她轻轻吐舌头，笑得一脸春风。

乔恒面上挂不住，车头一拐，离段雨溪越远越好，一下力气使大了，碰上她车屁股。乔恒向天发誓，这绝对是轻轻地一擦，不足以引起任何事故。

偏偏段雨溪像得了软骨病似的，“哎哟”着左摇右晃，然后一下栽倒在柏油路上。大小姐终于有了借题发挥的理由，抱着擦破点皮的膝盖大哭：“好疼啊！”

大家纷纷停下来送温暖，有眼尖地指着乔恒说：“就是他撞的。一人做事一人当，你要么带着雨溪去看病，要么带着雨溪骑山上，自己选。”

乔恒深感跳进黄河都洗不清，指着段雨溪小声道：“你别无理取闹！”

一边的白静恰好听见了，向他正色道：“你怎么这么对同学说话？你不带她我带她，谁跟我换个有座的车，我要跟雨溪共进退。”

乔恒委屈得一阵叹气，拽过段雨溪的胳膊，往自己脖子上一勾，说：“行行行，我带你，我带你总好了吧？要去医院，还是去山上，随你，你是大爷你说了算！”

段雨溪如愿以偿坐上乔恒的后车座，心情一好，连烈日骄阳都是和风细雨，一路走一路哼着歌，摇头晃脑，好不惬意。

以前看言情小说，痴情的男主角总是要载一次女主角，然后一路繁花盛开、蝴蝶扑翅。今天看来，步步莲花是不太有可能，但她胸腔开阖，确实有什么东西要振翅而出。

段雨溪借着下坡的理由，双手紧紧搂住乔恒的腰，将脸贴在这男孩略显单薄的背脊上，感受他灼热潮湿的体温。这一瞬间突然有个很傻的念头，要么时间停在这一刻，要么此刻立即死。

傍晚的时候，一帮年轻人终于骑行到横山。拾阶而上、继续爬山的豪言壮志，被彻底抛之脑后，大伙争先恐后地买票坐索道。

段家小姐出手阔绰，为大家定的酒店是山顶条件最好的一家；晚餐更是顶级配置，山珍野味络绎不绝，还有无限量供应的进口红酒和黑啤。

男孩们平时很少有开怀畅饮的机会，走出家门，跟同龄的朋友们在一起，一个个都急于证明自己是大人，很社会。

明明只有一杯的量，偏偏敢拉着伙伴对瓶吹。于是酒席刚开不久，在场的几个男孩就干掉好几箱啤的，红酒也喝了七八瓶。

乔恒当然也不能幸免，从一定角度上说，还要喝得更努力，否则杯子一停就有人奚落，说乔状元不接地气啊，乔状元不贴近同学啊，乔状元是不是看不上我们这些差生，就知道成天跟白静这样的玩。

另一头，乔颜一连给乔恒打了几次电话都不通。

她知道他今晚骑车去横山，也知道他要留宿一晚，第二天再走。早先跟他说了，到达目的地就告诉她，却被小孩儿当成耳旁风，一直到现在也没个回复。

乔颜隐隐觉得不安，又没办法飞到他身边，手机忽地响了下，进来条短信。乔颜原本以为是乔恒，小小激动了一下；看到号码是段明过，又不知道该接着激动，还是接着不安了。

两人结婚的第二天清早，段明过便拎上箱子开始出差。她起来的时候，他已不在，两个人甚至连个招呼都没打。

乔颜心里一动，主动给他拨过去。他重复方才短信上的问题，问："我已经到家了，你怎么反而人没了？"

乔颜说："我给你发过短信的，我到片场拍戏了，攒到假期再回去。"

段明过好一会儿没说话，再开口的时候声音低沉许多："随便你，你想怎么着就怎么着吧。"

乔颜方才蓄起的一点好心情一扫而空，又听那边响起褚静的声音道："明过，过来吃水果。"

她一咬牙，立刻就把电话挂了。

Chapter 26

新婚妻子怒挂丈夫电话，再大度的先生也有一肚子苦水要倒。段明过看着手机屏幕上短短二十三秒的通话时间，实在是有些气不打一处来。

褚静在后面热心地喊他吃水果，看到他一副风尘仆仆的样子就好笑："看你回来一会儿了，怎么连件衣服都不换？"再一瞥他搁在身边的行李箱，“少爷真是辛苦了，出一趟差回来，连个提箱子的人都没有，喊个阿姨给你送上去，先来吃水果。”

过了一会儿始终没人搭话，褚静一边翻金瓜子，一边向后看，纳闷道：“哎，明过呢？刚刚还在这儿呢！”

通往三楼的灯一盏盏亮起，段明过一手挂着外套，身影落在墙壁上。楼下家庭会议未散，管家站在外面严阵以待，方才见到他的时候一手贴在唇上嘘声，一边活动嘴唇无声地问：回来了？

段明过直接没理，懒洋洋地吩咐他要厨房做一碗面。回到房里，行李箱已被搁在门后，摆得整整齐齐，边角卡住地砖的直角边。他却有一肚子莫名的火，狠狠往上面踢了一脚。

外套被他扔在地板上，跟着是领带和袖扣。他踩在上面走过去，绕去试衣间里拿睡衣，柜子一开，陡然看到旁边一排露出的黑色一角。

他心中一动，过去打开，正是乔颜新婚之夜穿的衣服，佣人收拾的时候没挂好，衣服便从架子上挣脱，软趴趴地躺在地上，如今再被段明过揉在手里。

这是上好的重工丝绸，摸起来细滑柔软，又微微带着些许绒毛感，触觉高度吻合女性皮肤。稍一摩挲，立马让他心猿意马地想到当天晚上的情景：乔颜一双眼睛满含秋波，迷离梦幻，湿漉漉的头发披在两肩。

他立马知道自己急于归来为的什么，也不再责怪自己一路行色匆匆。只是热血对凄清，如冷水浇头。

段明过在家待不下去，简单洗过一把澡，换身干净衣服，抄起自己的车钥匙就往外跑。途中撞上来给他送面的阿姨，用的是炖成浅金的高汤，细面青菜，上面盖着几片牛肉和一个剖开的溏心蛋。

段明过就着她手尝一口，鲜得能把舌头弄酥了。他不甚高兴地将筷子一扔，说：“倒了。”

吃来吃去，都不如自己太太做得好。

除了酒店那间套房跟菲比，段明过似乎也无处可去。时间还不到睡觉的点，他于是将车头一调，去孔松那边放松。

月黑风高，正是酒吧上客的时候，都市男女卸下戴了一整天的面具，在灯红酒绿的世界里释放天性。

前几次一起弹琴唱歌过的女孩见到他，一溜小跑地赶过来，不由分说拉着他胳膊就往钢琴边跑。段明过今晚哪里有兴致，淡淡地笑着拒绝她。

女孩仰仗自己漂亮伶俐，以为任何男人都吃她撒娇的一套，挂在他身上像泥鳅一样摇着他，嗲声嗲气地说：“一起嘛！”

段明过不堪其扰，心想自己是不是还不够威严，直接生硬地将她推开。

女孩像受了莫大委屈似的，呜咽一声。他也只是冷冷地哼一声，自嘲道：我可是连自己太太都吼了，为什么要对你这个外人客气？

落座的时候，孔松责怪段明过脾气臭，不懂怜香惜玉：“怪不得你长得人模狗样的，在女人堆里却不如你哥他们吃香。”

段明过说得颇为冠冕堂皇：“我太太不在，怎么能随随便便跟其他女人唱歌。”

孔松半真半假地向他抱拳，说：“佩服，结了婚的男人就是不一样，居然还知道爱惜起羽毛了。你太太呢？错过这场好戏，又要再等一年啊。”

段明过白了他一眼，要了一杯伏特加，修长的手指在杯低转了一圈，似在感受温度，然后一仰脖子喝下去，热辣辣的。

段明过再要一杯，说：“去拍戏了。”

“拍戏？”孔松大吃一惊，“不是说已经怀孕了吗？你也不像是缺钱的男人啊，连老婆这点生活费都要克扣，就不怕把她累出什么毛病来？”

段明过拧眉，说：“我劝过，是她自己要去。不过就是个女四号，戏份不比路人甲多多少，我之前跟导演打过招呼，尽量把她的戏排到前面来。”

孔松说：“还真是二十四孝的好丈夫。”

段明过这时候忽然呛上一口怒意，话出口的时候，带着自己都诧异的埋怨跟……娇嗔？他说：“我还能怎么办啊。”

孔松直接笑成一团，拨下他喝酒前再次抬起的手臂，说：“乔颜这人我算是看清了，看起来柔柔弱弱好像没什么主意，其实为人厉害得很，一说话就能把人气晕过去。”

段明过说：“是啊。”

孔松说：“而且为人处世太过小心谨慎，有什么话永远先藏在心里，拿出一副体谅理解的模样，其实早就九曲十八弯，在心里把你判了死刑。这种性格往好听了说就是内敛成熟，往不好听说就是城府极深。”

段明过说：“是啊！”

孔松笑得直拍桌子，央求：“你别结个婚就把自己结傻了，原来你从来不这样啊。说真的，你说要跟她结婚的时候，我都吓坏了，我以为你起码会再等两年。毕竟褚静跟明泽一直都没孩子，明泽看起来也没多在意这个太太……”

段明过原本散漫地坐在卡座里，这时忽地坐直，一脸严肃地看着孔松，纠正道：“褚静是我的嫂子，我也是结过婚的人了，这种话你以后不要再说了。”

孔松叹气：“其实我一直都挺为褚静可惜的，她要是出生在寻常人家，一定会比现在过得平静快乐。你跟她也算是青梅竹马，她如果当初选择的是你，不是你哥哥，那该多好呢。”

段明过跟褚静年幼相识，那时他是家里最不受宠的孩子，她是被众人捧在手心的公主。当她穿着纱裙蹦蹦跳跳地走向自己，笑着向他伸出手的时候，段明过真的有一瞬间的恍惚，觉得如遇天使。

段明过又闷了一口酒，说：“没见你喝酒，倒是比我还醉。我们心里都清楚，哪怕时间倒流一次，她选择的那个人也不会是我，我再为这耿耿于怀就是蠢了。”

孔松感慨：“等闲变却故人心，却道故人心易变。我还记得你高中毕业那会儿，喝得酩酊大醉，拉着我说要喜欢她一生一世的。”

段明过不留情面地拆台，说：“我还记得她跟明泽结婚的时候，你也喝得酩酊大醉，拉着我说要取而代之，娶她回家做老婆的。怎么现在月月女人不重样？你那些话都喂了狗了？”

孔松讪讪地摸头，一时间气势低迷："我……我那时候不是年少无知吗？况且褚静确实优秀，家世好，学历好，性格好，人又漂亮，比你那位成天耍小性子的老婆好多了。"

段明过两只眼睛一转，定定地落到对面孔松的身上。

孔松口无遮拦："听兄弟一句劝，女人要管，不要宠，否则总有一天蹬鼻子上脸，压根不把你放心上！你这位太太又是圈里名声不太好的，你最好让人多看着点。不然哪天给你顶某色的帽子，你还真要选择原谅她？"

孔松一直知道段明过喝酒不上头，往往越喝脸越白，越喝越清醒。可他今晚脸色却有些白得不正常，白得几乎透亮，像雪山上冻结实的冰。

他喉头发紧，想刚刚是不是说了什么不中听的话，先将话题转移开来，问："你那证券公司筹备得怎么样了？资金方面要是有困难，你就跟我说，我——"

段明过将见底的空杯往桌上一拍，"啪"得一声，惊得四面的人都看过来。

孔松连忙站起来向大家打招呼，又按住段明过的肩，说："你到底要干吗！"

段明过一把将他推开，从椅背上拿过自己的外套，一字一顿道："孔松，咱们是多年的好朋友，但不代表你能随意往我太太身上泼污水。"

孔松一下懵了，也有点委屈，说："我那怎么能算泼污水呢？我也是为了你好，防患于未然你懂吗？"

段明过嗤笑一声，说："那我提醒你注意安全，别一会儿收工回家被车撞。"

孔松登时也毛了，揪着他领口道："你成心咒我是吧？"

段明过将他的手拍开，脸色彻底阴沉下来，送了三句话给对方："第一，我的家事是我的私事，不劳外人为我们操心；第二，我太太是什么样的人，我心里很清楚，不需要别人告诉我怎么对待她；第三，就算我太太犯了什么错误，我批评她，跟她吵架，怎么都好，但你们这些外人别想当着我的面说她一句不是。”

孔松连咽几口唾沫，目送这一身戾气的男人匆匆离开后，狠狠踹一脚椅子，说：“我是招谁惹谁了。”

椅子不长眼睛，恰好撞上刚来的一人腿上。孔松立刻听到一个尖细的女声道：“你这开的是酒吧，还是拆迁公司？”

孔松觉得这声音很熟，好像在哪听过，头往后一转，顿时怒气化喜气，说：“这不是巧了吗？这不是伴娘女士吗？”

孔松赶忙扶起方才被踢的椅子，跟江流萤坐到同一张台子上。她圆溜溜的大眼睛像会说话似的看着他：“刚刚我好像看见段三了，他来过？”

孔松一听这名字就敏感，说：“何止来过，刚刚我还和他吵了一架！”他将事情从头到尾都说了一遍，说到后来尤为愤慨，大骂段明过这人小肚鸡肠：“以前我女朋友还给他捶背捏肩呢，说他老婆几句就跳脚。”

江流萤倒是毫不意外，瞪着眼睛就骂人：“老婆跟女朋友跟其他女人能一样吗？你质疑乔颜，就是质疑段明过的眼光，要换成我就不是条分缕析说道理了，我直接拿刀上。”

孔松身子一缩：“至于吗？”

江流萤说：“至于啊！别说乔颜不是你说的那样，就真是你说的那样，你也要学会迂回，依着段明过的喜好说。你再这么执迷不悟，神仙都救不了你们的友情。”

孔松又被女人下面子，一张脸抽得啪啪的疼。他此时相当幽怨地瞥一眼身边的江流萤，心中暗暗威胁道：你可千万不要落在我手里。

另一边，乔颜这晚喷嚏不断，抱着被子团坐在床上，在想是不是今天空调开得太低，所以这会儿就给她颜色瞧了。

她下意识摸一摸肚子。尽管那地方仍旧平坦如大江，她还是十分内疚地冲小豆子说了声对不起，就好像它能听得懂一样。

再睡的时候，她已经调高了温度，顺带着将被子盖住双手双脚，只露出一个脑袋在外面。嗯，这就应该没事了。

只是刚刚闭眼五分钟，忽然自隔壁传来某种异响。尽管乔颜睡意沉沉，到底还是抵不过那间歇性的低吟跟撞击声。

……这还叫人怎么睡！

乔颜索性开了电视看晚间新闻，顺带将声音调高，起到震慑作用，隔壁两人果然收敛许多。一夜折腾，乔颜最终在迷迷糊糊中睡去，醒来的时候，隔壁早已偃旗息鼓，只有电视里的新闻还在滚动播出。

乔颜打着哈欠，眯起眼睛随意瞧着，里头正播一段酒驾集锦，什么奇葩人和奇葩事都有，乱乱糟糟的，见尽人间百态。

特别是有个开豪车被撞的，记者去采访的时候，他本来西装革履地坐在剪刀门下，摄像机一过来，立马脱了外套罩头上，说：“要脸，别拍。”

挺好玩的一出戏，乔颜却有点笑不出来。车子她是不认识，但这声音、这身影，包括这桀骜的秉性和不合时宜的玩笑，却熟得让她打了个激灵。

乔颜立马坐起来，摸过手机给段明过打电话。头一次没通，她吓得浑身发抖，冷汗连连，幸好再拨过去的时候，臭男人接听起来。

段明过声音疲惫：“我凌晨三点才睡的觉，你凌晨五点就打电话，乔安娜小姐，你这是想谋害亲夫吧？”

乔颜几分安慰，几分紧张，安慰的是他听起来无异样，不像是出过车祸的模样，紧张的是：“你怎么凌晨三点才睡？”

段明过说：“去孔松那喝酒、聊天、跟小妹妹弹琴、唱歌，所以，你说呢？”

乔颜被梗得一口气吊在胸口，心想真是犯了贱了，一次两次都撞枪口却死性不改。她前辈子欠他的？

乔颜冷笑着，道：“不止吧？一回家还跟你嫂子搓了麻将、吃了水果，说不定后来夜宵都下肚了。”

段明过说：“是啊，你真聪明，我们一会儿还去吃早饭呢。一家人亲亲热热不是很正常吗？你干吗老这么阴阳怪气的？你体内激素也太紊乱了吧？”

乔颜一拍被子：“你才紊乱呢。我对你好是因为紊乱，我对你差也是因为紊乱。除了紊乱你就不能有点别的词吗？”

乔颜一通邪火发完，段明过半晌都没说话。她心说糟糕，以前分明不是这样的，现在授人话柄，段明过更会以为她是激素紊乱。

她头痛欲裂，说："算了，你什么都不懂，我挂了。"

他这才喊住她，用的却是一个特别的新的称谓："老婆……"乔颜立马一怔。他说："我真的不太知道哪里惹你不高兴了，可我不想再跟你冷战了。你不在我身边，我都睡不踏实。"

乔颜的圣母心一时间又死灰复燃，怎么听怎么觉得自家先生可怜。大约是做母亲后，母性也跟着被点燃，现在恨不得顺着线路爬过去，将他抱在手里哄。

乔颜扁扁嘴，小声咕哝："谁跟你冷战了？"

段明过慢慢笑起来，说："好，我知道了，等我有空去看你……不过现在，我真的太累了，我想睡了。"

乔颜轻轻"哦"了一声，这一次是很听话、很心满意足地挂了。

白天等着拍戏的时候，乔颜时不时就拿出手机看有没有段明过的消息，翻到早上的那通电话时，顿时觉得不容易，三分四十五秒，夫妻之间的交流已经迈进了一大步。

她又一次开始自我纾解，觉得白月光说太牵强，找替身说太玄幻，思来想去得出的结论是，她因为太过敏感错怪了好人，多半还是激素搞的鬼。

拍过最后一场，她拒领了盒饭，预备带马盼跟段明过为她请的助理们下馆子。没想到一进宾馆，就听前台说有位先生来找她，已经在房里等候许久。

乔颜听得心怦怦跳，想到段明过早上的话，觉得这人行动力也太强了些。她几乎一路小跑赶上去。进门的时候按着胸口深呼吸，再慎重其事地理了理发型，这才开门进入。

靠窗的椅子上确实坐着个男人，身量、体型都跟段明过相似，可仔细一看却并不是他。

Chapter 27

乔颜在影视基地，大小也算是个名人。十八线的小演员，身后动辄跟着两三个助理，从来不赶夜场，导演、副导演都对她客气有加。

趋炎附势的劣根性，往往不会明确写在众人脸上，却在无形之中控制了他们的言谈举止。大家对她很是恭敬，特别是在风言风语中知道她丈夫姓段之后。

是以段明泽过来的时候，前台很热心地引导他去大厅一旁等候，但在听到有人认出他是段先生的时候，就阴错阳差地送他进了房间。

段明泽隐隐猜出，他被错认成了段明过，但他却没有纠正她的错误。

乔颜的房间不大，然而坐北朝南，环境清幽，也算是基地里不错的了。她东西很少，大多理得整整齐齐地，放在各种大小的收纳盒里。唯独有张她和母亲、小弟的合照，略显突兀地被摆放在梳妆台上。

段明泽下意识地摸出一支烟来，想到她已经怀孕，又将之收了起来。

他坐在椅子上等，心情像回到曾经等她去看电影的时候，有一点期待，又有一点忐忑，想见一见她，却不知道用什么样的借口。

段明泽没有等多久，就听到房门开锁的声音。乔颜起初一脸雀跃，看到是他的时候，又如退潮的沙滩，脸上的惊喜被悄然抚平。

段明泽收回手里的手机，起身走向她说："正好过来办事，想到你在这边拍戏，就来看看你。走吧，我请你吃饭。"

段明泽不是一个会和人商量的人。乔颜从认识他起，就开始适应他为人处世的方法：他下决定，旁人绝对听从。

那时候她做得绝对心甘情愿，源于他是出钱的老爷，她是拿人手短的乞丐。只是一晃多年，彼此都不是曾经的模样，乔颜也不再愿意迎合他的喜恶。

饭是要吃的，乔颜没必要和自己的胃过不去。但经纪人和助理也是要带的，这是对手下人负责，以及不想和他独处的决心。

段明泽听到这些的时候，起初怔了一下，随即恢复一贯的温和清朗，说："当然了，带他们一起过去好了。"

有了其他人的吵吵闹闹，段明泽始终找不到间隙跟乔颜说话。她像是有无数的话跟其他人聊，却对请客的冤大头置若罔闻。

酒足饭饱，乔颜邀请助理厕所一游，出来的时候，段明泽站在门外等她，一脸有话要说的样子。

助理极会看人眼色，一看此情此景，立刻脚底抹油逃开。乔颜拉她不住，只好硬着头皮站在原地问："怎么了？"

段明泽掐了手里只抽了小半截的烟，随手一指，说："咱们去走走？不远，就这过道跑一趟，当成消食吧！"

他言语恳切，推辞反倒成了有事。乔颜顺从地笑了笑，说："走啊。"

许久不见，乔颜像是长高了一点，踩在几厘米的高跟上，已经超过自己的肩。段明泽用手比划一下，说："上次见你，你还要仰视我。"

乔颜说："现在见你，也依然如故。"

段明泽摇头："不一样了，很多东西都不一样了。譬如没想到会在那种情况下再见，譬如没想到你居然会和明过在一起。"

他停下来低头看她，说："其实我后来一直都想找你，只是你换了联系方式，我没办法联络到你。想去你家楼下等你吧，又实在冒昧，久而久之，居然就疏远了。"

乔颜心中清明一片，但话语圆滑："是我不好，一直没把最新的号码告诉你们。后来工作忙了，连老太太的年都不拜，我自己也是很惭愧的。"

段明泽说："没事。现在好了，大家成了一家人，以后互相照应，把缺了的那些年一一补回来。"

乔颜点点头，说："当然，当然。"

回到包厢的时候，马娘娘跟另外几人正窃窃私语，瞄见她进来的时候都是倒吸一声冷气，大有背后说人被抓的架势。

马盼装模作样地扬了扬手机，指着搞笑的一个视频想岔开话题，说："你跟段先生也来看看，我们刚刚看视频，有个男的特别逗，挂了一整天热搜了。"

下一秒，手机就被送到乔颜跟段明泽眼前，里面还真煞有介事地播放着小视频，正是乔颜早上在电视里看到的那段。

乔颜怎么不知道马盼的葫芦里卖什么药。不咸不淡地瞥了他一眼，唬得他一连退了好几步。耳边忽然有段明泽的声音传来，他语气困惑道：“咦，这不是明过的车吗？这小子又犯什么浑？怎么还玩起酒驾了？”

乔颜听得魂飞魄散，将手机一把抄起来，几乎支到他眼下说：“这是明过的车，你确定吗？”

“确定啊！他就喜欢这种华而不实的车，家里还停了几辆款式类似的。”段明泽指着屏幕上打着马赛克的人，“说话又这么欠揍，百分百是他。”

乔颜不声不响，老僧入定似的坐了会儿，随即跳起来，抓着自己的包就往外跑。大伙问她要去哪儿。她头也不回：“我回去看看他！”

两座城市相距百十公里，夜里汽车虽然已经停运，但是乔颜运气好，赶上了当天的最后一班火车。她买不到坐票，只能小心地蹲在两节车厢交接的地方，背靠着冰冷坚硬的车厢，静静地看着外面一丛又一丛的黑暗。

焦急的她颇有些像知道他要留学的那天，她躲在学校卫生间的隔间里，一遍又一遍地出着冷汗。

乔颜自小见惯各式各样的离别，却还没有学会如何淡然应对。她找借口，说自己很忙，自己有事，学业的压力如大山悬在头上，让她一刻都走不了。

他当时表现得很是生气，说那你千万不要过来，我祝你鹏程万里，马到成功，以后清华北大尽在你股掌之中。

她立刻又慌张失措，恨不得立刻就跑到他身边，于是只好噙着眼泪，嗫嚅，你告诉我时间地点，我一定会去。

两个小时后，乔颜顺利地回到段家，只是除了老太太跟段明润一家在，她转了几圈也没看见段明过的人影。

手机仍旧关机，打给孔松，也说不知道他的行踪。

乔颜急得出了一身汗。段雨溪还过来抱着她撒娇，一口一个小婶婶：“我今晚不想回去，想跟你睡，你说好不好？”

乔颜心不在焉，随口敷衍，带着段雨溪回到房间。段雨溪还是个孩子，一进房间就打开她的衣柜，看见漂亮衣服就取出来，对着穿衣镜左照一下、右照一下。

乔颜压根懒得管她，坐在床上给段明过发短信。皇天不负有心人，一连串轰炸下去，那边终于有了回音。手机叮叮当当一响，乔颜一看，正是段明过。

段明过的声音一如既往地疲惫，语气却是戏谑调侃的，问："这么想你老公吗？来了这么多电话和短信，你以前怎么不多主动一点？"

乔颜急得快炸了，他却还是没事人的样子。她完全是暴跳如雷，话一出口，自己都不相信有一天会吼着跟他说话："你浑蛋，在哪呢！"

衣帽间里"咚"的一声响，有什么东西坠到地上，随即响起一阵细碎的脚步声。段雨溪扒着门，一脸惊愕地看着乔颜。

乔颜捂着胸口，翻身进了卫生间，将马桶盖子掀下来，坐在上面慢慢地审："你知不知道我快急疯了？我找了你多久，你知道吗？你出车祸了，我早上问你，你还敢骗我？"

段明过在那头骂了声娘，质问："是哪个嘴这么大，捅到你这儿来的？不是什么大事，就是被个孙子别了，我避让的时候，一不小心撞树上了，车前脸毁了。不过我没事。"

乔颜眼前如见惨状，心想车头都毁了，居然还敢说没什么事。她胸口压着的一口气，迂回到眼睛里，没什么骨气地簌簌掉泪，一边使劲擦一边骂："段明过你能有点谱吗？你是要做爸爸的人了，酒后不能开车你不知道吗？你要是有点什么……"

段明过听乔颜哽咽，心里也不大对付，含糊道："好了，你也知道自己怀孕了，没事别发这么大火。说了没事就是没事，你不信一会儿见到我时，保准生龙活虎的。"

乔颜吸溜鼻子："那你快点回家来。"

段明过纳闷："回什么家？我到影视基地来了，再过一会儿就到你的宾馆了。"

"……"乔颜哭得更厉害，"你没事儿去我那儿干吗？我回来了！"

段明过只好哄着说："行行行，我现在回去，你别再乱跑了，就在家里等我。本来还想给你个惊喜的，现在真是……有惊无喜！"

乔颜气极反笑："活该！对了，你回来得早的话，自己去找个房间睡，你侄女留下来了，一定要跟我挤一间。"

段明过连声答应，心里是不大乐意的："不过就是回家晚了点，老婆都居然被人睡了……我招谁惹谁了！"

夜里，段雨溪穿着乔颜的睡衣，缠在她旁边捋她长长的头发，很小心翼翼地问："婶婶，你跟我小叔吵架了吗？"

乔颜正面躺着，视线虚无地盯着天花板说："算是，又不算是吧。"

段雨溪说："你刚刚吼他的时候好凶哦，把我都吓到了！你平时挺温柔的一个人，原来也有小宇宙爆发的时候呀！"

乔颜瘪瘪嘴："那是他太不听话了。"

段雨溪很小声地笑，手往乔颜肚子上摸，说："小婶婶，我能摸一摸宝宝吗？"

乔颜有些不好意思，还是抓着她的手盖在小腹上，说："才两个多月，肚子都没鼓起来，你是摸不到的。"

"能摸到的。虽然好像还感觉不到，但它肯定能知道我的。"段雨溪一滚，两手撑着下巴，说，"你一定很爱小叔，所以才会给他生孩子吧。"

乔颜想了一想："算是吧。"

"小叔一定也很爱你，所以这么快就跟你结婚。"她忽地叹出一口气，说，"真好，你们俩这样真好！"

乔颜察觉出几分异样，在黑暗里摸她脸，问："怎么了？雨溪，你今天是不是有什么心事？"

段雨溪摇了摇头，过一会儿又点点头，语焉不详地说："要是我跟你一样，有个像小叔一样爱我的人就好了！"

"我们都很爱你啊！"

"不一样，那不一样的。我想有个人爱我，一个男人。"

小姑娘情窦初开，已经有了对感情朦胧的向往。乔颜思索着如何开导这个头脑简单的女孩，却觉得愚钝的自己根本找不到说话的方向："雨溪，你还小。"

段雨溪忽然笑起来，用天真纯良的小孩子语气道："小婶婶，我都成年了……看来你也不懂，你们都不懂。"

Chapter 28

不知道是不是没到妊娠反应的时候，乔颜怀孕以来的唯一副作用就是嗜睡，直到近期才多一项——尿频。

人生的前二十多年，乔颜除了儿时混沌的那一段，还从没有起夜的习惯，近来却要一晚爬起来两次解决生理问题。

凌晨三点多的时候，乔颜起来了一次。三楼主卧的卫生间朝南，恰好看得到窗外宽阔的草坪，此时一盏盏灯渐次亮起，一辆黑色轿车驶入大院。

乔颜心怦怦地跳，将手洗了，又用冷水搓了把脸，漱了下口，出来的时候随手拿过一件外套，趿着鞋子蹑手蹑脚地走出去。

一刻钟后，楼梯上方才响起脚步声。乔颜撑在扶手上看，昏暗的夜灯里，果然有个身材高大的男人往上走。

他已经脱了外套，白色的衬衫绷紧在身上，映出肌肉流畅贲张的线条，一头黑发剃得利落，两边修得短了些，鬓角轮廓便标致地显露出来。

乔颜呼吸都慢下来，心说，当然是他。

段明过也已经看到她，背光的她，也像一块散着莹莹光彩的温玉。他伸手上去抓住她，嬉笑道："你可真会磨人，我总有一天会累死在你手里。"

没想到她忽然像个炮弹一样撞过来，跟他抱上满怀，温热潮湿的吻就像夏日的阵雨一般，剧烈密集地落了下来。

她起初没能找准位置，一下啃在他挺直的鼻梁上，心随着他促狭的笑声颤了又颤。她手摸着他瘦削的两颊描摹出位置，这才准确衔上他略微开裂的唇。

她像是个身子白胖的蜗牛，在他脸上留下一串湿乎乎的印子。段明过揪过她后脑勺上的长发，一边气喘一边抱怨："谁要你吻我的……我都臭死了。"

她正吸吮他柔软的下唇，有一种热度自体内喷发，她只能听从本能地将外套脱了，和手一道缠住他的脖子，舍不得放开。

雀巢被占，两个人只能在客房里躺下。

等段明过洗干净，从浴室里出来的时候，乔颜蜷缩在被子里，像一只缺乏安全感的小兽，已经睡得熟了。

段明过贴着她躺下来，一只胳膊支在她的头顶，另一只手将她牢牢环进怀里。她身上有很淡的果香，像夏日花园里新摘的瓜果一样，气味清醒甘洌。

段明过很贪恋地闻了再闻，下巴穿过头发磕到她的后颈。她不胜耐烦地往一旁让了让，小小地哼了两声，在梦中表达不满。

段明过只好轻轻拍拍她的背，安抚着说："睡吧，不吵你了。"

乔颜一觉醒来已是日上三竿，一旁的段明过仍睡得酣甜，嘴巴张着，鼻息微重，隔一会儿就发出一阵呼呼噜噜的声响。

乔颜觉得好玩，撑着下巴看了好一会儿。

回到自己的房间，段雨溪已经不在了，床上的被子散乱得摆着。她随手用手抻了抻，洗漱完毕，换身衣服，就往楼下走去。

老太太和段夫人已经用过早餐，婆媳两个原本相对喝茶，言语间热烈地讨论着什么，见乔颜下来，就自觉调低了声调，最后索性不再说话。

诸如此类的情况，乔颜已经历多次，一直告诉自己只用尽到本分。她打过招呼刚想走，又听老太太说："明过昨晚几点回来的，现在还不起来？"

乔颜下意识地瞥了眼段夫人，说："稍微有点晚。他近来事多，休息得也不好。早上我就没喊他起来，随他躺着回回神。"

老太太一哼，眼中有几分不屑："天天忙忙忙，就没看他忙出什么来。他那是回来得有点晚吗？天都快亮了，被他吵得觉都睡不着，早上起来眼睛都是花的。”

一直专心喝茶的段夫人这时候清了清嗓子：“三代人住在一起，难免有些小摩擦。我们做长辈的能包容一点就是一点，但你们小辈也要注意分寸。奶奶夜里多梦，有一点风吹草动就醒，明过那么晚回来，肯定会打搅到她休息。还有——”

她再清了清嗓子，声音都低下去几分：“你们年轻夫妻，又是聚少离多，肯定是很思念彼此的。但还是那句话，注意分寸。家里人多，雨溪又在，你们……好歹也把门关上再说话吧！”

乔颜将舌尖咬得刺痛，脸上热气腾腾，感觉自己从额头一直红到脚底心。

两个长辈也很不好意思地喝茶打掩护。过了会儿，老太太才说：“跟我们一起住，确实拘束到你们了，所以我跟你婆婆商量了一下，准备给你们买一套房。正好你们结婚的时候也没送什么，这就当成晚到的礼物了。”

乔颜原本讪讪的，心说昨晚一定有人看到她主动强吻段明过了，以后在段家的日子更不好过。谁知道听到后来，说要给她和段明过买房子，她又可耻地高兴起来，觉得自己总算要有一个属于自己的小房子了，在段明过面前撒一撒娇，说不定他还能放乔恒住过来。

乔颜唯一的担心是，段明过可能会对这项决定有异议。此类家庭的孩子大多敏感，宁愿寄人篱下、仰人鼻息，也不想有被人抛弃的失落感。

谁知道说给段明过听的时候，他一脸喜悦道：“要啊！干吗不要？傻子才跟钱过不去。你去问问他们要给我们在哪买，便宜的地方我可住不惯。”

乔颜腹诽这人分明是乞丐的命，却偏偏有少爷脾气，咕哝着：“他们出钱已经不容易了，我哪里好意思挑三拣四。”

段明过往她额头上弹一指，说：“你可得想好了，是面子重要，还是为你老公、孩子谋福利重要。你但凡把对我一半的别扭劲拿出来，谁都能说服得了！”

乔颜捂着额头扁扁嘴："那我好好想想。"

段明过往她跟前一站，把领带交到她手里说："过来帮我打领带，一会儿我带你去吃饭，算是跟你提前庆祝。"

乔颜原本以为是私人约会，只是换了条裙子，化个淡妆，随意拿了个买菜包，就跟着跑出去。到了地方才知道误入鸿门宴，包厢里乌压压地有一群人。

来的都是段明过的属下，借着欢迎新人的由头"合理腐败"。见到老板身边跟着一个明眸善睐的娇俏女郎，一个个眼睛发直，问是不是女朋友。

经过岁月洗礼，段明过不笑的时候总自带几分贵气和威严，这时候搂过乔颜的肩膀，短促有力地介绍："是太太。"

乔颜的心扑通扑通跳，被一众视线扫得忐忑不安。

男人看女人，欣赏在前；女人看女人，饱含研判。乔颜不必多想也知道，他们之中有人拿她当花瓶，有人拿她做量尺，估计心里都要问一句：怎么高攀上的？

段明过高薪挖来的黄总最不把自己当外人，追过来问段明过是不是怕喝酒，所以特地拉来个美女当成夫人。

段明过一嗤，说："至于吗？我连你们都应付不了，还特地说谎来躲？就是想带过来给你们见见，让你们知道什么叫云泥之别。"

嘘声四起，大家似真似假地夸乔颜美。这让乔颜头一次想挖坑逃跑。背过人的时候，她凑到段明过耳边，问："我哪里得罪你了，你这么恨我？"

他狡黠一笑，脸往后一侧，恰好亲到她的鼻子。

饭局上，段明过一直跟大家兴致勃勃地谈生意、谈设想，乔颜是外行人，听不明白，只能一边专心吃菜，一边看他。

车祸似乎确实不大，从他旺盛的体力和白净的皮肤看，并没有受多大影响。只是这人十分鲁莽，她可不希望还有下一次。

他工作的样子，她是第一回看，平时桀骜乖僻的性子被收敛起来，举手投足间真有那么点斯文败类——不，是斯文精英的模样。

他只在扭头看她，眯眼笑的时候才会露馅，只要一秒又回到了那个略带孩子气的模样。

因为氛围实在轻松，到了后来居然渐渐脱离轨道，大家撺掇着段明过补发喜糖，顺便详述恋爱经历。

这显然不是一段光辉的历程，段明过当然宁死不从。大家又怂恿乔颜，有几个年轻的眨巴眨巴眼，问：“段太太是明星吧？看着好眼熟呢。”

一石激起千层浪，几乎所有人都说眼熟，乔颜只好交出自己十八线的履历。

大家纷纷惊奇不已：“演员好做吗？娱乐圈黑吗？姜佳妮你熟吗？她是不是真做了小三，找了有妇之夫啦？”

有人推另一个人，要挑起这话茬的人闭嘴。

乔颜看他们神情古怪，心中隐隐猜到什么，并不追问，回去的路上才打开手机查看。微博热搜显示一个“爆”字，排第一的这条正是“姜佳妮小三”。

点开话题，是她与一个男人在影视基地幽会被拍的照片，尽管清晰度不高，稍微跟男主角熟悉点儿的人，都知道这是段家的二公子。

段明过这时候凑过来看了看，冷眸一扫又偏过去，淡淡道：“怪不得他们不敢当着我的面说，原来是这么一件事。”轻描淡写，事不关己，唯一让他觉得好奇的是：“你看起来好像也不吃惊啊！”

乔颜于是跟段明过提起上次试礼服时，无意撞见他跟姜佳妮的事，又把他昨晚请客吃饭的事情也一并告知：“那时候我就觉得他是来见佳妮的。”

段明过一张脸没有半分表情，过了许久才说：“这倒不一定。”

第六章

年少时多纯粹

Chapter 29

路程的下半段，车里气氛陡然变冷。高兴了一整天的段明过倏忽变脸，成了一个又臭又硬的木桩子，两手抱在胸前，闷闷不乐地歪着。

乔颜把这当作是狂欢的后遗症，经历热闹，回溯平淡，人心中总有一些怅然若失。好比今天见到他，心里高兴，又随即数起离开的日子。

然后，心乱如麻。

两人到家的时候，段明过闷头扑在床榻上。乔颜推了推他又硬又重的身体，拧眉道：“你倒是把衣服脱了再睡。”

段明过真的就脱了外套，掀了被子钻进去，将热乎乎的脑袋放在她的小腹上。乔颜惊得要坐起来，他连忙压住她，说：“我就听听。”

乔颜日前做B超，上面写黄豆只有四毫米。哪怕过了几天，估计也只是指甲盖大小，她不知道这时候除了她肠子的蠕动声，还能听见什么。

段明过却很是津津有味地守着候着。她把被子掀开，看到他红着的一张脸被汗打湿，眼睛却是亮晶晶的，透着清澈的光。

段明过摸着她的肚皮道：“你实话跟我说吧，我哥是不是追过你？”

哎？听着肚子翻旧账，何况，这两件事有交集吗？

而且怎么说呢？算有，也算没有吧。

两人初遇的时候，乔颜还小，尽管穷人的孩子早当家，已经是同龄人中难得独当一面的人，跟大她八岁、已经在商场鏖战的段明泽比，还是嫩了许多。

段明泽是个对自我要求很高的人，同时，又不因为自己优越的出身骄傲。

他自信又自谦，绅士而成熟，做什么都能做到很好，跟他那个性格乖僻、随时会爆炸的弟弟比，确实高出了不止一截。

可就像好女孩永远要爱上坏男孩，好女人总被坏男人辜负一样，一个人若是太过完美，那他的最大缺点也恰恰在此。

人在一副过于精致的画布上，往往无法落笔。

因而，尽管段明泽为她解围，对她礼遇，温柔地带她融入自己的家庭，她却忍不住关注起另一个眼里带着桀骜的男孩。

而随着交往深入，乔颜发现白玉有瑕的时候，就更没有办法将视线落在这个人的身上了。

那时段明过离开后一年，她正在大学里寻找自己的位置。

段明泽依旧维系着与她的联络，他们偶尔通话，信息不断。每逢长假，段明泽总会开车来学校接她。段家的车子很是扎眼，无论停到哪个未名角落，都能引来一阵目光追随。

学校的风言风语渐渐传到乔颜耳里。

大家或不屑或调侃或羡慕，扭曲地讨论着校外名车的事情，说每到假期就有数不清的香车宝马，带走的都是校内姿色一等一的美女。

段明泽再来的时候，乔颜委婉地说出不再麻烦他接送的提议。段明泽颇为惊讶，立刻问她为什么会有这样的想法。

乔颜难以启齿，指着门口一辆辆过去的豪车，说：“同学们会误会。”

段明泽不禁哑然失笑，说：“大伙就是这样，见贤往往不能思齐，见色就立马想到淫。哪怕其中另有原因，他们也浑然不管，一定要往最坏的方面想。”

乔颜低头，说："瓜田李下，有时候也不能怪他们。"

段明泽一哼，说："那也倒未必，嘴上喊打喊杀最厉害的，心里说不定是最坚定的刽子手。他们羡慕别人，自己却求而不得，就拿这些话来百般诋毁。"

他抻一抻西装，面露不屑："要我说，咱们大可以换个角度来考虑。你们都是很优秀的女性，有人想要追求也是很正常的事。只不过这些人有钱一点，年纪大一点，可这又怎么样？"

"那爱情呢？他们之间有爱情吗？"

"你情我愿，应该算吧。"

"那他们会娶这些优秀女性吗？"

段明泽侧头看一看她，带着几分玩味的笑容，说："感情这种事是最难说的，我想有些会吧，有些就……说不定她们也有更好的选择呢？"

乔颜觉得自己方才差一点就要被说服了，可再一追问，却让他彻底露馅，圣人和绅士都只是伪面，只是让自己作恶时看起来比较好看而已。

乔颜说："我不觉得他们会有结果，他们里面有的已经结婚，有的虽然没有，却对新娘的家世挑三拣四。他们不会真正看上我的这些同学，他们喜欢的只是从她们身上看到自己已经流失的青春。"

乔颜叹息："但我也不会同情我的这些同学，因为在她们面前不只有这一条路，可她们还是心甘情愿走上一条不归路。纵然有了物质上的享受又如何？如果有一天她们真正遇见了自己心爱的人，该如何和他交代呢？"

段明泽大抵没想到她有如此强烈的排斥情绪，彻底扭过身来和她四目相对，说："我没料到你会这么想。但我想告诉你，这个世上的感情非常复杂，不是黑与白、对与错，这么简单就可以划分的。有时候我们只需要享受过程，至于目的和结果，其实并不重要。"

乔颜笑一笑，说："你这话和搞大我同学的肚子，却不想对她负责，而是给钱要她拿掉的那些男人的论调一模一样。"

段明泽终于觉得自己被冒犯了，尽管他的脸上仍旧保持着一副平和、甚至带着些许微笑的表情，可眼中冷了几度，成了不再有温度的玻璃珠。

他大概在想，真是个难搞的穷学生。

段明泽说："你现在还年轻，等你再长大一点就会知道，这个世界上根本没有真正纯粹的感情，两个人要走到最后，也不是一句我爱你、你爱我就可以达成的。"

那时候的乔颜有一腔孤勇，她在别的方面或许世故老练，但在感情上面却还保持着赤子的热忱。因而她想也没想就说："会有这样的感情的。"

乔颜未必是在无意之中扼杀了一段刚刚萌芽的感情，然而事后想起，根本一点也不觉得后悔。虽说没有段明泽的庇护，她确实要活得艰辛一点：没有段家的照料，她甚至连大学都无法顺利念完。

但她一点也不后悔。她想，漂亮话说尽，其实还是只有一个原因，她压根一点都不在乎段明泽。所以她很高兴早日看清了他的真面目，从而顺利为自己找到了一个斩断暧昧的方法，然后他们果然断了联系，一直到如今。

乔颜回忆完毕后，看着伏在她肚子上的这个人，跟自己说，与段明泽相比，段明过是一个真正的男人。他没有塞给她钱，没有置她不顾。尽管他是不受重视的庶子，更需要女方的家庭来为自己撑腰，可他还是娶了她。

而她呢？多年以前信誓旦旦地要求纯爱，又在这份感情里夹杂了多少功利的心思，她是什么时候走入段明泽的预言？

乔颜从没有这么自惭形秽。她挺腰坐起来，将段明过的脑袋紧紧抱进怀里，像哄孩子似的亲着他的耳朵。

段明过被这突如其来的温柔弄蒙了，手指戳着她的脊背，说："你俩果然有奸情，现在才想到来堵我的嘴，晚了。"

该怎么告诉这个人，从见到他的第一眼起，她就再也看不到身边的其他人？这世上纵然有好男人千千万，可能让他虐待千百遍的也就这么一个而已。

乔颜拨乱他的头发，说："你别吃醋了！我跟你说件正经事，我觉得你那个侄女有点不太对劲，你有空的话，好好关心她一下。”

段明过一把勾住她的脖子，呼哧着道：“一跟你说正事，你就给我跑题。她一个大小姐能有什么不对劲？一个月的零花钱从三万减到一万就是天塌了？”

乔颜扁扁嘴：“话是这么说，可我总觉得这回是真的。”

段明过压着她的头，亲上她的鼻子，说：“什么蒸的煮的？你先把你老公伺候好……手给我，不许喊酸。”

这一折腾，便折腾到三更半夜，两个人误了吃晚饭的点，直接起来喊厨房上夜宵。乔颜无脸见人，觉得一旁老太太跟段夫人看她的眼神更怪异。

段明过没心没肺地吃鱼翅，十足挑剔地和大厨反应高汤不够清亮，末了冲乔颜一眨眼睛，说：“你别急着回去拍戏，先把房子要到手再走。”

乔颜一时间很想收回方才夸他是真男人的论断，将自己手机抄起，说：“我去打个电话。”她已经不能直视自己先生的丑恶嘴脸了。

乔恒态度不太好，问：“什么事啊？我做作业呢。刚刚理出来的答题思路，你这么一来电话，全乱了。”

乔颜说：“对不起啊，没跟你预约来电时间，下次我一定掌握好分寸，不能让你老大爷受苦受累。”

乔恒一阵咳嗽。

乔颜说：“我不是问你学习的事情，我就是……想问问你段雨溪的事。她最近状态不好，你没欺负她吧？雨溪是个很单纯、很善良的孩子，你可以不喜欢她，但也不要对她太恶劣了。”

乔恒一阵冷笑：“单纯、善良，谁啊？段雨溪？姐你年纪轻轻，怎么眼神就不好了？不过有一点你说得没错，我是不喜欢她，不仅不喜欢她，我还特别讨厌她！”

“乔恒！”乔颜打断道，“年少时的感情是很纯粹的，一个人喜欢你，就代表她能把整颗心都给你，你可以不接受，但我请你不要玷污它。”

乔恒这才安静下来，许久，说：“姐，我知道你的意思，但我也请你跟她说一声，要她自重一点，不要再纠缠我。你说对吗？”

Chapter 30

不知是不是段明过在背后使劲，刚刚过了一天，段夫人就已经提出要带乔颜去市里的楼盘看房子。

段家身份尊贵，段夫人带乔颜去的自然不会是便宜地方——市里有名的别墅区，设施一流，物业一流，里面住着的非富即贵。

只可惜乔颜早就听闻一路之隔的另一楼盘更是寸土寸金，段夫人再次询问她意见的时候，她怎么也不敢谦虚，直白地提议先看另一楼盘。

段夫人一张脸僵了僵，很快又调整出一贯的大方仪态，垂着眼睛吩咐司机道：“就听小颜的吧，房子是买给你们住的，你们中意最重要。”

只可惜进到里面，导购领乔颜看的不是联排就是叠加，位置也多是边户、角落。依乔颜的角度看，自然已经是好之又好，可要照着段明过的标准，估计还差了一截。

这就是所谓的高手过招。段夫人想必一开始就知道乔颜要换地方，为了防止她狮子大开口，早就和这边沟通好，专领她在边边角角打转。

有个这样精于算计的长辈，想必段明过自小生长的环境也好不到哪去。乔颜更是感同身受，下定决心要扭转乾坤。

导购问乔颜有没有看中某一户的时候，她既不说有，也不说没有，只语气很淡地说：“一直听说贵楼盘坐枕龙脉，什么都是最好，今天过来看了，觉得也就一般。”

导购最会察言观色，指着一方道：“小姐一看就是讲究生活品质的人，你们如果看不上这些，去我们小区的正中看一看，说不定会有新收获。”

乔颜拿腔拿调：“那儿的房子会好一点吗？”

导购说：“当然了，楼王就在那儿。”

乔颜一脸期待，撺掇着段夫人道：“妈，我们去楼王转转看。这里的几栋虽然也不错，但硬伤太多。以后搬了房子，进宅、乔迁都要来人，实在不太好看。雨溪又喜欢来找她小叔，你看这几栋房子，连给她单独准备的房间都挤不出来。”

段夫人出身名门，从来没在钱的事情上输过谁。乔颜要她买更好的，她虽然心里不愿意，脸上却不能显出来，只能笑着附和着，说：“好啊，去看看。”

楼王自然没话说，位置和设计都是一流的。乔颜看得很是喜欢，却知道得寸不能进尺，最后挑了临近楼王的一户，预备回家糊弄先生说——楼盘是双楼王。

段夫人刷卡交了预订款，表情并未有所波动，回去的路上对乔颜说：“到家千万别告诉老太太买的房子在哪，不然又要说为什么自家建了那么多房子不买，偏偏去买对手家的。”

乔颜正沉浸在回家邀功的喜悦里，对段夫人的话自然言听计从，冷不丁却听到她说：“你们搬了新房子，还能把明过的妈妈接过来，以后一家人其乐融融，是比跟我们在一起要好。”

越是凄婉越是动人，越是示弱越是强大。乔颜在兴奋之余，陡然而生几分怜惜……她刚刚是不是太狠心了一点，钱花得太多，宰得太狠了？

段夫人开了一点窗，让温暖湿漉的风透进来，说：“明过被抱回来的时候，还在襁褓之中。孩子长得很好看，皮肤白得像牛奶，眼睛又大又圆。我却觉得像怪物，冲着你爸爸大吼大叫，发了疯一样，变得歇斯底里。最后，我花了很长一段时间才冷静下来，接受三个人畸形的婚姻，还有流淌着不同血液的孩子。我对明过没有什么感情，对他照顾得还不如围着他的保姆，但自认也没有过多地约束他。”

车里的气氛陡然变冷。乔颜实在有些纳闷，一向谨言慎行的段夫人为什么要跟她说这些。她整理思路许久，方才说：“明过给您添了不少麻烦，我代他跟您说声谢谢。”

段夫人睨她一眼，发出一声短促的、暂且可以当成是笑的笑声。她缓缓道：“家家有本难念的经。小颜，我听说你家也有类似的事情，你母亲还为此早逝，我想我的心情你是能懂的。”

乔颜一向排斥被人提起家世，特别是在说到她母亲时，总有人要拿上一副惋惜的模样。她也只好每每都强调一次："我妈妈是因为婚姻受过很多挫折，但她的去世，更多还是因为她的病情。"

段夫人显然没把她的话听进去，兀自道："我觉得一个女人，婚姻不幸已经算失败了，如果为此付出生命的代价，就更不值得了。所以我在冷静之后，就跟自己说一切如常，不喜欢便不看就是了。只是现在，明过已经成家，事业也做得不错。既然现在家里给你们买了房子，我的想法是，以后大家一别两宽，越少来往越好。明过从来都不喜欢我，其实说真的，我又何尝不是呢！"

原来在乔颜眼中的一桩欢喜事，居然是段家人放出的糖衣炮弹；小小的几千万，虽说是段家的九牛一毛，却买断了一份骨肉情，而且是段明过此生最重的一份牵挂。而他不能有太多异议，因为就出生而言，他确实是不够道德的。

乔颜无言以对，她既不能替段明过选择答应，也不能昧着良心，一定要赖着段家，于是只能选择沉默。

段夫人百无聊赖地又将窗子关上，说："我一会儿约了人打牌，是先把你送回去，还是怎么着？"

乔颜知道方才挽回的面子，被她以另一种方式慢慢撕毁。她的脸皮还没厚到让她送，只好说："我自己回去就好。"

段夫人将乔颜半路扔下。

乔颜沿着路牙走了一会儿，忽然冒出一个想法。于是她打了一辆车，向司机报了地址。

乔颜一早就打听过段明过母亲的地址。他或许可以因为种种理由，从来不提要去看自己的母亲，但她身为媳妇，却不得不做好分内的事情。

这次回来，她原本打算一早就去拜访，却因为种种琐事拖到现在。恰好今天有空，又听闻段家要把他们扫地出门，就总想着赶紧拉上一个做最后的堡垒。

同时，她也有些私心，想听一听段明过母亲的往事。乔颜总是觉得她不会像丁贤淑一样，要是那样的话，她的心里也能更加好受一点。

到的时候，正值午饭时间，她在小区外的水果店买了一篮子水蜜桃，挑了几个圆滚滚的大西瓜，又多给老板一些钱，托他送一程。

来开门的是个粗眉毛的大块头女人，面色酱红，嘴唇奇厚，说起话来很有气势："你谁啊？"

乔颜自知说名字是没有用的，头一次搬出自家先生的名头："我是明过的太太，我姓乔，我是来看婆婆的。"

屋里传来一道细弱的声音，问："谁啊？"

粗眉毛的女人声如洪钟道："没见过。说是明过太太，来看你的，谁知道是不是真的。"

那人一听便急忙走出来，还是上回见过的那张蜡黄的脸，纤瘦的身躯，没有精心打扮，宽松的家居服衬得她更加颤颤巍巍的。

乔颜将水果搬进来，说："妈妈，不好意思，贸然就来打扰了。我替明过来看看您，这段时间您还好吗？"

段明过的妈妈惊讶万分，连忙让粗眉毛的女人拿鞋倒水，一时间又是拨弄头发，又是抻平衣服下摆，很是局促地说："你怎么来了？"

原本宁静的小家，一时间如烧滚的锅。乔颜也开始后悔自己一时冲动的决定——来之前，怎么也该先打个招呼的。

段明过妈妈原本已经准备吃饭，多出一人，好像桌上的三菜一汤就寒碜得拿不出手，连忙要粗眉毛的保姆出去买点卤菜。

乔颜过意不去，说："是我不好，以后我多来几次，您习惯了，就不用这么兴师动众了。"

段明过妈妈看着她，一双眼里碎光在闪，倒像是很感动的样子，将茶杯递给她说："你喝水……我去给明过打个电话，他知道你来吗？"

小老太太去找手机，兴冲冲地往阳台上走。乔颜喝了一口手里的水就放下，捧着西瓜往厨房走。

这间房子不大，跟段宅相比自然天上地下，但她跟保姆两个人住倒也宽敞。厨房里东西虽多，打扫得却很干净，想必两人都是爱干净又勤快的。

她刚将西瓜洗净切好，段明过妈妈抓着手机走进来，说："怎么能让你做这些事……你接一下电话，明过要跟你说话。"

乔颜连忙洗干净手，往自己衣服上蹭了蹭，就将电话接过来，说："今天不是很忙吗？怎么还有空和我说话？"

段明过声线如常，问："你呢，不是去看房子了，没事跑我妈那边去干吗？一个人，没跟家里的车走？"

乔颜不用脑子也知道，不能说被人中途丢下的事，编个谎道："晕车，就想下来走走，走着走着就想过来了。你生气啦？"

段明过一嗤，说："气什么，你细胳膊细腿的，还怕你上房揭瓦吗？好好吃饭，下午我喊司机带你回去。"

乔颜哦一声："我要是真想上房揭瓦呢？"

段明过倒吸口气，语气也玩世不恭起来："那也没什么，等你回来就知道我的厉害了。我在床下手伸得不远，在床上可就不一样了。"

乔颜脸红，下意识地转身看了看屋里的人，回身过来小声呵斥："你那边有人没人？你就敢这么说，你正经点行不行？"

段明过一阵笑："哎，乔颜——"乔颜听他难得地这么连名带姓地喊自己，慎重地候着。他却又不说了，只道："挂了，晚上床上说。"

乔颜将手机递给段明过妈妈，说："他没什么事，就是要我多吃饭。"

段明过妈妈笑起来，说："你怀孕了，一张嘴吃两个人的饭，当然要多吃点儿。再等会儿，阿芳一会就回来，我这儿一家店的卤菜很好吃的。"

阿芳想必就是粗眉毛保姆的名字。乔颜心道还真名不副实，长得粗犷的女人竟然有个柔软的名，而性情恶劣的人却叫贤淑。

转而一想段明过，乔颜忽然起了疑。段家老大叫明润，老二叫明泽。段明泽以前说有大师给他们算过命，说段家子孙命里缺水，所以名字里都有个三点水。

可是唯独排行老三的段明过没有。明过，明过，"明"是他们这一代的辈分用字，可跟"过"连一起，却有了别样的意思。

明白过错。谁的过错，谁来背过，不过一个名字，也要给他打上烙印？

恐怕在一个母亲的世界里，最宝贵的就是自己的孩子，和人分享孩子的点滴趣事，则是这件天赐礼物后的附加值。

段明过妈妈也是如此。她很热情地将段明过小时候的照片都拿出来，册子一本本分门别类，记录了他的成长历程。

乔颜从标注着“稚儿”的册子翻起，头一张就是他出生的照片。青肿的小脸没洗干净，皮肤糙糙巴巴的，像个丑而不萌的小老头，紧紧包在襁褓里，挤成了粽子。下方留着他出生的年月，还有一个脚印紧跟其后。

乔颜忍不住摸一摸肚子，腹诽自己这位生下来应该没这么狰狞吧。就见几页翻过，一个雪白粉嫩的小团子冲着她笑。昨天还是惹人嫌，今天就是人人爱。乔颜越看越觉得好看，又巴不得自己孩子也长成这样。

她就像一个勤勉的学生，如饥似渴地翻看着自己先生的儿时照片。说来真是奇怪，小时候他分明是唇红齿白，天真烂漫，稍微长大一点就露出那副桀骜的样子，外套永远挂在肩上，下巴昂到天上，又酷又拽，整个老子就是天下第一的模样。

在“初中”这一本相册里，段明过五官渐渐明朗，已经开始有了长大后的模样。这时候的他已经很不愿意拍照，不是咬手就是张嘴舔牙，眼神迷离飘忽，是那个年代男生一贯做作的姿态。

只有一张他跟小伙伴的合照例外。四周是城堡和气球，女孩穿着很隆重的公主裙，轻轻靠在椅子上，他就坏坏地将一只手勾在她的臂上，歪头靠上她纤细的肩——然后咔擦，定格，照片上留下他咧嘴坏笑的模样。

女孩不用多说，跟现在的褚静有九成九相似。乔颜吃了一口这成年的老醋，难得胃中翻滚，一阵想吐。然后她趁着段明过妈妈不注意的时候，用手指狠狠戳上段明过的脸，大骂：“色坯！色坯！”

段明过电话再打来时，乔颜的车已经驶入段家大门。他在那边焦急地说：“又要出差一周，我回来拿了行李就走。你要是回片场就自己过去，不用等我。”

乔颜刚刚说好，还没禀报行踪，又听他说：“你弟弟的事情，我帮他解决了。雨溪这孩子很不像话，我跟段明润说了下，估计她这阵子都会被禁足。”

乔颜心一抖，说：“我弟弟的事？他又打电话给你？他说什么了？你别理他，雨溪是个好孩子，就是教育也要讲究方法，别这么简单粗暴行不行？”

段明过很不耐烦地说“我是她小叔，又不是她爹，就是以前管得太宽，她才这么有恃无恐，让她老子上上紧箍咒也好。我还是那句话，你别管她，管好你自己。”

乔颜扁扁嘴：“好吧……对了，我今天看了你小时候的照片。”

段明过戏谑道：“哦，怎么样？是不是我小时候也帅呆了？爱上我没有？”

“你这脸皮啊，跟城墙比也不遑多让，我看也就一般般，还没我弟弟小时候好看呢。”乔颜忽然清嗓子，卖起关子，“老公，你知道我今天挑了什么房子吗？”

乔颜跷起二郎腿，静静地等着下文，手机那边却没了声响。她还在纳闷是不是信号出现了问题，视线一转，看到段明过正从楼里出来。

她连忙让司机停车，下车后要给他一个惊喜，但挥了半天手却无人回应。倒见他车子即刻发动，加速开走。

手机里也有了段明过的回应：“不说了，我赶飞机，等落地再给你电话。”

乔颜又喊了一声老公，却被堵在挂断的手机之外。

汽车恰好自她身边飞过，后座上，段明过微微低头与身边人耳语。

褚静坐在他的身边，视线低垂，正点了点头。

Chapter 31

段明过出差的第二天，乔颜就收拾行李回到了影视基地。

这是乔颜第一次担当主要角色，她一直是个话很少的人，不知道怎么给人留下深刻的印象，但导演却力荐她演剧里纵横职场的女王。角色有了定位，性格就十分分明，乔颜演起来的难度不算大，何况戏也少，每次都不费什么工夫，就能通过一个镜头。

工作起来，自然有工作的好处。乔颜忙着献身艺术，一时也记不起来生活里一个接一个的龃龉。晚上盒饭一吃，热水澡一洗，出门转过两圈回来，躺在床上就是一觉睡到天亮，连段明过电话都漏接了几个。

她看着手机上他在不同时段打来的几个电话，还有他不痛不痒的几条问候短信，嘴一扁，又将手机关了，并不准备理会。

四周紧张而密集的拍摄过后，乔颜剩余的戏份已经不多了。大家知道这位背景了得的女星要走，都起哄要她请客吃饭。

一晚在外吃饭的时候，得遇故人江流萤。她坐在窗边如数家珍地介绍道："你别咂嘴，这梅菜扣肉就是这地方的特色。你嫌腻啊？我让你中午少吃点来着！"

乔颜又惊又喜，挥手喊着江流萤大名，坐在她身前的那位男士也跟着回头，面目倒不十分良善。乔颜心一哼，段明过的狐朋狗友，孔松是也。

两个朋友久而未见，江流萤兴奋得过来搂着乔颜一通亲，说："你太不够意思了！这么久也不来找我，你看我想你都想得特地过来了！"

乔颜十分不好意思，当然不敢说上次回去过，打个哈哈糊弄过去，揉着她的脸道："你来就好啦，我请你——"她眼睛瞥到孔松身上，"们吃饭。你怎么跟她在一块？"

江流萤一声叹息，说来话长。自从那晚她无所事事，在酒吧里撞见孔松和段明过决裂的一幕，上天就跟她开了一个玩笑似的，让她屡屡遇见这浑蛋。

有好几次，江流萤都觉得这人是不是贪恋上自己的美貌，故意制造机会创造孽缘。没想到他先倒打一耙，问她是不是对他有意思："我妈催婚的次数，都比不上跟你见面的次数！"

两个人于是决定正视这段巧合，顺利结出和平相处的友谊之花。江流萤时不时就去他那破酒吧买醉，孔松就变着法地向她推销昂贵的名酒。

一来二去，江流萤账户余额越缩越小。为挽颓势，她重开老本行，疯狂写剧本卖钱。几天之前，她收到好消息，其中一本顺利开机，邀请编剧同志莅临指导。

孔松一听，也急吼吼地要来。据说小女朋友亦在此拍戏，多日不见，甚是想念。两人刚到此地，还没吃上两口热乎饭，就看见乔美人娉婷而来了。

乔颜拉着江流萤的手道："我就是问你怎么跟他一道来的，没让你把前因后果都说一遍。可疑！你这人太可疑了1"

江流萤一通白眼，免不了瞥一眼旁边的孔松。他一边忙着啃鸡腿，一边满嘴油地调戏着跟乔颜一道来的小年轻，形容之猥琐，之下流，简直令人发指。

江流萤赶紧闭眼，洗洗污浊的视线，拍着乔颜的肩膀说："我跟他？可疑？你就拉倒吧！我怎么可能看上他那种人？他那女朋友换得跟日历似的，恨不得一天撕一个。人人都想修成正果，可谁知道你是他过尽千帆后的那一个，还是过尽千帆中的那一个呢？"

一番话说得乔颜颇有感触。还记得以前年少无知的时候跟段明过约定，一是永远记得他的手机号，二是永远不变自己的手机号，这样无论何时都能找到彼此。

尽管他一般不会找她，她找他又全无好事。

可所谓约定就是用来打破的。段明过走了没几年，乔颜就把号码都换了；再过几年，她已经一点都不记得自己最初的号码，更别提记得段明过的号码了。

乔颜忍不住翻出手机去看段明过的名片，上面的数字一个连一个，每个都是认识的，串到一起就让她觉得分外陌生。

以前的他是什么号码？现在的它还是曾经的它吗？

夫妻俩虽然有了爱的结晶，也结合了好一阵子，彼此却都没有对方的社交账号。乔颜这会尝试着用他的手机号搜索，果不其然，居然挖掘到了他的账号。

详细资料：

段正淳他爹

地区：埃塞俄比亚

是他无疑了。

乔颜立刻添加好友，没过一会儿验证就通过了。

“段正淳他爹”发来消息：？？

乔颜好奇：你换过手机号码没？

段正淳他爹：没事换什么号码？我这么棒的吉祥号没了上哪去找？再说了，你老公我有的是钱续费。你缺不缺钱？

乔颜悲喜交加地去翻他朋友圈，他这人平时聒噪，社交里倒是话不多，来来去去没几条，最近一个写的是：算了，杀人犯法。

乔颜看了一下日期，正好是她单方面和他冷战的期间。所以，他想杀谁？

再往前翻几条，便是几年之前发的。他大约刚去留学不久，牢骚满腹地写：唉，加州的阳光再好，也比不上在你身边发霉的雨天。

底下居然有共同好友江流萤的留言。她语言一贯犀利地猛烈抨击：被加州的阳光晒晕了吧？又发什么骚呢？

乔颜实在忍不住想笑，觉得段明过这人真是好玩，活脱脱一个精神分裂患者。

他在金钱上没吃过什么苦头，因而自小培养出一股浑然而出的贵气，五官长得有些西方化，天然带着一种洋气。可每每开口，就容易让人大跌眼镜，感到滑稽可笑。

说他是孩子气，但孩子绝对没他那么嘴贱，一张嘴便口若悬河，讥讽人如砍菜切瓜；说他玩世不恭，他又行动走在言语前，嘴上调侃你，背后默默做好一切。

乔颜回神的时候，对面的江流萤一脸便秘地看着她。

乔颜装着无辜，问她怎么了。江流萤摇头再摇头：“你方才又笑又拧眉，和个神经病一样，我还以为你中邪了，预备给你泼狗血了。”

乔颜指着段明过的朋友圈给她看。江流萤也是一阵乐，说：“这个人可笑吧？跟个大傻子一样。所以我说他跟其他男人不一样，你瞧他多痴情呢。”

乔颜嘴快溜了句：“就是不知道对谁这么痴情……你说，人心里到底会不会有白月光？白月光又能存在多久？是不是比现在这个还要重要啊？”

江流萤为人敏感，心里搜寻着段明过可能存在过的白月光，只是跟他平时插科打诨的多，深层次交流的少，他也从来不说自己的情感生活。

江流萤只能顺着乔颜的心思说：“我觉得吧，白月光这东西假得很，过上几年连脸都记不清，谁还记得曾经的那些事。就拿我来说，以前我多在乎梁铮啊，现在彻底分开了，觉得也没怎么样。”

话一说完，乔颜脸色果然好起来。

孔松此刻吃饱喝足说要走，朝两位女士一点头：“我得去看我小女朋友了。”

一群人于是打道回府。

谁知道孔松不仅真的有小女朋友，这小女朋友，乔颜还很熟——那位日日在隔壁制造噪音的娇俏小姐跑出来，扭着蛮腰说：“松松。”

乔颜捂着额头趴到江流萤肩头，不忍直视。江流萤还挺疑惑，说：“干吗？这小妞真甜，换我是男人，我也喜欢。”

问题是有无数男人喜欢是好事，接受各路男人就有问题。果然没出几天，孔松拎着一扎啤酒敲开江流萤的房间，说：“我失恋了。”

江流萤有些意外，问：“是甩人，还是被甩？”

孔松哽咽，倒不是因为丢了个小女票，纯粹是这过程太丢人。半夜三更，几路男人来敲她的大门，换成任何一个有血性的都受不了。

孔松咕嘟咕嘟喝下几口酒，说：“别问了，嘤嘤嘤。”

一对失忆人对月互酌。孔松问世上好女人何其多，为什么偏偏少给我一个；江流萤问世上好男人何其多，为什么偏偏少给我一个。

四目相对，又都急匆匆移开，心里都是一哼，反正不会是对面这一个。

酒喝得正酣的时候，有人敲门。孔松将酒往桌上狠狠一戳，说：“肯定是她，你别开门！”江流萤吐吐舌头，弓着小腰逃也似的去开门。

门后却不是女人，而是个身长脚长的大高个。江流萤一怔，下意识地要将门关上，那人却动作麻溜地侧身钻进来。

梁铮居高临下，态度却矮下一截，微微弓着背，对对面看呆的女人讲："我听说你来了，想找你聊一聊。"

江流萤喉头滚了两滚，舌头重比千金，心想，话还是不能说得太满，前几天刚跟乔颜说自己已经彻底放下，今天就呆若木鸡，何等羞耻，何等无用。

这时她的肩上被人拍了拍，孔松带着一身酒气挤过来说："怎么了？流萤，这是哪位啊？"

梁铮好歹也拿过影帝——不管水分有多大，而一线之中现在就数他人气最旺。孔松再不看电视，梁铮他还是知道的，他之所以装糊涂，完全是因为江流萤那一脸菜色和弱鸡似的反应。

孔松知道江流萤失恋了，只是对象不详，一直反复下套追问，她也守口如瓶，今天看这两人相视而立的样子，秒懂。

孔松不是个热心人，但有仇必报，江流萤笑他是绿毛龟，我就让她前男友也当绿毛龟——他虽然心里有点迟疑，觉得这波操作似乎有点猛啊。

孔松还没来得及想自己到底出了什么问题，一只手已经勾着江流萤："你找谁？"

对面的梁影帝脸色一僵，视线反复自面前二人身上扫过，然后一转身，走了。

孔松等他彻底消失，才嘻嘻哈哈地说："这人什么情况？一点玩笑都开不了啊。"扭头看向江流萤，方才还灵气毕现的女人，此刻拉着一张脸，神色落魄。

乔颜再见江流萤的时候，发现她两腮刚刚攒下的一点肉，居然又消了下去，精神状态也不比刚来的时候好。乔颜拿她和已经离开的孔松开玩笑："怪不得哦，少了一个说话的人，心情都没一开始好了。"

江流萤感到头重脚轻，垂着脖子道：“别胡说了！我最近向剧组请了几天假，想出去歇几天。你什么时候走，我等你一起啊。”

乔颜说：“我随时都可以。我昨天杀青了，稍微收拾一下就能回去。”

江流萤问：“那段三来不来接你呢？”

乔颜摇头：“没告诉他。他最近也挺忙的，一直在出差。”

江流萤听了叹气说：“你们这对夫妻也挺好玩的。说生疏吧，平时也挺腻歪的，说亲热吧，又不怎么联系。我看你这样也不像是个会撒娇的人，男人很白痴的，点一下动一下，话还要说得直白。你等他来找你，等不来的。”

乔颜心想这话说得很对，段明过这人心粗，等他发现自己情绪有异，还不如等他挣个新房容易。只是她也是有顾虑：“我们俩跟其他人不同，奉子成婚，决定了婚姻的基础就不牢靠。有些事我不想明说，一方面是怕他烦恼，一方面是怕自己失望。”

江流萤说：“这世上见过几次面就结婚的太多了，感情基础打不牢就圈进围城的也太多了。我知道你是缺乏安全感，可你说怎样才是有保障？我和梁铮谈的时间够久吧？感情够深吧？结局呢？还不如有些人贸贸然走入婚姻殿堂来得好。”

一对失忆人匆匆踏上回程路，中途都有些疲乏，觉得人生从一点到一点实在太过单调，索性下了火车跑出站，在个不知名的小地方玩了两天。

乔颜除了尿频、嗜睡，依旧没有其他妊娠反应，每天穿着四厘米的小高跟，跟在江流萤后面走街串巷，什么酸甜苦辣都吃过一遍。

乔颜许久没这么放松过，把生活里的烦心事都一一滤过。只是好景不长，事情不知怎么传到段明过耳里，他半夜给她打电话，将她一顿痛骂。

“你们导演跟我说，你几天前就杀青回家了。可我问了家里的管家，他连你的影子都没见着。所以你现在在哪？还带着我孩子，预备要挟我是不是？”

乔颜说在外面旅游，还有江流萤作伴，要他不用担心。他立马挂了电话，没过几秒，江流萤的手机铃声大作。她趿着鞋子追出去，江流萤一边朝着手机说：“没什么事。”一边指着她道，“你出卖我！”

电话再回到乔颜这边的时候，段明过已经冷静下来，耐着性子说：“你们就在那边待着别动，早上我派车子去接你们。还好离市里不远，两个小时就能到家……你说说你……”

段明过一句话没说完，又顿了顿，想了想再问：“江流萤说你对我有误会，具体什么事你能不能说清楚？我想来想去，也没觉得自己哪儿得罪过你。”

乔颜小声说：“没有。”

段明过说：“就知道你要说没有。我说你差不多就行了，心放宽一点，成天胡思乱想，对孩子不好。”

乔颜哼声：“你也就会心疼你孩子。”

两个人不欢而散，挂了电话。第二天司机接到乔颜的时候，求她给老板去一个电话，乔颜这才又纡尊降贵地拨过去。

两个人闲话几句，她问：“上次看你带你嫂子出门，什么事啊？”

段明过一时没反应过来，说：“哪次啊？你说清楚点。”

乔颜心想这浑蛋玩意儿，看来还有好几次啊，憋着气道：“就你出差那次。我回家，正好看你们俩坐车出来。”

段明过想了想，说：“哦，那次啊，段明泽不是被曝光了吗？她找我问知不知道这件事，顺便要我想办法赶紧把帖子都删了。我说段明泽那么大本事——”

段明过一顿，察觉出问题的关键所在了，说：“你就因为这件事，别别扭扭这么多天吧？乔颜，我跟你说，你可真行，你太会玩阴的了，我斗不过你。”

乔颜吓得手一抖，手机直接拍座椅上了。

Chapter 32

段明过挂了电话回去后，褚静正慢条斯理地对付面前的一碟甜点。

看到他，褚静笑着摇头道："大忙人，吃一顿饭出去了好几回。到底是多大的生意，值得你这样在意？"

段明过一扬手机，实话实说："不是什么生意，是乔颜。"

褚静一吐舌头揶揄道："腻歪。"

"算不上。她拍戏杀青好几天了，不回家，居然跟着朋友半路逃了火车，去临市玩了一圈。我昨天知道后，立刻要司机接她回来，现在已经在路上了。"

褚静拧眉："胆子太大了，不是说怀孕了吗？"

段明过揉了揉太阳穴："就是说啊！不过仗着自己身体好，又没有什么妊娠反应，总是逃得比兔子都快。我也忙，总是顾不到她。"

段明过话说得严厉，语气里却是难得的包容。褚静看在眼里，吃进心里，舌尖上原本甜腻香浓的蛋糕也渐渐发了苦。

她拿银叉子一下一下戳着里面的无花果，略微恍惚地说："真好！以前总是看到你哥哥带她回来，以为是他喜欢这个小女孩，没想到后来是你跟她结婚。"

不奇怪啊！就好像所有人都以为段明泽是绅士，对一个孤苦的女生百般呵护，所有人都以为段明过是忤逆子，只会狐假虎威、胡言乱语。

宝玉跟贾环站一起，无论宝玉有多留恋脂粉，想法有多离经叛道，总比看起来贼眉鼠眼、猥琐小人的庶子要好上那么几分。

所以很长一段时间，段明泽亲近乔颜便是心存善念，人人称道；段明过稍微表现得热情一些，就成了自甘堕落。

在这个家里，其实乔颜从不曾真正被欢迎过，当然，也包括他。

幸好段明过从来不会看别人眼色行事，也从不受那些闲言碎语影响，这个人八字不合，是天王老子也拒之千里，那个人对胃口，哪怕一文不名也保持联络。

他那时候和褚静还很要好，青春年少时的懵懂期，对异性总有莫名的好感，又是同属一所学校的风云人物，见面便被人当做金童玉女追捧着。

说得多了，连他们自己都开始相信了。有人问那谁呢，另一个说"在打球呢”“在弹琴”——一对青梅竹马，就这样长大了。

直到有一天，褚静兴冲冲地过来问他：“最近怎么总约不到你打球？教练也说你有点懒，你平时到底忙什么呢？”

段明过一边说什么也没干，一边自我反思，到底有什么占了生活中的大头。褚静扁扁嘴，搭在他肩头问：“那周日下午陪我去打球，其他人没你会喂球。”

段明过想也没想就回绝了，说：“我要去辅导小孩儿学习。”两个人面面相觑了一会儿，都知道时间是从哪一道缝隙渐渐流逝掉的。

那段时间，段明泽对乔颜是真上心。

她即将进入毕业班，每周只歇两节课，一个月才有一天假期。段明泽给她找了辅导老师，一到时间就领她去学校附近幽静的咖啡馆补课。

只可惜段明泽背后是整个段家，不是随时都有空出来，责任就落在段明过这位僚机的身上。家兄有托，又是美色当前，当然义不容辞。

乔颜这个人不善言辞，心里想的是什么，从来不会显露在脸上。她好像自小养成了戴面具的习惯，会对不同的人切换成不同的模式。

来接的人换成段明过，她从没有表现出惊讶，连解释也不需要。段明过向她絮絮叨叨地说明原因。她似听，又似没有，半晌回头对他笑一笑，说：“哦。”

段明过一度觉得这人是傻子，可她向人讨价还价的时候，又精明如商人。

他在她学校旁边看中一个老人雕的桃核挂件，对方出价一颗十块。他觉得合适，蹲下来就要老头给他串一个。

乔颜原本站在一边，白生生的脸上冷得像是飘起了雪，看了一会儿，终于像是忍不住，一把按住他掏钱的手，将他挤到一边去。

她蹲着，撑起一张小脸，挤出笑：“爷爷，一颗四块行不行？你一串十二个，四十八块好难听啊，四十五我们就拿了。”

段明过在旁听得倒吸一口气，心想这老头宰人狠，这姑娘砍价更狠，换个两三块就得了，你一下削去一大半，鬼才能答应。

老人果然不肯。乔颜说："我跟我哥哥还是学生呢，身上都没什么钱。你给我们便宜点，我学校就在旁边呀，我喊同学们都来买。"

老人看看乔颜，又看看段明过，想了想终于松口："行吧，就做你一次亏本生意。你个小丫头太机灵了，要是人人都和你一样，我都没饭吃了。"

乔颜赔着笑，说："不会亏本的，哪能亏本啊，赚多赚少而已。"

于是乎，在那天下午的培训课结束后，段明过拿着一串便宜到不可思议的纯手工链子回了家。

褚静看到后喜欢得不得了，说："这个老头我听过的，手艺很好呢，摆摊卖桃核，都挣了几栋房子了。我一直想去找他，却没空去，今天好了，你买给我了。"

段明过瞥她一眼，抓着核桃往她眼前悬一悬，问："你想要啊？"褚静一脸向往。他又贼贼地笑着收回来，说："哼哼，不给！"

褚静觉得这人太没劲："什么玩意儿，你一男的戴什么手链？"

段明过蓦地一怔，想起下午乔颜也跟他说过一样的话。他那时候还在揣摩她方才还价的语气，漫不经心地回道："怎么，你有意见？"

乔颜当然不敢有意见，连话都不跟他多说。两个人走进咖啡厅，他给她买了一杯去了咖啡因的香草拿铁，又点了一碟黑森林。

她本不好意思，要自己给钱。他扬一扬手，说："就当是交换吧。"就只是一点让他感觉很别扭，"你刚刚还价太狠了，那老头回家想明白就该哭了。"

乔颜却不以为然，说："他是看人下菜碟，看你穿得这么好，就故意抬高价。我同学过去，每颗都只收两块，三块已经是我给他面子，顺带考虑到你的身价，才给出的高价。"

不听解释还好，一听如何能解气？段明过抓过她的牛奶就喝了一大口，抹抹嘴巴边的牛奶沫道："你这丫头，太坏太有心机了，白白让那老头多赚了十来块。不行，这口气我咽不下去，你得补偿我。"

乔颜开始以为他是真生气，无力地苍白地辩驳道："刚刚是我付的钱……”她有些不自在地掖一下发梢，像绵绵的小羊走进猎人的圈套，天真地问，“那你想让我怎么补偿你呢？”

段明过说：“我刚刚好像听见你喊我什么来着，两个字，叠词。我想再听你喊一次，最好随时想听，你都得给我喊一次。你不要再喊我段先生，我还年轻。”

乔颜想起方才和那老头的对话，当时并不觉得怎么样，此时一张脸却腾地变红了，火辣辣地烧成片。她反复深呼吸几次，才开口：“……哥哥。”

“本来就是你哥哥。”段明过得意地笑，说，“你再把我名字带上，不然谁知道你喊谁哥哥，说不定是喊我二哥？”

乔颜的头已经低到不能再低，随手切了一块蛋糕喂在嘴里，含糊不清地道：“……明过哥哥。”

“再来一遍！”

“明过哥哥。”

“还有呢？”

“明过哥哥。”

段明过笑得前仰后合，挪过屁股坐到她身边。她身上有淡淡的幽深的香味，能闻出来是晚秋新开的丹桂，跟蛋糕甜腻的气味混杂在一起，是新奇又曼妙的组合。

她吃东西很不小心，嘴角染上了化开的黑色巧克力。段明过用手轻轻擦过，声音轻如羽毛地一同擦过她的耳廓：“真脏，真难看！”

诚然，这后一句是完全不走心的，不真诚的。她脸红成熟透的柿子，鼻尖、脸颊、耳朵都挂着赤红色，洁白的小牙咬住下唇，一双眼睛躲来躲去，不知该看哪里。

哪一面都好看，哪一面都可爱。段明过听到自己微重的呼吸，还有不受控制的、捶动如雷的心跳声——他握着拳头坐回去，说：“老师来了，好好学习。”

长得好看的人多是犯规的。这一幕分明平淡如斯，映在段明过波动的心湖上，却荡起一圈又一圈的涟漪。

段明过在各种色彩、各种场景的梦里，一次又一次地见到她那张过于充血的脸，也一次又一次地听到她那声柔软的……“明过哥哥”。

褚静说，“没想到后来是你跟她结婚”。段明过也就把这当成是一次意外：“算是缘分吧。”

“那祝你们是走到白头的好缘分。”

段明过刮一刮眉角：“借你吉言。”

褚静本就情绪低落，见证过别人的爱情后，便更低落了。她索性放下叉子，撑住头说：“明过，如果她没有怀孕，你会娶她吗？”

段明过被问得眉心一蹙，觉得有些被冒犯到了。

褚静并不是一定要他回答，因为她很快就自问自答道：“你说明泽这样，是不是因为我生不出孩子？听说那个女的已经有了，我却连去求证的勇气都没有。”

褚静情绪激动，说得面色绯红，额头冒汗。段明过只有站起来，去按住她肩膀，一遍遍安慰她：“不要着急……不是你想象得那样……”

褚静拿手搓脸，弄花了精致的妆容，带着哭腔道：“有时候我真是后悔，当初为什么要答应跟他结婚……我以为你们兄弟俩会一样的。原来，根本不一样。”

她忽然抓住段明过的手，如溺水的人抓住稻草一样，一张脸上尽显柔弱。她很轻地问：“明过，要是那时候我不跟你哥哥在一起，我们会走到最后吗？”

段明过到家的时候，只见餐厅亮着一盏灯，房间里只有月光的痕迹。乔颜躺在床上一动不动，看起来已经睡着了。

他蹑手蹑脚地走过去，在她身边站了一会儿。她卸下浓妆，一脸素净，纤长的睫毛盖在眼睛上，呼吸平静而缓慢。

段明过用手在她的脸上扇了一扇，笑着往外走，自衣帽间随便拿了一套家居服，借用了客厅的卫生间洗浴。

段明过前几日从段家搬出来，连带着让人将乔颜的行李也一道收了过来。今天在电话里通知她的时候，她十分意外：“别墅这么快就装修好了？”

段明过解释，是新租的一户平层，跟她定的那套龙脉豪宅相比，是稍微差了一点，不过比起她家的蚁穴，则要好出一大截。

乔颜好奇道：“明过，咱们这是被赶出段家了吗？”

段明过当时打趣她，说：“是啊！现在是不是觉得特后悔，本来想钓个金龟婿，谁知道找了个假有钱人，现在混得连家都没了。”

乔颜那头静了好一会儿，然后只听她叹气道：“算了，嫁鸡随鸡，嫁狗随狗。”

此话在理，但很不中听。段明过冷哼：“你老公我虽然没什么大钱，但在满足你虚荣心这件事上，还是可以做到的。”

乔颜骂他：“狗嘴里吐不出象牙。”立刻又把电话给掐了。

段明过一边想一边笑，心里不知怎么痒痒的，眼前总是她十六岁时含羞带臊的表情。时隔多年，他指腹间仿佛还带着她嘴唇的触感，软绵温热，如布丁一般。

一场澡洗得漫长而艰辛，段明过出来的时候头微微发昏，站在空调出风口下吹了半晌才缓过神来，又去冰箱里找了瓶冰水灌下去一大半。

上床的时候，他几乎被冻成一根冰棱。他刚刚掀开被子，贴到乔颜的背后，她就敏感地醒过来，下意识地推着这家伙呢哝：“你是从西伯利亚回来的吗？”

段明过索性坏事做到底，双手双脚如藤蔓般缠绕上她，惹得乔颜一阵细碎嘤咛。他呼吸明显急促地凑到她耳边说：“嘘，睡觉。”

可这种姿势教人怎么入睡……他还得寸进尺，一只手绕过她的腰，摸在她的小腹上，琢磨着：“好像肚子大了。他会动了吗？”

乔颜用手抵住他的胸，觉察到他的体温一点点攀升。她有些难耐地嗯了声：“别动。”

段明过吓了一跳：“我是不是摸疼他了？”

乔颜将身子往前方挪了挪，撑起上半身，扭头看他的时候，脸红了一红。幸好此时天黑，他眼瞎。乔颜说：“不是。”

过了会儿，她自己却动起来，说：“明过，我好饿啊！”一张嘴供两人吃，段小过越来越大，她胃口也越来越大，夜里起来吃点东西，完全合理。

段明过吼道：“快睡，睡着了就不饿了。”

乔颜：“……”

一声吼过去，乔颜果然不说话了。段明过原本迷迷糊糊地都要睡着了，想到她的小心眼和小心机，又惊醒过来。转身过去一看，这人果然睁着眼睛，一脸怨念地看着他。

段明过是真的拿她没辙，揉了揉她的脸道：“要吃什么？”

要吃蒸羊羔、蒸熊掌、蒸鹿尾儿、烧花鸭、烧雏鸡儿、烧子鹅……可这些一概都没有。乔颜深刻思考了一下：“吃面，番茄鸡蛋面。”

乔颜原本觉得这新家里能有颗鸡蛋就算不错了，谁知段明过变戏法似的掏出了番茄、香葱、蒜头，还有蟹味菇、笋丝、香菇，甚至连高汤都一应俱全。

乔颜一边疑惑，这人是不是专等着她回来伺候，一边将各样食材入锅烹饪。等端出两大碗面的时候，段明过风卷残云般吃干净了自己的那份。

乔颜嚼着笋丝，终于敢确认了：“你是特意准备着，让我回来做面给你吃的？”

段明过连一口汤都不放过，喝得干干净净，只差舔盘子了。他斜倚着凳子擦嘴的时候，忍不住往乔颜的碗里瞥：“你这手艺跟谁学的？”

乔颜说：“跟我妈妈。一开始做得也挺难吃的，后来熟能生巧就出师了。”

段明过不敢夸她，只是适当地鼓励道：“也就一般般吧，能吃。那你砍价的本领是跟谁学的？也是跟你妈妈？”

乔颜一时不解，不知道他为什么扯上自己砍价的事，想来想去没有头绪，索性就不想，说：“那个是无师自通，自学成才。”

段明过意外道：“这么厉害啊。”

“厉害？把你丢在我那种环境待两年，你说不定比我还精。”乔颜扁嘴，“我也想不看价钱就付账，可条件不允许啊！”

“听起来怨念挺大的。”

“不至于。我把它当成是术业有专攻。有些人会在鸡毛蒜皮上省钱，有些人会在商场上大杀四方，从本质上讲，我觉得都是一样的。”

段明过点头：“有几分道理。”

乔颜笑盈盈地看着他：“你呢？从没听你说过工作上的事情。”

“我？”段明过坐回桌边，两手随意地放在台面上，态度与方才相比随意许多：“我嘛，就没什么好说的了，从来只做两件事，开源和节流。从不放过一个挣钱的机会，但也会在适当的时候放松和享受。”

乔颜又问：“你工作的时候也会像平时一样吗？”

段明过不解：“我平时什么样了？”

乔颜直笑：“你说呢？”

段明过揉了揉她搁在碗边的手，也跟着一点点笑起来，脑子里想到的是下属一张张形形色色的脸：“有时候我是严厉了一点。”

“只是有时候？”乔颜朝他眨眨眼，“只是严厉了一点？”

段明过彻底无语，一边吁气一边质疑：“你怎么不相信我呢？”他拿手指点着桌面，好一会儿才道，“过两天我再带你去个地方，你就知道我是什么样的人了。不过那天的场面可能硝烟味很重，你会不会害怕？”

乔颜正撮尖了嘴，吸溜着糊烂的面条，于是从一片蒸腾的热气里抬头看他一眼，说：“为什么害怕？只要有你在，我就不会害怕。”

心像是被撞了一撞，段明过抓着她的一只手，渐渐握紧。

“老婆。”他喊她。

乔颜笑眯眯地回望过来。

他一字一顿道：“我一定不会让你过回以前的日子。”

第七章
她是我的太太

Chapter 33

大约是否极泰来，乔颜近来绝处逢生，一直没什么起色的演艺事业迎来一次小跃进。他虽然已经不能接戏，却在综艺界意外打开了局面。

她参加过的几档节目收视不错，观众对她这个话不多但漂亮的花瓶很感兴趣，弹幕里说漂亮的她和做作的人势均力敌。制作方看到数据后，乐得请她这样能产生话题的人列席。

唯一头疼的还是弟弟乔恒。乔颜去他的学校等过他几次，都被他以同学传话的方式搪塞，理由还挺冠冕堂皇的：一心学习，无心交谈。

她只好偷偷地站在教室外的窗边看他。这一招倒是很灵，一试，乔恒就乖乖出现了，垂着头道：“你狠！有话就说，我一会儿还要准备默写呢。”

不过却有约法三章。乔恒挑着眼睛瞪她，很不客气地竖起手指指向她：“如果是关于某个姓段的，对不起，你不要再跟我啰唆了。”

乔颜摇头笑了笑，没打算说话，打开包，拿出一个红色卡片，塞进乔恒手里。他一边嘀咕什么鬼东西，一边粗鲁地撕开，里面是张崭新的银行卡。

“你干吗？拿我姐夫的钱做人情啊？”说着，脸上就添了笑，态度总算软和下许多，又凑近问，“多少啊，十万还是二十万？该不会是百万吧？姐夫出手，应该数字不小啊。”

乔颜轻轻地掐他胳膊一把，说：“就是张信用卡，额度一万。爸那人你是知道的，钱到他手里就花了，还不如给你自己买点东西吃。我还给你请了个家政，每天晚上帮你做一顿夜宵。”

乔恒“切”一声，嫌他姐抠，仍旧揣上卡，闷头往教室里奔。

段雨溪已经不再与他同桌，独自一个人坐在老师的讲桌旁边。这时候她正忍不住回头看乔恒，又忍不住看一看窗外。

乔颜注意到她，向她挥了挥手，短信发到她的手机上：“一会儿中午放学，我请你吃饭。”

段雨溪低头弓腰，凑进课桌里看，咬着下唇回头，冲乔颜摇了摇头以示拒绝。短信却很是老实：你想请我吃什么？我先考虑考虑再说。

乔颜回复：冰火菠萝油、翡翠大虾饺、鲜虾荷叶饭、酥皮莲蓉包……餐后还附赠有超多巧克力脆的大碗香浓冰激凌。

方才始终皱着小脸的段雨溪这才笑起来，朝窗外的乔颜眨了眨眼睛。

许久不见，段大小姐没有以前那么活跃，只是闷头吃饭。只见筷子来来回回往嘴里送东西，偶尔才抬头喝口饮料，又低下头来。

乔颜趴在桌上柔声问：“是不是还生你小叔的气呢？我已经替你骂过他了，不问青红皂白就去谎报军情。你爸爸为难你了吗？”

段雨溪撅着嘴，忍不住哼哼唧唧几声，大眼睛往她脸上一扫，幽怨极大地说：“段明过太过分了，我这辈子都不要理他了。”

乔颜推推她的手腕：“别这么极端嘛，他以前对你多好啊，什么时候都护在你前面。最近就是……可能有点太忙了，我都不大能见到他。”

段雨溪薄而软的鼻翼翕动两下，说：“功不抵过。你别跟我说他以前的好，我现在眼里只有对他的恨。他就是有了自己的孩子忘了我，不记得以前我们的革命岁月了。”

乔颜实在忍不住想笑，说：“你还是个小孩儿。”

段雨溪不大满意："我已经十八岁啦，我是成年人了，才不是小孩儿。"

段雨溪胃口不好，一样吃了一点就扔了筷子，举着长勺掏碗里的冰激凌吃，嘴里念念有词道："其实我后来想去找你玩儿的，可是段明过说你拍戏去了。再后来，你们就搬出去了。"

乔颜说："那你小叔告诉你新家的地址了吗？一会儿我写给你，你要是哪天觉得高兴就住过来，我们还睡一张床。"

段雨溪特别兴奋，挺起腰板："真的？"随即又迅速瘪下去，眼里的光都暗了几分，叹气道，"不行，他们不会同意的。小婶婶，你不在家不知道，段明过跟他们闹崩了。"

乔颜意外："怎么了？"

段雨溪扁扁嘴："你应该知道最近正泰遇上什么麻烦了吧？"

乔颜摇头。

"有家叫邗城的公司不停地在二级市场买入我们正泰的股票，就快控股正泰了。二叔那事出了之后，形象大损，听说邗城有罢免他的想法，段明润到时候也要卷铺盖回家。"

乔颜似懂非懂："怪不得家里那么紧张了……可这跟明过也没关系啊！"

段雨溪叹气："谁让他倒霉，有个朋友的家里人是邗城股东。二叔他们想让他去跟人打个招呼，探探口风。可段明过说自己跟人只是酒肉朋友，不肯去。他们就不高兴了。"

段雨溪一手撑着下巴，努力回忆："他那朋友叫什么来着？名字挺寻常的，好像是姓孔，据说作风不怎么样……小婶婶，你认识吗？"

乔颜神色一敛，知道是孔松，说话却很谨慎："不认识。明过朋友那么多，谁知道是哪一个。"

段雨溪没多想，说："反正不管是谁吧，玩得再好，家里的生意也不能受朋友左右啊。我都懂的道理，他们却想不通，说段明过跟人串通，要搞垮家里呢。"

乔颜听得头皮发麻，问："他们怎么能这么想呢。"

段雨溪说："才不是因为这个呢，他们平时也没少说段明过白眼狼。段明过从小就听得耳朵皮了，这点小敲小打伤不到他，主要是他们提了你的事。你不知道，段明润那个人就是暴君，脾气又差，素质又低，说起话来可难听了。"

乔颜心里忐忑，不知道给段明过惹出了什么祸事，又碍于段雨溪的警告不好追根究底，只能拣些鸡毛蒜皮的来说："雨溪，他毕竟是你爸爸，你别这么说他。"

段雨溪立马哼哼两声，说："他要不是我爸，我早揍他了，我这辈子最讨厌的就是他。第二讨厌的是我妈，因为她明明知道这个男人这么讨厌，还一直守着不肯离开他。"

乔颜想说这就是成年人的世界，却发现自己都不认同这样的规则，只有低头夹起一只虾饺，咬下一口——很腥啊。

这日夜里，乔颜守在段明过的书桌边，不厌其烦地盯着他看。已经打算当她是空气的男人最终也选择妥协，将书猛地一合，问："是不是很帅？"

乔颜得寸进尺，挪着椅子往他跟前推进几步，说："明过，你小时候到底过得怎么样呀？"

段明过立刻一挑眉毛，满身戒备地问："你要干吗？"

乔颜说："没什么，你别这么紧张，我就是想走进你的内心世界。"

"然后呢？等你上节目的时候给我一起抖出来，让所有人看你老公的笑话？"

"你怎么能这么想我呢？"乔颜笑眯眯地说，"我是真的想知道。"

段明过也靠近她一点，呼吸炽热地呵在她的耳边，声音如梦似幻道："要是谈物质的话，当然比你们这种贫民要好得多；要是谈肉体的话……"

肉体啊……乔颜侧过脸看了他一眼，平常不都是说身体的嘛……

他近日水喝得少，嘴唇起了一层薄薄的皮，擦过她脸颊的时候带着酥酥麻麻的触感。乔颜心跳得飞快，思绪比他的话题更早地飘远了。

他气息温暖而湿润，搂住她腰的一双手则更不老实。她被裹进一团湿热里，呼吸都开始不够畅快。他声音偏偏如羽毛似的扫过她的耳膜：“谈肉体的话……就压抑太久了。”

段明过将她翻转过来，面对面坐好，一双手已经解开她的睡衣，轻缓地揉着她。乔颜身体软成柳条，若不是勾手环住他的脖子，恐怕已经缓缓滑了下去。

段明过说：“那天我给你收拾行李，看到你那条裙子了，洗得不好，都变形了。我给你重订了一条，过两天你穿着，跟我一道去参加个发布会。”

乔颜虚软无力地答应，刚想问是什么发布会，他忽然勾唇一笑，眼里的光陡然冷下，说：“我们一道去看看段明泽的洋相。”

谁知道过了几天，乔颜还没来得及看段明泽的洋相，便率先看了一回他夫人褚静的。

当天乔颜下了节目，顺带去医院做检查，分外凑巧地遇见了脸色不佳的褚静。而她对面，正是戴着口罩的姜佳妮。

褚静当时昂着头，冷冷哼出几声：“你有本事怀，可不一定有本事生。想通了就来找我，不过一定要快，我这个人的耐性一直不好的。”

话听得不多，但谈的是什么，不会有人不知道。

Chapter 34

近日，本地最热的新闻，无非就是段明泽署名的专题文章《告正泰全体股东书》，点燃了当天的舆论热度。

发布会开始的时候，带着太太出现的段明泽俨然一位大牌明星，谋杀菲林无数。这对伉俪亦是泰然自若地向所有人打招呼，胜利的自信都写在脸上。

然后走到人后，暂时卸下重重伪装。段明泽自投影至话筒，事无巨细地一一查验，还嫌不够，走到登记台边看人签到。

恰好一对没有收到邀请函的人被拦在门口，负责签到的人不停地赶客道：“我管你是谁，你今天没有邀请函，就是段家少爷也不能进来！”

段明泽往前一看，不禁哑然失笑，拍着这人的肩膀道：“巧了，你有眼不识泰山啊，这人还真就是段家的少爷。”

段明过一手刮了刮眉角，笑容里带着点随意，冲面前的人一点下巴：“哥，我跟乔颜千里迢迢来给你捧场，你怎么一点都不欢迎啊！”

段明泽摇头，说：“你这一身土匪气，有谁敢轻易放你进来。”他视线不由落到一边的乔颜身上，话语都软下来几分，说，“小颜，你也来了。”

乔颜今天穿了白色主调的连衣裙，包边是一层典雅的黑，一字领。她宛如天鹅颈的长脖子，跟骨骼分明的锁骨被很好地修饰出来。

腰身收得十分妥帖，尽管怀孕数月，却是一点孕相都看不出来，嬛嬛一袅楚宫腰，还像是那个二八年华的青春少女一样。

段明泽一时走神，重问了一遍段明过方才说什么。段明过一阵叹气：“我说啊，我不是要你们开后门，我也算是正泰的股东。股东来聆听发布会，合情合理吧？”

段明泽一时不解：“股东？你？”

段明过嘻嘻哈哈地说：“哥，你别看不起人行不行？我虽然没你那么多股份，但偶尔手里有点闲钱，也喜欢玩玩股票的。小股东也是股东，你这么拦我，不好吧？”

段明泽说：“不正经！家里都急死了，你还在这儿开玩笑。赶紧跟小颜进去，随便找个位置坐下来，我还要招呼客人。”

段明过笑眯眯地推着乔颜进去，说：“好。”

说来也是奇怪，方才还笑得一脸狗腿的人，分分钟就僵下了一张脸。段明过黑着脸将外套脱下来，下一秒，乔颜身上便感到一阵温暖。

段明过在她的额角狠狠弹了一下，一时间理解了“我不杀伯仁，伯仁却因我而死”之意，问身边这妙龄女子道：“知道我为什么带你过来了吧？”

乔颜也正憋屈，哼声道：“想使美人计呗。”

段明过一时默然，转而正儿八经地去看她的脸，目光中带着研判。乔颜忍不住摸自己脸，问：“我妆是不是花了？刚刚有点热，我又不小心用手蹭了下。”

段明过摇头，语气严肃：“我只是觉得你近来一张脸似乎大了不少，脸皮也厚了许多，说起话来都不会脸红了。”

段明过终于忍不住大笑。乔颜自知被耍，偷偷白了他一眼，往餐车最近的位置一坐，不肯再挪屁股了。

因为准备充分，发布会开得四平八稳。段明泽在会上读过一遍告股东书，情感充沛，抑扬顿挫，在场人无不动容，堪称把情怀卖到极致。

提问环节本也在掌控之中。直到有人举手大声发言道：“正泰管理层一直标榜自己精英能干，两位段先生为正泰也确实做了不少贡献。可是不知道是不是疏于对自己的管理，都是绯闻缠身，随便找个路边小报，就能看见你们的花边新闻……”

段明润先沉不住气，跳起来指着这人说：“污蔑！在这种严肃的地方，怎么能任由你胡说八道些小道新闻？保安，你们还愣着干吗——”

那人笑：“污蔑也好，真相也罢，试问在场哪一个人不知道这些事？你们的个人形象有损企业形象，已经是板上钉钉的事实，暴跳如雷只是证明自己没有底气罢了。”

段明泽拦着段明润，压低声音提醒他道：“这个人是有备而来，你这么生气，反而中了他下怀。他想说什么就说什么，你管他呢。”

发布会的最后半程，完全变成了八卦讨论，原本就被压着不发的媒体终于找到突破口，揪着段家两兄弟不停采访。问题当然集中在最吸人眼球的那一点上：对于出轨，你怎么说？

褚静终于派上用场了，她一脸合体笑容地站在段明泽身旁，亲热地挽住自己丈夫的胳膊，不停重复：“都是子虚乌有的事，我和先生感情一直都很好。他是我见过的最好的男人……那个女明星吗？我知道的，那天家里有活动，就请她来表演咯。其实我就在旁边，可狗仔就只会拍他们俩。大家都要吃饭的，能理解，先生还安慰我，说我上镜显胖，没被拍到是好事。”

乔颜听得当即一怔。想起不过几天之前，医院中的褚静尚且悲愤交加，眼神中是恨不得将对方剜下一块肉的厉色；如今摇身一变，却配合自己丈夫演一对神仙眷侣。

她跟段明过到底没待到最后，在媒体发现他们之前，早早就从后门跑了出去。路上人多，两人几次被迫分开，乔颜焦急万分，他却总在几步开外的地方等她。

这天段明过放假，陪着乔颜走东逛西。他兴致很好，她却打不起精神。他有时阴阳怪气地激她一句："是不是为老情人担心了？"

她也无甚反应，只是走到哪里都紧紧抓住他。他实在纳闷，她却摇头，说："你这个人，不会理解的。"

发布会的风波一起，正泰被推上风口浪尖，原本只是经济新闻里津津乐道的商场博弈，因为掌门人的花边新闻，一时占满各大娱乐版面。

医院一别后，乔颜许久不见姜佳妮。曾经玉女的人设已倒，传闻身背的几个大牌代言都因此黄了。不过也不用害怕，她榜上百亿身家富豪，现在人在美国养胎。

节目里，主持人几次讨论这一话题。

乔颜近来人气旺了点，又有过绯闻满天飞的经历，主持人理所当然要问问她的意思："说起来，跟乔美人闹绯闻的那位，似乎也很像是这位段董事啊。"

乔颜有口难辩，说两人是君子之交淡如水，想必费尽口舌仍是谁也不信，最好直接不承认认识，免得给段家添麻烦："没有。否则我干吗浪费时间，上个酬劳连包都买不起的节目？"

众人大笑。主持人又问她是否可以突破底线嫁入豪门。乔颜说："最好不要，因为知人知面不知心，等嫁过去才发现先生的豪车是借的，豪宅是租的，豪门成了嚎门，真是哭都找不到地方。为了维持生计，你还不得不顶着假贵妇的头衔，拎着你在网上淘的A货，四处走穴挣奶粉钱。"

主持人摸着自己叠起三层的下巴，咂摸着嘴说："乔美人的这番话真是振聋发聩，听起来深有感触，所以现在是不是已经后悔嫁给你先生了？"

乔颜莞尔："我是不会让你有机会看我的包的。"

江流萤看过节目后，特别兴奋地给乔颜打电话，说："别看你平时有那么一点木，一上节目完全变了个人啊！语言风趣犀利。十•一有没有空？我过生日。"

乔颜当然要参加。十•一这天，夫唱妇随地跟着段明过一道准时到达。

礼物被他随手扔在一边沙发上。他随即松懒地展成一个大字躺在上面，说："你面子真大啊，大伙国庆节都不过，特地跑来为你庆生。你今天没点好酒好菜，可打发不了我们。"

江流萤对他的二流子之气习以为常，拉着乔颜到桌边吃冷菜。

孔松也在，借机要和段明过和解。是以段氏夫妇进来后，立马一个精神抖擞窜出来，拎着一套装着小孩衣服的高档礼盒，十足狗腿地递送给乔颜。

孔松深知解铃还须系铃人，他跟段明过的问题症结，就出在这个美女蛇身上。一旦搞定了她，也就搞定了段明过。

幸好马屁拍得到位。乔颜很高兴地接过来，说："明过你看，都好小，好可爱啊。"段明过飞过来一眼，嗯了声。

孔松见万里长征踏出第一步，小心翼翼地游走到段明过旁边，说："我听说段明泽最近丑闻缠身，在正泰的威望大不如前。段明润也是个跛脚的，服他的人更少。"

段明过看着手机，不语。

孔松又说："我听说段明泽提出了重组方案，要增发股票摊薄现有股东的持股比例。这方案聪明归聪明，但我听说却惹得大股东永辉很不高兴。原本永辉是段明泽的铁杆支持者，这下不知道是不是要分道扬镳了。"

段明过看着手机，继续不语。

孔松又道："我还听说，邗城很快就会召开临时股东大会，段明泽会被罢免，支持他的董事们也不例外。他现在考虑 Plan B，听说已经打听到你那了。"

段明过近日新开一各公司叫隽彦，吃了不少正泰的股份，上次发布会上他并非胡说，只是刻意隐瞒了自己是隽彦老板的身份，掩人耳目地说是玩股票。

段明过许久没说话，江流萤喊他们上桌吃饭的时候，才匆匆跟孔松道:“怪不得这几天段明润一直打听隽彦的底细。他倒不敢主动打电话给我，托了旁人来给我传话。”

孔松笑得颤起来：“可惜我不在场，要不真想看看这帮家伙知道隽彦的老板是你时的臭脸了，想想就觉得别开生面呀！”他一怔，“你终于肯跟我说话啦？”

段明过白了他一眼，又皮笑肉不笑地扯了扯嘴角，声音如冰地说:“你猴急什么？这才刚刚开始呢，以后这种机会有的是。”

吃过饭回去的时候，夜已深。乔颜今晚睡意全无，正饶有兴味地将孔松买的那套小衣服，一件一件拿出来翻看。

段明过冷不丁地冒出一句:“你有什么梦想是从小就想要实现的吗？”

乔颜正一手套着一个小鞋子，玩左右手互搏，陡然听见这么严肃的问题，还真是认真想了下：“我这个人没什么大的志向，小时候想吃饱穿暖，跟弟弟好好相处，有一个温暖幸福的家；大了之后想进好的学校，以后公派留学，出去增长见识；做了演员之后就想好好拍戏，挣钱养家，有所成就——可我挺衰的，从小到大，就没有一个梦想能实现。你呢？”

段明过没有直接回答，指着对面一处灯火通明的楼盘说：“看到那处房子了吗？几年之前是市里有名的烂尾楼，废置几年后被正泰接手，楼面价创下了本区的最高纪录。那时候所有人都不看好，认定正泰是钱多人傻的冤大头。而正泰却一声不吭接下来，开盘前两月百万认筹，开盘当天微信抢房，从开始到售罄，你知道花了多长时间吗？十七秒。”

乔颜说：“听过媒体炒作百万认筹金的事，当时以为是你们的营销策略，没有想到真有这么火爆。”

“这个城市里最贵的地皮和最有发展力的地皮都在正泰手里，无论走到哪里，只要一提起正泰，大家就知道那是价格最贵、服务最好的代名词。正泰不仅仅是一个公司，一个名称，还是一个品牌，一种信仰。”段明过说，“我的梦想就是，有一天可以拥有她。让这个品牌，牢牢掌握在我的手中。”

段明过这个人，五官太过精致，没有男人粗犷的张扬，桀骜也是透着秀气的桀骜。这让他多少有一点少年气，仿佛还是多年以前，站在卫生间外偷着抽烟的大男孩。

因而乔颜常常忘了，他已经是个快入而立之年，有着野心和壮志的成熟男人。于是乎，在他卸下那层多少有点虚伪的浮躁的面具之后，那其中的内敛和深沉教她刮目相看。

他的语气是如此平淡，话语却是如此鼓舞。乔颜仿佛能看到这一栋栋高大的建筑低头，一座座城市倾覆在他的足底。她亦受蛊惑，激动地握住他的手说：“你做什么，我都会支持你。”

段明过身上原本竖起的重重鳞片倏忽间像被抚平，又恢复到先前那副玩世不恭的样子，带着满身浓浓的少年气狡黠地笑问：“真的？”

乔颜还不知道自己正被引入陷阱，点一点头：“当然了。”

他呼吸一下逼近，湿热的嘴唇轻轻咬上她的耳廓，声音忽近忽远地说了一句什么。乔颜登时红了脸，狠狠捶了他一下。

Chapter 35

乔颜近来有三件喜事，一是地枕龙脉上别墅正式装修，先生将装修全权交给她负责。她除了给不久后破蛋的段宝宝准备了房间与活动室，还私心地给乔恒精心设计了一间卧室。

第二件事是东方不亮西方亮，乔颜或许在演艺事业上遭受挫折，但在真人秀节目——特别是谈话类节目上却大放异彩，栏目组和她签订了常驻嘉宾协议，其他邀约也纷至沓来。

第三件事是代言事业得到拓展，一系列猪饲料合约到期后，全国有名的大企业永辉居然会找上门来，与她协商拍摄旗下最新的精品楼盘的推广广告。

这事虽然还在意向阶段，但据马盼来报，成功率接近九成九。永辉已经在起草合同，所有细节都在最后敲定之中。

乔颜受宠若惊，还接受不了自己从十八线往十六线靠拢的事实，说给段明过听的时候，底气明显不足，患得患失道：“不然就收个友情价，人家那么大一企业，找我这个小透明……”

段明过白她一眼，相当鄙视这样的怂人，反问：“人家找你，自然做过市场调查。既然找你就是相信你，你不说坐地涨价，也该有点奇货可居的感觉，别总是自己看不起自己。”

乔颜听得顺耳，略带一点沾沾自喜道：“看来我现在还不错。”

段明过戳着她的额头：“说你胖还喘上了！让你那个经纪人好好谈，不卑不亢，拿你该拿的就行。”

段明过走进衣帽间里翻衣服，拉开一屉领带，问乔颜哪条最配今天骚粉色的衬衫。乔颜一边像模像样地翻找，一边偷偷打量身边的人。

女人经过岁月洗礼，换来一身疲惫；男人经历风浪，却更加志气昂扬。乔颜近来越发觉得段明过精神焕发，明明忙得日夜颠倒，一晚只睡几小时，一早起来就像自动充电般，又恢复了活力。

连头发也更加乌黑发亮，五官更加俊逸，一站出来便是倾倒众生。

真是邪门。

乔颜目光如炬。段明过一嗤，问：“我是不是更帅了？”

乔颜扁嘴，偏过头，随手拿了条黑色的领带塞到他手里。他挑剔地一扬眉：“我是去见客户，不是去参加葬礼。你至于给我这么肃穆的吗？”

抱怨归抱怨，他扬起下颌，将衣领竖起，一手抖开领带缠上去，用下巴看面前的人。乔颜咬着牙：“是个女客户吧？”

段明过散漫地笑，露出两排雪白的牙齿：“这都被你发现了。”

他近来心情是真的好，跟乔颜一样，完全是人逢喜事精神爽，乔颜有些小脾气也完全可以包容，甚至偶尔会照顾她激素紊乱时乱糟糟的情绪。

果然，乔颜前一秒还很憋闷，后一秒又神态自若，甚至带着一点小窃喜地扒住衣柜说："医生上次听了胎心，我也跟着一道听了。"

段明过很感兴趣，翻衣领的时候看着她："这么厉害，你怎么听见的？"

乔颜学着医生的动作，在肚子上描绘说："她在我的肚子上涂了点黏黏的东西，然后拿机器放在上面，扩音器里就有响声了。"

段明过好奇："是什么声音？"

乔颜说："就跟我们的心跳是一样的，咚咚咚，咚咚咚……虽然背景里杂声有点大，但还是能很清楚地听出来。医生说它会是个很有活力的宝宝。"

段明过随手拿了件西装外套，一把抓起乔颜的手往主卧走，衣服甩在一旁。他扶着她的腰躺上床，曲腿跪在床上，说："我听听。"

段明过黑漆漆毛茸茸的大脑袋伸过来，侧过脸，将耳朵紧紧地贴在她的肚皮上。她痒得一个劲笑，段明过掐着她的腰，说："别动。"

乔颜真不敢动，连呼吸都放缓下来，一双手无处可摆，慢悠悠地插进他的头发里，摸肚皮似的轻轻抚摸他，片刻后问："能听见吗？"

半晌，段明过方才坐起身，摇了摇头："听不见。"

乔颜够起上身，说："要不下次，我录下来给你听？"

段明过仍旧摇头，脸上恹恹的："下次我一定陪你去。"

日子越是顺，乔颜心里就越觉得不踏实，总觉得前路漫漫，还有什么她忘了、但不能忘的东西在等着她。下午去房子那边监工的时候，果然出了事端。

先是江流萤给她打电话，说隔壁那姓丁的哼哼唧唧地，人忽然往她家门口一躺，怎么也不肯起来了。紧跟着她爸爸也打来电话，说丁贤淑开始阵痛，要乔颜赶紧安排医院和病房。乔颜立马打到江流萤那边，请她一会儿辛苦一些，跟着丁贤淑去市人医。

乔颜起初收留丁贤淑，纯粹是出于多一事不如少一事的避害心理：乔恒那时要升高三，课业繁重，她若是执意要留在家里，便是火星撞地球，两个人非要斗得你死我活不可。

她连蒙带吓地带走丁贤淑，只有一个念头，等风头过去，等乔恒毕业后，那时哪怕事情败露，闹得天翻地覆，也不会再影响到这孩子的前途。

可在这个美好的愿景里，乔颜显然忽视了一个问题，那就是丁贤淑的肚子一天天在变大，她是早晚都要生下这个孩子的。

一旦孩子呱呱落地，首当其冲的问题是，她自己要如何面对这个人？

乔颜找到被挤在过道的丁贤淑时，就已经觉得头大。空气里漂浮着一股消毒水、汗水夹杂体液的气味，一直没有孕吐反应的乔颜也干呕了两下。

她这才发现，千算万算，考虑到一片人的感受，唯独忽略了她自己。

乔颜这一周深陷泥潭，段明过却春风得意。

段明泽精心准备了许久的重组预案在董事会上被驳了，一向与段家同一个鼻孔出气的永辉旗帜鲜明地反对，双方在会议上就此争论得天昏地暗。

消息很快流了出来。各路财经报刊都以灾难形容段明泽此刻的境遇，而娱乐新闻则开始询问他们三人的婚姻何时亮起红灯。

重组预案破产后的当天晚上，段明润给段明过打来电话。

段明过略感意外，却不是对结果而言，而是段家长子的猴急程度超过他的想象。他原本以为这样羞辱的好机会，还要再等上几天。

段明润开门见山地问：“我听说你手上有隽彦证券百分之九十九的股份，换句话说，隽彦证券就是你段明过的公司。这句话没什么问题吧？”

段明过原本摸了一支烟来抽，看到一边烟灰缸里已经有两三个烟屁股，转念一想，又放了下来，刮着眉角道：“你想说什么呢，大哥？”

段明润说：“你手里有百分之五的股份，加上我们跟永辉的，完全可以抗衡邗城。正泰是爷爷留下来的基业，绝对不可以断在我们这一辈人手上。”

段明过呵呵笑着，说：“大哥，我也想帮忙。可这是市场经济，就算咱们是亲兄弟，也要明算账。我也是要开门做生意的，如果没有好处，我为什么要答应你们呢？”

段明润几乎吼起来：“段家养了你二十几年，你还要‘好处’？段明过，你那脑子里难道都是钱吗，还有没有点伦理亲情了？”

“伦理亲情？哥，你大概忘了，你们让我签那份协议的时候，可只说了道德规则。没理由有便宜占的时候就提感情，没便宜占的时候就提现实啊！”

段明过起初带笑，后来渐渐便收敛表情，话里也带着冷锋，字字句句都是铿锵有力：“大哥，我看你说话也不顶用，不如你让二哥找我。友情提醒，一定要快，邗城那边也在联系我，他们给出的筹码可是不少的……我这个人向来见钱眼开，从小又是出了名的没心肝。”

段明润还要大放厥词，段明过却赶在他开口之前，毫不留情面地挂了电话。风更大了一些，吹得他刘海一阵波动。

段明过心中起伏，心里的话无人可诉，摸出手机想了又想，给乔颜去了一条短信：老婆，今天晚上我回去吃饭。

没想到乔颜许久才回，语气还十分生硬：你自己跟阿姨说一下，让她准备晚餐吧，我晚上有事，不能陪你。

段明过将短信来回看了数遍，心想奇了，以前找她时，有事也要抽空来见他；现在找她，居然敢跟他说不了。

段明过这才觉得乔颜近期状态不对，以往两人虽已经习惯各忙各的，可是一旦找到机会，她总爱向他汇报孩子的事情。

她人瘦得不行，怀孕四个月，仍旧不显肚子，正面、背面看起来还像一枝随风摆动的柳枝，体态轻盈。可是孩子怀得很稳，又向来不会闹腾，她因此沾沾自喜，总是变着法地向他展示自己看似柔弱、实质强壮的身体。

只是近来，她连这点爱好都没有了，回去看她总是躺着，有时候明明能察觉出她还醒着，就是不回头来理他一理。

孔松听后，对他投以无比怜悯的目光，然而联想到上回俩人闹掰的场景，只能昧着良心说：“肯定是你太忙，所以她觉得被冷落了。”

如果真是这样，那就是无可避免的。段明过思索着如何补偿她。孔松又说：“你就拼命砸钱，让她拼命花钱，女人对这个最没有抵抗力了。”

段明过再想，忽然又察觉不对，自他们这段婚姻开始以来，除了头两个月，乔颜会用他的卡产检，就从没见她花过自己的钱。

就在结婚之前，他还安排她上过节目、接演电视剧，甚至在外出差的时候，给她买过价格不菲的包。

她那时候窘迫之极，被各方逼得毫无还手之力，来找他的时候已是穷途末路。他天性恶劣，最爱看她一边咬牙切齿内心煎熬，一边又要趋炎附势委身于他的模样。

大约那时真是狠狠伤过她脆弱的自尊心，所以现在分明已经走到一起，她还是戒备十足，做什么都要AA制。

是怕他搬出前尘往事来再次“羞辱”她？

段明过回公司的时候，特地绕去秘书处，问了新进升过来的年轻小秘书：“你们女孩子都喜欢什么东西？”

小秘书一下脸红成煮熟的虾子，咬了咬饱满的下唇，嬉笑着说：“老板你送什么给我，我都会超级喜欢的。”

段明过弯着手指敲了敲桌面，一脸严肃道：“我看起来像是跟你开玩笑？”

小秘书调皮地吐了吐舌头，乖巧地说：“那就要看她平时喜欢什么啦。有人喜欢字画，有人喜欢旅游。不过我觉得女人都很喜欢首饰吧，你送她贵的首饰，肯定管用啦。”

段明过心里已经飞过一片翡翠粉钻祖母绿，嘴上还是说：“你们女人最庸俗。”

刚准备要走，小秘书又喊住他说：“刚刚永辉的睿总来过电话，说是要找老板你。我说你不在，他就把电话挂了。”

晚上见面的时候，睿总第一句就是问候段明过的秘书，夸她声音甜美会说话，可就是整个儿一糊涂蛋，问什么都说不知道。

段明过跟他交换名片，知道第一次碰面不会有多深的探讨，便索性享受起对话的乐趣，跟他一阵天上地下地胡侃。

两人意外聊得投机，接下来的一段日子隔三差五地见面吃饭，培养起了一段革命情谊。这才有了谈正事的意向。

话里话外，睿总对段明泽都语带埋怨。想来也是，当年永辉入股正泰，过程堪称拉锯，尽管费尽波折成为最大股东，却以送出对公司的管理权为代价。

那时候段明泽意气风发，是业内鼎鼎有名的掌门人，强势、精明、才华横溢，将一个原本普通的地产企业，一夜间塑造成业内航母。

正泰这杆标杆、旗舰，屹立多年，陡然之间遇上危难，就要将力挺它多年的元老踢出，这是谁都无法忍受的事情。

睿总抱怨连连，最后话锋一转，问："我听说你两个哥哥有向你求援的意思，就是不知道你是个什么想法？"

段明过有浅笑隐在脸上，话语玩味地说："那就要看睿总是什么想法了。"

高手过招，向来是点到为止，互相都不把话说透。仍然把盏言欢，段明过搁在一边的手机却响起来。睿总说："不会是说曹操、曹操到吧？"

段明过已经看到"马盼"二字，笑着摇头，抱歉道："我先去接个电话。"

马盼语气失落，说："段先生，有件事你一定要帮我忙。"

段明过嗯了一声，问怎么了。他说："永辉呀，耍人玩呢，楼盘本来订了我们家乔安娜，可是现在说换就换，要让姜佳妮上呢。"

段明过对这件事有印象，乔颜当天又是高兴又是忧虑，他还骂了她一顿，说她妄自菲薄。"姜佳妮还会屈尊来代言楼盘？"

马盼愤懑道："最近姜佳妮不是糊了嘛，工作量减了，苍蝇腿上有点肉也吃。听说她是主动找的永辉，甚至自降身价要代言。这不是明摆着想挤走我们安娜嘛，可她为什么呀？"

段明过大概能猜出里面的弯弯绕，牙关咬着，腮上一鼓一鼓的，心想，这人也真是胆大了。片刻后，他说："这事交给我，你劝劝她。怪不得她最近不太对劲，原来是为这个费神。"

马盼说："是啊，她都烦透了，我还没敢告诉她呢，就是怕她心更烦。她那个'小妈'你肯定知道的吧？最近不是生了个女儿嘛，听说成天追着她要钱，我们安娜都快被她烦死了。"

段明过心往下一坠，这事倒是很新鲜。算一算日子，那女人确实是该在年底生孩子，可是乔颜为什么不告诉他呢？

段明过回来的时候，睿总也刚刚结束一通电话。他笑着挥挥手机说：“没办法，太太怀了二胎，这阵子反应大得很，一定要跟我说话才肯吃饭。”

“段总你这么年轻，又这么有为，身后肯定跟着一堆小姑娘吧？”段明过谦虚地笑笑，没想到睿总又说，“我太太刚刚说，家里还有个没出阁的表妹，人很漂亮，又刚刚从耶鲁大学毕业。”

这就是要介绍对象了。段明过连忙谢绝，说：“睿总一番美意，只可惜我从小顽劣，又不思进取，恐怕配不上令妹。”

睿总刚要再劝，又听他说：“我听说贵公司在市里新开了一个精品楼盘，正在找明星做推广？”

睿总眯着眼睛想了想，说：“好像是有这么一回事。段总问这个干吗？是要买房子还是对谁感兴趣了？”

两人相视而笑。睿总话语多有暧昧，段明过却透着一份正气，说：“我听说贵公司新近换了姜佳妮做代言。倒不是我对她有意见，只是她近来的形象似乎和永辉的形象不符，代言这个楼盘恐怕要招来非议。”

话说到这儿，睿总已经听出眉目，问：“那段总是不是有什么更好的人选？”

段明过说：“你们之前还选过另一个人做代言，我个人感觉，她的形象似乎与永辉更加契合。不过名气比起姜佳妮差一点，也不知道睿总听没听过，她叫乔颜，也有很多人喊她乔安娜。”

睿总身居高层，对下面的事情不可能一一记住，本身又是不关注娱乐圈的，听到这个名字自然陌生。可是如今段明过都要为她抱不平，他自然留起心眼，斟酌道：“好像是听过……想来这位乔小姐一定是才貌双全，不然怎么能让段总如此念念不忘。”

段明过笑起来，说：“多谢睿总夸奖，其实这个人呢，浑身上下都是毛病。但她却有一个优点是旁人都比不上的——”他眼中忽然浮上难得的柔软，原本凌厉的气势一下散尽，轻而清晰地说，“她是我的太太。”

Chapter 36

段明过这晚有些心不在焉，睿总也看了出来，于是晚餐吃得简单，早早结束。两个人寒暄几句，约了下次再约，彼此分手回到车上。

司机问晚上去哪，要不要和平常一样，再去一趟公司。

段明过在后座揉着太阳穴，声音疲惫，说："不去，直接回家。"想了想，段明过又问，"最近谁接送的乔颜？她每天都去的什么地方？"

司机说："一般都是小万。听他说太太除了去录节目，就是去医院检查。不过最近挺频繁的，每天都去，待的时间也长。"

段明过听着点头道："跟他说以后太太去哪都先跟我说一下，她下车之后，能跟着就一路跟着，免得遇见什么麻烦。"

司机连声答应。

到家的时候只有阿姨在，见到他回来，略微怔了一下说："先生你今天回来得真早，吃过晚饭了吗？要不要我再给你做一点儿？"

段明过拨开衬衫看表，心说早什么，整八点，不仅《新闻联播》演完了，《焦点访谈》都结束了。他脱了外套，又解下领带，说："太太呢？"

"太太下午就出门了，一直都没回来，晚上也没跟我说要回来吃饭。我就给她煮了点燕窝当夜宵，正在锅里炖着呢。"

段明过特意绕到厨房去查看，炖盅里小小的一碗正在翻腾，不大的空间里弥漫着一股甜丝丝的香味："她最近吃饭正常吗？"

阿姨说："一般。虽然不像其他怀孕的那样，一吃东西就孕吐，可是也没什么胃口。都过了十三周了，按道理该胖了，但她还是掉体重。先生你发现没？太太最近小脸更尖了。"

两人掐头去尾一个多礼拜没见得上面，夜里又是黑灯瞎火的，段明过连她每天内衣穿什么款式都分辨不清，更别提看到她的脸了。他心下一时戚戚，说："她喜欢吃什么，你就给她做点什么吧。"

段明过以前很喜欢清静，最享受一个人的时光。太太不在家，抬头原本可以开了音响放点歌，再随便抓本书来看，到点洗澡，上床睡觉，享受黄金单身汉的待遇。

只是今晚在书房转了一圈，一颗心始终悬着落不下来，稍微坐会儿，就想起她扒着房门，声音带点糯地喊他老公的模样。

段明过在家实在待不住，换了身休闲装就往外走，路上给江流萤打电话逼供："坦白从宽，我老婆现在到底藏到哪个医院去了？"

车子很快到达市人医，他照着手机上的病房号焦急寻找，可是真的近在咫尺的时候，又突然生出几分忐忑。乔颜不想告诉他，就是因为觉得不好意思，他这么贸贸然过来，撞破她精心维持的最后一道屏障，会不会更让她难堪？

一时间，段明过脚底生根，几乎寸步难行。旁边有热情的护士问他找谁，他笑："不好意思，我走错楼层了。"

时间已近九点，懂事的访客已经走得差不多，楼道里无比静谧，连冷气从出风口逸出、足底踩在砖面的声音，都清晰可闻。

这时候有点风吹草动便是惊天动地，是以一阵凄厉的哭声突然炸开时，所有人都吃了一惊，原本紧闭的病房门依次打开来。

段明过也因此回头，立时紧皱起眉——丁贤淑披头散发，穿着病服，冷光之下，像一只孤魂野鬼。她正号啕大哭，万分悲痛的模样，嘴里念念有词道："杀人了！杀人了……"

乔颜走在她的身后，原本跟穿白大褂的医生交谈，被丁贤淑这么一嗓子惊得肝颤，注意到四周投来的不满视线。她压低声音劝阻道："你有完没完？"

果然祸不单行。丁贤淑产女已是一桩恨事，及至看见那一双跟丁贤淑别无二致的浓眉，便如看见新的敌人，五脏六腑都被火焚得滚热。

孩子很不老实，大概是受了母亲大龄的罪，尽管生得白胖，却异常体虚，刚一落地就喘得厉害，小脸一片青紫。医生只好将她抱进保温箱里加护，全天二十四小时都脱不开人。

丁贤淑看见孩子躺在保温箱里，如同捣了马蜂窝，骂乔颜不上心，让孩子小小年纪就受这么多苦。她整日不是哭就是闹，逢人就说乔颜的不是。

气得乔颜好几天不去医院看丁疯子，没事的时候找江流萤喝茶聊天，吐槽八卦，有事就化妆打扮，专心去录节目。

要不是市人医的主治医生给她打电话，说孩子情况不好，请她来一趟医院，她还真就想这么岁月静好地生活下去了。

据医生说，小女孩原本情况不错，可是丁贤淑不顾医生劝诫，趁着护士不在的时候，偷偷跑道病房，将小孩儿抱了出来。

没过多久，孩子喘得更厉害，小脸已经转成青色了。丁贤淑这才觉得害怕了，将孩子往乔颜怀里一丢，说："你怎么不带她看医生啊！"

丁贤淑又逢人就说乔颜要害她女儿，大晚上不睡觉，守在保温箱外面哭得像鬼。乔颜跟医生撵她回来，这才出现了方才的一幕。

气急败坏的丁贤淑，挥手要抓乔颜的头发，抡到半空却怎么也动弹不了。她往后一瞧，眼有点痛。乔颜亦是措手不及，一颗心扑通扑通狂跳，脸比挨上一巴掌还要疼。

丁贤淑虽壮，段明过毕竟是男人，力量必然胜过她一截。一只手如铁钳，越勒越紧，痛得丁贤淑一阵龇牙咧嘴。

段明过板着脸，嘴角止不住地下压，一身的戾气从眼睛里散开，蜇得人心窒。他说："我从来不打女人，但你别让我破例。"

丁贤淑吃软怕硬，知道在段明过这里占不到半点便宜，气势已经软了下来，咕哝道："我……我没想干吗呀。"

段明过将她一甩，也不管她趔趔趄趄要摔到哪个角落，牵起乔颜的手就往外走。车里，他在黑暗中冷冷道："以后不许你再过来。"

乔颜不是很明白他的怒火从何而来，因为按照一贯流程，体贴的丈夫不是应该在这种时候安慰受委屈的妻子吗？

转而一想，他向来不体贴，脾气又臭，好话都要用恶语来说，不安慰是正常的，婆婆妈妈说肉麻话才叫可疑。

乔颜一路忐忑，准备在他提问时，老实交代。谁想到他居然沉默一路，回家之后也不理她。

他先绕去厨房，端了盅燕窝拍在桌上，再默不作声地拿了换洗的衣服进了浴室，出来之后见她还没把东西吃完，几乎是牛不喝水强按头地给她灌了下去。

乔颜一肚子狐疑，然而怎么敢忤逆他，被他拖去刷牙洗漱，再各躺一边地睡在床上。

直到迷迷糊糊地睡着，这才察觉出他从后抱了上来，高大的身体如一个炽热的火炉，将她重重包裹起来，如一个巨大的茧。

乔颜有些恍惚，总觉得像是回到了无忧无虑的小时候。那时候妈妈还在，每晚她都腻在那软软的怀里，觉得世界再好，也比不过妈妈的臂弯。

她很迷恋地动了一动，让自己与身后的人贴得更紧。他的手穿过她敏感的腰，抚摸着微微凸起的肚子，很轻柔地抚摸着。

他一双手温热，湿意从手心蔓延开来，弄得她温凉的皮肤也黏黏的。她些许不适地正过身子，平躺着看一边的人，明知故问："怎么了？"

今夜明月别样地亮，柔和的光线丝缎般流淌进来。他侧着的一张脸被照亮半边，眼睛奇亮，里面却烧着熊熊的火，隐忍写在紧抿的唇角。

乔颜一时心动，凑近他的唇。他立刻反守为攻地压迫过来，重重咬上她的嘴唇，用尽全力地去吻她。彼此的身体都异常敏感，内心渴望着、叫嚣着，一触即燃。

一番温柔缠斗，彼此都用了最大的耐性。他却始终没有如愿以偿，最后只是轻轻抽回自己，与她面对面地拥抱着，将下巴磕在她毛茸茸的头顶，说："睡吧。"

一夜再无话。第二天一早，乔颜被段明过抱进浴缸，里里外外、仔仔细细地冲刷干净。再被裹进宽大的浴巾，然后轻轻放回柔软的床上。

男人眉心发黑，不知是源自昨晚的争吵，还是不太顺利的床第游戏。他又是出奇沉默地穿衣洗漱，只在临走的时候，往她旁边塞了个绒面的盒子。

"什么哦？"她懒洋洋地问。段明过一手撑在她的颈边，呼吸近在咫尺："你自己看，以后要是再发现你表现不好，我就把它收回来。"

乔颜埋怨道："那就不要了。"段明过遮住她过分漂亮的眼睛，弯下腰来与她接吻，轻声道："你敢。"

Chapter 37

段明过送了乔颜一条项链，因为准备时间仓促，不是品牌高定的款，然而依旧践行了他作为一个豪的基本准则：钻要多，钻更要大。

主石是个水滴形的巨大白钻，切工精致，光泽闪耀，旁边一圈小的单挑出来也不是等闲之辈，只是在主石面前就黯然失色许多。

收到后的第三天，乔颜便戴着项链去上了一次节目，因为造型实在夸张，现场所有人都以为这是乔颜新买的道具。

胖乎乎的主持人不止一次地调侃她："好怀念乔安娜头一次来我们这儿的场景，质朴老实，跟老师不让说话就不说话的小孩儿一样——现在都会戴首饰抢镜了。"

乔颜摸着自己颈上沉甸甸的项链说："如果当年露丝拥有我这条，肯定不会戴着海洋之心去让杰克作画了。"

胖子言笑晏晏："你就直说花了几百吧。"

乔颜认真道："不止，小一千呢。"

后来跟段明过提起的时候，他很是困惑地盯着这条项链看了许久，继而翻箱倒柜地在找什么，最后递来一个东西剪下标签，说："要不以后你带着价格再出门吧。"

乔颜偷偷翻他几个白眼，抓过标签一看，吓得不行。当即心疼他近来花销过大，又要装修新房，又要买首饰哄她，还要应付丁贤淑。

自从那晚不欢而散后，段明过明令禁止她再去医院，或是跟丁贤淑见面。丁贤淑也陡然乖巧下来，不再一天打十多个电话烦她。

乔颜几次试探着问段明过付出了怎样的代价，都被他一张黑脸堵了回来："你把我的话当耳旁风？项链还过来！"

乔颜才不干，项链不给，话还要说清："我不是想管她，只是怕你难做，顺便也担心乔恒做傻事。他要是听到什么风声，那可真是家无宁日了。"

段明过哼了一声："话说得好听，你哪里是关心我，根本是关心你弟弟。我虽然难做，但也要更谨慎些，不让风声传到你弟弟的耳朵里，是不是？"

乔颜被切中心事："你……你怎么这么想呢？"

段明过说话别别扭扭的。她就抱住他腰说："你跟我弟弟不一样，你多厉害啊，什么事都能做得好，什么事都难不倒你。"

段明过切一声："马屁精，虽然你话是没错。"

这几天，久不露面的段明泽终于屈尊降贵，给这个向来不中用的小弟拨来电话。他是有事相求，但还要保持着兄长的权威，商量的地点选在了他位于正泰的办公室。

放在几年之前，段明过一旦抓着对方的小辫子，绝无可能留有余地。只是如今年纪渐长，将至而立，骨子里的那点棱角被越磨越平，竟在不知不觉里学会了给人留面子。

段明泽虽然四面楚歌，一日没有下台，便一日手执牛耳，又是他名义上的哥哥，小弟礼让三分当属人之常情。段明过给他这个面子，说："那约在十点，咱们不见不散。"

见面当天，段明泽明显有些消瘦。他随自己母亲，本有一张俊俏的鹅蛋脸，可惜肉散得太快，突出高高的颧骨，眼窝更加深陷，风姿不同往日。

相比之下，段明过高出他明显不止一截。谁能想到，当年这个人人喊打、受尽白眼的非婚生子，此时却神采奕奕、举重若轻，所有处于漩涡里的人，无不排队等着见他。

他有一秒闪念，若是乔颜此刻在场，那就好了。

兄弟相见，不叙亲情，谈的只有冰冷的商场规则。段明泽与那日段明润的口吻一致，希望段明过和自己达成一致行动，联合阻击来势汹汹的邗城。

段明过大马金刀地坐在他对面的沙发上，笑着接过他递来的一支烟，慢慢捋着雪白的烟身道："要是几周之前，你出这个主意，倒是可以一战。

现在嘛，你难道不该先问问永辉还愿不愿意站到你身后吗？”

段明泽吸着烟，静默不语。

“你自己也知道，上次重组遇挫后，永辉对你就非常不满。睿总虽然没有明确发话，坊间却有永辉要夺回控制权的声音流出来。”

段明过抓过段明泽面前的烟灰缸，将烟卷放在上面磕了磕：“至于邗城，本就对管理层不满，近日就要召开股东大会罢免你们。哥，要依我说，你与其受此侮辱，还不如主动请辞。”

段明泽面色发黑，眼神波动，说：“你开什么玩笑？”

段明过笑：“你别着急。你虽然请辞，但不代表正泰不再姓段。我也是正泰的股东，又始终游离在漩涡之外，只要有你的举荐，段家还能在正泰保有一席之位。”

意料之外，却是情理之中。段明泽自然想过这样的结果，却在段明过红口白牙说出来的时候，仍旧被震了一震。他有片刻的晃神，嗫嚅道：“你的意思是……”

段明过忽然收敛笑意，便如夏日暴雨过后，艳阳高照时收尽雨渍。他也随之站起来，一字一顿，要他听得清清楚楚：“要么就江河入海流，输得一子不剩；要么就顺势而为，留下翻盘的机会。简单来说，你可以功成身退，而我，要你现在的位置。”

段明过刚一坐进菲比，孔松就拎着一瓶洋酒和两个酒杯，跟他挤在一张沙发上。段明过许久没有喝酒，今晚破例，往杯子里捡了几块冰，痛痛快快地闷了下去。

孔松跟着一饮而尽，问：“怎么，段二肯退位让贤了？”段明过不语，成败却都写在脸上。孔松跟着笑一笑，又道：“最近见着褚静没？我看她状况不太好，来我这儿几次了。”

一提到这个人，段明过便有些不太自在：“她没事过来干吗？”

“这是酒吧，过来当然是喝酒了。”孔松抓着酒瓶，又给彼此添了点儿，眯眼道，“可能也想见见你吧。有空给她回个电话，毕竟段明泽这些破事，跟你也脱不了干系。我听说她最近做试管婴儿又失败了，这种事，对女人身心的伤害最大了。”

提到这件事，段明过倒不免唏嘘：“其实两个人在一起，过得快乐最重要，有没有孩子倒是其次的。如果貌合神离，早就没了感情，就算有个孩子牵绊，又有什么意思呢。”

孔松笑：“不是每段感情都像你说得那么柏拉图，更多的就是搭伙过日子，能混一天是一天。倒是你，结婚还不是因为乔颜怀孕，她要是没孩子，你能这么轻易娶她？”

一番话踩上段明过的痛点。他将酒杯往桌上一扣，说：“又来了！你哪天说话不扯上乔颜，就觉得心里不舒服是不是？我娶她是因为她怀孕了，但她怀孕，不是我们这段婚姻的全部。”

那你们婚姻的全部是什么？孔松其实想问，却又懒得问，总觉得这事过于婆婆妈妈，跟他恣意人生的主旋律完全背道而驰。

所以孔松一直引以为戒，绝不步他的后尘，只是有时候一不小心荒腔走板乱了调，很多事情就根本不在控制中了。

孔松那回从影视基地回来，抑郁许久。倒不是因为失恋受挫，毕竟人在江湖飘，哪能不挨刀，他以前荒唐事情做多了，今日之事只当成报应。

让他真正头疼的是江流萤。一个成天喊着女权觉醒、女人当家的现代女性，怎么前男友一出现，她就立马变了个人一样？人格之分裂，行为之矛盾，简直令人发指。

不管他乐不乐意承认，潜意识里，总是忍不住把身边的女人和江流萤作比较。

他是真的没有见过这样的女人，可以为了对方维持数年见不得光的恋情，可以在聚少离多的日子里始终心系同一个人……甚至也可以原谅对方出轨，直到被他伤得体无完肤。

这样的感情，书里见过，电视上演过，但在现实生活里，他怎么从来都没有经历过？到底是他的问题，还是这个世界的问题？

没有人像江流萤，真的没有人像江流萤。

大概真的是头脑发昏，孔松主动给江流萤去了一个电话。他语气狗腿地问："江小姐，有没有兴趣吃个饭哟？"

江小姐笑了一笑，说："便宜的不吃。"

Chapter 38

孔松心想，大家还只是泛泛之交呢，没事就来捞一笔，这么贱。但他却喜欢啊！为此特地翻遍肚里装的每个馆子，挑出最贵又最素雅的那一个。

找了风和日丽的一天上午，将新买的小跑开到江流萤楼下。她居然吃了一惊，反问："你真要请客啊？"

孔松笑嘻嘻地下来帮她开车门，说："那还能有假啊？我可是托朋友的朋友才订到的地方，你要不去，小心后悔一辈子。"

江流萤倒不信他能翻出什么大浪，真到了吃饭的地方，还确实有些发怵。门脸是很小的一间，两人同进需侧着身子。门往内一推，却又是别有洞天。

穿着旗袍的美女很热情地领着两人进去，走过前院的天井，绕到假山背后，颇具江南特色的园林随即映入眼帘。江流萤看得眼花缭乱，不由感慨："确实是大手笔。"

他们随后在一座傍水而建的楼里用餐。两个人边吃边说，一顿饭居然也吃了许久工夫。江流萤贪杯，喝了好几碗清甜可口的特色酒酿，肚子涨得不行，便要去唱歌。

孔松指着房间里用来唱歌的设备。她却说不用，歪着身子，脚步略显蹒跚地往外走，说："我再逛一逛，等我回来啊！别偷偷跑了，留我一个人洗盘子！"

她是真的有点醉，话语还算利索，但控制不住手脚，一番话说得张牙舞爪。孔松后悔让她喝了酒，敷衍着："快去吧，我不走。"

她推门出去后，他又不放心地偷偷跟着。

江南园林最是讲究叠石理水，融各式假山于水景之中。江流萤脚步飞快，从一径楼梯穿过，再望见人的时候，已经自假山幽道穿进了池中。

孔松看得心头一紧，连忙小跑着跟过去。她又穿进另半边的假山洞里，望不见人了。洞里无灯，但从缝隙里洒入的阳光，却将里面照得白亮。

地上崎岖不平，他扶着粗糙的石壁走，越往里人声越响，心中思忖着别是扰人幽会。再过几步，果然看见一男一女依偎在中间的石凳上。

男的他看着眼熟，大约是在某本杂志上见过他的照片，丑得让人过目难忘。女的则好认得多，热门小花艾琪，他以前跟段明过开玩笑，说这样的美玉总有一天要认识。

他装作无辜，准备目不斜视地走过去，却听到响起的脚步声。扭头一看，不是江流萤是谁。

她醉醉醺醺地扶墙而来，见到他，又惊又喜地说："过来扶着我，我脚好软哦。"忽的意识到还不止他们两个人，定睛看，立刻一怔。她看向艾琪，艾琪看向她，谁都没有先动一下。

江流萤原本白里透粉的小脸，一下成了灰。孔松顺着她的视线，再打量了一下艾琪，便觉得什么都懂了。孔松过去扶住她的肩膀，一边带她离开，一边柔情似水地说："脚还软不软，再软我抱你啊……不会喝，还要喝，以后不带你来了。"

江流萤埋着头，不复来时的灵动，尽管极力克制，仍旧是掩藏不住的失落和沮丧，小声说着："好啊，不来就不来。"

江流萤低落的情绪一直持续到午饭结束。孔松送她回去的时候，她仍旧闷闷不乐。

孔松不是扫兴的人，更没兴趣揭人的伤疤，于是一路沉默。直到分手的时候，看到她眼圈微红，他心中犹如打翻五味瓶，觉得自己还从未这样矛盾过。

情感战胜理智时，大脑往往慢上半拍。他发现自己抓住她手腕的时候，已经骑虎难下，不得不按住怦怦跳的心脏说："忘了他好吗？"

江流萤忽然便流下泪来。她胡乱用手擦着，颠三倒四地说："他就是因为那个女人才变成这样的……居然是为了那样的女人……"

孔松紧咬着牙关，仿佛能感同身受一般，说：“过去的事就让它过去。”

她仍旧是说：“居然是为了那样的女人……”

孔松后来想起这一日的事时，总是觉得自己很无辜。车里封闭的环境让他大脑缺氧，而这个女人又醉醺醺的，有点疯，所以亲吻过去的时候，只是想着堵上她的嘴，让她安静再安静。

他明显地能察觉到，刚刚开始的时候，江流萤是有一瞬的恍惚，随即便挣扎起来，呜咽着将他一把推开。然后，头也不回地逃了出去。

孔松遂将这天的事当成奇耻大辱。倒不是觉得世上还有他拿不下的女人，而是……那一刻的意乱情迷，他是认真的。

江流萤后来想起这晚的情景，又何尝觉得不是不堪回忆。她为此失眠了几夜，与乔颜见面的时候，被她称作国宝二代：“状态怎么这么差？是不是在熬夜写剧本？现在还用跟组拍摄吗？”

江流萤两手撑头，探口气说：“都结束了，最近在休假。每天躺在家里冥想，简直什么事都不想干。”

乔颜说：“歇着还能歇出黑眼圈？那看来是有情况？”

一句话戳中江流萤心事。她踟蹰许久才道：“我也想有。想重新开始新的生活，又觉得好难。我跟梁铮那么多年，还为他流产过，我怎么还能让别人接受我呢！”

乔颜摇头：“你想太多了，那又不是你的错。”

江流萤说：“你不懂，你一开始就跟着段明过，又结了婚。你不知道男人是很在意这些的……何况，我都不知道自己以后还能不能怀孕。”

乔颜按上她的手：“或许你可以给他一个机会，也给自己一个机会，不要什么还没开始，就被自己的臆想扼杀了。”

江流萤似是有所心动，拿着勺子不停搅着咖啡，最后又泄气地往后一靠，说：“不提我的事了，说说你。我听说段三要接班了，那你岂不就是正泰老板娘啦？”

乔颜一脸无奈，说：“我也不是很清楚这件事，不算接班吧，就是临时接替明泽的职务。股东大会上已经表决通过了，最近一直都在忙这件事，说是整个管理层都要变动。”

江流萤说：“真是了不起！以前看他吊儿郎当的，以为多半是个二世祖，后来才发觉人不可貌相。这人可比我其他朋友靠谱多了。”

两人喝过下午茶，又去影院看了个爱情片。走出来的时候，段明过恰好给乔颜打电话，两人约在紫气大厦见面。

乔颜怀孕之后，一向怕热，今天贪凉，只穿了件一字领的长袖连衣裙，秋风刮起来的时候，透心地凉。她乖乖坐在长凳上，忽然有种时光穿梭的萧索感。

那时她和段明过重遇没多久，怀着别样心思地跟他在对面宾馆里睡觉。没想到一夜风流，他当即翻脸不认人，她气得跑来给马盼打电话。

……完完全全像是昨天发生的事。

跟段明过会合的时候，乔颜明显心情不佳。段明过吊儿郎当地勾过她的下巴，问是哪个胆大包天的，居然惹了小姐生气。

乔颜摸着自己的肚子，将头一扭，没头没脑地说：“段明过，你到底知不知道？我不是因为你的条件才嫁给你的——至少，不完全是。”

段明过明显愣了一下，然后笑起来，问：“没事说这个干吗？你是不是背着我做了什么坏事，不然为什么突然表起忠心来了？”

乔颜完全当他是自作多情，说：“算了，对牛弹琴。”

因为体内激素失调，乔颜近来脾气不小：饭菜不合口味要生气，水果甜度不够要生气，段明过晚上靠她太近要生气，靠她太远要生气，说她激素失调她更是生气。

偶尔他发几句牢骚，抱怨几下，乔颜也是振振有词。她以前是个没什么脾气的烂好人，也从来不会挑剔，现在这样必然是孩子传染给她的。

孩子不是她一个人的，身体里流着他一半的血，那一定是他传坏不传好。所以归根结底，还是因为他为人求全责备、脾气又很坏！

段明过从此不敢再跟孕妇讨论逻辑上的问题，遇见她发难，总是笑着点点头，说你对对对。自此节约下不少宝贵时间。

明天段老太太过八十寿诞，按照过去的规矩，提前一晚就要吃个暖寿酒。乔颜起了个大早，去给她请安，晚上再跟着先生一道提前贺寿。

近期正泰换帅的事情闹得沸沸扬扬，无论纸面上的报道有多冠冕堂皇，段明过挤下段明泽的事，还是惹得段家上下十分不高兴。

乔颜一大早过去，已经看尽脸色。不过大家体恤她是孕妇，并不为难她。晚上陪着段明过过来就没那么轻松，各路不怀好意的视线，甚至想将他们看穿。

段明过不以为然，照常吃饭，照常喝酒，无论长辈是否搭理，敬酒敬茶的时候毫不含糊，礼数全部尽到。哥哥嫂嫂们尽管对他嗤之以鼻，却找不到半点缺漏来指责他。

饭吃完的时候，还是段老太太请他去的房里说话。他不放心乔颜羊入虎口，执意带着她一同过去。乔颜却乖巧地捏了捏他的手，说："你们先聊，我去给你们泡壶茶。"

回来的时候，两人正激烈地争论着。段明过说："奶奶，为什么哥哥在的时候，从没有人质疑他的能力？我一进正泰，你们就说我会毁了这家公司？我也是你的孙子，我不是太太生的，身体里流着的就不是段家的血了吗？"

段老太太叹着气："我不是这个意思。我是说，你们兄弟之间的争斗，不要波及到公司的运营中来。不管怎么说，你都是段家的子孙，我以后一定会给你补偿的。可你不能这样……这样强取豪夺。"

段明过许久没说话，最后忍不住笑起来，反问道："我凭本事拿到的一切，怎么就是强取豪夺了？我除了姓段，到底哪一点像是段家的子孙了？这么多年以来，我是怎么长大的，太太是怎么对我的，奶奶，你都看不见吗？爸爸当我是麻烦，叔伯看我是异类，哥哥每每提到我都是嗤之以鼻，连佣人都看不起我。我想去国外念书，你们不同意；想进公司，更是痴人说梦！家里有什么鸡毛蒜皮的事却都交给我，雨溪在学校里受了委屈，要我去帮忙擦屁股！我到底是段家的子孙，还是你们的狗啊？"

乔颜在外听得冷汗涔涔，举着托盘的手止不住地抖，敲门的时候一个抓不稳，圆溜溜的杯子一路滚到地上。

段明过正好来开门，一手接过去。被晃倒的茶壶里的水烫到手，他也没什么心思擦，将东西随手一放，抓着乔颜就走。

段老太太在里面喊他回来，他置若罔闻。乔颜推门照应了一句："奶奶，我们先走了。"就被他拽了出去。

段明过一路无言，只是快步疾走。她跟得吃力，齿间"嘶嘶"两声。他终于有所察觉，回头看了她一眼，放慢步子。

两人穿过大厅，绕出前门。等车的时候，段明过呼吸剧烈，胸前起伏，毫无征兆地将身边的人拉进怀里。

乔颜屏息凝视，怔忪几秒才松弛下来，拍着他的后背道："你晚上吃得好少啊！回去我下面给你吃好不好……"

他嗤的一声笑出来，揉着她的后脑，问："你是傻瓜吗？"

"明过……"

忽的有第三个声音响起，软绵绵的，像一触即破的湿濡濡的蛋糕。两个人迅速分开，乔颜余光刮过一个纤瘦的身影，便知道是褚静来了。

褚静比之前瘦了许多，面颊凹陷，眼内无神，此刻往他们身边又走近几步，向着段明过说："我想跟你聊聊……就我们两个，好吗？"

段明过下意识地看了看一边的乔颜。她亦看他，四目相对。他眼中的光闪了一下，说："乔颜，你去车上等我吧。"

乔颜拒绝不了段明过，再看了一眼褚静，说："那好，你们慢聊。"

真等进到车里，又觉得自己太过软弱，明明心里忐忑，很不高兴，明明应该说一句我就在你们身边，你们随意——就是这么小的事情，也做不了。

透过窗子，褚静已经压抑不住内心的情感，夜风之中，掩面悲痛地哭。段明过跟她站得极近，垂着头，眼中的光柔和而怜悯，一只手轻轻拍着她的后背。

乔颜知道，无论这个人怎么恨自己的家庭，他对这个女人是永远心软的。

很多东西，争没有用，抢没有用，靠的是时间。

她别开脸，无奈地掏出手机来消耗时间，却正好接到乔恒的电话。他在那头声音平静地说："那个丁贤淑把孩子生下来了？你还花钱给她养？"

第八章

首先，我要为你而活

Chapter 39

乔颜当即一怔，知道纸最终包不住火。段明过承诺的效用实在不大，或许是根本没把心用在这上面，不然乔恒怎么这么快就发现了！

她如临大敌，刚问：“你现在在哪？”

乔恒已经掐了电话。

乔颜一只耳朵通红，抓着手机的手止不住打颤。她把电话先打给乔贵桃，可惜响了半天都没人理会。她思忖几秒，只好又去麻烦江流萤。

江流萤的声音原本有些迷糊，听她把话一说，立马精神过来，说：“你先别急，我去隔壁给你看看。要有什么事，立刻过来告诉你。”

挂过手机，乔颜看向窗外，找段明过的身影。他与褚静并肩，正重新走回段家。乔颜给他打电话，他说有事，要她再多等一会儿。

乔颜垂着眼，态度冷下几分：“你跟你嫂子两个人能有什么事啊？”

段明过身边毕竟站着褚静，话不好多说，仍旧敷衍道：“要不然你先回去吧，我再待一会儿，一会儿我自己走。”

乔颜说：“那随你吧。”随即没好气地挂了电话。

她赶到丁贤淑那边的时候已过九点了。隔得老远，乔颜就看到楼下路灯边站着一群老的小的，大家交头接耳，纷纷议论。她坐着电梯到楼上，发现看热闹的就更多了。

屋子里乱糟糟的。乔恒以后完全有本事做拆迁队队长，把家里能扔能丢的全摔在了地上。原本还算整洁的小屋成了垃圾场，他站在一群废物中露着怪异的笑容。

丁贤淑已经坐到了地上，一边挥舞四肢一边撒泼。小孩儿裹在襁褓里号啕大哭，旁边有人劝她想开点，不为自己也为孩子。她忽然受到点拨，起来把孩子一把抱过来，可怜巴巴地哭喊自己是受害人。

乔恒正和自己父亲对峙，形容黯淡地问："你不是答应我不跟这个女人在一起吗？"他那虚伪懦弱的父亲甚至不敢看他，小声说："她都有孩子了呀，有孩子了！"

乔恒又说："那是我和姐姐重要，还是这个孩子重要？"

乔贵桃声音更小："手心手背都是肉，你要我怎么选择啊！"

乔恒眼内酸胀，鼻子也跟着塞起来。乔颜看到他这副样子，以为会有一场好架要吵，没想到他忽然低头从她的身边穿过去，默不作声地走了。

乔颜失望地看了乔贵桃一眼，一边喊着乔恒，一边也跟着离开。

越是沉默，才越是生气。乔恒跟乔颜有一样的坏脾气，所以她很苦恼。一路上无论她怎么逗他说话，他始终一言不发，将额头磕在车窗上，目光笔直地看向车外。

回到家里，乔恒澡也不洗，径直走进自己的房间，又在乔颜赶来前落锁，将她整个人关在门外。

乔颜又是着急又是后悔，一边喊门，一边道歉："对不起，弟弟，姐姐也不想这样的。可是我也不知道该怎么做了。"

乔恒在门内始终没有说话。直到乔颜站得两脚发麻，肚子上一根筋抽得疼时，他这才低声说："你回去吧，你还怀着孕呢。"

乔颜一直含在眼眶里的泪水终是淌了下来，请来做夜宵的阿姨见她这样，也赶来劝她："赶紧回去吧，不要动了胎气啊！"

乔颜确实觉得不舒服，只好向乔恒道别："你有事就给我打电话，别再逃课出来了。我说过，未来是需要你——”

一本书撞在门上，动静极大。乔颜吓了一跳，里头有人喊：“快滚！”

乔颜几乎是一路灰头土脸地到了家。

段明过还没回来。

她一点点收拾自己，卸妆，洗澡，再一层层往脸上敷东西。后来觉得肚子实在空空落落的，又去厨房找了点东西吃。

留足无限多的时间给对方，他却仍旧没回来。

乔颜只好给他发短信，问：“你到哪了？”

他过了会儿才回过来，说：“还在谈事情，你先睡吧。”

乔颜直接扔了手机，过半晌又撑腰过去捡起来，回：“那你就别回来了！”

另一边，段明过看着手机屏幕上怒气值爆表的短信，颇有些莫名其妙地拧了下眉。对面的褚静托着下巴，察觉到了异样：“有什么麻烦吗？”

段明过起身往一边走，说：“没什么，我先去打个电话。”拨过去却只剩下关机的提醒音，只好回个短信，又走了回来。

褚静换了姿势，两手交叠着搁在桌上，不安地搓动着，见段明过一脸灰地走回来，问：“电话没打通吗？是谁啊……小颜？”

段明过木着脸点点头，将手机装进口袋里，问：“还有什么事吗？没有的话，我就走了。时间晚了，你也该早点休息。”

晚风将他的头发吹动，幽暗的光线里，他脸上的轮廓更显分明。褚静连忙站起来，抓过他胳膊说：“要怎么才能劝动你？真的一定要弄得这么僵吗？”

段明过戒备地瞥了一眼她的手，往后退了一大步，生硬地将自己的胳膊抽出来，说：“我俩的立场不同，再谈下去也只是浪费时间。”

段明过冷冷地看着她，说：“这一次，段明泽败了就是败了。他堂堂七尺男儿，该在正道上想办法，让夫人来当说客，只会让我觉得更不齿。”

一句话如烧着的引子，惹得褚静怒火中烧。她与段明泽诸多矛盾，但在一致抗敌的时候，也有着不同寻常的团结。

否定丈夫，就是否定自己的眼光。褚静紧跟上去一步，说："他输了，让人不齿。你赢了，就正大光明了？正泰怎么到的这一步，不用我提醒，你心里比谁都清楚。"

她嘴角带着一抹若有似无的笑："我想，你太太应该很希望知道你的一些事，知道你为了地位、权力做了什么事。我也不想这样的，可我是明泽的太太，就要为他考虑。"

段明过面色黑沉，一手插在口袋里，背影如僵硬的碑石。片刻后他才吃吃地笑起来，说："你大可以试试啊，嫂子。"

他嘴角牵动，笑容依旧带着年少时的桀骜，眼神里的幽深却带着浓浓的杀气。褚静心脏一窒，忽然感觉到恐惧，忍不住先移开了视线，继而听到他脚步声渐远。等他彻底消失在花园深处，她这才拍了拍胸膛，吁出口气，觉得他仿佛是个陌生人。可这样的气氛却分明是熟悉的。

褚静还记得段明过断腿的那段时间，意志可以说是相当消沉，陡然有一天，却穿着光鲜的衣服，兴高采烈地出门了。

问起来的时候，他说段二请客看电影。什么电影呢？纪录片。

她当然不相信。往日里，不是坐拥美女就是喜欢运动的段明过，会突然喜欢上这种高雅的玩意，于是特别聪明地猜到："肯定是有佳人作伴咯。"

段明过很是调皮地回她："嘘！"

乘兴而来，却是败兴而归。看过电影回来的段明过，完全可以说是废狗一条，四肢松软地躺在沙发上，表情颓废而失落。

褚静趴到他的身边，说："跟美女待了这么久，怎么还是一副丧气样？你是惹她生气了，还是她惹你生气了？"

段明过不肯说，像是个情窦初开的大小伙一样，将脑袋埋进抱枕里。在她一阵狂轰滥炸下，他才小声而惭愧地说出实情："就是觉得自己太没用了。"

褚静一挑眉，这是成日里自称小爷的段明过会说的话？又听他声音更低地道："我想帮她，却怎么都帮不上忙。"

褚静于是对这位小小姐更感兴趣。

段明过拎着行囊远走他乡时，站在机场大厅里眼巴巴地等着她，机场广播催促了一遍又一遍，他却怎么都不肯轻易离开。

褚静大约能明白这种心情，好比等不来公交，正准备步行时总一步三回头的样子，总觉得下一秒它便会出现。她小心敲打他："再不走，就真的来不及咯。"

他急得额头冒汗，说："她会来！"

"那可不一定哦！万一她又跟你哥去看纪录片了，万一她就没打算过来，只是哄哄你呢？"褚静直乐，"说不定她就是擅长吊人胃口，你看你现在这个样。"

话音刚落，她就有点后悔。她忘了段明过是个小事含糊，却不在原则问题上开玩笑的人——问题是，她之前也不知道他的身上到底有哪些雷。

段明过满身肃杀地看着她，样子和今晚如出一辙，语气很重地提醒道："你根本不是她，所以，请你不要随便评价她。"

青梅竹马长大的一对挚友，旁人说他们是天造地设的一对金童玉女，段明过从没否认过，她也就默认了。尽管心里偶尔对他的出身有些许微词，却仍旧觉得他是忠诚可信的好朋友。

谁知从小到大都没对她红过脸的段明过，却在离开之前给她如此大的"惊喜"。褚静在很长一段时间都在生他的气，但仍然以为他们还是从前亲密的伙伴。

她应该长一些记性的，早点记起他们交恶过的画面，不然也不至于在自己低落之时问他："要是那时候我不跟你哥哥在一起，我们会走到最后吗？"

现在想想，可笑至极，愚蠢至极。

Chapter 40

段明过赶回家的时候已经很晚了，空落落的家里只开着一盏玄关边的夜灯。他摸黑撑在墙上换鞋，听到不远处传来拖鞋的踢踏声。

以为是乔颜，但随即想起她向来动作轻巧，有时蹑手蹑脚钻进他的书房一待就是许久。他翻书间隙，放松颈椎时才看见她。问她为什么总是如猫一样。她一脸乖巧地说，害怕打搅到别人。可她从来不知道，在段明过心里，房间就是用来被打乱的，家里就是用来放肆的。

果然，走近一看，是穿老旧样式睡衣的阿姨。她提着裙摆道："先生要不要吃一点夜宵？锅里还有煨得浓酽的老母鸡汤，你喝一碗吧。"

段明过摆手说不要，问："太太什么时候回来的？吃了什么？"

阿姨说："太太今天很晚才回来的，脸色很不好看呢，晚饭也就吃了一点点，洗过澡就去睡觉了。"

段明过点头，用了外卫洗澡。蹑手蹑脚进房间的时候，她正面向窗户侧躺着。段明过思忖几秒，还是走到床边，趁着月色看了她一会儿。

她眼珠滚动，不是做梦就是醒着，最后实在绷不住，低哼一声，翻身到了另一边。段明过笑着把手伸进她的腋下，说："还装睡呢？"

乔颜不堪其扰，啪啪几声，毫不留情地将他的手打开。

段明过疼得一阵吸气，凑到她的耳边吹热气道："你的脾气越来越大了，还不让我回来。这儿是我家，你说不让就不让？"

一句话不知道触到乔颜哪根软肋，她索性又转过身说："是啊，这儿是你家。你该回来，换我走！"

说着，她就要爬起来，却被段明过一把按住两肩压回去。他说："你这又生的哪门子气？你要走，我也走，老婆都没了，还要家干吗？"

乔颜死咬下唇克制住自己，仍旧忍不住凉凉道："算了吧，反正咱们这场婚姻也开始得不纯不粹，没就没了，你再找一个不就好了！"

段明过笑容狡黠，说："是啊。按照我的条件，再找一个也不费事。不过在那之前，我总得先把你玩腻了才行。"

仿佛一场大火被压在密不透气的玻璃罐下面。乔颜恨极了这样不对等的情绪宣泄，她心中的火分明烧得旺盛，对面的男人却还在开玩笑。

比嘻嘻哈哈更过分的是，他开始动手动脚。他干热的大手按住她的肩膀，睡衣纤细的带子被拉下胳膊。当他低头过来要吻她时，乔颜终于失控地给出一掌——

又是“啪”的一声。这次却没方才那么走运，乔颜一巴掌拍在段明过的脖颈上，掌根重重甩在他的下颌——不是耳光，却也胜似耳光了。

段明过被打得一懵，抬起头来定定地看着她。

段明过很小的时候就吃过耳光的滋味，吃饭太挑会被抽一下；吃相难看会被抽一下；跟伙伴们玩得太嗨脸上会遭殃；太过乖巧安静也会吃打。

后来长大一点，老人家发话，说打人不打脸，总是要出去见人的；屁股上是死肉，要是不听话了，打一打倒也没什么关系。

于是战场转移，这才由脸过渡到其他地方。偶尔躺床上自我纾解，说是该要这样，从今以后再也不让其他人打自己耳光。

黑灯瞎火里，他忽然重尝十多年前的待遇，有点久违的熟悉，有点陌生的好奇。当然了，还有一点疼，这是肯定的。

段明过短促地喘着气，薄薄的鼻翼开阖。他觉得此风不可长，家庭暴力什么的，哪怕是由弱势一方挑起，也该有强势一方的抱怨。

他直起腰按下开关，水晶灯闪着黄色的光线，霎时间充满整个房间。乔颜想必也吓了一跳，嘴唇紧抿，鼻子皱起紧凑的纹路。

她在黑暗里蛰伏许久，吃不消这突然而来的光线，一双眼睛拼命眨着，欲闭欲睁。段明过好笑又好气，重新把灯灭了，只留一盏小夜灯。

段明过按着她的肩，一只手把她脸上零散的头发都拨开，说：“有什么事不能好好说，怎么还上手打人呢？我哪里招你惹你了？你说出来，我给你解释解释。”

乔颜立刻蜷缩身体，往被子里钻。

段明过直接将被子从上至下掀了，扔到地板上，整个人跪坐在她的腿上，按住她左右乱晃、想摆脱他控制的身体，说：“我大概能猜到原因，我每次跟褚静见面，你就给我脸色看。”

乔颜一怔，觉得这男人也是贱得没边了，他既然心里清楚，却一次次明知故犯，究竟是不把她放在心里，还是那人的魅力实在太大？

这世上哪有嫂子跟小叔三番五次单独见面，还一聊就聊到这个点的？都是结过婚的人，之前关系再好也该收敛了。如此浅显易懂的道理，他不懂，还是她不懂？

乔颜鼻子里酸酸的，说："我才不敢给你什么脸色看，你要是对我有哪里不满，咱们就好聚好散，也省得整天虚与委蛇，戴着面具过活。"

段明过这才真正严肃起来，压着唇角，显出成年人的疲惫。他用虎口扼着她的尖下巴说："你在家闲的，又想没事找事了，是吧？"

段明过无声地叹息一声，感慨道："我都不知道我成天在外面打拼为的什么，段家跟我撕破脸，你又折腾来折腾去。我已经很久没合过眼了，现在就想睡觉，你是成心想看我猝死在你面前吗？"

乔颜听得头颅内嗡嗡响，手又无意识地打过去几拳，说："你说话就说话，别整天死啊死的，你不用死，要死也是我先死。"

换成任何一个其他人，段明过就已经揍过去了。这时候他装腔作势地往她面前一挥，她吓得立马嘤嘤地哭了。

乔颜的一双眼睛本就是水汪汪的，现在大珠小珠落玉盘，衬得更加明如秋水。她白嫩嫩的脸上显出异样的绯红，鼻尖、嘴唇都是粉嘟嘟的。

夜灯照不了多远，打在她身上显出起伏有致的曲线。随着孕期增长，她的身材如吹起的气球，本就丰满的体型更加珠圆玉润，他眼中的光一下晦暗了，嗓子也粗哑下来。

段明过吻下来时，乔颜推着他的头抱怨："你能不能别总是这样……"

段明过直接跨下来，将她一把掀得侧过身去。她的头陷在枕头里，呼哧呼哧地喘气。他在彻底倾覆下来前，恶狠狠地说："好聚好散？成全你跟别人双宿双飞？除非我死！"

意志溃败、沉湎在俗世快乐里的乔颜，陡然寻回一丝理智。她拿胳膊死死地抵住身后的人，努力仰头道："你别想把用在别人身上的事，强加到我的头上。"

段明过停下来，看她："你想怎么样？"

乔颜这回却没有流泪，眼神里带着浓浓的幽怨："我知道你俩从小一起长大，有很深的感情，你们经历的那些过往我确实比不了。你如果觉得留恋，我可以让出地方，反正她跟你哥的婚姻也岌岌可危。”

段明过一阵好笑：“你说得很有道理，两对拆开重组是有实现的可能性。但有一个问题不知道你想没想过？咱们的孩子以后该怎么办？”

乔颜无言。

“你不过是个事业不明朗的小明星，跟我争抚养权是争不过的。那好了，以后你一个孤家寡人在外流浪，我跟她吃香喝辣的，没事还打打你的娃。你能忍？”

乔颜扁嘴。

“你这个人什么都好，就是对自己太缺乏自信。有些事我不跟你多说，是因为我觉得没必要，不是因为我心里有鬼，你懂我的意思吗？”

乔颜说：“现在当然是随你怎么说了。”

段明过头一次感觉自己话语苍白，表达拙劣，对方耳聋眼瞎，理解成问题。他索性一把捧过她的头，封住她的口。

结束的时候，她精疲力尽地堕入糊里糊涂的梦境。

段明过却长时间地清醒着，一边帮她处理干净，一边说：“以前我是喜欢过褚静，但这种喜欢不比对班花的喜欢要多多少。你信也好，不信也罢。”

……还有个班花啊！

她不太舒服地扭了扭腰，他声音仍旧忽近忽远地说：“我说了你又要不开心了，你就是瞎折腾，估计还是激素惹的祸。”

第二天一早，段明过手机响。他连忙掐了声音，跑去外面接听，回来的时候便在她的耳边轻声说有事，需要立刻出门。

乔颜皱了皱眉，直接一翻身躲过去，用被子遮住面孔。烦他放纵一晚仍旧精力十足的声音，也烦他喷在耳边热乎乎的呼吸。

等日上三竿，肚子比大脑先醒过来。她想到昨晚的事，还有他在耳边说过的那些话，脸渐渐红了起来，自己也有些怀疑是不是真的太敏感了。

洗漱后出来，阿姨跟她打招呼，转身就要去厨房给她端早餐。乔颜喊住她，问段明过什么时候走的，吃了些什么。

阿姨说："刚到八点就出门了，说是有个会，早饭都没来得及吃。我就赶紧给他做了个熏鸡三明治，他拿着出门了。"

乔颜想到晚上他说累，心里的不舒服更甚。再怎么不痛快，起码让他好好睡个觉再说吧。大米粥熬得汤色清亮，稠而不烂，吃在嘴里却没什么滋味。

Chapter 41

乔颜下午有个通告要跑，是一档关于母婴的节目。

娱乐圈里怀孕的女明星少，肯公开承认怀孕的女明星更少，自从她孕相明显后，一下子成了各大亲子节目争相邀请的对象。

偶尔乔颜也发些小牢骚，说自己是真的不火啊，真正的流量明星，哪个不是粉丝前呼后拥，一说怀孕、结婚便疯狂掉粉的，哪像自己身边一片歌舞升平。

不过有钱赚，她也开心，况且这种节目难度低，只要带上脑子说几句，再跟着请来的专家做几个保健动作，轻轻松松就有钱款进账。

只是这天录完节目，乔颜内急去卫生间的时候，忽然就发现底裤上染了红色。孕期见血绝对不是好事，乔颜一刻也不敢耽误，立马去医院看医生。

医生说她有流产的先兆，最保守的方法就是立刻住院，接受专业的护理团队照料，努力保胎。

乔颜吓得脸色发白，想到过去这几个月，已经习惯了它的存在，她没事就跟它说话。她当即刷卡办理手续，躺进了单人间的病房。

在此过程中，医生不停地安慰她，只要保持良好的心情和积极的态度，孩子会感受到她的力量。又问："你最近是不是心情不好，情绪波动非常大？"

乔颜心里清楚，这次的事情，八成还是跟家里那些鸡飞狗跳的闹剧有关系，最近一段时间的节目接得也实在频繁。

她一边摸着肚子，一边暗暗跟它说抱歉，请它原谅自己这一次，从今以后，她一定以它为重，再也不生气、不折腾、不多管闲事了。

可是这些内情段明过并不知道。晚上他赶来的时候，把头低得快要埋进泥土里，一脸灰地牵起她的小手，说："我以后再也不敢了。"

乔颜终于理直气壮了一回，将手从他那里抽出来，翻个身子，闷声道："看见你就烦。"

这一段时间，段明过的朋友圈是：我错了，我真的错了。

商场之上杀伐果断的七尺男儿，在外人面前再怎么威风八面，等到关上门，进入自己的一亩三分地，就显出男人与真实年龄不相符合的幼稚。

江流萤第一个看不过去，在回复里不留情面地喷道：吃错药了吧你？有病治病，要不你现在来我这儿，我给你看看脑子！

她随即又艾特乔颜，叫她再次围观自己丈夫的丑恶嘴脸。

有艾特不回，总显得不够礼貌，乔颜于是打上一个翻白眼的表情。没过多久，又有人艾特她，这次是段明过发来一整行的爱心——哎，果然有病。

段明过近来很黏乔颜，尤其是知道床上打架的那天，她还被丁贤淑和乔恒联手欺负过一回的事情，对她更加又怜又喜，暗自决心一定要对她尽心尽责。

工作的事情被暂时放下，当年神龙见首不见尾的男人，像是一下子有了无限的时间，总是变着法地在她身边晃悠。

熬过前几晚后，他开始登堂入室，带着一身热气钻进她的被子里。乔颜很想一脚踹他下去："隔壁不是有给你准备的床吗？"

段明过双手双脚早就如影随形地缠上乔颜，几度让她以为自己是只粽子："不要，我就是要跟你睡在一起。"

很多以前的事情被挖掘出来，比方说——"你们班的班花叫什么名字？"

段明过嘿嘿嘿笑起来，不好意思地挠挠头，责怪："你怎么还惦记这回事呢！"

“其实根本没这个人吧？”

“那不可能，是真的存在的。前年她嫁给煤老板，我还在大洋彼岸给她捎过份子钱。”段明过忆往昔，“我俩以前是同桌，关系还算融洽，她帮我在打瞌睡的时候把风，我帮她考试的时候作弊。”

乔颜睁着眼睛看窗外扁扁的月亮，冷哼：“你俩一唱一和，还挺有默契。她长得很漂亮吧？跟那谁比呢？”

“哪谁啊？”

乔颜不高兴地往后捅他一胳膊肘，段明过揉着胸膛又是笑：“比她不遑多让，比你就差一点了。关键是她人太笨，一加二是三，二加一就不知道是几了。所以我从来不喊她大名，喊她蠢货。”

乔颜知道嘲笑别人不是好事，可就是忍不住一阵乐。跟他说话不算难受，她于是翻个身，面对面躺着，两腿被他紧紧夹住，腰被锁死在他的小腹上。

乔颜问：“你以前都是怎么喊我的？也是蠢货吗？还是呆子、白痴、厚脸皮、小要饭的……”

段明过一把捂住她的嘴，挑起眉：“你还有完没完了？”他是真不记得了，可能是喊乔颜，也可能跟着他们喊小颜、小乔，或是别的什么。

每每自那些绮丽的梦中苏醒，脑中挥之不去的是她稚嫩的脸。他知道自己的嗜好多半有些违背伦常，所以就闭紧嘴，怎么也不会喊她的名字。

乔颜拉下他的手，静静等着，说：“我真的特别想知道你是怎么看我的，从一开始到现在，你都是怎么看我的。”

乔颜知道不管靠得多近，总有什么东西横亘在他们之间，可能是荒诞不经的开始，可能是她一次又一次地打搅他，可能是这种因为孩子而变得不纯粹的婚姻。

段明过的回答却有些出乎她的意料：“我对你很失望，非常失望。我走的那一天，你为什么没有来？我一直在等你，我还给你打过电话，是我哥哥接的。”

乔颜耳边“嗡”的一声，内心忽然受到很大的震动，女人的敏感再次卷土重来。有那么一瞬间，她觉得自己仿佛能与他进行心灵沟通，探知他所有隐藏的心事。

他却立刻本能地产生了戒心，胡乱地用接吻试图打断这场不对等的探索。

黑暗里，他起初是摸摸索索地进行。他柔软的嘴唇撞上她冰冷的鼻尖，然后顺着脸颊一路向下，这才找到她饱满湿润的地方，温柔而缱绻，灵巧地勾动着她。

那晚之后，两个人都没再提起此事，还是像之前一样，朝夕相对。段明过要她吃什么她就吃，做什么她就做，他闲下来的时候就歪在一边看书，动作轻巧。

乔颜却觉得风水轮流转，两个人的位置调了个个儿。

大部分时候，她仍旧是顺从又温柔的，但却占尽上风。段明过则成了典型的外强中干的纸老虎，他是怕她的，于是小心翼翼的。

在她住院的某天，段明过向她请假，无论如何，他都必须出席这一天的会议："我不在的这几天，正泰整个都乱套了。"

乔颜后来在财经节目中看见了，知道正泰不只是乱套这么简单，段明泽与他的团队被尽数剔除。当段明过按着西服下摆，低头自车里出来的时候，闪光灯将他的脸彻底照得雪亮。

镜头里的他从容淡定，脸上带着浅浅的笑意，仿佛万千江山在他的手下铺展，他也只是轻描淡写瞥过一眼。他原本就生得有点贵气，五官秀挺俊朗，听到质疑他的话，就收起桀骜的眉眼，不怒自威。

乔颜听见自己心脏扑通扑通乱跳，知道无论看他多少回，心里依然悸动。此时她一遍遍地抚摸着肚子，轻声道："宝贝你看，这就是你的爸爸！"

会议的过程，乔颜无法窥见，但有消息灵通的财经评论员现场点评："段明过胜出问题不大，邗城一贯看段明泽不爽，永辉也试图夺回对正泰的控制权，找个既有股份又是段家的人出来，绝对是个折中的好办法。"

只是段明过交友不慎，那天发的朋友圈被人截图发出，被评论员认定是他成竹在胸、却有愧兄长的铁证。大家议论纷纷，说："段家的这个儿子倒是有情有义……还很可爱呢。"

江流萤恰好这时候过来，捧着肚子哈哈笑，说："他们要是知道究竟是怎么一回事，肯定要崩溃的。"

乔颜实在憋不住，也跟着乐起来。

江流萤看乔颜近来面色红润，状态颇佳，要不是看到她还在吃药，绝对以为她是恃宠而骄，假借身体有恙来求关注的。乔颜也确实好了许多，一见她来就待不住，掀了被子要她陪着去外面走一走。

在路上，江流萤跟乔颜瞎八卦，说："来之前我刷微博，你家段明过现在也是有粉丝的人了，取的名字还贼恶心，叫姑姑。"

乔颜一时半会没反应过来，江流萤解释："过儿呀，一见杨过误终身。她们现在都把自己当小龙女，求嫁心切呢。"

这世上有一种情感就叫作得不到的永远在骚动，得到的也就那个样。乔颜对此表示很不屑，说："他有什么好的，她们是没见过他刻薄的样子。"

"帅啊，又有钱，这两样可是男人魅力永恒的源泉。别人有一样就了不得了，段三还偏偏两样都有。而段明泽呢，反而成了过气网红，多情也变成了滥情，都在笑他跟姜佳妮呢。"

乔颜后来仔细想过，褚静找段明过，多半也是因为这件事闹心，要么示弱，要么求帮忙。女人对男人，还能有多少把戏？乔颜这时问："他们俩怎么了？"

江流萤说："八卦啊，就只是八卦。听一些认识的说，段明泽本来是想让她把孩子生下来的，只是人还没送出国，孩子就没了。"

乔颜惊讶："怎么回事？"

"这就不知道了。一会儿说是褚静做的，一会儿说是塞足了钱，还有说段明泽为了稳住他老婆娘家人，亲自出手的。"江流萤又说，"最近你们家那个也不知道怎么样了，前几天带着女儿搬出去了，忽然一下，没她在旁边吵吵闹闹，我还挺不习惯的。"

"具体怎么样我也不清楚，都是明过在办。他给她换了个地方，免得乔恒再去闹事，连我也不告诉，说不想让我见到那种人。”她揉揉太阳穴，岔开话题道，“你呢，最近怎么样？”

江流萤眨巴眼：“能怎么样？就那样啊。我都打算换地方住了，跟你们家那位小丁一样。”她笑得苦涩，“人真奇怪，求之不得的时候整天惦念，求仁得仁的时候，却避之不及了。”

每个人都有自己的想法和处事原则，多说无用，你认为对的，不代表她也一样。乔颜想了想，说：“这样吧，过几天我要去个地方，你也跟我们一道，就当散散心吧。”

江流萤疑惑：“去哪呀？”

段明过知道这事之后，也问：“去哪呀。”

乔颜很懂得吊人胃口，含笑瞥他一眼，说：“你不是想知道你走那天，我为什么不去送你吗？你跟我去了，就知道了。”

段明过腹诽，不是你跟段明泽幽会过的地方吧？然而考虑到她失调的激素，选择了隐忍不发。只是伏在她的身上，凑近她脸，笑道：“老婆，恭喜你今天正式成为正泰老板娘了。”

Chapter 42

出发前一晚，乔颜思前想后，还是给乔恒打了个电话。可惜就跟之前无数次联络的一样，对方没等响几声就给按了。

乔颜只能给他发短信，在各种社交软件上留言。他这才拨回电话，说：“你到底想干吗？我还要复习功课。”

乔颜听他的声音瓮声瓮气的，说话糊里糊涂的，问：“你是不是感冒了？最近天气转凉，一定要多穿点衣服。”

乔恒呛声：“要你管！”

乔颜咬着牙关，一时之间颇有些鼻酸。委屈是有的，多年辛勤养育，哪怕没有功劳也有苦劳，如今字字句句如针扎般刺在她的心上，再坚强的心也有被捅成马蜂窝的一天。

她两手紧抓手机，指腹磕得隐隐有些痛和麻，说：“乔恒，我毕竟是你的姐姐，不是你仇人，你跟我说话的时候能不能客气一点？我知道你怪我什么，我也不想为自己辩驳什么，我就想告诉你，我做的所有决定都是以你为前提，你以为我喜欢和那种人来往吗？”

上一次彼此积蓄的猜忌和怒火，终令乔颜找到宣泄的出口，在这一晚肆意喷发。乔恒忽然吼道：“你别想把问题推到我身上，好让你的负罪感轻一点。处理的方法千千万，可现在说什么都晚了，孩子都生下来了，难道我要把她塞回去嘛！”

两个人的情绪都很激动，乔颜趴在桌上一阵阵小声地抽气。段明过听到说话的声音后，已经从书房走出来，她看到他，戒备地站起来往一边阳台走。

乔恒声音硬邦邦地下了决定：“我才不会和你这个叛徒去，我劝你自己也别去，若是妈妈地下有知，也不会想见你。”

乔颜压抑着跳在喉咙口的心脏，深呼吸几口道：“是啊，我就是上辈子欠了你们的，她想不想见我是她的事，我尽到自己的义务也就心安理得了。”

乔颜挂了电话，压在窗玻璃上一阵喘息。段明过自背后抱住她，揉着她的肩问怎么了，从她手里将手机拿过来，翻到联系人一栏。

乔颜反手拿回来，说：“没怎么，一点小事谈不拢而已。”将手机往口袋里一装，又慢慢悠悠走回房间里收拾东西。

段明过让阿姨煲一盅降火的汤，随手抓过台上的几粒糖跟进房里，拆了纸皮送进她的嘴里，说：“还说没事呢，瞧你眉心都展不开。”

乔颜懒得搭话，只拿舌头包裹住坚硬的糖果，用力吸吮，又听他说：“你每次跟你弟弟说话，我就害怕，你也不负众望，每次都让我很揪心。”

不仅仅是揪心，还揪肺，揪肚，因为谁也不知道下一秒是电闪雷鸣还是狂风暴雨。要是这弟弟能跟不要就扔的垃圾袋一样，那他的生活绝对会轻松不少。

明明是男人的抱怨，不过换个方式，听进耳朵里就像是绵绵的情话一样。两人位置对调之后，段明过在说话的艺术上精进不少，乔颜也乐享其成，不作深究。

此时瞥他一眼，姑且当成好话来听，将糖几下嚼了，说：“能怎么办呢，自作孽。”

段明过摇头：“他自己也有问题，别把什么都推到自己身上。我看你根本一点都不擅长教孩子，只知道一味地忍让。”

他忽然得意洋洋起来：“段雨溪的小姐脾气多大啊，见到我还不是服服帖帖的？对他们就不能太过纵容。我对这些还是很有心得的，以后我儿子的教育还是得我亲自来。”

乔颜忽然切中要点：“为什么一定是儿子？难道就不能是女儿吗？你是不是有重男轻女的观念？如果我生女儿，你会很沮丧吧？”

段明过举双手投降：“我就是嘴快，女儿当然也好，粉粉嫩嫩的，等她留了长头发，我就给她买花戴，还能穿公主裙、红皮鞋——”

他眼睛一瞥，乔颜还是一脸黑沉地紧盯着自己，连忙搂过她的肩，笑道：“你相信我，生男生女真的不重要。重要的是，我想有个和你一样的小人儿，和你一样的眼睛，一样的鼻子，一样的嘴。我就是想跟你生一个孩子。”

乔颜一颗心扑通扑通跳，脸止不住地发烫变红。这把火一直烧到耳朵烧到全身，连脚底板都是火燎燎的。

第二天一早，乔颜带段明过去城郊的山包小游。他听到地点的时候稍微愣了一下，和司机闲话道：“我记得那儿好像有一片墓地。”

司机说：“可不嘛，整座山都是。朝阳的风水好，小小一方，比房价都贵。朝阴的差一点，但也一点都不便宜哦。”

大概时间真的能冲淡许多东西。在最初失去的那一年，乔颜平时只是想想就会哭得泣不成声，如今居然连俏皮话都可以说，“那今天就带你们去看贵的那一边哦。”

段明过始料未及，及至此时才发觉自己身为一个丈夫，工作做得确实不到位，不然怎么能快到目的地了，才知道是给过世的丈母娘扫墓。

他们在母亲的墓前焚香化纸。乔颜还是没能忍住眼底的泪水，大概想到送别的那一天，她彷徨如掉落的雏鸟。那时候，未来的一切对她来说，想必都是迷茫又未知的。

段明过在丈母娘的坟前深深鞠了一躬，但并没有和电视里的男主角一样，举手向天，信誓旦旦地说我会爱你女儿一生一世。

这大概源于他内心深处的自卑，他从不觉得自己会是什么男主角，也不相信什么一生一世、天长地久。他的生命里没有这样的先例，两个人只要相互搀扶走下去，就已经很好了。

他们没有在山上逗留多久。往山下走的时候，乔颜提起段明过最不想听的那个名字："我妈妈的身后事都是你二哥帮忙办的，就在你走的那天。我原本是想过去的，可是……"

很多事情，就在得与失、遇见与错过之间。

段明过不由冷嗤："怪不得他接我电话的时候那么得意，原来是以为胜利在望。谁知道竹篮打水一场空，还白白送了这么贵的墓地。他这种锱铢必较的人，想必一定很后悔。"

乔颜面露不屑："什么陈年的老醋你也吃。其实他也不算是个坏人，只是在对待感情的理念上跟我不一样……我欠他很多人情，以后是要一件件还的。"

夜里他们住在临山的竹海里，江流萤拎着行李如约赶到，兴高采烈地住到小两口隔壁。

现在已经不是山里旅游的旺季，酒店的客房却住满了，唯独江流萤隔壁的房间不像有人住。吃饭的时候，她终于知道原因了，孔松新剔了风骚的板寸姗姗而来。

乔颜亦是惊讶，看到在一边忍不住笑的段明过才知道原委。他为了报江流萤在他发的朋友圈里大放厥词的一箭之仇，特地喊来了这位尴尬制造器。

晚饭果然吃得沉闷而无趣。平时最为活跃的江流萤一旦哑火，乔颜就像没嘴茶壶似的，吐不出一个字来。段明过跟孔松则多用眼神交流，不必说话也能奸笑连连。

饭毕，问起晚上的安排，段明过说已经知会酒店，包了当地有名的温泉休闲。孔松等江流萤和乔颜走远，这才跟段明过挤眉弄眼道：“温泉啊，怎么泡？”

段明过呵呵笑：“能怎么泡，当然脱了泡！”

孔松一个趔趄，差点就屈服在地球引力下，用力拍了下段明过的后背，说：“还是你小子最上路子啊！这回要是成了，你喜欢什么随便挑！”

Chapter 43

孔松没想到的是，此处温泉裸泡是裸泡，只可惜男女分区，他跟段明过占一边池子，乔颜跟江流萤占一边——这跟泡澡堂子有什么本质区别？

孔松于是打不起半点精神，泡了会儿就忍不住起来，随手抓了几个温泉蛋装进口袋里，又入乡随俗，趿上酒店提供的木屐，哒哒哒地往外走。

夜里风紧，吹得竹叶一阵簌簌响，落叶飞花身边过，颇有几分情调。他觉得有意思，索性沿着石径走走看看，顺便吓走几对鸳鸯鹣鲽。

绕进一片竹林时，只见竹竿金黄。他顿觉大煞风景，嘀咕道：“晦气，大晚上看见一片死竹子，都枯成这样了还不砍，怪不得没人过来逛。”

“才不是死竹子！这竹子就长这个样，叫金镶玉竹，是个名贵品种呢。”

身后忽然有个人说话，孔松吃了一惊，转身来看，只见一个同样穿浴袍的身影自纤纤竹林里娉婷而出。声音是他万分熟悉的，心当即一提，问：“流萤？”

江流萤拨过挡在脸前的枝丫，说：“是我。”走近的时候不由自主地扣紧了腰间的带子，又整理一圈领口、头发，舔了舔被风吹干的嘴唇。

孔松说：“夜里散步也能遇见，你不是跟踪我来的吧？”她笑容如花，眉尾飞扬着钻进鬓角的头发，极妩媚地说：“怎么不说是你跟踪我呢？”

撞都撞见了，两人索性结伴而行。江流萤酷爱关注科普名博，对竹子种类如数家珍，一路走一路给孔松介绍，金镶玉竹、玉镶金竹、龟甲、慈孝……

孔松因此对她刮目相看，拍拍她的肩，笑道：“有才，有才。”

只是一个下意识的小小动作，孔松没想到江流萤居然身子一僵，兔子似的跳到一边去了。一时之间，刻意营造的轻松气氛消失殆尽，那股如影随形的尴尬又涌现出来。

孔松心想，还是上次太过冒进，否则她这样大大咧咧的女人，如何会躲他至此。正无计可施，余光又察觉她碎步挪回来，面带求和的笑意。

江流萤也深感方才反应巨大，企图挽回局面，只是一时头脑短路，“以牙还牙，以眼还眼”，学他的样子，往他肩头也拍两拍——

孔松惊骇地看她，眨巴眨巴眼睛。

气氛好像更尴尬了。

风停了，不远之处隐约有靡靡之音。

两人脚步都放慢下来，还是不得不撞见竹林一角拥抱的两人。年轻的身体不知疲惫，柔软又妖娆，灵蛇般纠缠在一起，喘息连连。

伤风败俗啊，伤风败俗！孔松挡着江流萤不让她多看，两个人哒哒哒一路小跑过去。孔松掏出方才拿的温泉蛋，一人一个，“来，垫垫肚子。”

江流萤一脸尬笑地接过来，说：“你还随身带着这个？”

孔松说：“你不会像那些过午不食的女人一样，到点就不吃东西吧？”

江流萤一嗤：“那倒还不至于。”

江流萤拿蛋往自己头上一磕，剥出里面白嫩嫩的蛋白。孔松看得目瞪口呆，又见她张嘴轻咬了一口，抿起淡粉的唇。

孔松看着就有些发痴。说实话，江流萤绝对不是他见过的最美的女人，从外表来说，她跟段明过的太太乔颜就没法比，那才当真是个美人，肤白若脂，黑发如瀑。

可他对乔颜没有好感，对江流萤却兴致盎然。有时候他自己都纳闷，挖空心思地去找她身上的闪光点，然而并没有。但他却一直沉溺其间。

或许，感情的事情就是这样，很矫情，很突然，很不可理喻。

孔松觉得方才泡过的温泉，此刻开始起效果了，整个身子都是热烘烘的，从脚底一直烫到天灵盖。他很久没像现在这样，如一个情窦初开的少年，不知道该如何表达自己的喜恶。

江流萤仍旧专心吃蛋，一口一口的，倒像是在咬他蠢蠢欲动的心。孔松微微摆低身子，勾起一只手指去擦她的唇角，声音若有似无地说："还和孩子一样，都吃到嘴边来了。"

她微微一笑，略带僵硬，踩着木屐又要往后退。他另一只手已经先钳制住她的后脑，勾着她的下巴，抬头和她接吻。嘴唇靠近前，他含糊不清地说："这次……我是认真的呀！"

江流萤手里的鸡蛋砸到地上，空了的手紧紧攥起，整个身子都在微微发颤。

孔松从她柔软的背脊，顺着纤细的手肘，一直摸到她的两只手，很轻柔地解开禁锢，与她十指紧扣，再转到她的后腰，用尽全力地拥抱她。

有人从身边过时，她侧着头瑟缩了一下。他低低地笑，知道他们也成了伤风败俗的一部分。

孔松觉得自己跟江流萤发展得很快，这主要是源于自己当仁不让的英俊帅气，和身后雄厚的财力基础——这标准，这配置，妥妥就是男主的设定。

既然有光环加持，那他也就无所畏惧了。自温泉定情以后，就爱开着自己的小车，有事没事地去骚扰江流萤一番。

说起来是骚扰，两个人的交往还是维持在纯洁的层面。孔松偷偷比对过，要论上床的速度，江流萤该是她这么多年以来进展最缓慢的一个。

这不是殊荣，但也可以证明点什么——起码他尊重这个女人，也疯狂爱恋这个女人，所以可以压抑，可以等待。

但他同时也会焦急，他和江流萤已经磨合得够久了，她热情、大方、善解人意，让他如痴如醉。可他在她的心中是什么位置，他能比得过她前一个男人吗？她能放开一切地爱他吗？

孔松急于知道答案。

江流萤心里却很别扭。她绝对不是保守的那一派，只是心中始终有一个坎，一个不定时的炸弹，会给他们带来天翻地覆的改变。

于是她始终是抗拒的，两个人拥抱接吻都可以，但这最后的一步，她却迟迟不能放下心防——她总觉得，只要不是完全交出自己，他走的时候，便可以优雅从容一点。

于是心里很矛盾。

江流萤胆战心惊地维持着这一段感情，却没想到谜底揭晓得如此之快。事情的导火索是两人每每跟段氏夫妇碰面时，孔松总是拿羡慕无比的眼光去看段明过。

问他是不是喜欢乔颜，他却摇头，说："就是羡慕段明过年纪轻轻什么都有了，娇妻，麟儿——你说他们的孩子是男孩是女孩？我最喜欢孩子了，以后最好生上十个八个。"

江流萤那时心便一颤，说："你生那么多孩子，不嫌累得慌哦？"

孔松特别臭屁地说："怕什么，我有钱，请保姆来带咯。"

她便试探着，问孔松对丁克家庭的看法。孔松立马流露出一脸的不屑，说："为什么丁克？生育是自然赐予我们的权力，干吗要被剥夺？"

"不是被剥夺，就是……不想生。"

"那为什么不想生？往小了说，这是让家庭完整；往大了说，是为人类繁衍做贡献。如果每个人都想着丁克，人类还怎么延续？社会还怎么进步？"

完全是鸡同鸭讲。

江流萤等孔松一走，立马去医院查验身体，医生仍旧说她体质很难再次受孕。无计可施，她只好起个大早去中医院排队，每天熬两次中药补身。

除此之外，还有一个更为棘手的问题摆在眼前，她跟梁铮在一起多年，孔松会因此介意吗？

江流萤更加焦虑，流产后好不容易蓄起来的肉，如今全耗在未知的猜测里。大概是上天垂怜，她没等多久，就知道了孔松的态度。

那天寒潮刚过，江流萤冒着风雪，去菜场买了鲜肉、白菜，准备包成饺子给孔松贴膘。两个人正一边闹腾一边包着，便被响起的门铃惊动了。

来人不善，是江流萤那位想要浪子回头的影帝梁铮。

两个男人争吵得激烈无比。孔松原本处处都占上风，直到梁铮笑着道：“你知不知道她二十岁就跟了我，我们什么风浪没有经过？哦，对了，她还有过我的孩子。”

孔松的脸几乎在那一刻就变得阴沉起来，特别是在梁铮近一步确认他们没有深入接触后，就用尽言语来羞辱：“你知道她喜欢什么吗？身上哪些部分是她的敏感点吗？”

江流萤已经满脸通红，推着梁铮说：“你给我出去！”

梁铮昂着头，冷冷地看着孔松，知道自己的话对他起了作用，决定再给他致命一击：“识相的话就快滚，你不过是个调剂而已。”

孔松分明站在原地，却觉得天旋地转。很多事情他未必猜不出来，却没想到现实揭开的一瞬，如此地鲜血淋漓。

他从来不觉得自己是个多大男子主义的人，也从来不觉得自己有什么所谓的直男癌，可在梁铮说完这一切的时候，他真的退缩了一下。

只这么一下，便让他心如刀绞，从心底里鄙视自己。而更让他鄙视的是，他居然……居然落荒而逃了。

孔松在很长一段时间里都不敢再联络江流萤，他头一次发现自己可以如此懦弱而无能，甚至还要找一个出差的理由来为自己解脱。

他收拾行李，跟着朋友去彩虹之国——南非游荡。他原本想忆苦思甜，在大漠戈壁好好思过，争取早日找回身为男人的勇气。

没想到一下飞机，却发现这里是另一个人间天堂——哪里是什么印象中穷黑苦的贫瘠之地，俨然是个小资情调横生的小欧洲。

他在太阳城里酒醉金迷，在细软的沙滩上漫步玩耍……这里什么肤色的女人都有，燕瘦环肥，各有千秋，为一杯酒就能陪你坐一晚。

透支到最后，就连自己也腻了，整日躺在豪华的套房里，看日升日落。然后不知怎么了，鼻腔一酸，他居然把头埋进被子里哭了。

决心回去，是因为看到段明过新发的一条朋友圈，隔着十万八千里，他也能察觉他内心的狂喜：喜诞麟儿，五斤六两，我的太太是超人。

配图除了他抱着乔颜冲镜头笑的一张，还有一张是他儿子裹在襁褓里的照片。小孩子脸色发青，皮肤起皱，脑袋像是被拍扁的橄榄，简直丑得人神共愤。

偏偏段明过眼瞎，在回复里大言不惭地写道：都说长得像我，我反而觉得更像我太太，大双眼皮，高鼻梁，一看就是个帅小伙。

孔松心里骂了好几声，这脸都肿成包子了，从哪看出是双眼皮、高鼻梁的？不仅不帅啊大哥，还有点小朝天鼻，这头发怎么也这么少呢！

孔松抱着怜悯众生、慈悲为怀的精神，给段明过打越洋电话，安慰道："段三啊，哥知道你心里苦啊，也别太伤心了，能有个娃就已经不错了。"

段明过一肚子莫名其妙："你来找抽的？"

孔松咳咳几声，说："不是啊，特地打电话恭喜你有儿子啊！你怎么也不告诉我呢？这下后继有人了吧，有儿万事足，你死了，家产也有人继承了。"

段明过压低声音，说："你能不能别说这种话，我老婆伸长脖子听呢，我跟她解释多少次不重男轻女，她都不相信，现在恨不得把儿子塞回去——"他一顿，"你算哪根葱，这是我儿子，干吗非要告诉你？"

孔松委屈坏了："段三，你怎么这样对我呢？我心里都苦惨了，你就别给我火上浇油了。"他吸溜几下鼻子，弱弱道，"流萤……她怎么样了？"

段明过又变成机关枪，一阵突突突："你还有脸提流萤？你脸真够大的啊！我跟你说，我太太喊我了，她不让我和人渣多说话！"

孔松喂喂几声，还是被挂了电话。跑到朋友圈刷存在感，突然发现江流萤给段明过回了一条：恭喜恭喜，明天一早我就去看干儿子。

他看着这名字，越看眼里越疼，急忙退了出来，买了最近一班回去的机票。

Chapter 44

乔颜不可能知道，孔松看过她家孩子之后，对一切小生物都排斥，因为他生平最讨厌橄榄，何况还是这种被拍扁的橄榄。

乔颜自带亲妈滤镜，看自己十月怀胎的小孩儿，尽管没有孔松那样离谱，但也好不到哪里去，总觉得这是基因组合失败的产物。

其实别的都还好，头肿、脸扁、皮肤青黑，这都可以归咎于脱娘胎不久，还没适应美丽的新世界。可他这鼻子怎么就是小朝天呢？

就连滤镜有一米厚的段明过看了，都忍不住纳闷。乔颜看见他时不时就拔一下宝贝的小鼻子，还经常凑到她面前，试图弄清楚她鼻子的真实情况。

一次两次还行，成天有人趴在你旁边，对你鼻子蠢蠢欲动的，这谁能忍？乔颜实在受不了了，捏着鼻子学猪，说："我这是真的！"

段明过也是在娱乐圈里摸爬滚打过的，知道有些隆鼻手术要做这种动作也不难。他凑到她的脸前就要上手摸，没想到她把手往脸上一盖，居然嘤嘤嘤地哭了。

段明过吓了一跳，觉得这事儿太诡异了，乔颜当年走投无路，站着被人怒骂，也没见流过一滴泪，他不过就是随便这么一质疑，话还没说呢，她就整个崩溃了。

她一边哭，段明过就揉着她的脸一边吻，反正她不施粉黛，又刚给她擦过脸，干净清爽。段明过说："你体内的激素比例怎么还没恢复正常呢？别哭了啊，再哭我就要亲化你了。"

乔颜也不知道自己怎么如此脆弱，眼泪像断了线的珠子。而他热乎乎的嘴唇就是扫帚，在她脸上来回乱摆，弄得她又痒又难受。

乔颜拿手挡着，说："我这是排毒，你不要以为我是难过还是怎么了。我就是纯粹地想流眼泪，就跟人要上厕所一样。"

夜晚的时候，人分外脆弱，也分外多愁善感。

段明过躺在乔颜脚头，刚刚酝酿起一点睡意，却被她几下就踢醒了。他下意识地坐起来，问："哪儿不舒服？想喝水吗？"

乔颜都是摇头，好像想说点什么，又别别扭扭地将头埋进枕头里说：

“算了，早点睡吧。”

这种感觉，就好像拿一个鸡毛掸子，往心坎上扫几下，又痒又痴迷，求而不得。段明过于是爬到另一头，跟她面对面躺着，道：“把话说清楚。”

是好是坏，总要给人一个痛快。

乔颜嗫嚅着想开口，挣扎几次却都没发出声音，脸往枕头里越塞越深，但是却被他拔出来好几次：“你要是真这么难以启齿，那就不说了。”

乔颜倒反而有了勇气一样，说：“明过，这个孩子是你的呀。”

段明过心里一震，怎么也想不到她会说这样的话。他挺想故作轻松，喉咙却像是被堵住了。他不知道她已敏感至此，又会因为自己的哪句话埋下心结。

他从小受过诸多约束，唯一能解压的时候就是得理不饶人。他知道自己说的话大多很随意，但很多时候只是插科打诨，当不得真。他以为她会懂，但她并没有。

那些得罪过她的话，段明过早已经忘了，看她喏喏的样子，想必也问不出什么。他只好收起一贯吊儿郎当的样子，紧紧地抱住她。

“废话，我怀疑过这一点吗？我上次说你可怕，你还真是的。我以前可能没过脑子说过一些话，你居然放在心里这么久。你累不累？”

他拨着她的头发，露出一张白净如瓷的脸，月色里，清冷美艳得很不真实。他在她脸上吻一吻，说：“我有不对的地方，请你多担待，我向你保证以后不会了。”

乔颜半睁的眼睛抖了抖，掀开密长的睫毛，黑眼仁灵动地看着他。他心里一颤，忍不住咽了口口水，按住她的肩，很用力地吻过去。

第二天一早，段家的老太太带着两个孙子、孙媳妇来看小重孙。小段明过作为段家多年来的第一个男丁，受到了老太太空前的喜爱。

来的路上，老太太还自我约束着，避免将这份喜悦表现得太过明显。可看到肉呼呼、软绵绵的小团子时，她实在是压制不住心里那股潮涌般的喜爱，平时只抓得动麻将牌的老太太一定要抱孩子，揣在怀里亲了又亲。

老太太夸孩子长得好，五官精致，一看就是段家人。乔颜自我反思，先人一步说出缺点："就是鼻子有一点小朝天。"

大家都凑过来看。特别是一直肚子里没动静的褚静，勾着小孩下巴左右看过好几回，不知怀着什么心思地感慨："还真是，果然没有十全十美的。"

老太太很没好气地白了她一眼。

段明润太太是个最会看人眼色说话的，这时候挤过来说："宝宝还小着呢，哪里就知道小朝天不小朝天了？你看他鼻翼窄窄的，山根又这么高，以后肯定好看啊。"

她又掏手机，说"上次闲得没事，我就把家里的老照片拿手机拍了下。你们看明过小时候这张，鼻子也向上翻着，现在还不是帅小伙一个？"

老太太发出很赞同的一声"嗯"，拍着小宝贝的背道："才多大啊，就说我们是小朝天鼻，再过几天要他们看，才好看呢。"

乔颜正盯着段明润太太的手机看照片，别说，段明过小时候还真的有点鼻孔小朝天。她反思道，上次在他亲妈家怎么没注意呢，不用说，肯定是被他扑闪的大黑眼睛给欺骗了。

哎呀，好气啊，昨天一架算是白吵了。

老太太又问孩子有没有名字，段明过火上浇油地说："没呢。不过小名刚刚有了，就叫小朝天，这叫以毒攻毒，糙名好养。"

乔颜一口气没上得来，差点没晕过去，反手打了段明过一下，却被他包进宽厚的手掌里。他嘿嘿笑道："乔颜也说好。"

小朝天一脸无辜地看着面前面孔各异的大人，他还不知道，自己这个乍听起来颇有点雄浑气势的名字，居然有着这样不为人知的内涵。

这个爹，绝对是真的。

送走段家人，已至正午。乔颜说："你们这家人也挺好玩的，以前那么水火不容，现在反而亲热起来。特别是你大哥一家，前后反差也太大了。"

小朝天生下来那天，段明润就带着太太来过一次。两个人捧着鲜花、拎着果篮，小朝天脸都没洗干净，段明润太太就已经开始大赞他的盛世美颜。

乔颜起初挺不适应，等着平静后的暴风雨。可他们一天来一回，说的又都是好听话，乔颜这才放下心来，知道他们已经改变，自己却还固守旧城池。

段明过立马显出几分不屑，说：“他们夫妻俩就这样，骑在墙头看风向，随时就会变嘴脸的。从这点上来说，我倒是更佩服段明泽，起码不卑不亢，不会为了一点蝇头小利就轻易屈服。人活着，还是要有一分骨气和傲气。”

乔颜心想，那我在你心里恐怕连段明润都不如，傲气早就被磨平了，骨气什么的更是败给了现实。她半试探地说：“你今非昔比了，我们都要仰仗你。”

段明过还挺嘚瑟，说：“这倒是。人家都说要娶个旺夫的老婆，但没夸过旺妻的老公。嫁给我，你不亏吧？有没有睡着都能笑醒？”

何止笑醒，乔颜觉得自己结婚之后，整个人都像开挂一样。

她在综艺节目上大放异彩，这推动着她在演艺圈里名气大涨。上回做女四的片子前一阵子上星播出后，居然大爆，从主角到跑龙套的都有不小提升。

而小朝天落地那天，段明过在朋友圈里发的照片被人截图发在网上，妥妥就是一出现实版灰姑娘蜕变记。所以短短几小时内，段氏夫妇的话题就被顶上了热搜第一。

媒体开始围追堵截，连空调外机上都站上了人，没有人不为这样的故事着迷，各大节目对她的访问邀请已经排到了夏天。

乔颜已经不必和以前一样为生计发愁，可是她又很难界定这究竟是好事还是坏事。她心里知道，夫妻之间不应该分得太细，不存在谁沾谁的光，可是为什么还是这么别扭呢？

特别是在段明过用洋洋自得的语气提起这一切时，这种感觉更甚。她觉得自己确实是个不可多得的小心眼，做人怎么就这么累呢。

在医院休整了一段时间后，乔颜带着小朝天回家坐月子。

新家已经落成，三人不必再回那套租来的房子，而是坐车一路开至龙脉。别墅前头，有一片按照乔颜的心愿布置的花园，种着修剪整齐的栀子和桂树。

段明过对她的口味一度很是不屑，看起来冷冷清清的一个人，居然总喜欢这种香味浓烈的花。乔颜丢给他一个白眼，呛道："房子是我选的，你管得着吗？"

段明过震惊得不行，从此对乔颜更加刮目相看，觉得她那烂泥样的性格原来只是假象，深入挖掘才发现，她也是这样有脾气的一个人。

乔颜的脾气还不止于此。坐完月子之后，她便开始陆陆续续恢复工作。马盼给她带来了一个新剧本，这次她运气极佳，是个女二号。

马盼说："本来角色是姜佳妮的，她出了那事之后，才由你替换。你要知道，女主是用来跑剧情的，女二是用来疼的，演得好的话，对你的事业绝对有很大的促进作用。"

乔颜事先看过剧本，知道这故事不错，心里确实是痒痒的。可想想那么可爱的小朝天，她又觉得挪不动步子，只想和儿子待在一起。

小朝天近来长大了一圈，果真和段老太太说的一样，小孩子长大之后会漂亮很多。乔颜近来也忽然发现，儿子有了大眼睛、圆下巴。

不知道是看多了，还是真的长好了，小小朝天鼻也没那么突兀了，窄窄的鼻孔是漂亮的水滴形，鼻尖又挺又翘，确实得他老爸真传。

乔颜对出演新剧很是犹豫，马盼看出来了，骂她是一孕傻三年："错过这个机会，以后可难找了。这剧又是都市时装剧，取景基本上都在本市。顺利的话，你天天都能回来，不影响你们一家团聚。"

乔颜抱着小朝天坐了整个下午，也看了他一下午。真是可爱啊，和贴在墙上的年画宝宝一模一样，简直又灵又漂亮。

她想到自己母亲当年生下她时，一定也曾经这样温柔地看过她，爱抚她。可是她终究也像这世上的所有人一样，最后离开了她。

小朝天好像知道妈妈有什么心事一样，软乎乎的小手指头抓上她的手，拖到自己嘴边，用还没长牙的牙龈，轻轻地咬了咬。

Chapter 45

段明过出差三天，回来的时候给小朝天带了两双会叫的手工虎头鞋，又给小朝天他妈带了某奢侈品牌新出的限定美包。

走出商场的时候，他无意中看到模特身上一套蕾丝内衣，当即脚下生根，走不动路，当着助手的面进去买了下来。

回程的路上，想到她那样的身段，她那样的皮肤，穿上身不知道有多好看……再算算时间，四十天正满，希望她的许诺不要落空。

段明过嗓音哑暗，清了清嗓子，又开了车窗散热，感慨春去夏来，又是奋发的好时候。他觉得自己从没有这样渴望过什么，等待的间隙，手心都微微发汗。

走进别墅的时候，他完全是几步并成一步，最后飞奔而入，一路走，一路放手里的东西，最后只留下那套精致细作的内衣。

只是找遍几个房间，却全然不见乔颜人影，问过月嫂才知道，她居然出门拍戏了。

乔颜知道段明过来电的时候，刚刚结束一场和男主角的对手戏。

她坐上椅子，水还没来得及喝，助理就把她的手机递给她说："段先生来过电话。"然后做了个鬼脸，"好像有点不高兴哦。"

乔颜这回离家没事先告诉他，就是怕他发脾气，万一他强烈反对她接戏，再把小朝天抱出来动之以情，这事十有八九会泡汤，倒不如生米煮成咸泡饭。

乔颜已经做好了挨骂的准备，实在不行学着撒娇几句。然而听到他的声音时，她还是不由心虚了一下，声势便低下来："是我不对。"

段明过是个善于抓住机会的，俗称蹬鼻子就上脸，说："你还知道你不对？我一出差回来，家里都没人了。网上保姆打孩子的事情那么多，你还真放心得下。"

乔颜说："放心吧，打不了，家里有监控，我一直让助理看着。而且保姆是我亲自挑的，为人朴实，做事老练，不会有问题的。"

段明过说"再不会有问题，孩子才那么小，肯定是想要妈妈在旁边的。

我回来的时候，他咬着奶嘴喊妈妈，简直可怜坏了。”

乔颜一愣：“他才多点大儿，连翻身都不会，什么时候会喊妈的？”

段明过知道是谎报军情了，尴尬了好一会儿，之后徐徐道：“反正就是想你了！你这个当妈的一点都不负责任，还和我犟嘴。早知道就该让你喂奶，看你成天往哪儿跑。”

几句话下来，段少爷那股挥之不去的大男子主义又有冒头的趋势。乔颜犹记得某个月黑风高的晚上，他还信誓旦旦地对自己说：我向你保证以后不会了。

乔颜说：“剧组就在市里取景，戏份少的话每天都能回去，说不定还能一连休息好几天。倒是你，一出差就是好几天，你怎么不说小朝天会想你？”

想治好病就要下猛药，乔颜一剂方子下去，段明过没了声音。他可能还想给自己挽回面子，或是想展现自己奶爸的一面，小朝天咿咿呀呀的声音忽然近在咫尺。

乔颜不想心软，刀刀都刺在要害上，反问：“还是你觉得，只有你的事业是事业，我的事业就不是事业？对，我是挣得没你多，可我喜欢工作，喜欢拍戏。”

段明过也是急了，声音放重道：“行行行，你去拍戏，我带孩子总好了吧。”顿了几秒，他又不服气地补充道，“有时候我真觉得奇怪，你怎么总把我当敌人一样，最喜欢的就是曲解我的意思。”

乔颜道：“我怎么曲解你了？你还能有什么别的意思？”

段明过一阵呵呵笑，忽然低声道：“我……就不能是我想你了？”

乔颜：“……”

那头小朝天又是一阵咿呀。他哄了哄，咕哝一声：“你妈妈真是讨厌。”

就把电话挂了。

乔颜抓着手机倒是愣了好一会儿，直到助理提醒她待会儿还有一场戏，她这才回过神来，抓起一边的剧本复习研读——白纸黑字却如飞散的蚊蝇，怎么都进不到她眼睛里。

下午候场的时候，乔颜在最近的一家酒店里午休，在大厅里正好遇见多日不见的江流萤。

乔颜很难形容这小半年来江流萤的状态，想劝慰她好男人多得是。她每每摆出一副无所谓的样子，说人最重要就是对自己好，她很享受自己的生活。

真以为她没事吧，她又总在谈话的间隙走神，时不时地按开手机查看是否有信息，然后戴上或喜或忧的面具配合约会的主题。

乔颜心底里实在看不起孔松，追求的时候总是随叫随到，得手了就开始挑三拣四。没有谁的过去是一片空白，如果真的无法接受，直截了当地拒绝也好。

可他偏不，就这么不上不下地吊人胃口，大张旗鼓地来，蹑手蹑脚地走，最该知道的江流萤，反而成了最后知道的那个人。

孔松飞去南非逍遥的事，被段明过说出来后，乔颜怎么也忘不了江流萤彼时的表情。她眼里明亮的光彩一下就暗淡下来，嘴角却还要维持着无所谓的笑容。

江流萤随后就病了，高烧不退，在十一月萧瑟的秋风里，独自一人躺在空落落的家里。乔颜去看她，被她以容易传染的借口推出门外。

两个人在某些方面或许有本质的差异，但在口是心非的技能上绝对不相上下。乔颜便不多留，只是期望这一场短暂的恋情能和她的感冒一样，快点好起来。

屡遭情伤，江流萤依旧屹立不倒，剧本依旧写，剧组依旧跑。

好像荒野之中找到伴，有了参照，乔颜又重新觉得自己拍戏有理。

两个人去喝下午茶。江流萤只要了一杯牛奶，别的一概不点，说最近在喝中药，怕吃别的什么冲撞了药性。

乔颜听得紧张，问："你身体又是哪里不舒服了？我认识一个很不错的医生，可以介绍给你看看。"

江流萤连忙挥手，说："用不着那么麻烦，老毛病了。我也是瞎喝着玩，知道用处不大，图个心安而已。"又问，"你什么时候才能来演我的戏哦？"

江流萤不动声色地岔开话题。乔颜就知道她不肯多说方才的事，于是从善如流地跳过去，说:“我也想啊，就是总没机会，这次是个什么戏？”

江流萤说：“老一套，婚姻、爱情、第三者什么的，大家合作过几回，现在都熟得很。唯独有个新人插进来，你猜是谁？”

乔颜摇头。江流萤自问自答：“是姜佳妮。她近来不顺得很，一直被解约。这次制片也是玩滑头，特地打电话问她要不要演我这戏里的小三，她居然同意了。”

乔颜不明白：“她就不怕被砸鸡蛋？”

江流萤一扁嘴：“谁知道。为了复出不走寻常路，这在圈里也是很常用的手段。”

眼尾余光一晃，一个熟悉的影子跃入眼帘。乔颜向江流萤递个颜色，她侧头看了一看，笑：“真是说曹操、曹操到。”

狭路相逢，两人客气地喊姜佳妮坐下一道用餐。原本都以为她会拒绝，没想到她将包往椅子上一丢，拎着裙角坐下来。

姜佳妮很亲热地和她们寒暄，像是三两姐妹聚在一起一样。她非常热络地问：“刚刚在说什么呢？那么高兴，我一来又停下了。”

江流萤悄悄看一眼乔颜，乔颜倒没看她，很坦然地掩护道：“说拍戏的事。”

姜佳妮一连哦了好几声，有几分恍然的样子：“听说后来是你接了那部戏是吧？是个好本子，只要好好演，我相信一定能爆。”

乔颜很谦虚地说：“角色是很有张力，整个剧情也经得起推敲。但我只能说尽力，毕竟我的天赋跟实践都有限，能接这部戏说到底要谢谢你，其实角色的气质什么的，跟你也更符合。”

但凡是其他人说这些，姜佳妮都要以为是讽刺了，但乔颜的口吻清清淡淡，模样又是如此真诚，她觉得还是挺难得的。

姜佳妮说：“谈不上，我自己没有把握住，不能惯老天没给机会。你该谢的是自己努力，先生给力，缺了哪一样，都不会这么顺利。”

江流萤清咳一声，直了直腰。她对姜佳妮意见一向挺多，最反感的就是她这股说教的语气。别人都是傻子，都不知道，要你多嘴？

姜佳妮仍旧说：“我也认了，只能说遇人不淑。说句玩笑话，当初要是跟明过近水楼台，而不是由着他把我介绍给他哥哥，我也不至于成现在这样。”

一番话说得乔颜和江流萤都竖起耳朵。乔颜抓住里头的要点，问：“你说是明过介绍你跟他哥哥认识的？”

姜佳妮一笑：“不然呢，还有谁这么深知他哥的喜好？有时候我真怀疑他是不是故意的，故意把我和他哥往火坑里推，可仔细一想，他也没有什么动机呀。”

乔颜心往下一坠，心说他还真是有。

姜佳妮如一阵风来，又如一阵风去，看似轻描淡写的话，却让乔颜难以平静。

江流萤悄悄抬起眼帘看乔颜，问：“你真相信是你段三？不至于吧，段三那人平时还是有几分小傲气的，这种损人不利己坑自己哥哥的事情，他没事做了干吗？就为了正泰？”

这就是只知其一、不知其二。江流萤不清楚段家的龃龉，乔颜那次敲门而入，知道了一些端倪，却也只是略知皮毛。她撑着下巴低声道：“万一就是为了正泰呢？”

江流萤哈哈笑：“开玩笑的吧？这么功利？”

乔颜点头又摇头，最后长叹一口气，说：“其实我也是一知半解，他的事情总是藏得很好，如果不想让我知道的话，我是怎么也问不出来的。”

江流萤说：“也许只是你没有试过呢？”

乔颜摇头：“其实这样也好，让我们彼此都有一点空间。我相信他能处理好自己的事情，我只是希望他不要太过火……夜路走多了，总会遇见鬼的。”

乔颜下午躺在床上翻来覆去，怎么也睡不着。稍微眯了一会儿，就起来补妆赶片场。出门的时候，居然又遇见同样要走的姜佳妮。

两个女人打个照面，姜佳妮抓着副手套拍拍她的肩，说：“下午的话别往心里去，就是没事跟你们瞎说了玩的。”

乔颜一脸笑意，反问道：“你指的是哪件事？是你该追求明过那件，还是明过……介绍你跟明泽认识那件？”

姜佳妮正往手上戴手套，狭长的桃花眼往上一撩，说：“果然往心里去了。不管是哪一件，你都当我是放屁。我现在这样，除了自己，谁也不怪。”

她说着就要走，又回头看了眼乔颜：“说真的，我一直都特别羡慕你，不是每个人都有你这样的好福气，好好珍惜吧。”

Chapter 46

乔颜今天还要再赶一条夜戏，顺利的话，还能赶在月亮爬到头顶前，请剧组同仁吃一顿夜宵。只是事与愿违，NG多次，乔颜总是演不出味道。

导演没辙，拉着她说戏，试图给她创造情景：“这是一场分手的戏啊！安娜，原本年轻美丽、自信开朗的女生，突然被一直宠爱自己的男朋友甩了，她首先应该震惊，是不相信的，然后他一次次确定被甩后痛心疾首。你能体会这种情感变化吗？你被人甩过吗？”

乔颜木愣愣地看着他，不知道算有还是没有。她跟段明过好像从没正式在一起过，也就自然没有牵手和分手一说。她始终在这段感情中处于下风，所以，就算是期间经历过无数坎坷，即便心痛，也觉得理所当然。

导演看她一脸为难，摇头笑起来，说：“一看就是没有，段先生对你保护得实在太好，所以你揣摩不出这种转变也是正常的……你去体会体会我的话，一会儿再拍，稍微俏皮自负一点就好，漂亮姑娘就该这样。”

乔颜揣摩过好一会儿，又拉着男主角对过一次戏，正式演的时候还如死水一潭，她好像天生没有那种舍我其谁的气质。

导演实在无奈，勉强算过。乔颜收拾东西准备离开，却被保姆车边冒出的一个人影吓了一跳：“孔……松？这么巧？”

孔松咳嗽着，说：“不巧，不巧，我等你半天了。你那什么戏啊？

一场拍十几二十次，你们导演可真有耐心。”

孔松跟江流萤闹掰后，乔颜对她的内心感同身受，重新将他列入不受欢迎的名单。这时候懒得跟他多话，问：“你到底有什么事？没事我要回家了。”

她作势真的要走，孔松赶忙拦着她，说：“你别别！我没什么别的事，就一件，想请你帮我约一下流萤，我有点话要跟她说。”

乔颜纳闷：“你真有心，早几个月干吗去了？现在回来再说不觉得晚了点？她心口的疤都快好了，你现在上去再给她来一下，成心要看她死？”

孔松急道：“我之前是没想清楚，想给她一点时间，也给自己一点时间。我现在想清楚了，所以要跟她说清楚。可是她把我拉黑了，我联系不到她，去她家堵了好几天，也没见到人。我看到你俩下午在一块来着，本想去截她，没想到又被她跑了。”

乔颜真是恨铁不成钢：“我就问你一句话，你到底要怎么对流萤？”

孔松说：“这不废话吗？我当然是想跟她重新开始，我要不想跟她好，干吗还要千方百计地堵她？我不如直接消失算了，至于这么处心积虑吗？”

乔颜看他一下巴青色的胡茬，人也消瘦了许多，特别是那双眼睛，原本精光四射，整天藏着坏水，现在居然暗淡下来，曾经清俊的男人好像一下老了几岁。

乔颜心软，又不肯让他轻易如意，把他拉到一边说：“这样，你先帮我做一件事，如果做得好了，我就帮你忙，给你俩重牵红绳做媒人。”

孔松一听就拒绝：“哪有你这样的朋友，别人都急死了，你还有闲工夫设卡考验我。你帮就帮，不帮拉倒，我找段三去！”

乔颜也不劝他，就双手抱在胸前等他发作。孔松一边嘟囔，一边走远几步，终于还是又折了回来，说：“早就说你黑心黑肝，段三还不信。说吧，什么事！”

乔颜反倒卖起关子，说：“你今天先回去，等我想好了，发信息给你。”

孔松嘴里小声抱怨了会儿，说：“行行行，你稍微快一点，早点做好早点了事，我可等不及要见流萤了。”

助理开了窗户，问：“安娜，咱们现在走不走？”

乔颜点头，说：“走啊，就来。”

只是刚刚走到车边，忽然被人狠狠地一推。她还没来得及喊出声，腰就被人死死箍住，随即被高高抛起，继而撞进一个坚实如铁的胸膛。

真是眼冒金星，浑身酸痛！耳边有个声音坏坏地响起来：“小姐，劫个色。”

车里的助理听见动静，急匆匆将窗户打开，脱口而出：“要帮忙吗？”看清来人后，就被吓得倒吸口气，又把窗户关紧。

司机亦是一肚子狐疑，借着后视镜拼命往外看，问是谁。助理捂着嘴低低地笑，说：“是秀恩爱的来了。”

乔颜才不管是恩爱还是错爱，只觉得整个后背被砸得一阵疼，抱怨着从他的怀里钻出来，手忍不住轻轻抚摸了一两下他的胸膛。

段明过点着她撅起的嘴唇，若有似无地问一声：“怎么了？”张开手将她揽进怀里，吻一吻她的耳朵。她整个人便燃烧起来，成了软软热热的一团。

段明过问：“现在是不是可以回家了？”她额头磕在他的怀里点了点。他一手开了车门，捞起她的腰，坐到最后一排。

保姆车宽敞，乔颜一向坐中间，鲜有人坐最后，因为座椅之上堆满了她备用的化妆品、替换衣服跟诸多杂物。

段明过被唇膏上的尖头刺到屁股，不急不恼地将东西一概搬到前方。等位置彻底空余下来的时候，他反而很省空间地将她拉进怀里，紧紧抱着。

夜里车少，通往郊区的这条路上只有一排排狭长的路灯，和偶尔一晃而过的流浪猫狗。他们将助理中途放下后，车里更是静悄悄的。

两个人彼此相拥着都不说话，段明过低下头来，很轻很柔地吻她。这是他们有小朝天以来，分别最久的一次，两个人都莫名生出几分依恋和渴望。

几个月之前，他们各自忙碌，往往错过一次相聚的时间，数月不得见。一年多前，他们才刚刚重遇，彼此见不着面的时间，似乎超过了五年漫长的岁月。

那时他们都还是好好的，不明白小别胜新婚的含义，现在却像两株相依相偎的爬山虎，要一只脚一只脚搭上，紧密相连，才觉得心安。

段明过一手按着乔颜后脑，吻过她嘴唇，也吻过她灵动的眼睛。外面一盏一盏晃过的灯，映在他们长久注视着的脸庞上。

段明过说："你今晚心情好像不太妙。"

乔颜说："今天过得确实不太好。"

他已经要负荆请罪，提及跟她的那通电话了，没想到她主动解释道："是因为拍戏的原因，有一段总是领会不到角色的内心世界，导演对我不满意。"

段明过打趣："是哪一段？连你这么聪明都领会不到，那场戏应该张力十足吧？旁人也不一定做得来。"

乔颜偏偏摇头："其实只是很小很简单的一场戏，是写——"她一瞥他并不十分认真在听的脸说，"算了。"

段明过抱她坐到腿上，说："别着急，等一会儿回去，我帮你对一对戏……"他凑近她的耳边，用很细很柔的声音说，"在床上。"

乔颜扭身回头，看到他的表情镇定而寻常，道貌岸然如清俊的绅士，只有微蹙的眉头和隐忍的眼神，稍稍透露出他迷乱的神智。

到家的时候，二楼隐隐传来小朝天细小的哭声。乔颜原本试图先去看儿子一面，从清早离家到现在，她有超过二十个小时的时间没见到他了。

她很想念他圆溜溜、黑漆漆的大瞳仁，想念他不喝奶时微微张开的嘴，还有露出的粉色舌头，当然也想念他越发挺拔的小鼻子，以及角度略微刁钻的鼻孔。

谁知段明过一句话就打发了她："你就不想先好好看看我吗？"语气略带一点撒娇，活像是个缺乏关注的小孩。

乔颜两手抓着他的耳朵，往前摆一摆，笑也笑得得意，额头跟他额头紧紧贴着，轻声说：“那好啊，就先看看你吧。”

结束的时候，乔颜只觉得身体如同被马车碾过，没有哪一个关节不在作响。她靠在床头只能轻缓地吐气。他却仿佛没事人一样走来走去，年轻的脸上光彩耀人。

方才被送来的小朝天刚洗过澡，只穿着纸尿裤，白胖的身体留着浓浓的奶味。新手父母手忙脚乱地给孩子穿衣服、喂奶、哄睡觉。一系列流程下来，乔颜更加不想动弹。

段明过开着不合时宜的玩笑：“我们段家的男人，哪个都不好对付。”

乔颜轻声一哼，脸色却微微变化。过了片刻，将他的胳膊拉过来，自己顺势倚进他的臂弯。段明过亲昵地将她抱在怀里，调侃着：“又撒什么娇呢？”

乔颜侧头看着他，眼睛里亮闪闪的，问：“明过，你是不是做过什么我不知道的事情呀？”

段明过拨着她的长发，在她饱满的额上轻轻弹了弹，说：“太多了，不知道你问的是哪一件？不然你给个提示，我好决定要不要坦白从宽。”

乔颜说：“就是关于你和你那个长头发秘书的事。”

段明过说：“长头发的有好几个，里面分声音好听的跟不好听的，长得漂亮的跟一般般的。”

乔颜说着就要蹦起来，段明过按着她的肩，笑道：“到底什么事？不逗你了。”

乔颜哼哼着重新躺下来，说：“我就是最近听说一件事，姜佳妮……其实是你介绍给你哥认识的？”

他孩子气的时候可以很孩子气，成熟的时候又可以很成熟。乔颜不错过任何一个细节，却仍旧看不出他脸上哪怕细微的表情变化。

段明过垂下眼帘，盯进她眼中，道：“算是吧。”

乔颜看得心底发毛，带着些生怕得罪他的不安道：“为什么呢？”

段明过说：“多交一个朋友，有什么为什么？”

就没想过会有后来的那些事情，直接或是间接、刻意或是无意地达成某种目的？可人总是很难愿意承认自己那些阴暗的小心思的。

就连乔颜自己也害怕从他嘴里听到什么让自己失望的话，两手紧紧搂住他的腰，将脸深深陷进他的肚子。

“明过，你一定要时刻记得，你现在是一个父亲了，你有个孩子叫小朝天。从现在起，你不仅仅是为自己而活，也是为小朝天而活。”

乔颜深呼吸几口气，鼻中泛酸“我不会要你放下以前的一切，我知道，人不可能真正遗忘过去。但我想为小朝天留住现在的一切，让他在这样的环境里成长，哪怕没有这座房子，什么都没有……只要我们在，就好了。”

段明过摸着她的后脑，觉得胸腔之中狂潮激荡，却被堵在一片钢筋水泥中徒劳地穿梭着。他说：“你说的每句话我都赞成，只有一点，我首先要为你而活，才能为小朝天而活。”

男人的甜言蜜语总是在不经意之间，乔颜直楞楞地看着他，还嫌不够，还想更加深入。她讷讷地问着：“为什么呢？”他却恢复了平时更为擅长的一面，冷静而轻慢，然后移开头，只是浅笑。

第九章

没有我的话，你休想

Chapter 47

往后的一段日子，乔颜对段明过的关注明显提升不少。

但凡他在家里，她总特别留意他情绪的变化，接过几次电话，回过几条短信，甚至要提防他会不会在她背过身的时候，朝她做几个鬼脸。

她从来都不是一个敏感的妻子，她更像是一个对孩子保护过头的母亲，担心他吃得好与不好，会不会走弯路，想在苗子长歪的第一时间掰正过来。

可她忘了自己从来不是一个好的教育家，这一点在乔恒的身上已得到了证明。

她在有了小朝天之后，多次邀请他与这位唯一的外甥会面，他却以各种理由拒绝，直到被乔贵桃押着，才来看了一回。

开头已是勉强，过程更加尴尬，乔恒对小朝天分外冷淡。乔颜几次要他抱一抱，他都僵着脸说“不会”“不要”“不想。”

这事让段明过很是恼火，尽管他嘴里不说，但从他下压的唇角跟冰冷的眼神中，可以得到证明。他已经很克制了，不然乔恒会第一次有幸见到他的暴脾气。

有过前车之鉴，乔颜在尝试时，仍旧没有吸取经验。段明过已经表达过数次不满，说总觉得家里有种无形的压迫感。

乔颜把一切都推到小儿小朝天身上，是因为他太吵了，他太闹了，甚至……是他太胖了。

小朝天睁着大而亮的无辜的眼睛，巴巴地看着自己妈妈，他还不知道自己成了替罪羔羊，更不知道自己成了新一代网络红人。

而这事，九成九要赖到段明过身上。作为一个合格的炫娃狂魔，小朝天大到生病感冒，小到吃饭撒尿，他都爱用文字、照片、视频，连篇累牍地在朋友圈里不间断轰炸。

大家对这事的态度分成两种。遇上亲密的挚友，如江流萤，娇嗔一句："你成天还有点别的事做吗？你老婆再给你生个女儿，你岂不是要上天？"

要是遇上别有用心的人，就每天截一张图发去微博，"正泰接班人"这一响当当的头衔一挂，再加上小朝天本身具有的偶像气质，立即引来了一拨妈妈粉、女友粉和各种粉。

想乔颜不过二十三岁，正当青春年少，一夜之间被千万网友喊婆婆，私信如雨后春笋般冒出来：婆婆多发点小朝天照片哦！婆婆要对小朝天好好的哦！婆婆也很美哦！

……婆婆你个腿啊。

段明过对自己亲儿子风头盖过自己很是不快，让网站删帖、删照片，又拉出自己微信里几百号人的通讯录，从头到尾把感觉不靠谱的全部删除。

这原本没有什么，乔颜也支持他维护儿子肖像权的举动。可是他把自己都给删了算几个意思？问到他，他还装糊涂："那我再把你加起来呗。"

乔颜于是立刻放松了对他的监视。他终于得偿所愿，举着小朝天感慨："家，果然是心灵的港湾。"

乔颜在他身上挖掘不出东西，只好去找线人孔松帮忙。

孔松是一脸很为难的样子，说："帮你问了无数人，要么是语焉不详，要么就是胡言乱语，我只敢保证七成的真实性，说错什么你别揍我。"

乔颜示意他继续。孔松说："姜佳妮这次流产跟她的助理有关，准确地说，是俩人不小心撞在了一块，姜佳妮摔地上摔的。这事百分百是真的。"

"剩下那几成呢？"

"这个助理是姜佳妮娘家的人，他们从小一起长大，按理说应该没问题。可姜佳妮发现她账上多了不少钱，数额有说几十万，有说数百万的，那这事就开始变味了。"

乔颜心里已经有了答案，喃喃着说给自己听："钱是谁给的呢？"

孔松不屑道："谁最不想要这个孩子出生，当然就是谁。这不明摆着吗？你什么时候带我去见流萤，我快受不了了。"

乔颜看他一脸猴急样，早动了恻隐之心，收拾东西坐进他的车子，说："择日不如撞日，就今天吧。"

她之前给江流萤几次暗示，如果孔松回头了怎么办，如果孔松要和你重新开始怎么办。她总装作没听见，被逼问急了，就说："那他也要先来啊！"

"可你躲得太好了，一个人想藏的话，总是可以藏得住的，你总要给他一个机会，来到你身边吧！"

江流萤还是说："那他也要先来啊。"

感情的事情，是旁观者清，当局者迷。纵然你有一千种理由，证明他们并不相配，只要局内人觉得还有一线生机，那就足够继续纠缠。

乔颜想，就给这对人牵一回红线，给他们一次把话当面说清楚的机会，那之后，是闹翻天还是岁月静好，就是他们自己的事情了。

孔松却在接连的打击下没了胆子，一路上都在问："她会把我们轰出来吗？她会跟你翻脸吗？她拼死不和我在一起怎么办？"

乔颜怜悯地瞥他一眼，摇了摇头，痴男怨女，说的就是他们这种了。

江流萤近来熬夜甚多，身体抱恙，乔颜借着给她买饭的理由敲开了大门，先一步进门的孔松却已经眼红了。

乔颜帮他们把门带上，关紧前说："跟他好好聊一聊吧。"

江流萤脸色苍白，眼中碎光晃动。孔松小声地问她：“上一次的馄饨……还有剩的吗？”她想也没想，一巴掌挥过去；他没躲，脸歪去一边，许久没转过来。

乔颜看着电梯上的数字一点点变小，最终归到起点。她与很多陌生人擦肩而过，顶着太阳去小吃店买饭。

临近五月，整齐的行道树重披翠绿，花圃里的杜鹃已经含苞待放，翘着尾巴的小鸟莺声婉转……一切都是欣欣向荣的样子。

许久不来，店里的老板倒还认识她，掌勺做了几个好菜，只肯收食材的钱。乔颜不好意思，非出去给他买了一篮水果。

拎着饭菜往回走的时候，看到留言墙上自己的那张纸条还在，只是原本“希望我们都能好好的”这行话下，居然又被添上了一句。

那时候她刚知道自己怀孕了，正试图用结婚的方式留下孩子，告诉他这消息的时候，他很不屑地问她：“你又跟我耍什么花样呢？”

他这个人粗心大意，越是亲近的人，说话越是不经大脑。她那时并不知道，以为他完全不相信她，不想要这个孩子。

人很难说清自己的记忆点究竟在哪，童年至悲至乐的事都可以忘记，却每每难忘邻家哥哥给的那半块牛奶糖。

有关段明过好的坏的诸多事迹，乔颜都记得不甚清楚。唯独这句话总在午夜梦回的时候蹦出来，总让她一次次记起自己那些卑劣的心思和自弃的过往。

所以在她蓄起勇气，准备坦白的时候，她写道：希望我们都能好好的。“我们”里有她自己，也有那时还在肚子里、被亲生父亲百般嫌弃的小朝天。

段明过好像也悟出了这一点，他矛盾的人格再次淋漓尽致地显露出来，于是大笔一挥，又在下面添了一句：没有我的话，你休想啊。

他那时候大概笃定店主会定时清理，笃定她不会看见，所以自负又狂妄。明明不是一句好听话，乔颜却看得笑出来。

关于姜佳妮被介绍给段明泽一事，最终没有像想象中一样，成为乔颜生活里的一个定时炸弹，准点启动，然后砰的一声，砸烂她所有平静的生活。

段明过的动向也渐渐明朗，他每早七点起床，锻炼一小时后洗澡吃饭，八点半上班，晚上六点半到家，尽量不出差加班，作息时间严谨得像一位老年人。

在他的调教下，丁点大的小朝天也拥有了非凡的人生规划，早上是一定要早起的，因为要和爸爸玩，晚上是不能睡太早的，因为要和爸爸玩。

乔颜倒成了家里时间最具弹性的人。，她没有明确的作息时间，忙起来往往半夜才到家，闲下来时，一连几天都抱着小朝天做“葛优躺”。

段明过对此颇多微词，矛盾的焦点，主要集中在无法和她在某件事上取得统一步调。于是他将健身计划稍加修改——她若在家，他便练她；她若不在，他练自己。

乔颜因此被榨干最后一点精力，这样的生活让她无暇顾及其他。

她于是先自我放松，觉得自己之前或许是想多了，或许事情没有那么复杂，或许姜佳妮和段家确实有瓜葛，但和他们又有什么关系？

乔颜生活里唯一的苦恼只剩下了一个，其实也不算苦恼，就是来自她那个正挣扎在学海中、身处魔鬼毕业班的小弟乔恒。

距离高考不过一月，校门外的送饭队伍愈发壮观。而给乔恒送饭的任务，原本落在终日无事的乔贵桃身上。然而近来他和丁贤淑所生的女儿健康状况再次恶化，他整天泡在医院，已是分身乏术。

电话被打到乔颜这里的时候，她很是气恼地先深呼吸几口，才道：“爸爸，乔恒还有一个月就考试了，你也知道他对那边的态度是什么，你这样做，他会寒心的。”

“那我能怎么办？”乔贵桃嚷嚷道，“我抽不出时间，你要是没空，付点钱让人去给他送两顿，饿不着他。我送过去的还能香一点？”

乔颜连连叹气，说：“爸，你不是不知道乔恒的脾气。你送惯了，别人去，他肯定会生气的。你到底知不知道——”

电话里已经响起嘟嘟声，乔颜将手机一丢，看到怀里瞪着大眼看她的小朝天，忍不住抱住他，亲了亲他的鼻子。

……你到底知不知道，这世上有一种爱，是无法缺席，谁也替代不了的。

乔颜只好披挂上阵，亲自赶去学校。中午车多路堵，乔颜老远就从车上下来，踩着高跟鞋，顶着大太阳，从乌泱泱的人群里，见缝插针地往学校门口走。

气象台一早预报今年气候反常，厄尔尼诺现象虽然很普遍，可才不过五月，已经炙热到如此地步。乔颜几百米跑下来，身上的真丝衬衫已经湿了大半。

这还仅仅是第一个挑战。挤进人群准确找到乔恒，亦是一大难事。所有家长都拥堵在铁门之外，一只只手高举着，从门上的空隙里交接饭盒，场景像极了舌尖版恐怖片。

乔颜等一波人潮退去，才能勉强挤进去，幸好乔恒人高马大，她挥手喊着吸引他注意力。他因等待太久，脸色已经不耐，见到她的时候更是黑着脸。

乔恒隔着门问她：“爸呢？”

乔颜微怔，说：“他有事。”

乔恒问：“什么事？”

乔颜把餐盒塞到他的手里：“小事。”

如此借口，一天两天还可糊弄，时间一长，乔恒再不相信。何况每晚乔贵桃回来都是独自一人，乔恒于是疑心他又去了丁贤淑那边。

乔颜再来的时候，直截了当地提及此事。乔颜实在瞒不下去，也不想再跟他说谎，便点头：“那个女孩生病了，很严重，他去照看一下。”

没想到乔恒一下就把饭盒摔了，米饭和汤菜洒了一地，吼道：“那才是亲女儿、亲妹妹，你们都去照顾她吧！”随即扭头就跑。

身边好几位家长都很同情乔颜的遭遇，好心提醒道：“孩子压力大啊，你别怪他了。有什么事都要顺着呀，现在他最大嘛。”

乔颜简直无法想象，还要多大让步，才能算是彻底地依顺他，还要多少妥协才能换来他的理解？她疲惫地向那些家长道谢，觉得累极。

身后忽然一个脆生生的女声在喊她："小婶婶？"她一回头，段雨溪正朝着她甜甜地笑，"真是你唉，你又变得好看了，戴着墨镜也好看。"

乔颜也朝段雨溪笑，看到她左右手拎着饭盅和水果，难以启齿，又不得不说道："雨溪，能不能帮小婶婶一个忙？乔恒刚刚不小心把饭盅打翻了，你……"

段雨溪看到一地狼藉，说："哦，这些垃圾原来是他制造出来的呀！你放心吧，反正我也吃不完，就分给他一半。"

乔颜连连道谢："雨溪，你真好。"段雨溪朝她笑嘻嘻地告别。乔颜心内一动，又喊她回来，问："你怎么总不来我这儿看小朝天？他很想你呢。"

段雨溪咬了咬唇，眼神闪烁："我想去。可是我爸爸……小婶婶，等我考完试，你接我过去住一段时间好吗？我在家里好闷的。"

乔颜摸摸她瘦削的脸，说："我保证，还想让你给我带小朝天呢。"

段雨溪心里很高兴，一路蹦蹦跳跳的。她回到教室四顾一圈，看到大家都在叽咕叽咕地吃饭，只有乔恒的位置是空的。

她拎着饭菜在走廊尽头找到他，浓浓的烟味隔老远也能闻见。她明明只是小声一喊，他却反应颇大地跳起来，看见是她，又坐下，"你来干吗？"

段雨溪将饭盅放在墙头，想去拿掉他嘴里的烟，说："你不能抽！"反而被他狠狠打到手腕上，疼得她直拧眉。

乔恒不屑地看着她，用最恶劣的话堵她："关你什么事？你是我哪位啊？我姐都没你这么烦。"

段雨溪死咬着牙关不让自己哭，昂着头说："就是你姐要我来的，她知道你没饭吃，让我跟你分！你吃吧，这是我妈妈新请的师傅做的，手艺很好。你吃不完我再吃，或者，我吃水果也可以！"

乔恒百般推让，她仍旧难缠如牛皮糖，心口那一锅滚油已在沸腾。他索性将那粉红色的饭盅接过来，再往墙外一丢——

"楼上谁啊，谋杀啊你！"

段雨溪扑过去看，饭盅落到一楼，被摔成两半，汤水饭菜洒得处处都是。几个遭殃的路人被溅到，正怒气冲冲地仰头大骂。

段雨溪再也忍不住，眼泪大珠小珠落不停。她是真的不理解，她只是想对这个人好，可他为什么总是要这样对她？

Chapter 48

乔颜曾经在很长一段时间里惧怕两样东西，一是突然响起的电话铃声，一是课堂上被老师喊出教室。类似这种突然而至的情况，往往会带来不太好的消息。

那时她唯一的心结便是母亲的病情，最怕有人突然跟她说，你妈妈的病情恶化了，你妈妈的病生变了，你妈妈……她不行了。

不久之后，又多了一样，段明过跟她说——他要出国留学了。

好像养过一阵的阿猫阿狗，送别的时候也会分外舍不得。听到消息的那一刻，乔颜真的觉得有一阵天旋地转的错觉。

他出发那天，她早早就起床准备。她没有什么体面的衣服，翻出几条穿得褪色的裙子，却怎么也走不出家门。

是自卑，也是怕他会取笑她作怪。她想了再想，还是决定换成夏季的校服：素白的短袖 T 恤，略微有些短的黑色运动长裤。

但她不知道是应该披发，还是扎起马尾，又或者可以学电视里俏皮的女生，编起两个麻花辫，青春靓丽。

弟弟乔恒一大早回来时，看见她提着裤子，踩在木椅上反复照镜子，问：“你不是有事吗？怎么还在家？我看你就是懒得给妈妈值夜！”

乔颜嘴一抿，从椅子上跳下来，一口咬住缠在手腕上的皮筋，将长发束起来，道：“真的有事，要赶去机场。妈妈昨晚好吗？”

乔恒哼哼：“好得很，晚上还起来要吃东西，我只好问隔壁床借了一罐八宝粥。她喝得一点都不剩哩。你去机场干吗？接人还是送人？”

乔颜来不及解释，从桌上拿过一个隔夜的馒头，挥挥手：“我先走啦，一会儿去医院换你的班，谢谢弟弟啦。”

半路的时候，手机铃声大作。她正在吱呀作响的公交车上学着编蜈蚣辫，舍不得停下来，一手卡住头发，一手按接听。

视线一瞥陌生号码，心中有短暂的讶异。听到对方说话的时候，她已经泣不成声了：“快来医院，你妈妈不行了！”

她一路抹着泪赶去医院。半路上段明泽给她打电话，听到她异样的声音，问出结果后迅速道：“我也过去，这种时候，你得有个人在旁边帮你。”

乔颜也不知道自己说没说道谢的话，在那一刻，她的脑中完全是懵的。她已经再无暇顾及乱糟糟的头发和寒酸的衣着，心中却隐隐有着一份小小的祈求——希望妈妈能够转危为安，如果有时间，她还想再回到机场，见一见段明过。

只是现实没有理想那么丰满。等她赶到的时候，乔恒和段明泽已到了，而她的母亲，闭着眼睛，安静平和地躺在病床上。

乔颜后来无数次想起这天的事，背后总是一阵又一阵地发凉。尽管段明泽告诉她生老病死是人间常态，尽管几乎所有人都安慰她，她已经做得够好了。

可她心里为什么就是那样难以宁静？她本可以陪她走过最后一程，本可以握着她的手告诉她很爱她，却为了一个完全不属于她的人丢下了她。

乔颜一直想把所有事情都做到极致，做到完满，不想让别人失望，不想看到自己出错。可她还是背叛了妈妈。

在她后来遇见段明过，一次次充满失落和失望的时候，这种情绪表现得尤为明显。

缺损的一块，乔颜总想在另一处补全。于是当夜里的电话鬼魅般响起，传来婆婆入院的消息时，她立刻起身准备出发。

段明过几次按下她，说：“老毛病了，在这种季节交替的时候最容易发作。你在家等我，我早上回来给你带生煎包。”

乔颜却觉得这种事不能分大小，从他臂弯里绕出去，执意洗漱完毕，换上衣服跟他过去。段明过在她身后看了半晌，忽然大步走过去抱起她。

乔颜感觉到自己腰上被一双有力的臂膀圈住，而他线条明朗的下颌磕在她的肩膀，热乎乎的呼吸喷吐在她的耳边……像个手足无措还要强装镇定的孩子一样。

她笑着去摸了摸他耳朵，说："会没事的哦。"

婆婆入院后，乔颜才知道她的情况有多坏。因为她抵抗力弱，以及年复一年积累的病灶，她的面容或许还保持着这个年龄的韵味，身体却已到了风烛残年。

段明过时常陪着她，一坐就是整日整夜。乔颜尽管心疼，却并不多加劝阻，她自己很是清楚，很多东西，错过就是一辈子。

她只能在休息的时候，带着小朝天过来闹他一闹。这是他们新的寄托和希冀，也是现如今最大的安慰和快乐的源泉。

只是不知道是不是感染了医院里的细菌，小朝天也紧跟着生病了。先是发烧，小身子烫得像火炉，后来成了肺炎，要在医院里安家。

医生们来给他扎针，被他细细的血管弄得焦头烂额，手上扎完扎头上，头上找不到只好戳脚上，这才把药水挂上。

乔颜看小朝天那么小，躺在床上连身子都翻不利索，哭得小脸都涨成了青紫色，还要受这么大的痛苦。她没有办法，只好跟着哭，抱着段明过一遍遍呢喃："我怎么什么都做不好？"

段明过觉得她就像一个酒后吐真言的人，絮絮叨叨把自己前半生的事都向他回顾了一遍。说到她妈妈那段，她完全失控，他也成了千古罪人，要跟她一起钉在耻辱柱上。

没有一件应该开心的事。段明过分析自己的处境：亲妈、儿子、老婆，个个都不让他省心。他根本就是三面受敌，这让他焦头烂额，世上也许没有比他更惨的人了。

可他就是忍不住乐起来，值夜的时候怎么都睡不着，索性一手撑着下巴，看身边一动不动的乔颜。段明过往她脸上一凑，听见她鼻腔里轻声的呼噜声。

他就像欣赏一幅画、一本书，一件捧在手心的珍宝，长时间地看着她，然后点着她微张的嘴巴，说："有什么不能告诉我的，比如说你爱我。"

毕竟，"我可是什么都告诉你了。"——除了我爱你。

江流萤来看小朝天的时候，小家伙已经好得差不多，不再是几天之前脸色绯红、动不动就难受到哭的大魔王。

江流萤一直都喜欢孩子，每次瞧见身边唇红齿白、粉粉嫩嫩的小孩都要多瞧几眼。特别是在知道自己怀孕机会很渺茫之后，她对孩子的这种喜欢，可以说已完全到了登峰造极的地步。

如今看见小朝天，她心中的那份难耐被勾得受不了了。说不嫉妒是假的，但聪明的女人会找到方法化解——不管段明过认不认，她都要做小朝天的干妈。

江流萤时不时就给小家伙捎来衣服和玩具。她跟乔颜一起，往他床上挂好五颜六色的小铃后，他兴奋得手舞足蹈，一连尿了两泡以示庆祝。

江流萤怎么也摸不够这孩子的小脚丫，一边轻轻挠，一边喊他的小名。

乔颜听了笑，说："小朝天最近有大名了。我文化水平不行，自觉退出他们家的起名会议，最后用的是他爸爸取的名字，叫隽彦。"

江流萤想了想："真好，终于不用小朝天小朝天地喊了。我们小朝天多好看呀，老用这种名字讽刺他多不好。不过这名字似曾相识啊！段三手底下的那个公司，是不是就叫这？"

乔颜点点头，不太好意思地说道："据他说，之所以取这个名字，是因为融合了我们俩……所以公司用了后，儿子还能用。"

"还挺深情。'彦'的意思我差不多知道。"江流萤往手心里写这两个字，"但是'隽'呢？他的名字里哪藏着这个字？"

乔颜硬着头皮："'隽'通'俊'呀，他就是变着法儿地夸自己。"

江流萤扑哧一笑："见过不要脸的，没见过这么不要脸的，他不如改名叫段英俊算了。"

乔颜长叹一声："不能持反对意见，不然他要叫小朝天'正淳'！那太吓人了，我儿子性子淡，有一个太太就足够了。"

江流萤又是笑得前仰后合，小朝天这时开始哼哼，有些闹觉了。

乔颜喜欢亲力亲为，能有空哄他，就不假别人之手。这时候将他从床上抱起来，侧坐到一边的椅子上。江流萤跟着挪位置，手里一把小折扇慢慢地摇。

小朝天没过一会儿就合起眼，原本把玩妈妈头发的小胖手垂下来，握成小小的一团支在嘴外。江流萤看得眼热，呢喃着："真希望我也有这样的一个宝宝，可惜是奢望。"

乔颜抓着小朝天肉乎乎的脚，往她胳膊上轻轻一砸："不要胡说。你跟孔松怎么样了？"

江流萤一扁嘴："好端端的，提他干吗？我俩是井水不犯河水。那个人，直男癌晚期，大男子主义，还爱啃老呢，总之一无是处。"

这绝非什么无情的控诉。相反，这位小女子在乔颜看来，却是在痴嗔地撒娇，她眼里话里分明都是浓浓的眷恋，又怎么可能和她说的一样要一刀两断呢？女人的话永远都要反过来听的。

乔颜说："好可怜，看来孔松这次真的要失恋了。怪就怪他没眼光，这种人活该一辈子打光棍，老了都不知爱为何物。"

诅咒得这样严厉。江流萤却心疼起来，说："也不能这样说他吧，他……他这个人，其实还是不错的。"

"哪里不错？"

江流萤却说不出来。她只知道他并不像电视剧里的主角，假装深情款款，只会说一些"我只爱你""我什么都包容你"这样一听就很假的话。

两人再次碰面的当天，她终于敢直面自己的过去，向他坦白所有的过往。而他也真正像个成年人那样，告诉她，他需要一段消化的时间。

然后他便总在寒风萧瑟的早上，给她带来热乎乎的早饭，表情认真地说我喜欢孩子，但他更想有个他深爱的人在家等他。他说，他用这几天时间，跟他父母谈过她的事了，他们让他滚，所以他滚过来了。

她眼里含着热泪，差一点点就要大雨压境，可还是忍住了。在关门前，她装着冷酷地告诉他，她还没决定好接受他。

孔松倒不觉得意外，只是在门将要合上时，递进去那份早餐，说别人能为她做的，他也能做，还能比别人做得更好。

于是他每早都赶来送各种花式的早餐，每天订双份的玫瑰，在每一束上面都有他亲笔写的卡片：我会等，等到你答应我……或者彻底拒绝我。

Chapter 49

过了几天，小朝天的病灶彻底去除了，段明过领着这对母子把家还。医院里的条件尽管已做到极致，但回家的感觉终究不一样。

小朝天也察觉出这其中的差异，躺在乔颜怀里喝奶的时候，叠着的两只小脚一阵摇晃，小细嗓子里发出呜呜的声音。

段明过双手插兜，倚在窗前看这对母子，修长的影子一直延伸到她的脚底下。他声音却离奇地有些微哑，道：“想跟你商量一件事。我妈这次出院以后，我想接她到这里来住。”

乔颜见他表情严肃，略微讶异，思忖后说：“我没意见的，家里很大，你接她过来尽孝，是很好的一件事。我只是想问一问她的意思，她愿意来吗？”

段明过逆着光，整个人被镀上一层淡淡的金色，却唯独看不清脸。即便这样，他忽然生出的戾气还是直冲过来，让人知道他很不高兴。

“她当然愿意。”

乔颜点头：“真是那样就最好了。可如果她不情愿的话，我希望你能像尊重我一样尊重她，毕竟各人都有各人喜欢的生活方式，我们不要轻易打搅。”

段明过手抽出来，按到窗户上，反问：“什么是打搅？我是她儿子，她是我妈，她跟我同住一家天经地义，难道我错了吗？还是你根本就不想让她来，所以找出一堆借口？”

乔颜一下沉默了，留出时间给他，让他知道自己是在无理取闹。小朝天好像也对爸爸的话反感，斜着眼睛看过去，又不停地推开奶瓶，现出要绝食的骨气。

段明过脾气来得快，去得也快，他一跺脚跟走过来，弯腰蹲在她的面前，顶着她额头说："对不起，对不起，老婆……"

小时候读故事，书上写，有个人脾气不佳，为了控制自己，每发一次脾气就往院里的树上钉一颗钉子，每次克制住脾气就拔下一根钉子。钉子后来一根都不剩，却留下了满树的孔。

段明过那时候不以为然，因为知道自己没人在意，也没人心疼，受到欺负就要还击，被人教训就要诅咒回去；遇到喜欢的人也还是一样戒备，在被人伤害之前先伤害过去。

现在回想起来，他仍旧一身冷汗，因为不知道她何时会发觉，他是一棵长坏了的、古怪又不成材的歪脖子树。他害怕冷战，也害怕她走，非要看到她再笑起来才稍稍心安。

乔颜将头后仰，重新倚回椅子里，问："你知道你刚刚的话有多伤人吧？换一个人，早已经跟你急了。说不定要大吵一架，再把孩子丢给你。"

段明过就跟被家长数落的孩子，紧张得抓耳挠腮，然后一只手捂住她的嘴，不许她说，好像这样就没犯过错一样："你不会的。"

乔颜冷哼："因为我蠢。"

"因为你很爱我。"

乔颜一怔，想反唇相讥：你别太得意了。他却说道："我也很爱你，如果你走，我会很痛苦。"

乔颜脑中就像过火车，咣当咣当响个不停，想不到为什么一秒之前还在吵架，一秒之后就变成了另类的告白。更想不到他怎么会说这种肉麻的话，她的脸上忍不住发烫，连头发尖都快燃烧起来。

小朝天还是不肯乖乖喝奶，两只手推着奶瓶直打架。乔颜没来由地心底烦闷，索性将奶停了，又把孩子扔段明过怀里，说："一点都不乖。"

段明过抱着张牙舞爪要抠他嘴的小朝天苦笑："你脾气好！你脾气好还对孩子撒气，他才多大，你有什么不满朝我来。"

乔颜揉着头发站起来，说："你就知道疼你儿子，你朝我怎么发火都可以，我对他有点意见你就不高兴。你别以为真的吃定了我，我人在这儿，但心是自由的，我还是可以爱上其他人的。”

身后静谧一分，忽然就被沉重的步子打断。他三步两步冲过来，很用力地掰过她，一张脸已经彻底黑了下来，声音更是如紧凑的鼓点般声声震耳：“你要是敢爱上别人，我就杀了你，再杀了我自己。”

乔颜整个人都麻起来，觉得书里写过的霸道总裁情节真的上演了，但并不那么让人舒服，甚至很让人反感。她说：“段明过，你是不是疯了？”

段明过隔着小朝天抱着她，话语严厉，吻却是轻柔地落在她的颈上：“你就认命吧，你这辈子只能是我段明过的老婆，我也只想要你这么一个老婆。”

段明过随即又向她公布一项决定，这次完全没有征求她意见的意思：“我准备给小朝天办百日宴，顺便向所有人介绍你。”

摆酒那天，着实来了不少人。段明过玩得来的朋友、商业上的伙伴、公司里的要员，认识的，准备认识的……当然还有少不了的家人。

乔恒高考结束，终于纡尊降贵来参加他小外甥的百日宴。因为是娘家人，他被安排和段家一席，跟段雨溪隔桌相望。

段雨溪一连挪了几个位置，还是没能和乔恒靠近多少。她只好去求乔颜，要她撤了段明泽一家的位置，以便自己跟“老同学”面对面接触。

乔颜心知乔恒跟段雨溪一直不对付，就以各人座次都是安排好的这一借口，想叫段雨溪打消计划：“撤位子简单，你二叔他们来了坐哪呢？”

段雨溪很是意外地抓着乔颜的胳膊道：“小婶婶你不知道啊？二叔他们不会来的，因为……二婶被警察叔叔带走了。”

乔颜一怔，完全没想到还有这一出，将她拉到自己身边，小声问：“我不知道这件事，你听谁说的呢？”

段雨溪悄悄打量一下四周，也说得偷偷摸摸：“我也是不小心听来的，昨天还是前天来着，我爸跟我妈说的。”

乔颜点点头说：“那你随便坐吧，但是位置不能撤，不然被外人看到了，像什么样子呢。”

段雨溪连连答应，抓着她粉色的小腰包，一个椅子一个椅子地往前挪。

她脸上是小小的期待和担忧，一双黑漆漆的眼睛不停地往乔恒身上瞟。

乔恒自然对她不耐烦，只是大家都在一张大桌上吃饭，不好发作，只能嘴不动地发声道：“你到底烦不烦？”他将面前的餐巾一掷，起身道，“我去趟厕所。”

段雨溪也跟着站起来，一溜小跑地跟过去。

若是之前还有什么幻想，想将两个人拆分开来，此情此景就是傻子也能嗅出端倪。好几件事情堆在心里沉淀发酵，乔颜完全不知道该从哪一件中理出头绪。

不远的一桌开始起哄拍手。段明过抱着小朝天，像班师回朝的凯旋的队伍，手里捧着的仿佛不是小孩，是让他飞黄腾达的军功章。

没瞧过的都凑近来看，感慨声此起彼伏，汇成一句话就是：“你家宝宝也太可爱了，有没有想过以后往娱乐圈发展？”

中国人讲究温良恭谦让，老祖宗传承下来的优良品质，到了段明过这里成了一句笑话。他几乎有些恬不知耻地说：“不去，我儿子一进娱乐圈，其他人还有饭吃吗？”

觥筹交错间，乔颜几次要问段明过，只是刚刚起了头就被打断。等真的酒足饭饱后，老太太却抱着小朝天，将段明过拉到了身边。

两个人交流的声音虽低，乔颜却能从只言片语和他们的表情里看出端倪。

老太太只怕也是刚刚知道段明泽一家的事，表情由焦急、紧张到恼火、愤怒，若不是小朝天做了祖孙二人之间的缓冲剂，她手里那双筷子，只怕已经打到了段明过身上。

“你们年轻人的事，我已经不想再多管。公司的事情也早就尘埃落定，我虽然不能理解，但可以接受改变。可你哥哥这件事，你是不是太过分了？你们毕竟是同姓兄弟，你帮帮他。家和万事兴，小朝天也该在好的氛围里长大。”

段明过去送宾客的时候，表情就不如刚开始那般自如。乔颜站在他的身边，轻轻挽着他。他忽然想道：“刚刚你要跟我说什么来着？”

乔颜不想再为他增添不快，说：“没有什么，就是想跟你谈谈雨溪的事。”

“她的事有什么好谈的，就是谈也该去找老大，谁的女儿谁负责嘛。”他眼光一晃说，“在那儿呢，她怎么总爱缠着你弟弟？”

Chapter 50

乔恒对这事也挺纳闷，明明骂也骂过，吼也吼过，难听的话说了一大箩筐，这家伙还是喜欢绕着自己打转。乔恒无奈：“你为什么一定要把时间浪费在我这里？”

段雨溪掐着衣服下摆说：“我没想浪费你时间，我就是有点事想问问你，可你总是对我不理不睬的。”

乔恒冷嗤：“还是那个老问题吧？问我想去哪儿念书？我凭什么告诉你？而且就算告诉你，你去得了吗？”

段雨溪忽然很紧张，掂着脚说：“我去得了！就算不能跟你一个学校……同一个城市也好啊，大家一个地方的人，相互之间也好有个照应。”

“我躲你都躲不及呢，才不想跟你照应什么。”乔恒冷冷一嗤，“像你这种人，何必在国内挤压大家的资源呢，你们不是最喜欢去美欧留学吗？”

段雨溪说：“别人是别人，我是我，我想在国内生活和学习。而且你能别对财富那么敏感吗？我们念书、工作，最后想着出人头地，不也都是为了挣钱吗？我爸爸他……是有些小钱，但我现在算是借他的，以后会还的。”

乔恒听得更加要笑：“千金小姐说要挣钱打拼，真是新鲜。你也别误会，我不是不想出国，我只是不想花家里的钱出去。等我拿到奖学金，我是一定要走的。”

段雨溪抓抓头，又立刻改口：“那我也出去，一边打工一边念书，人要磨砺磨砺才能成器。你说对吗？”

乔恒低眉垂目，轻蔑地看过她一眼，笑着摇头：“你说对就对。”

他不想再跟这人纠缠，也不想坐姐姐的车回去，一个人在酒店外转了转，最终打车去了市中心二十四小时营业的城市书店。

白静在这里找了份兼职，负责书店在夜里的正常运营。幸好晚上人并不多，大多数时候，她能像过来看书的人一样，蜷在一个小小的角落里闻书香。

乔恒找到她的时候，她正捧着一部大块头的精装书细细地啃。直到他坐到她身前，点点她膝盖，她这才反应过来，抬头冲他笑了笑。

白静看了看身边，小声问："你怎么来了？"

乔恒一手撑在膝盖上，歪头枕在书架上说："正好路过，想找点书看就进来了。你在看什么呢，这么入迷？"

白静将书微微合上，露出封面给他看："《飘》，你应该也看过吧？"

乔恒点点头，说："不过我不是很喜欢。"

"因为斯嘉丽吗？"

他再次点头。

"很多人不喜欢这本书，原因有很多，而这个原因是最突出的。但我跟你相反，这是我最喜欢的一本书，斯嘉丽也是我特别喜欢的女性角色。我觉得她……唔，真实又梦幻。"

乔恒不由露出笑容，眼神里是柔软的光："说说看。"

"爱就爱得很肆意，不管艾希礼是不是爱她，有没有结婚。她永远天真，永远任性，身后还有一个瑞德一直爱着她——尽管结局并不算太好。"

乔恒饶有兴趣地问："你想成为斯嘉丽那样的人吗？"

白静稚气地咬了下指甲，说："我可能比她还要再现实一点。如果我能嫁给瑞德，无论有没有爱上他，我都会好好经营我们的婚姻。"

乔恒装作恍然大悟的样子："看来你是想要嫁给有钱人。"

她将马尾一甩，潇洒里带着淡淡的不屑，话却是世俗的："看他多有钱了。"两个人相视，都捂着嘴笑。

白静将书合上，摆到一边，说："我最近白天换了份兼职，猜猜我去哪儿了？正泰！我在那儿给一个小项目经理当助理，一天工作八小时。”

乔恒听到这名字，忍不住皱了下眉，说：“哦，正泰啊……听过。”

白静笑：“那可是业界标杆、商界传奇。我听说他们的董事长是你姐夫？是段明过吧？”

乔恒扁着嘴点头：“原来公司也不在他手里，他搞了一系列小动作才得到手的。财经报纸不是已经写烂了？胜之不武，说的就是他。”

白静却一点都不同意：“商场上的事谁能说得清？我在正泰远远见过他一面，人很精神，对员工也很有礼貌。不管是不是装的，他眼里的那股锐利，我却是看得很清楚。”

白静拍拍乔恒的胳膊。只是短暂地接触一下，他却反应颇大地挺直腰板，然后自她碰到的地方开始泛红，一直烧到耳朵根。

白静说：“既然段明过是你姐夫，你能不能帮我引荐一下？我想跟在他后面学着做一些事，哪怕只是烧水打杂也可以。”

温柔乡，英雄冢。乔恒脑子里像在煮开水，已经沸腾得冒泡了，双眼无处可放地乱瞄，说：“行啊！他对我还是不错的，我说话，他听。”

乔恒手机响到第五回时，他终于彻底不耐烦起来，挂断之后直接按了关机，再拍到一边的书架底下。

白静被他的动静惊扰，小声说：“谁呀？你爸？干吗不接电话呢？你这么晚还不回去，他们一定是担心你了。”

乔恒闷声道：“他才没空管我，是我姐。就数她最不放心人，还把我当三岁小孩，有事没事就打个电话过来。”

白静说：“身在福中不知福，这是对你好呢。哪像我，爹妈要做生意，除了开家长会，他们从不来学校，老师都说不认识他们，说他们不关心我。”

乔恒说：“家长会能来就行了，别的时候过来干吗？”他心里却隐隐有些触动，想到他姐也是忙里忙外不熄火，可总是抽出时间到学校来跟老师交流。

高考前一阵，她接了戏，外甥小朝天又生了病，她几乎是家里、医院、学校三个地点来回跑，他不仅没给她一点好脸色，还摔了一次她送来的午饭。

如此一想，乔恒彻底没了看书的兴趣，用手来回划着书面，说："我还是先走了，出来的时候没跟他们打招呼，他们确实该担心我。"

白静特别善解人意地点点头，说："那我就送你到门口吧。"

她坐得久了，腿脚发麻，起身的时候歪了一下。乔恒眼疾手快地将她揽进怀里。白静身子一僵，迅速从他身前躲开，笑着跺了跺脚。

两个人一前一后地走。在自动门前，白静止步，乔恒侧过身跟她面对面地看着，眼里有很深的留恋，实在有些挪不动步子。

乔恒一直喜欢白静，喜欢她素朴的打扮，白嫩的小脸，还有这女孩身上草根的韧劲和对学业的执著。

这种喜欢就像一颗小小的种子，在心里酝酿埋藏了许久，以前不敢说，是因为知道她和自己一样是生活在底层，也是对未来不容有失的人。

现在希望即将破土，在漫长的等候和蓄力后，可以伸开纤弱的身体迎接太阳。他知道自己再也等不及了，迫不及待地想知道她的态度。

自动门感应到人，开了又合，合起又开。

乔恒咽了几口口水，这才艰难又慎重地开口道："白静，其实我……"

"乔恒，"她忽然打断他，"时间真的不早了，你该回去了。我也不能总陪你站在这儿，一会儿让管理员看见，她会说我的。"

乔恒连连点头，说："我知道，我就是有句话想跟你说……"

"我知道，"白静还是不给他机会，"我都知道。可是我现在不想想这些，或者说，你不是我理想中的人……从来就不是。"

乔恒如同遭受当头一棒，整个人自头皮开始发麻，呼吸也不畅起来。他宁愿自己耳背，或是幻听："你没试过怎么知道？"

白静笑了笑，脸上是超越同龄人的坚定："感觉这种东西，很微妙的。总之我们还是适合做朋友，或许你该考虑考虑雨溪——"

"我跟她没有任何关系！"乔恒忽然一声大吼，惊得书店里的人都回头看他，他方才回神，压低声音说，"我跟她不可能的。"

白静说："别说得那么绝对，人跟人之间的缘分很难说的。"

回去的路上，乔恒感觉身体完全飘了起来，脑子里乱成一锅稀粥，不知道路在何方，家在何方。对身为天之骄子的他来说，自小到大经受的第一次挫折，是被自己喜欢的女孩拒绝。

不！不仅仅是喜欢，乔恒想，他是那么爱白静。

可为什么她不爱他呢？是因为他不够好吗？不够帅吗，还是不够有钱？没有前途？不是的，一定不是的。那是有人从中阻拦？

Chapter 51

段明过接过电话，随手将手机扔到床上。乔颜不想看也看到了，熄灭前的屏幕上写着“乔恒”两个字。

“我弟弟打给你的？”话一出口，乔颜就觉得心急，好像……就那么想监视他一样。她将长发放下来，用手抓了抓，安静地等着他的回答。

段明过在她的身后笑，小指勾起她的睡衣带子，再覆掌下去，慢慢扫过她滑如凝脂的皮肤，说，“是啊，要给我介绍个人。”

乔颜微微掉头看他，问：“什么人？”

“说是要过来做兼职，请我带一带她。”乔恒说话的时候带着哭腔，好像刚刚受了什么大委屈，段明过将这细节抹去，免得乔颜又要多心。

乔颜问：“什么人值得他这么上心呢？”

“当然是女孩了。”段明过笑道，手已经滑到她的胸前，声音小小柔柔地说给她听，“白静。”

白静这人，乔颜当然听过。她为人出众，跟乔恒两个是学校里的翘楚。她一直不是很清楚两人之间的交情，此刻又被段明过撩拨得身体发热，转身过去将他轻轻地推开一点，说，“又来一个‘静’。”

他听出这里面的乾坤，低低地笑出来，说：“小心眼啊！你是不是要全天下的人都不能叫‘静’？”

乔颜跟他较着劲，一个要扯衣服，一个拽着不许：“也不是。只要你身边没有带‘静’的就行。”

段明过被勾得心内窝火，身上滚烫，坐着不行，掐着她的腰滚到床上。

一番缠斗后，两个人都是大汗淋漓，彼此的呼吸声交织在一起，都气喘得不行。

她居然还有精力用膝盖抵住他的小腹，说："……我还有事跟你说。"

"乔恒跟段雨溪？"段明过一笑而过，"他们都是成年人，成年人的事情自己可以解决。我们两个成年人别老管别人的事，也该解决点成年人自己的事了。"

乔颜被他这番流氓理论彻底逗笑了，向后拨着他因为大汗染湿的头发，露出他宽阔饱满的额头，和一双深邃眼的睛。

乔颜说："褚静的事，你管不管？"

他方才还兴致勃勃的一张脸忽然退烧，歇过几秒，忽然大步走到窗前，将落地窗帘拉严实。

"褚静的事问题不大，说到底，这事跟她本来也没多大关系。可惜老太太糊涂，天真地要我帮忙捞人，她不知道褚静一出来，就会有人要顶进去。"

段明过转过身，嘴角正噙笑，眼里却是别样的冷，寒气一点点渗透开，像腊月里的风。乔颜不由瑟缩了一下，觉得一股透骨的凉。

褚静平安无事，代价是另一个人要锒铛入狱。换句话说，段明过这次是下定决心要掐死他二哥了。乔颜觉得自己是该说点什么，可又找不出合适的话来恰如其分地表达。

视线里，他一路走过来，一路宽衣解带，最后重新压在她的身上，用沾着汗水的微凉的指尖划过她的脸，又变回那个温柔的人，说："别管这些事了。"

段明过果然在第二天一早，就找到了白静。小姑娘生得很好，眉眼灵动，脱下单调的校服，换上得体的连衣裙，比那回家长会上见到她时要清丽得多。

对这个初来乍到的高中毕业生，段明过不指望她擅长做什么工作，不过是因为小舅子推荐的，勉强收在身边做个跑腿的就好。

段明过带她去一边的秘书室，让秘书们带她。她很感激地一直将他送出办公室，倚在门边羞怯又大方地说："谢谢段总。"

段明过客气地说："跟在她们后面好好学吧，有什么不懂的就来问我，有什么不习惯的也可以告诉我。"

可惜段明过一向事多，近来又要当个好好先生准时回家，工作一再被压缩提速，让他无暇顾及其他闲事。于是没过几天，他便彻底将这位高材生忘记了。

当白静端着咖啡进他的办公室时，他才记起她，他随口问了句："小张呢？"

她很是紧张地说："张姐今天请假，所以让我代她……是我咖啡泡得不好吗？我之前一直跟她学，以为已经熟悉你的口味了。"

段明过摇头，见她这么在意，又给面子地当着她的面尝了一口，说："味道很地道，你用心了。"

白静这才松下一口气，抱着托盘朝他如释重负地笑，"谢谢段总。"

正好段明过桌上的手机响，他一看号码，视线忽然柔软下来，朝她摆摆手说："你先出去吧，有事再喊你。"

白静原本还想再说点什么，这时只好点点头，心想，一定是他夫人的电话。

是乔颜没错。鲜见她如此急躁，在电话那头几乎哭出来。

段明过一连安慰了许久，这才听见她说："乔恒发挥失常了，连一本线都没达到。现在人不知道跑哪去了，我都找了半天了。"

段明过不由皱眉，担心的是外面艳阳高照，怕乔颜中暑。他问要不要过去接她，她声音特别无力地拒绝了，说："我想在外面多转一转，看能不能尽快把他找回来。"

段明过挂了电话，又把白静喊了进来，说："乔恒的事你知不知道？"

白静眨眨眼："我只听说他考得不太好，具体怎么着我也不是很了解。乔恒的水平我是知道的，或许是填答题卡的时候出了纰漏。"

"你的意思是，他粗心填岔了？"

"很有可能啊！学校每年都有人犯这样的错误，还有些是填得不规范，机器读不出来。毕竟那时候紧张，什么不可能出现的问题都有可能。”

段明过一只手搁在桌面，轻轻地点，眼神略显飘忽地扫了一眼办公室，说：“是这样，找你过来，还有件小事拜托你帮忙。”

白静一脸受宠若惊，说：“段总你别跟我客气啊，有什么事你只管吩咐就好了，能帮上忙的我一定会尽力。”

段明过说：“乔恒今天跟家里人闹了点小矛盾，刚刚跑了。我想他也没什么地方能去，万一一会儿他去找你，还请你跟我说一声。”

白静顺着长马尾，声音轻轻道：“他怎么会找我呢……不过，要是我能看到他，我一定跟你说。”

白静傍晚回家的时候果真留了个心眼，一路上还好，进到小区后就总觉得有人跟在她身后。上楼的时候她玩了个花样，跺着脚发出声音，假装往上走。

然后猫着腰，轻手轻脚地跑下来，恰好撞见蜷在楼梯边的乔恒。

乔恒已经不像早上那么激动，太阳烤焦了他的皮肤，也烤干了他的眼泪。他花一整天的时间等在正泰总部外，等着见到这个让他念念不忘的女孩。

他脑子里什么想法都有，又什么都没有，或许只是想看一看她，再听一听她的声音。所以见到她的时候，也不觉得有什么惊讶，重新站起来，唤了她一声。

白静一张脸虽美，却一片冰冷，像高山上皑皑的雪，声音也没有温度：“回去吧，你姐姐、姐夫很担心你。”

乔恒心中却忽然热血沸腾，大步一跨要踏上台阶。白静猛然一颤，避之不及地往上跑了几步，眼中带着警惕。

她又说：“回去吧，别在我这儿浪费时间。我上次已经跟你说得很清楚了，我们以前不可能，现在就更不可能了。”

更不可能……话如尖刀，一把捅进他的心里。

乔恒几乎狼狈而逃，失魂落魄间，踉踉跄跄地往外走。路上不小心撞见一人，他膝盖一软，几乎摔倒在地。

那人将他扶起来，声音清甜地说：“真是你啊！乔恒，我都担心死你了！”

乔恒腿长，走在前面，像是一面高扬的旗帜。段雨溪跟在后面，踩着他冒尖的影子，一会蹦在左边，一会蹦在右边。

这种时候，那种名为花痴的情绪又蔓延在她的心里，好像已不记得之前的种种争论，只能看到他坏坏的脸，还有他英俊的外表，以及举手投足间的潇洒和气度。

人到底有多容易被另一个人吸引？或许只要一个声音，一个回眸，一次夕阳里飞扬的身影，也有可能只是一个莫名的感觉，你便铭记一生。

前方的影子忽然一顿，段雨溪没能刹得住脚，整个人便往乔恒身上一撞，几乎眼冒金星。她捂着额头小声叫唤：“你怎么停下来了？”

乔恒直勾勾地看着她，路灯之下，他密而长的睫毛在脸上洒下浓重的阴影。他此刻微扬着下巴，冲她叫道：“你到底回不回去？”

段雨溪掏出手机看时间，临近十点，家里阿姨已经给她打来两个电话。她随手回了条短信，问乔恒：“你回不回去呀？”

这话多少有点明知故问。乔恒腹诽，这人是真蠢，还故意往他伤口上撒盐。于是他很不屑地说：“我回不回去关你什么事？”

段雨溪眨巴眨巴眼睛：“你要不回去，我也不回去，我得陪你呀。”

乔恒眉头就皱起来：“谁要你陪！”

段雨溪一跺脚，挤到他旁边说：“我知道你是跟小婶婶他们怄气跑出来的，你要再这么说话，我可要给他们打电话捉你回去了。”

乔恒将她一推：“你敢！”

段雨溪摸出手机：“你看我敢不敢咯！”

乔恒三两步走过去抢，说：“你信不信我揍你！”

一掌拍到她的痒痒肉上，段雨溪弓起腰，咯咯地笑起来。他一双手又是摸她膀子，又是搂她腰，弄得她心里热热的，说：“乔恒，咱们停战！”

“想绝地反扑是不是？”

“不是！”她笑得一阵打嗝，说，“我知道你不想回家，我也不会像那些大人一样逼你。我给你订个酒店行不行？只要你先把我放开。”

这个买卖倒是划算，乔恒将她松开，说：“你付钱啊！”

段雨溪身上的卡不少，但现金少，又考虑到入住高档酒店时审查严格，要是乔恒真心想避开家里人，还是选择一个平价、干净又宽松的比较好。

两个人于是在大学城旁边找房间，这里有不少专供学生约会的快捷酒店，完美符合她所有的要求。何况暑假期间人少又清静，简直是不二之选。

她给前台多添了一点钱，果然顺利要到一间大床房。之后，他们揣着钥匙，在空落落的楼道里找房间，整个酒店像是只有他们两个人一样。

房间不算宽敞，然而向南又僻静；又因为刚刚打扫过，干净又清爽。乔恒觉得还算不错，将鞋子一踢，张手躺倒在大床上。

段雨溪给他烧了壶水，在茶几上给他晾了一杯水，又取了一次性拖鞋放在他的床边，再贴心地开了电视，搜到体育频道给床上的人看。

她一系列事情做完，再找不到其他事，只好挪着小步子，又留恋，又想走，矛盾十足地往外移着脚步，小声嗫嚅道：“我走啦。”却看到床上那男孩一瞬不瞬地看着自己。昏沉的灯光下，他的眼神深邃内敛，挺直的鼻梁如艺术家手中精琢的石膏作品。

她不太自在地问他这么看她干吗。他忽然胳膊一支坐起来，幽幽地问：“你为什么对我这么好？我对你这么坏，你为什么还是一定要对我这么好？”

这问题段雨溪自己都说不清，她抓抓头笑道：“因为你帅吧。”

他走下床，赤着脚，一步沉似一步地走到她面前，说：“帅的人那么多，为什么偏偏是我？”

他年轻的脸上写满沮丧和失落。段雨溪仿佛看到墙角蹲着一个小孩，有着那样忧郁萧索的背影。她忽地忍不住伸手碰了碰他的脸，他直愣愣地站着，居然没有躲。

她说："因为……我觉得心疼啊！"就好像看到一个孤独的灵魂，在这世界里横冲直撞。没有人真正理解他，也没有人真正关心他。

乔恒牙关咬得紧紧的，两腮一阵鼓动，继而抓着她的领口将她猛地一推，压到墙上说："留下来陪我，别走！"

第十章

这世上，也有他负担不了的东西

Chapter 52

乔颜捧着茶杯，目光灼灼地看着段明过。他向着电话那头道声谢，挂断后跟她说："白静见过乔恒，不过之后他跑了，她也不知道他去了哪。"

乔颜原本提在嗓子眼的一颗心，此刻忽然落到地上，像是坐过一场云霄飞车，大脑与身体都飘忽在空中。

段明过搂了搂她的肩膀，说："你不用太担心，我已经要警局里的朋友帮忙留意了。"

乔颜垂头丧气，还想支撑着出去转一圈，只是刚一站起来，便是一阵头晕眼花，腿脚软得差点栽倒在地。还是段明过眼疾手快，将她搂进怀里。

段明过将她抱回沙发，伸开身子，将她整个儿纳入怀内，像是婴儿嵌进母体般。他希望尽最大的可能，让她感受到自己的体温。

"没事的，乔颜。"段明过凑在她的耳边，一遍又一遍地重复，"真的没事的，睡一觉，或许明天早上，他就会回到家里了。"

乔颜抱着他宽厚的脊背，温暖、有力，脆弱的心即刻酥软下来，连连点头，眼泪却像黄梅天的雨，怎么也收不回来。

段明过因为家中不听话的小舅子，跟白静的关系一下拉近不少。尽管一连数天，她没再为他带来关于乔恒更近一步的消息，他还是决意要谢一谢这女孩。

周末这天，段明过特地邀请白静下馆子吃饭，再带她下午一道上体育馆打球。她谦让过一回便满口答应，笑着跟他说不见不散。

段明过尽管已婚，但因为恋爱、结婚都过于顺遂，在追求女孩这方面有很多不足之处。他想向太太请示，无奈太太忙着小舅子的事，还要照顾小孩子，无暇理他。他只好把订餐的事交给当天同去的黄总，最后定在一家环境优雅的日料店。

白静打车而来，找到段明过的餐桌，看到桌后还有一人时，稍稍怔了一怔。她继而在听见段明过的介绍后，迅速换上笑脸道："黄总好。"

黄总不满道："什么黄总？段总你太调皮了啊！"然而一笑起来便破功，眉梢嘴角都带着春色，"段总的下属就是不一样，嫩得都能掐出水来。"

一边桌上，厨师正对整条蓝鳍金枪鱼开膛破肚。白静头一次见，分神地瞄了一眼，话只听到后半截，略带迷惘地说："什么水？"

黄总哈哈大笑，几乎一头栽向地板。段明过换了白静面前的清酒，给她要了杯果汁道："不用理他，好好吃你的就行。"

白静轻轻点一点头，耳朵热烘烘的，脸一下就烧了起来。

下午打球，白静换了一身刚买的运动服，不是很贵的牌子，但胜在她皮肤若雪、身材窈窕，穿起来很是漂亮。她穿着短帮小白袜，连裤短裙，上衣带着荷叶袖，一跑起来就露出圆润的肩。

黄总看白静看得两眼发直，发挥一直失常。白静球技一般，接不过两个来回。

段明过跟这俩打了一会儿，实在没劲，最后找了球馆教练，你来我往，这才有了厮杀的快感。一直打到大汗淋漓，每一块肌肉都充分舒展开，他这才喊停，搓了搓满头的大汗，在一边长凳上休息。

白静大约打得没兴趣，也正坐着休息，见他过来，将一早准备好的冰毛巾递过去。他道声谢，连头带脖子都擦了一遍。

段明过大马金刀地在她身边坐下，两手搁在膝盖上喘气，等缓过神来，才向身边女孩问道："怎么不上场打了？"

她不自觉地理着长马尾说："我水平太臭，总是接不到球。大家都不喜欢跟我打，我也不好意思跟他们打了。"

段明过这才生出那么点怜香惜玉的觉悟，觉得人是自己请来的，球是他要打的，如今害得客人不尽兴，似乎是他一个人的责任。他于是站起来说："走，我再陪你打几场。"

手臂上却是一热。白静将他拽回来，说："你累了，歇着吧！我……我也不是很想去打球，跟你坐坐就已经很好了。"

她一张脸绯红，眼睛亮晶晶地看着他，细小的牙咬着下唇，样子紧张又腼腆——段明过心中咯噔一声，将胳膊从她的手里抽出来，脸上已经恢复一贯的深沉。

来时段明过没接白静，按理来说，返程再怎么着也该礼节性地送她一送。段明过却只是要她打车回去，再嘱咐她留票去财务处报销。

分手时段明过喊过白静，隔着一面车窗对她说："明天起你不用来秘书室了，我让人给你安排新的科室。"

白静弯腰听着，心中不由惊讶地问："段总，我哪里做得不好吗？你告诉我，我一定会改的，我学什么东西都很快——"

段明过打断道："你来实习，不是为了熟悉各部门工作吗？总待在秘书室里能学到什么东西呢？"他将窗户升起，"就这么定了。"

白静的一张脸变成青灰色，拿手扣着窗户，似乎有话要说。段明过理了理袖扣，向司机道："走吧。"

车没开出多远，段明过立刻给乔颜打电话承认错误，说："今天我请一个小女生吃饭打球了，她对我暗送秋波。但我把持住了，还把她给发配边关了。"

乔颜似是一怔，在那头半晌没说话，然后才道："你什么意思？你也长本事了是不是？你立刻到我家这边来一趟，我要听你具体解释。"

段明过连声答应，态度诚恳，随即疑惑："去那贫民窟干吗？"

乔颜说："要你来，你就来……我弟弟回来了。"

乔恒在宾馆一连住了几天，整天不是吃就是睡。段雨溪要应付家里的人，所以偶尔晚上不在，一天的其他时间都在宾馆陪他。

年轻的身体总是不知疲倦，毫无节制地挥霍身体内涌动的热潮。而食髓知味，两人都如闻见荤腥的兽，也渐渐体味出这其中的乐趣。

实在无聊，乔恒就打开房间里32英寸电视机，调到新闻频道，心不在焉地看着屏幕里轮播的国内外大事。

各地的高考分数都陆续出炉，新闻里不乏意得志满的状元大谈心路历程和吸引眼球的优秀特长生被名校录取的报道。

无一例外，都是成功者的剖白。

段雨溪怕乔恒触景生情，总要换台。乔恒尽管鼻酸眼热，却每每强势地抢过遥控看他们演说，甚至要将声音开到最大才舒服。

没有一次像现在这样，他会因此妒忌、愤怒到咬牙切齿。因为他始终优秀，一贯优秀，直到尝到败绩，才忽然尝到人生百味中的那个涩。但此时想挣扎却如此无力。

采访对象终于来到本市。记者在城市书店的一角找到穿着制服的白静，她面孔一如往昔地绝美，笑容里带着缥缈的热度。

段雨溪不由咬了咬唇，小心翼翼地看了身边人一眼。乔恒已经坐直了身子，深邃的眼睛里带着不一样的光。

记者的问题提得非常常规，夺得理科状元后的心情、心目中排名第一的学校。白静都一一大方作答，看着镜头的时候泰然而自信。

"能告诉我们你的梦想吗？"

白静这才微微笑着想了一想，然后声音不大、却字字分明地说："我没有什么梦想，但我的梦想又很大。我想做个人上人，不管需要多大努力。"

这一时段的新闻过去，乔恒又等着收看下一时段的回顾。等到段雨溪陪着他将白静的采访看过三遍后，他忽然就起了床。

乔恒急匆匆地去浴室洗了把澡，出来的时候，衣着整齐，又回到那个品学兼优、眉眼间带着青春稚气的高中男生模样。

就像经历一场大梦，段雨溪知道他们之间总还是要分开的，却没想过这一天来得这样早。她抱着被子走到床边，问：“你要回家啦？”

乔颜一只脚踩在地上，提起鞋子，弯腰往另一只脚上穿。他瞥了一眼身边年轻的女孩，低声嗯了下：“走了。”

段雨溪紧跟几步，拽着他的T恤下摆，说：“乔恒……”

乔恒回头看她，将她的手自身上拨下来，说：“你也早点回去吧！你总这么耗在外面，你父母也会起疑心的吧？”

段雨溪猛地摇头，说：“他们都忙，不管我的。”又是轻轻柔柔的一声，可怜巴巴地说，“乔恒……”

乔恒咬着牙，反身轻轻揉了揉段雨溪的脑袋，说：“谢谢你这几天陪着我。”

段雨溪略显害羞地摇了摇头：“我愿意陪着你的……一直……一直陪着你。”

乔恒却嗤地小声笑了笑，说：“别傻了，没有谁能一直陪着谁。我们说到底还是平行线上的两个人，你以后有你的路要走，我也有我的。”

段雨溪边听边叹气，带着恳求地抓上他的胳膊，说：“就给我们一次机会好吗？我发誓会乖乖的，你需要我的时候才出现，你不要我的时候就消失。”

乔恒仍旧不为所动，再次将段雨溪的手拨下，拉开门上的链条锁，打开吱呀作响的木门，说：“早点回去吧。”

“乔恒！”段雨溪抓着被子，紧咬下唇，眼泪聚成豆大的一颗砸到胸前，“其实你就是不喜欢我。哪怕我们这样了，你还是一点都不喜欢我，是吗？”

乔恒将手扶在把手上，稍稍用力搓了搓，也不是没有一点触动，但话语出口，却仍旧冷冰冰的：“对不起，雨溪，我是一个很烂的人，你不要再对我有幻想了。”

乔恒回到家后，就下定决心要复读。

乔颜接到他的电话时，正等着拍戏，听到他回家了，便匆匆向导演请假，冒着大不韪一路飞驰回家。

乔颜对弟弟的回归是又惊又喜，喜的是他安全回来，不仅没黑没瘦，整个人的精气神又回来了，又变回了那个积极向上的学霸。

惊的是他分明身无分文，为什么还能没黑没瘦，连衣服都是整整齐齐的，没有一点汗臭味？他这几天一直和谁在一起？

她还没理出头绪，乔恒又丢下重磅炸弹：“我要去临市的学校。”

这意味着他要背上行囊，头一次踏上背井离乡之路，从此之后脱离家庭和姐姐的照顾，一个人面对未来的世界。

乔恒说：“那边的教育水平比咱们这儿高。而且，”他说到重点，“家里鸡飞狗跳的事，也不用管了，我也不用再让你心烦了。”

乔颜头痛欲裂，用手支着额头沉默了好一会儿：“可我永远不会烦你的。”段明过在旁搂住她的肩膀，轻轻拍了拍。彼此对视的时候，他微笑着点了点头。

Chapter 53

回去的路上，乔颜始终沉默着。段明过拉过她的手搁在膝盖上，也并不说话打搅她。一路无言到家，阿姨刚炖好一锅鸡汤，出来问他们晚上想吃什么菜。

乔颜想了想，冲她摆手。她舀出鸡汤下面条，放了一小捆脆生生的鸡毛菜，再每碗各添一个煎得两面焦黄的鸡蛋。

段明过要了很大一碗，吃得很是高兴，连一点汤汁都不放过。最后他捧着浑圆的肚子，歪在椅子上说：“干吗这么奉承我？”

乔颜没理会他的不正经，默默收拾碗筷。再出来的时候，段明过抱着刚刚喝过奶的小朝天，耐心地教他喊爸爸：“爸爸……爸爸……”

小朝天嘴一撅，不给面子地喷口水：“噗……噗……”

“不是噗噗，是爸、爸，爸、爸……”段明过见乔颜过来，将儿子往她怀里一塞，“哪儿来的蠢儿子，看了就烦。”

小朝天耳背，坏话当成好话听，乐得手舞足蹈，在妈妈怀里跳起舞。乔颜看了一阵笑道："他才多大，要会喊人就怪了。"

"那多大才能说话？"

"起码也要一周岁吧。"

段明过忍不住再摇头，乔颜忽然想起什么，撞撞他问："你下午跟我说什么来着？有小女生对你暗送秋波？"

段明过忍不住刮了刮眉角，虚咳一声说："嗯……你猜那人是谁？"

乔颜说："我要去拿出我那本八百页的小册子，一个名字一个名字地跟你对了，或者你直接告诉我，也好过我错杀三千。"

段明过忍俊不禁，提到那人的名字时却带着点不屑："这个人你也认识，就是乔恒的那个同学，白静。"

"白静？"乔颜有些意外，"她才多大？"

段明过说："年纪不大，不过人很厉害。之前不觉得，现在想起来，才觉得是她给我挖的坑。"

"怎么说？"

"青春无敌，一举一动都是新鲜的味道。但凡遇上个意志力稍微薄弱点儿的，都免不了会有那么一点点动心吧。"

可是他不会。段明过带着一点小骄傲地昂起头，竖起耳朵等着旁边人的夸赞。只可惜他自作多情半晌，转头一看，她正低着头跟小朝天玩亲亲。

段明过有几分失落，撞撞她的肩，问："你听没听见我说话？"她点头。他更郁闷："听见了却没有一点反应？"

乔颜顿了顿，反应道："我害怕。"

段明过一怔，问："你怎么了？"

她给他一个强撑的笑脸，满身疲惫。段明过跟她头靠着头说："别因为乔恒要走就这么失落，小朝天我不能保证，但我会一直陪着你的。"

乔颜低垂着眼睛，纤长的睫毛微微抖动着，问："一直是多久啊？一辈子有多长，谁会一直陪着谁呢。"

小时候她以为妈妈会一直陪着自己，后来她走得最早；长大后她以为弟弟会一直陪着自己，原来他却是一个断了线的风筝。

段明过捧着她的下巴，轻轻揉了揉说："我会。"他轻轻咽了口唾沫，身子渐渐热起来，"我是不是一直都没告诉你，我很爱你。"

乔颜和段明过间关于爱情的讨论，认真算起来，这还是头一回。

以前不多计较，是因为乔颜始终觉得他俩的婚姻基础不牢，贸然闯进围城的时候，有人动机不纯，回避是因为避免过早讨论到这个事实。

后来渐渐摸顺逆鳞，乔颜渐渐有恃无恐，然而对婚姻的负罪感更强。她冷静下来想，自己经常不知道该用什么态度，去面对一个待她如此赤诚的男人。

此时贸贸然听到段明过赤裸裸的表白，乔颜一时之间还有些懵，张嘴"啊"了一小声，问："你刚刚说什么啊？"

段明过早不知含蓄为何物了，轻轻抱着她说："要不要到床上，听我一遍一遍地慢慢说给你听？"

时间重往秋季走的时候，乔颜终于开始慢慢学会了放手和牵手。放开的是背起行囊远行的乔恒，牵住的是她未满周岁的孩子，和比孩子还孩子的先生。

乔颜跟乔恒之间的唯一联系，在于每月一次的通话。话题通常围绕在常规的生活与学习两方面，寥寥数语谈过，她便主动挂断。

以往对小弟无微不至的大姐，忽然变得对他有些疏离。乔恒不止一次似真似假地开玩笑，说虎落平阳，她也开始戴上有色眼镜，不那么待见他了。

乔颜每每都只是笑笑。

乔颜又告诉乔恒近日有事在忙，家里的房子拆迁在即，她已经同意拆迁方案，即在面积换面积的基础上，还有一笔人头费做补偿。

乔恒听了许久没有说话，后来呵的一声笑起来，声音里透着疲惫："算了，拆就拆了吧，反正我早就没有家了。我现在只想好好念书，早点离开那个鬼地方。"

乔颜挂断电话，一个人坐在向阳的沙发上发怔了许久。房子有还是没有，从来不是家的全部内容，只要有爱的人在，就永远都会有家的味道。

乔颜此刻才觉得有些受伤，这伤痕远比弟弟的叛逆和捣乱来得更为深刻：她视他为挚爱的亲人，他好像对她并没有那么在乎。

段明过正抱来小朝天，将他正面朝下放在地板上，随即带着浓浓的父爱，科学育儿般地踢了下他的屁股，说："快，给你妈妈示范一下，你刚刚是怎么爬的。"

小朝天两只孱弱的小胳膊，晃晃悠悠地支在地上，原本还是可以表演一二的。无奈智障父亲那一脚实在有力，他大头朝下，砰的一声凿在地上，哭了。

柔和的阳光自落地窗洒入，对面墙上，是儿子和先生乱成一团的剪影。乔颜看着看着，忍不住就又笑了出来。

英勇而聪慧的小朝天在五个多月、临近六个月的时候，不仅学会了人生的一项必备技能——爬，还在脑门上留下了一个光荣又悲壮的肿包。

乔颜给他拍了不露脸的小视频，发到自己的微博上圈粉，效果果然非常好，点赞、转评都创了新高。大家对这个肉嘟嘟的家伙毫无抵抗能力。

对小朝天同样没有脾气的还有小侄女段雨溪。乔颜遵守诺言接她来消暑，她却像是要搬家一样，提来了两大箱行李，一箱是她的衣物，一箱是给小朝天的玩具。

段雨溪自小娇贵，对待小孩却很有耐心。乔颜拍戏回来时，总能看到她给小朝天喂奶，或是陪着他玩的场景。反而是在小朝天睡着的时候，她显得无所适从，不是坐在家里发呆，就是一个人躺在花园里晒太阳。

段雨溪以前文静不足，活泼有余，拿段明过的话来说，就是静不如处子，动如疯兔，是个非常闹腾、又话多的典型青春期少女。

忽然之间，她就变成了寡言少语的人。乔颜每每跟段明过提起时，他总显得很不屑一顾，说："少年不识愁滋味，她这多半是为赋新词强说愁。"

乔颜不明白。段明过说："段明润要送她出去念预科，以后就待在国外。

她不肯，现在正想法子跟家里闹呢。”

乔颜纳闷：“为什么不肯去国外？”段明过一耸肩：“你们女孩子的心事，我怎么知道？雨溪从小就挺别扭的，你别理她，过段时间就好。”

无奈乔颜是个典型的好管闲事的社区大妈，况且之前段雨溪跟她说过的话，总让她在见到这个女孩时，生出一种难以名状的忐忑。

这天从片场回来的时候，乔颜特地绕去蛋糕店，给段雨溪买了一份蜂蜜蛋糕。她正坐在树荫下乘凉，说：“谢谢小婶婶，我特别喜欢吃这个。”

只是看她的表情，却没有一点高兴的样子。乔颜坐到她的身边，摸了摸她绵软的长发，问：“到底怎么啦？是不是有什么心事？你可以告诉我啊！”

段雨溪一开始还死咬着嘴巴，说没事，后来才小心翼翼地转头看她那张关切的温柔的脸，居然忍不住靠进她的怀里，眼泪啪嗒啪嗒地往下掉。

“小婶婶，我不怕告诉，你可千万不要告诉我爸爸妈妈。”她捂着脸很为难地说，“前阵子我……我跟人……那个过，当时太急了，他没戴那个。”

乔颜听得脑中嗡的一声，整个人像是被重重一击。她从怀里拨起段雨溪的脸，直直看着她道：“那你……你后来吃药了吗？你身体不舒服吗？”

段雨溪哭得更厉害，说：“我吃药了，可是我月经一直没来，以前都很准的。我就去买了一个验孕棒……上面有两条线。”

段雨溪哭得地动山摇，乔颜心中亦是天塌地陷，此刻所有责备的话都是枉然。乔颜搂着她的头揽进怀里，揉着她脸说：“别担心，还没确定呢！”

她一往无前的时候，从没想过会有畏缩的这一天，如今犯下错误才知道胆战心惊。段雨溪抱着乔颜说：“我爸爸一定会打死我的……”

乔颜脑中飞转，背后渗出冷汗，扶着她的腰站起来说：“雨溪，先这样，我送你去医院，我们检查一下再说。”

段雨溪眼眶湿润，睫毛疏成一束一束的，克制不住地抽泣两声，说：

"好……你不要告诉我爸爸妈妈呀。"

乔颜匆匆喊了司机，没去平时去惯的那家，而是找了家附近的公立医院，又用她的名字挂了个妇科专家门诊。

时间已经不早了，傍晚的斜阳自玻璃幕墙上爬到了瓷白的地面上。两个人依偎在一起，手握着手，尽管空调温度打得很低，两个人却都出了很多的汗。

等到只剩稀稀落落几个人，报号台上终于传来"乔颜"的名字。段雨溪紧张得小脸皱成一团，乔颜拍拍她的肩膀说："去吧。"

等待的时间总是无限漫长。乔颜恍惚之间，仿佛回到了当初自己经历过的那段时间。她心中想着那鬼魅般的两条线，耳中听到的每个字都如冰棱般尖锐。

而问题的症结在于，她那时知道孩子的父亲是谁，而雨溪背后的那个人是谁呢？乔颜心中像是有个巨大的黑洞，光和希望都一一被吞噬，只留下越来越冷的空气和虚无。

段雨溪独对一人的热情，如同她曾经那些似是而非的话语；还有乔恒负气离家后不在的那些天，他回来后缄口不提自己的行踪……一个一个如同乱麻，在她的心里纠缠着，最终让她产生了巨大的恐惧感。

段雨溪做完检查，走出来时又是一脸擦不干的泪。根本不用多说什么，便给这件看似荒唐的事情烙上一个戏剧的逗点。

段雨溪投在她怀里，哽咽到说不出话。乔颜摸摸她软绵绵的头发说："好了，我请你去吃点好的，好不好？你不要太过担心，我们一定能想出个解决的好办法。"

段雨溪点了点头。

米其林三星餐厅里，乔颜点了许多适合女孩口味的食物。段雨溪却没什么胃口，每样只稍微动了一点就放下筷子，说已经饱了。

段明过中途来过一次电话，借着小朝天的口吻，质问说好的回家吃饭，却毫无时间观念的妈妈到底什么时候才能出现。

段雨溪按住乔颜的手，向她用力摇了摇头，轻声说："别告诉叔叔。"

她只好敷衍过去，说："和雨溪在外吃饭，晚点回去。"

但隐瞒仅是权宜之策，段明过那么聪明的人，不可能对家中的异样视而不见。乔颜或许能戴上面具骗过其他人，但对段明过，她毫无秘密可言。

段雨溪咬着下唇想了想，继而牙齿泛酸地说："段明过一定会看不起我。"

乔颜反握住她的手，说："怎么会呢？他那么疼你。"她顿一顿，有些难以启齿地问，"你可不可以告诉我，孩子的爸爸是谁？"

段雨溪目光一颤，低头看着桌布："你不认识的。"

"是你同学吗？"

"你别问了，你真的不认识的。"

"是……乔恒？"

段雨溪猛地抬头，两眼一眨不眨地看着乔颜，已经不用多说什么，她满脸都写着"你怎么知道"。乔颜用手撑着头，忍不住老气横秋地念了一句："作孽。"

Chapter 54

家里，段明过抱着小朝天在客厅里疯，小朝天刚刚在无良爸爸的纵容下，尝过一点果汁，正乐得手舞足蹈，卖着萌，继续喝。

原本其乐融融的氛围，忽的被两个面色凝重的女人打破。段明过嗅觉灵敏，几乎立刻便闻出了这其中不同寻常的气味。

小朝天被递到妈妈怀里。段明过拧眉看向段雨溪，严厉又温柔地问："你又捅出什么娄子了？"段雨溪三两步投进他的怀里，说："你别凶我了！"

夜聊的时候，段明过将来龙去脉都了解清楚，一双垂在腿侧的手握紧又松开，松开再握紧，一张脸绷得紧紧的，眼内窝着火。

乔颜知道他在心里已经把乔恒大卸八块了，要不是顾及是她弟弟，早已经用最恶毒的话诅咒他了。她替人受过，看得内心酸涩，却又没办法跟他站在完全一致的立场。

两个人都长久地沉默着。段明过在房间里来回踱步，最后也只说出和乔颜相同的那句话：“该拿段雨溪这丫头怎么办呢？”

两人几乎一宿没睡，背对着背，各有心事。早上起来，段明过却突然下定决心一般，快速洗漱穿衣，说：“我带她去做手术。”

乔颜跟着起来，还在忙着梳头发，已经听到客房里传来段雨溪的哭号。段明过的声音跟在其后，如惊雷般炸响：

“这个孩子不能留，你自己都还是个孩子，你未来要怎么办？你去不去？不去我让你爸爸来收拾你！”

乔颜推门出去，段明过正揪着段雨溪往楼下走。他身材高大健壮，拎着段雨溪像拎一只瘦弱的小鸡，路过她的时候，目光冷冷地瞥了一眼。

他要她不要多管闲事。

乔颜心脏不受控制地跳着，扶着扶手，两阶一步地跨下去。段雨溪自段明过臂弯里扭头看她，几乎是无望地喊着：“小婶婶……”

段明过大发雷霆，家中一向只有小朝天称大王，现在却迎来了天翻地覆的改变，吓得还在喝奶的小朝天号啕大哭。

各样的哭声、吼声如开锣的一场大戏。乔颜觉得头晕目眩，掐着太阳穴坐到沙发上：“明过……”无人理她，“段明过！”

时间停滞了一秒，除了小朝天渐远的哭声，客厅里总算安静下来。乔颜直直地看着自己的先生说：“你冷静一点，你听听雨溪的想法。”

人在害怕的时候，总是忍不住提高音量，好像粗大的喉咙就能证明他仍旧勇敢一样。段明过那张英俊的脸上仍旧带着伪装后的成熟，乔颜却知道他此刻比谁都脆弱。

段明过坐到一边，两手垂放在膝盖上，弓着身子，长长地呼吸着。片刻后，他方才抬头看着段雨溪问：“你到底想怎么做？”

段雨溪也不知道该怎么办。她喜欢孩子，可她也知道这孩子来得太早了一点。她不要他，可又每每在作出决定前，有那么一种不切实际的幻想……这是她与她爱的人的结晶啊！

临近中午的时候，段雨溪终于作出决定，她要在见到乔恒之后再做打算。或许是有那么一点冒险，可如果他说要留下这个孩子，她觉得自己应该试着去做一个年轻的妈妈。

原本的恐惧，忽然被胸腔里充盈的新的勇气填满。尽管前途未卜，尽管注定坎坷，尽管她都说不准他会用怎样的表情面对她，用怎样的言语说服她……但就是期待又胆怯。

女孩带着幼稚说出了心里的想法，态度偏执。乔颜只觉身上一阵冷汗涔涔，不知道段明过又要以怎样狂躁的态度来应对。但是他却气力衰竭地说："好，我带你去。"

两座城市相隔几百公里，路上如果顺利的话，三个小时可以到达。三个人分坐两排，一路上，谁也没有说话。

乔颜几次看向身边的段明过，他不是关注手机，与下属远程交流，就是将脸转到窗外，假意在看风景。

乔颜知道这次将他得罪到底了，却又不知道该如何道歉。他的手就搁在膝盖上，轻轻地无意识地动着，乔颜想去牵他的手，又怕他将自己甩开。

到达的时候不过四点出头，学校里响起急促的铃声，校园中渐渐沸腾起来。乔颜走出车给乔恒打电话。他没关机，声音却显得很不耐烦。

乔颜说："我现在就在你学校正门外，你立刻出来一趟，我有急事要找你。"

乔恒问："你来干吗？闲的？我现在去不了，下一节课有考试。你能有什么急事找我？真这么着急就在电话里说，我听着。"

段雨溪正从车上出来，软软的手扶在她的胳膊上，小声问："怎么样了？"乔颜甩开她，往一边疾走几步，耐心已到极限。

"是不是我跟你说什么，你都能觉得无所谓？你姐在你那边就连一点权威都没有？我说有急事就是有急事，否则谁开几百公里的车，过来找你！"

乔恒真是被吓了一跳，心说病猫发威，确实有那么两分震慑力，妥协道："可我也要考试啊，不然我考过试再来找你？"

"出来！"乔颜压低声音，口吻却比任何一次都要严厉，"我给你十分钟跑到门口，不然我亲自进去找你。"

人就像一颗冒头的钉子，不敲敲打打，还以为自己真的无所无惧。十分钟不到，乔恒乖乖出现，但气焰仍然嚣张，举止懒散道："你到底什么事？"

段雨溪正从车后绕出来，低头顿步磨蹭到他面前。乔恒心中一震，隐隐有种不好的预感，求助般地看向一边的乔颜，问："她来干吗？"

段明过也跟着走出来，乔颜紧盯着他，怕他会冲动地给上乔恒一拳。他表情严肃，满身戾气，确实也像是爆发前的沉默。但他却只是在走近的时候，在乔恒肩上拍了一拍，说："找个地方吧，雨溪有话跟你说。"

学校附近没有什么环境清幽的地方可坐，车子转了半圈，最后在一家茶社外停下。里头多是过来打牌消暑的老头、老太，他们转了一圈，才找到相对幽静的一角。

段明过和乔颜自觉地退出去，把时间和空间交给这对年轻人。他们在柜台点了一壶花茶，段明过又要人拿菜单，点了几碟子模样精致的茶点。

这一天下来，谁都没有胃口，乔颜更是滴水未进。他将吃的往她手边推了推，她一脸狐疑地看过来。他朝她僵硬地笑了一笑，说："吃吧。"

乔颜眼底发酸，酥松的点心咬在嘴里却僵得牙疼。她和水吞了，垂着头问："你干吗要答应带雨溪过来？"

段明过喝了口茶，捡起她吃落下的酥皮扔进嘴里。不远处，段雨溪神情激动地说着什么，而她对面的男孩只是维持着漠然的表情，看向桌面。

段明过说："要叫一个人彻底死心，就要让她知道对方拒绝时有多果决。烂了的肉，彻底剜了才会好。"

乔颜抖着长睫毛，抬眸看他："你怎么知道一定是拒绝？"

"你还不了解你弟弟吗？"段明过笑起来，却看不出半点温度，"喜欢一个人不会是他那种态度的，何况……"他意味深长地停下。

乔颜放下筷子，双手掐着太阳穴说："对不起，真对不起。我们该怎么办呢？真的把这件事藏起来，不告诉她父母吗？”

段明过把椅子挪到她的身边，将她搂到怀里说：“我也没有头绪，不知道究竟该怎么做。但你不要自责，这事跟你没关系。”

那边段雨溪跟乔恒明显谈得不愉快。段雨溪猛地站起身来，腿侧撞翻了身后的椅子。身边人的注意力都转过去，一双双眼睛都看到她举起茶杯要泼——

她却在最后一秒收回力气，只是将杯子狠狠地拍在桌上，随即转身离开。

段明过跟着快步出去，一把搂上她的肩，跟她耳语着什么。小姑娘终于忍受不了，伏在他的胸前痛苦又悲切地哭了起来。

乔颜等他们走过，这才找到乔恒。一对姐弟相对而坐，气氛胶着又紧张。

乔恒心中隐隐发寒，以往无论是喜乐融融还是激烈争吵，他知道姐姐是出自于对他无限无私的爱。可此刻他却有几分恍惚与木讷，觉得怎么突然之间，完全察觉不出来那这份血浓于水的亲情了。

乔恒试着为自己开脱，说：“姐，刚刚我已经跟她说得很清楚了。我还要念书，她也有未来，她已经想通，答应会把孩子拿掉的，你就别操心了！”

乔颜直愣愣地看着他，说：“你觉得我是为这件事操心吗？”

“那还有什么别的？”乔恒搓了搓手说：“我知道这次是我不好，可我那会儿太痛苦了，我没办法控制自己。我以后会好好约束自己，不再发生同样的事了。”

乔颜掐着眉心，苦笑出来：“那段雨溪呢？”

乔恒带着点不耐烦：“又提她干吗？我不是认过错了吗？”

“你替她想过吗？年纪轻轻就遇上这样的事，她可能会一蹶不振，可能会因此后悔一辈子。”乔颜敲着桌子，“你就没替她想过吗？”

段明过正匆匆走回来，隔着很远就听见一阵“咚咚咚”的声响。桌边，乔颜举止激动，涨着一张通红的脸质问乔恒。

乔恒心中戚戚，却仍旧不肯落下风，拉着她的胳膊厉色道："姐，你轻一点！你这样子，旁边人会听到！"

乔颜质问："这种时候你还要面子？"

乔恒叹口气说："姐，那你现在到底要怎么样？是不是要我立刻去退学娶她，去把孩子生下来？可你有没有想过，我们以后靠什么生活？靠什么去养孩子？"

是啊！乔颜矛盾又迷惘。她到底想怎么办呢？事情怎么才能圆满地解决呢？这棋注定从一开始就是死局，再怎么布子也不过是浪费时间。

"而且，"乔恒咬着牙说："就算你真这么要求我，我也不会听你的。我对雨溪没有感觉，那件事只是个意外，我本来也并不想跟她有什么瓜葛的。"

"意外？"乔颜紧紧抓起方才段雨溪扔下的茶杯，磕得手心都疼，"是有人按着你的脑袋，求你去跟她在一起的吗？"

乔恒说："都什么年代了，这种事根本就很正常。你还不是因为意外怀孕，才不得已跟姐夫结婚的？"

乔颜心口仿佛被人打了一闷棒，忍不住去看一旁的段明过："你别跟你姐夫相提并论，你根本一点都不如他！"

乔恒冷笑，反而坦然了，说："是，我是比不上他。我可做不到，为了孩子就肯娶一个认识没几天的人。在我这里，婚姻是在爱情的基础上组建的，不能有一点妥协和欺骗。"

乔颜心死如灰，说："乔恒，你为什么让我这么失望？"

乔恒表现得毫不在意，站起身来看了看手表，说："我得回学校了。姐，你也别说什么失望不失望，说真的，我对你也挺有意见的。你嫁给姐夫为的是什么，你敢告诉他吗？你自己都做不到起码的诚实，就别总站在高处批判我。"

乔恒抬脚要往外走，却被段明过拦住去路。在成熟的男人面前，乔恒多少有几分畏惧，说："姐夫，雨溪的事我很对不起。但我没办法对她负责，请你原谅。"

段明过说："我肯带她来见你，就猜到是这样的结局，你对不起的人不是我，不用跟我说。我只希望某天你回想起这件事时，仍旧觉得心安理得。"

乔恒探不出他话中的深浅，说："谢谢姐夫。"

段明过说："但你有几件事跟我切身相关，为了免得以后再有诸如此类的讨论，我不得不跟你解释清楚。"

乔恒不由瞥了眼旁边的乔颜："你说。"

"第一，我跟你姐姐不是认识不久就结婚，我们六年前就熟识。那时我跟你一样，是个没多少钱又狂妄的毛头小子，她是个年轻漂亮受人追捧的女学生，我心里一直很爱慕她。我那时就跟自己说，如果有一天我学成归来，还能像现在一样对她有感觉，我就要想尽一切办法把她抢回来。

"第二，我跟你姐姐结婚，不仅仅是因为她怀孕。这诚然是个足够的理由，但我也可以和你一样，让她把孩子拿掉，然后重新回归自己所熟悉的单身生活。可我没有，因为我知道这种手术对女人的伤害有多大，我知道她在把自己交给我的时候，下过怎样的决心。我更加知道，在两性关系里，女人更容易受到怎样的伤害。所以，其实我从一开始就做好了应对这种可能的准备。当然最重要的，是我知道，我爱这个女人。"

段明过牵过乔颜的手，将她从座位上拉起来。临走前，他再次拍拍乔恒的肩，说："这世上没有绝对干净的关系，就连你对你姐姐，你姐姐对你，也不全都是纯粹的，是吧？她对我有什么想法，我心里很清楚。但我一直很庆幸她找的是我，而不是她认识的其他人。"

Chapter 55

男人自古以来都是深沉和内敛的代名词，情绪过于外放，或是言语过于煽情，总是会被归纳于并不成熟的那一类。

段明过噼里啪啦说完那一通，当时是痛快了，带着老婆侄女往回走的时候，却颇有些坐立难安，疑心自己是否给人留下了不太好的印象。

比如……这个人好像很娘哎。

于是车里唯一的亲历者——乔颜，被赶到副驾驶位，段明过带着侄女占了后排的位置。他有些庆幸，又抱歉地想，幸好还有一件让他头疼的事转移注意力，否则怎一个愁字了得。

乔颜则有些懵，反复咀嚼段明过方才的话。直到车子驶进院子，他们共筑的小家近在咫尺时，他话中的余味才渐渐蔓延上来，教她体会到几分偷来般的窃喜。

夜里，乔颜带着小朝天洗澡、玩耍、睡觉，小家伙已经打起小小的鼾来，精疲力竭的她还是清醒得不像话。她的眼睛尽管闭着，所有的神经末梢却灵敏无比，连段明过推门而入时细小的气旋，他刻意压低的脚步，都能感受得一清二楚。

段明过帮她拉过压在胳膊底下的薄被，顺带挠一挠她敏感的咯吱窝。她立刻破功，笑得背过身去，将头埋在松软的枕头里。

段明过便诡计得逞般，轻缓地压上她的背，动作温柔又不容抗拒地拉高她细滑的睡衣。细汗淋漓，湿热的空气在彼此间来回盘旋。他们在很长的一段时间里都没有说话，只有肌肤和肌肤、身体叠身体的厮磨交流。

直到乔颜撑在床榻上的一双手肘被磨得微微发麻，她略带难耐地推了推身后尚且神采奕奕的人，抱怨道："你怎么这么有精神？"

好像不管身边人的轨迹有多奇诡，他们一家的生活也还是要照常继续。

段明过尽兴的时候，小朝天恰好醒来，翻滚着身子，高亢地哭着要奶喝。段明过给他温奶、喂食，等他再次睡着后，抱出了自己的房间。

回来时，他手里夹着一根烟，去窗前将帘子打开。烟味很快弥漫在整个房间，他方才后知后觉地打开窗子，用手挥了挥，赶走烟雾。

他倚在窗台上，背后是一片星河。他像是唯恐打破这夜色，所以轻声道："我准备把雨溪这事告诉她妈妈，她也同意了。"

段明过跟段雨溪再亲，不过是叔侄关系；段雨溪跟他大嫂分歧再大，仍旧是母女。有些事情，有妈妈在，比他这个叔叔管用得多。更自私一点说，有个人挡在前面，起码可以让压在他肩上的道德枷锁轻下不少。

这世上，也有他负担不了的东西。

他什么都没有说，乔颜却什么都知道。而她心里忧虑的，想必他也是一清二楚，此刻道歉与解释都是虚伪的，因为需要听的人等不到，不需要听的人，听了又有何用？

乔颜拉过被子，慢慢地躺下，侧过身子不让他看自己，轻轻地说："明过，乔恒的事情，以后我不想多管了。"

彻底放手，是一件很难的事。对人如此，对物亦是如此。

乔颜在拆迁合同上签字的时候，笔头苦涩，总有一种提不上力气的感觉。拆迁办的人一直在旁盯着她看，等她将笔合上起身的时候，大妈笑容很和蔼地对她说："能不能跟你合个影，我女儿很喜欢看你演的戏。"

家门被人推开，丁贤淑抱着她体弱多病的小女孩钻进来。乔颜只是轻轻瞥一眼，对面前的人说道："可以啊，用你手机吗？"

乔颜笑容灿烂，多年的训练使得她镜头感十足，与人簇拥着对机器笑的时候，比对着人笑，来得更加自然。

这大抵给丁贤淑一种错觉，觉得乔颜今日心情不错，所以一把抢过那份合同说："不行，这个我们不签。"她凑到乔颜身边道，"你傻啊！把我和你弟的户口迁进来，还能多拿人头费。"

拆迁办的没料到半路跳出这么个程咬金，立马满脸狐疑地望过去，说："怎么没谈好？乔小姐早同意了。"

"她同意没用啊，这房子是我老公的，她的意见也就算是个参考。"

大妈大概看出来这里头的名堂，不由好笑地说："这房子户主就是这位乔小姐，不是她签是谁签，我看是你搞错了吧？"

乔颜觉得这出戏唱得也差不多了，把拆迁办的大妈送出门。门一关，她站在还在发懵的丁贤淑面前。丁贤淑眼睛发直，声音一下尖锐起来："这怎么能是你的房呢？"

乔颜说得不紧不慢："这房原本是我妈单位建的，他们拿钱买下房子那年，写的就是我妈的名字。后来我妈把房子过户到我的名下，我就顺理成章，成了这房子的户主了。”

其实那段时间不太平，乔贵桃不止一次打这房子的主意。她妈妈虽然一心要维持摇摇欲坠的家庭，骨子里却不相信自己的丈夫。乔贵桃跟丁贤淑同居那会儿，妈妈心一横，赶紧将房子过户给女儿，彻底断了他的念想。

一个没钱的老男人，凭什么笼络住一个比他还没钱的外地女人？乔颜心知肚明，却从来不挑破，等着看她在这一天跳脚。她心内好笑，火上浇油地问：“你不是很厉害吗？怎么这点小事都摸不准？”

怀里的小孩突然哭起来。丁贤淑骂她一声讨债鬼，眼里都是湿湿的，说：“我问问你爸去！”

乔颜随她怎么闹，就算她不管不顾地闯进房间也没关系。家里她的东西不多，出嫁的时候带走一批，现在只有几张合照值得拿。那时候生活不富裕，他们的照片也少，又因为乔贵桃总是缺席，每每只有她跟妈妈以及乔恒三人入镜。

她将相框擦一擦，里面的三个人都年轻而快乐。没人想到几年之后，妈妈就在病痛的折磨中去世，而她会和弟弟闹得越来越僵。

时间如白驹过隙，稍纵即逝，昨日之日，总是不可留。

出来的时候，丁贤淑电话仍旧没有打完。她咬牙切齿地和对方辩论、吵架。见她出来，跟电话那头的人道：“她出来了，我不跟你说了！”将手机一挂，转身来跟乔颜算账：“你好啊，你一早就知道，却什么风都不漏给我。”

乔颜笑一笑：“我话都懒得跟你说一句，我漏什么风？况且你不说是心甘情愿跟着他嘛，这事儿你知道不知道又能怎么样？我实话告诉你，以前我忍你们，是顾及乔恒。现在乔恒走了，我再也不用忍了。”

丁贤淑脑子快，跟在她身后下楼：“你什么意思啊？房子的钱你拿也拿了，你现在还不想管你爸了？”

乔颜说：“那是我爸，法律上讲，我是有义务赡养他的。你请他放心，赡养费我一定会给，考虑到他女儿的收入，还会给得比市场价高一点。

但法律上没规定我要对你尽义务，所以你从哪儿来就回哪儿去，别想从我这儿带走什么。”

丁贤淑气得不行，无奈手里抱着个孩子，又见乔颜的司机站在楼梯口，恶狠狠地看着她，嘴里咕哝：“有钱有势了不起呀？有你这么欺负人的吗？”

乔颜往回走的时候呵呵笑，目光笔直地看着车窗外一棵一棵过去的行道树，心想：我还就欺负人了，这么多年了，怎么也该轮到她欺负人一次。只是手背上一热，自己盯去看的时候也纳闷，明明心里一点都不觉得难过，为什么还是忍不住要流泪？

到家的时候，她双目红得像兔子。阿姨看到她吓一跳，说这都是怎么了，一个两个都不开心，你是这样，段先生也是这样。

乔颜知道，下午段明过的大嫂来接段雨溪，她于是耍了一个小聪明，跟拆迁办的人约了相同的时间签合同。她喜欢段雨溪，在意段雨溪，不是不想送段雨溪，只是很怕面对舌枪唇剑、眼泪齐飞的场景，所以可耻地选择了逃避。

阿姨说雨溪的妈妈发了很大一通火，又说她指着段明过的鼻尖，问他还要做多少有损段家颜面的事。乔颜挥了挥手，并不想听。既然从一开始就做了逃兵，自然也不想从别人口中听到关于此事的任何话题。

乔颜端了一杯热茶，在楼上的书房，见到了陪小朝天玩玩具的段明过。然后很安静地将杯子放在一边，卷起裙裾，倚坐到他身边。

她没有问他脸上肿起的一片是因为什么，他也没有问她哭红了双眼是因为什么。他们像两个心意相通的失意人，给了彼此一片很大的空间。

直到几周之后，段明过回来的时候告诉乔颜，乔贵桃找他提了赡养费的事，两人争论的焦点是，段明过希望逐月给，乔贵桃希望一次性拿。

乔颜想了想：“一定是丁贤淑搞的鬼。那就给呗，不过要拟好合同让他们签，条条框框都写清楚，不能出现拿过一次，隔一段时间又来拿第二次的事。以后再有问题，让律师跟他们谈。”

段明过笑道：“听你的吧。还有一件事，我想向你请几周假。”

乔颜纳闷："你干什么去？"

段明过表情不如方才那么轻松，理了理衣服说："我给雨溪申请了个预科，我准备跟着她一道去，顺便陪她在那儿待一阵子。"

乔颜点点头："这是个好事，我当然同意你去。"

段明过拉过她的手："就是觉得会很想你，所以心里有点闷闷的。"

乔颜忍不住笑："我会带着小朝天多跟你视频聊天的，只要你还想得起我们，不被资本主义的花花世界所迷惑。"

段明过搂着她的脑袋一阵搓，说"这不至于，我倒是害怕回来的时候，小朝天不仅不理我，还认贼作父。"

乔颜一手拍在他身上，露出亮晶晶的眼睛瞪着他："言归正传，让你律师帮我个忙，我有正事。"

段明过纳闷道："什么事？"

Chapter 56

段明过陪段雨溪出发的那天，乔颜有场颇为重要的戏要拍，她抽不出时间专程来送，段明过也并不想让她来。

出发的前一晚，段明过抱着小朝天亲了又亲，又印了一张自己的相片装在相框里，叮嘱乔颜时不时就拿给孩子看一眼。

出发点是好的，只是乔颜看着相框里先生的音容笑貌，英俊仍旧是英俊的，但总有那么点说不上来的奇怪感觉。

段明过对家里没交代，唯一托付给乔颜的任务，是将段妈妈送回自己家里。当初不顾老人意愿，一定要留人下来的是他，突然反悔选择放手的也是他。

乔颜不究原因，因为不问也能理解他的改变。

送婆婆回去的时候，乌云密布，黑压压地锁满整个城市上空。乔颜担心有雨，匆匆下楼，却正好赶上最早落下的一波秋雨。

她带着一身水汽赶到段明过的办公室，江流萤已经坐在沙发上等她。乔颜一走近就问："最近忙得没空听你八卦，你跟孔松怎么着了？"

一提这事，江流萤就脸红，一双大圆眼睛移到左边再移到右边，又想倾吐，又有些矜持地说：“就那样，考察阶段，还能怎么着。”

乔颜说：“你这考察期还挺长，再拖一拖，小朝天都该有弟弟妹妹了。”

江流萤笑着去摸她的肚子，却被打开了，说：“你是站着说话不腰疼，他当初对我伤害那么大，现在不多磨着点怎么能行，什么时候够本，什么时候算完。”

乔颜看她一脸喜色，就知道她不过是调门高，便很给面子地点点头：“等着你的好消息。”

江流萤打趣道：“你今天来找律师干吗？还要我来给你打气。看你跟段三关系还不赖，应该没到划分财产这一步吧？”

乔颜没理她，时不时开手机看段明过发来的行踪。他跟侄女段雨溪已到目的地，正昏天倒地地适应时差。

江流萤忽然小声叹一下，说：“乔颜，你来看，段三这律师居然还给他二哥打过官司。”她翻着桌子上压在纸山下的一沓文件说，“是一份和解协议呢。”

乔颜一面担心那律师突然闯进来，一面又对这合同内容感了兴趣，赶忙起身来看。甲乙双方确实是段明泽跟姜佳妮，白纸黑字写着两人达成和解，诸多条款之后是商议定的赔偿数目，说大不大，说小亦不小。

那日跟姜佳妮见面的场景还历历在目。她眼里闪着怒意，有种事不达成不罢休的气势。她那时对孩子很看重，不像随随便便就能息事宁人。

江流萤有相似的感觉，说：“姜佳妮这是改性了还是怎么着？我真以为她要跟段明泽夫妻玉石俱焚呢，没想到到最后还是为了钱。”

乔颜将上面一座小山搬下来，又翻了翻，下面果然还夹着另一份协议。这次换成了段明过和姜佳妮，条款明显比前一份苛刻许多。

江流萤恍然大悟：“看来段三还是心软了，替他哥哥做了和事佬。这个人，成天嘴里喊打喊杀的，其实还是很看重血肉亲情。”她撞一撞旁边木愣愣的乔颜说，“想什么呢？是不是心疼钱了？”

门外忽然响起说话声，乔颜当即把合同放好，江流萤将压在上面的文件搬过来。两个人装作若无其事，仍旧坐在桌前的沙发上。

律师匆匆进来，大说抱歉："刚刚被个客户拖住了，拉着我怎么都不肯放我走，耽误段太太跟你朋友的时间了。"

乔颜因为方才偷看合同，心还在乱跳，镇定几秒后说"其实事情很小，也很简单。我现在名下有一套房子，不大，也不值什么钱，算是我妈妈留给我和我弟弟的。我并不想要这个房子，现在想把这套房子完全过户给我弟弟。"

律师边听边记，说："这个不难，出点钱办个过户手续就可以。"

乔颜点头："我也想过。只是我弟弟现在还在念书，我想是不是可以把房子的钱拿出来，弄个什么教育基金，每年甚至每月都提出一笔固定的钱，帮他度过念书的这些年。而且最好不要动他的那一半，用本来属于我的那一半，这样就算是念书的时候，他把钱都花光了，他还能剩下半套房子，用作以后创业、生活。"

乔颜边想边说，说得弯弯绕绕，磕磕绊绊。

对面的律师一看就是见多识广，平时怎么离经叛道、鸡飞狗跳的案子都经历过，所以只是一一记下来，模样无异，连个问题都没有。

只关在家里闭门造狗血剧的江流萤却忍不住纳闷，抓过乔颜问："你干吗跟你弟弟分得这么清楚？就不能像现在这样，每个月给点儿钱。"

乔颜笑得略带僵硬，说："他已经满十八岁了，该让他自己去见识见识社会了。没人能一直藏在另一个人的羽翼下，就算我是他姐姐，也不行的。"

乔颜声音不大，但说得温柔又坚定，美丽的脸上尽管淡淡的，却总有一种能让人信服的力量："所以，以后我不想过分地管他，或者说，我不想管他。"她问律师，"这事好办吗？"

律师说："不是太难，之前遇见过好几例跟这差不多的案子。等过几天吧，等我拿出具体的实施方案，再亲自登门拜访，跟太太你讨论。"

乔颜说："你客气了，我对这些不懂的，你直接跟我先生商量，他说行就行。"

律师笑：“也好。”

等人走了，江流萤悄悄跟乔颜说：“你弟弟一定是惹你生气了吧？不然你一定不会这么轻易就放开手。”

乔颜说：“是闹了一点矛盾，觉得累了。”

能让她喊累、放手的矛盾，可不仅仅是一点矛盾。只是跟人说话，留人余地，了解得太多，彼此透明，反而不好做朋友。

江流萤主动岔开话题：“那丁贤淑呢？”

“提起她，那就有意思多了。”乔颜对这话题明显更有倾诉欲，“她跟我爸向明过要了一笔赡养费，一次结清，以后不再纠缠。”

“厉害厉害，那你爸爸要小心，万一她卷款逃跑，你爸岂不是人财两空？”

“所以啊，听说最近两个人成天为钱吵架。总数原本就不多，还要一会儿分成两块，一会儿分成三块，放你、放他那儿都不行，两个人各有各的主意。”

乔颜做好了一切与以往生活断去联系的铺垫与准备，无论是从心理上还是法律上。只是她躺在床上发呆的时候，总觉得还有一份缺憾，让她隐隐有些不安。

她于是重新坐起来，一条条拨着脑中的思绪，找出那个线头，后来不由自主地在手机上翻出乔恒的名片，才知道是缺少了哪一份。

她掐着他晚自习下课的点给他打电话，与下午那次比，这一回她说起话来更加成熟有条理。她不想吵架，所以听到乔恒炸起来的声音时不由皱起眉。

乔恒问：“你这是要和我断绝关系吧？就因为段雨溪？你到底懂不懂什么是自由恋爱？什么又是热恋和失恋？”

乔颜掐着眉心站起来，摇了摇放在身边的小床，声音不大但清晰地道：“我不懂，我跟你姐夫是奉子成婚，我还没有恋爱过，就选择对恋爱负责了。”

这是以彼之道，还施彼身。乔恒被自己说过的话呛得哑口无言，隔了片刻才笑起来："好啊，反正都是大人了，做事成熟点，没有谁离了谁就活不下去的。"

乔颜说："你的话就不够成熟，我永远是你姐姐。"

"是吗？"乔恒冷笑，"那我请你答应最后一件事，你那一半你拿去。虽然你不缺这点，但我也不会占你一分钱便宜。"

乔颜想了想："如果你坚持的话，我也没意见。"

"你——"乔恒一惊，"你还当真啊！"

乔颜说："人总该为自己的选择负责。"

挂上电话后，乔颜重新躺下。

她终于心安理得地睡着了，一觉睡到小朝天半夜啼哭想喝奶的时候。

在段明过不在的这几周，乔颜一连做成了好几件事。

第一是与保持良好合作关系的综艺节目组，讨论了条件优厚的续约合同；第二是新戏杀青，在众人或真或假的交口称赞里，深感演技得到了再一次的提升。

第三也是最重要的一条，乔颜接到了一个颇为大牌的奶粉广告，自此以后，小朝天的口粮有了保证，厂家很大方地赞助了他断奶之前的所有奶粉。

乔颜把这事当功劳说给段明过听的时候，他很不屑地切了声，说："你老公我少吃一顿饭就足够他吃到大了，还用你在外抛头露面谈生意？"

乔颜因而十分受挫，于是连自己前阵子按揭买楼的事情也不告诉他。她总是记得自己刚刚入行那会儿，最大的心愿就是有自己的房子，带乔恒搬出那个岌岌可危的家。

后来牛奶有了，面包有了，选好中意的房子后，她也好不容易攒够了首付。只是物是人非，最初迫使她努力的那个人，竟渐渐远离了她。

她曾想绝不放弃任何一个人，不离开任何一个人。后来事实证明，这只是她自己一厢情愿的幼稚想法。生命之中，人来人往，本就是很正常的一件事。

乔颜忽然感慨道："老公，我觉得我俩在某些地方都挺失败的。"

一个是想抓牢手里所拥有的，却像握着一团沙，越用力就越快地失去；一个是想远离身边困扰自己的人和事，却像被甩不开的藤蔓纠缠着，越刺激就越快地生长。

他们截然不同，其实又同病相怜，所以彼此之间更加契合。如果一定要定义这段关系，那就是——“所以咱俩是天造地设的一对。”

说得没头没脑，颠三倒四，爬不进乔颜心里的段明过，当然不知道她方才有过什么样的心路历程。

段明过说：“不管我在哪方面是失败的，起码你得承认我在床上是很成功的。”

乔颜脸上一热，说：“你这人，总是这么口无遮拦，你这样还让人怎么跟你说话呢？”

段明过无辜道：“就这么说话呗，说你想我。”

乔颜：“……”

乔颜酝酿半天，方才在段明过的催促里磨蹭道：“我……跟小朝天都特别想你。”

段明过强行圆场：“小朝天才那么点大，除了惦记喝奶，还能知道想我？骗我的吧？只有你这个大人会想我。”

乔颜也是一本正经地说：“不，小朝天虽然小，但其实很灵的。我每次拿你相片给他看，他都特别高兴，喝奶都要多喝点。所以我就把你的相片摆在他的小床前，再放上几盆水果，小朝天偶尔还给你插几支香。”

段明过咬着牙关：“乔颜，好几天没教训你，你是不是皮痒痒了？”

乔颜终于忍不住，倒在床上笑成一团，趴在旁边玩自己大拇指的小朝天也很高兴，一高兴就更加坐不住，跟着乔颜一起倒下来。

乔颜把小家伙揽进怀里，将话筒递到他嘴边说：“是爸爸，喊爸爸。”

小朝天果然天生聪慧过人，短短八个月就会开口说话：“噗……噗。”

段明过听得直翻白眼：“嗯，没变，还是我那蠢儿子。”

段明过又喊乔颜，说：“你知道我在哪儿吗？这座城市有一片特别绵软的沙滩，海水澄清蔚蓝，许多情侣会结伴来这儿度假。”

“所以呢？”

“以前我在这儿念书的时候，时不时就过来走一走。每次看到这片海，我就跟自己说，我爱慕的女孩就在海那边，有一天，如果有可能，我要带她来。”

乔颜听了心里暖暖的，说：“真看不出来，你还挺痴情的，你是要我现在过去吗？”

段明过一刮眉梢：“谁说你了。我是说坐在我旁边的那个蠢货班花。”

乔颜：“……”

伤了别人的心，段明过偏偏又用温柔的语气重新唤回她，说：“乔颜，下次，下次我一定专程带你来，跟你看看这片海。”

乔颜看着怀里一个劲冲她傻笑的小朝天，亲了亲他亮晶晶的眼睛，就像亲他那别别扭扭的老父亲一样，说：“好啊。”

“哎，段明过——”

“你干吗？”

“有一件事，我也一直没告诉过你。”

乔颜看着窗外重重叠叠的昏暗的天色，却像是看到一片蔚蓝的海一样。

“我也爱你。”她笑着说。

番外一

段老太太一句“段家的子孙不能住在外头”，尚在襁褓之中的段家第三子，就被接回段家安顿。

连月以来，闹得家无宁日的段太太彻底没了指望，只能抱着自己的两个儿子坐在花园里晒太阳，再一个电话一个电话打给相熟的朋友。

“他爸爸在外面养了一个小的，抱回来要我带，没日没夜哭得像病殃殃的小狗仔。我不知道做错了什么，生了两个儿子，还是抓不牢他的心。”

一回两回，众人同情，家里的电话被打爆，朋友轮番上阵抨击段先生在感情上有多不忠。三回四回，听者均渐渐生厌，开始躲着段太太冗长的诉苦。

段先生也由愧到烦，最初的怜惜熬过去，剩下的就只是百般挑剔。他明里暗里说太太装疯卖傻，心里再宽慰自己：现在几个人不找小的？

只要家里红旗不倒，段太太还是你做，儿子们还是你带；供你吃，供你喝，平日里哄得你连个碗都不用洗，还要求些什么？

段太太也知道自己不能多要求什么，先生管不住自己是由来已久的坏毛病，他那圈子里又全是这样道德沦丧的狐朋狗友。

爱情只剩下责任的躯壳，哪来什么忠贞和炽热！

她也怪不得那女人，她没勾引他，是他硬惹出的桃花债。事情一直捅到警察局，是她求了自己兄弟，花了百般工夫才压下的。

如此一想，又觉得不必再做祥林嫂，赶忙收起前一阵子的颓废和荒唐，还做她风风光光的段太太，怨气都出在新来的猴身上。

户口落在她名下，名字由她取。段家这一代排的是“明”字辈，你既然一出生就是个错误，那索性就叫你明过吧。

于是无名山头有了名，段家的第三个儿子，就叫段明过。

段明过从小就知道自己是一个异类。

段老太太要他学喊人，奶奶、爸爸和妈妈。奶奶有人应，爸爸勉强答，轮到妈妈那一边，则换来轻轻的一声哼。

出了老太太房间就要喊太太，太太不止一次跟他说：“我不是你妈，也生不出你这样的儿子，你要离我远一点。”

段明过于是在身份认同上出现了偏差，不明白什么是妈妈，什么是太太。

嘴坏的保姆们私底下会打趣他，说他是先生和狐狸精生出的小狐狸。他起初不明白，整天整天坐在镜子前面等尾巴露出来。

再大一点，他才知道那些不是好话，她们再取笑他的时候，他就手边有什么就抓什么打。事情闹到太太那，她年轻的面容敛起寒意，往他脸上狠狠扇一下。

偶尔，她的力气掌握得不太好，他的脸上就会留下痕迹。吃饭的时候老太太总盯着他看，那之后巴掌就往他身上招呼，再也不上脸了。

他七八岁的时候，方才知道自己还有一个妈，那是个亲妈，跟电视里的情节一模一样，滴出血来会聚拢到一起。

他于是偷偷溜出去看她。她身体很不好，又瘦，总是病殃殃的，像个纸片人。他跟她不熟，她见他也尴尬，两个人就只待在一起不说话。

小小的伎俩被太太发现了，夜里的时候，她递给他一支豁了头的钢笔，说什么时候在手臂上写出印子什么时候结束。

她支个小桌在旁边嗑瓜子，喝红茶，牙齿又白又小，像两排带尖的刺，话说得又快又清脆：吴慧是贱人。

吴慧就是他亲妈。在此之前他只知道别人喊她慧慧，头一次从旁人嘴里知道她姓什么，竟然是在这样的情况下。

他写一个字，就骂一声，写到皮开肉绽，血肉模糊。太太再凉凉地投过来一眼，咂摸着嘴，觉得还行。

他包着手臂跑去院子里哭，他大哥段明润骑着轰隆隆响的机车刚回来，连看也不看他一眼，进门就说要喝汽水。

他近来谈了个女朋友，胸小屁股大，脸上涂得比墙白。同时撺掇小几岁的段明泽也快点开窍，两人好一起讨论什么样的屁股最好看。

段明过哭了一会儿，擦干眼泪，跑去杂物间拿了枚钉子，戳进他哥的轮胎里。第二天早上，段明泽一脚踢进他的房间，把他暴揍了一顿。

段明过后来健康长大后，自己也很惊讶，从这样的家庭出来的不是疯子就是傻子，他能保持得这么帅，而且充满阳光，实在是上天给他的眷顾。

既然如此，那就更不能自我放纵，一定要好好利用加拼搏，等着哪天咸鱼翻身。

他原本想在羽毛球事业上寻突破，家里没人不同意，特别是太太，私底下鼓励他："你这小杂种就适合这种头脑简单的工作。"

可惜天不遂人愿，他脚受伤，只好在学业上另辟蹊径。如此一来，几乎遭到所有人的反对，他生气得一连在家里窝了几天。

古人说饭饱思淫欲，可没人说闲人也思淫欲。他特别想二哥近来看上的小女孩，偏偏她正好打电话向他求助。

他不是家里的继承人，不掌握家里的资源，自暴自弃地想，索性推波助澜一把，把她送给二哥。见到她后，又觉得她小小软软的，很像他见过的一只猫。

那是一只白色的猫，蓝色玻璃眼，脖子上挂着个铃铛，走起来叮叮当当响。他匀下自己的午饭给它吃，它就喵喵叫着蹭上他的腿。

等到他自己也不够吃，就收回最后一勺子。它忽然露出一脸凶相，冲他呼呼叫几声后，就往外跳，自此之后再也没出现过。

他疑心它化成了这女孩的模样，求他时无论内外都变得很柔软，求而不得时就变脸。可怎么也等不到她改变，直到他踏上飞机前往异国他乡，见到和那猫眼一样澄净的海。

他又开始想她。

前尘往事如梦过。段雨溪敲响他的门时，他从梦中惊醒，梦里的回忆也随之结束。而梦中最后的画面里，是黑黢黢的段家，阴凉的空气，还有无数双冷漠的眼。

只有一个人穿着蓬蓬的小纱裙，带着奶香，向他伸出短短的一只手，问：“你跪了好久了，要不要吃一颗糖？”

段明过转身去看她，问：“什么事？”段雨溪扎着头发说：“我想出去走一走。”

沙滩上，有许多晒太阳的人。他们赤着脚，一人前一人后。关于爱情的话题，他们聊过好几次，关于痛苦的话题也说过好几回。

段明过每次都说：“现在的苦闷只是暂时的，等阳光把你身上晒得黝黑，你就会开始学着慢慢遗忘一个人了。”

段明过已经梦醒，段雨溪还在梦的最深处。她说：“我是永远不可能忘记乔恒的，他是我第一个爱的人，也是唯一一个爱着的人。”

段明过说：“你才活了多久，唯一这种话最好不要瞎说，因为不久你就会发现，自己怎么连他的样子都不太记得了。”

段雨溪摇头：“你不会懂。”

段明过说：“我是不太懂。”

段雨溪说：“那次我过去，是真的很想再给他一个机会。如果他说我们在一起，我就是一无所有也会跟着他。可是他比你还绝情。”

段明过无缘无故就成了绝情的人，他为自己辩驳：“我才不绝情。”

“不，你是最坏的那个。爸爸妈妈说你是为了报复我们，才把正泰搞成现在的样子，二叔跟二婶差一点离婚，二叔还差一点进牢房。”

段明过说：“怎么都只是差一点？”

段雨溪白他一眼："是因为你良心发现。"

段明过说得似真似假："不，是因为怕他们跟你一样脆弱，遇到一点小事就要死要活，所以我放他们一马。顺便也告诉他们，你们能重回安稳，也是我段明过的功劳。我要你们过得糟糕很简单，要你们过得顺心也同样简单。"

段雨溪扁嘴："我不是脆弱。那也不是一点小事，我杀了人，那是一条生命。"

段明过莞尔，同样的话几月之前也出现在另一个女人的嘴里。姜佳妮跟他说，她无法善罢甘休，因为段明泽杀了人，那是一条生命。

段明过换了个姿势，将两手搁在桌上，倾身向前："那就是个胚胎，还不是人，而且不被承认，生下来能有什么意义？"

她很是震惊，随即又笑，说："段明泽跟我说过一样的话，男人果然都一样……是你告诉我，是他的人害得我流产，而要我放他一马的人又是你，为什么？"

段明过说："也许是年纪大了。"也许是忽然想起喊了他多年的哥哥，也许是不被承认的孩子，内心深处也有渴望被公平对待的那一天。

段明过此刻拍拍段雨溪的肩膀，重复道："那就是个胚胎，还不是人，而且不被承认，生下来能有什么意义？"

段雨溪搓了搓脸，说："不是每一对人都能像你和小婶婶那样。"

一提到他，段明过便温柔地笑起来，说："不，应该是，不是每一个人都能像我那样——"守候一只可能永远都不会回来的猫。

段明过回来的时候，乔颜同样没到机场来接，不过可以理解——十八线的妻子努力往三线去挤，他身为丈夫要给予她最大的理解。

他试图给她一个惊喜，拎着几箱送给她和儿子的礼物，悄悄摸摸地买票，悄悄摸摸地飞回，再悄悄摸摸地回家。

家里的小朝天永远是世界上最可爱的人，会用俊容、微笑和泪水，偶尔也有屎尿，等着他亲爱的爸爸回家。

一大一小两个人，拿着从资本主义世界舶来的洋玩具，玩了一下午带一晚上。最后段明过受不了了，将他送到保姆那里，自己吃饭、洗澡、等太太。

身上已经洗干净，内衣是新买来的，提前准备的片子是欧美的，万事俱备，只欠一个身材窈窕的女主人。

段明过等着，等着，再等着，最后差点把自己等睡了。他终于忍受不了给太太打电话，问："你在哪？还回不回家了！"

乔颜很温柔但很残酷地说："我出差了……你有事？"

段明过："……"

有事！

很大的事！

番外二

段明过曾经说过，唯一这种话最好不要瞎说，因为不久你就会发现，自己怎么连他的样子都不太记得了。

段雨溪初听的时候嗤之以鼻，虽然之前有过几次过家家似的爱情，但和乔恒的那次，她动心又动情，用了一百二十分的热情，所以刻骨铭心、永生难忘。

一年之后，她仍旧是同样的态度；两年之后，她一片痴心依旧不改；第三年的时候，她开始关注身边英俊的少年；第四年的时候，她尝试接触新的恋情。

都是万年不变的俗旧套路，先是在暧昧中互相试探，然后渐渐捅破薄薄一层窗户纸，再往后，第一次牵手，第一次拥抱，亲吻的时候连同毛孔都一并呼吸。

她喜欢外国人，最好有一头金色的头发、皮肤健康、身上有好闻的男士香水味；也喜欢面容憨厚、身材胖胖、总是拎着中餐外卖，等在她家门前的亚洲男孩。

她剪了短发，脱了裙子，跟一群朋友兜风度假，潜水冲浪玩得飞起，晒出一身健康的小麦色，腰肢更细，小腿紧绷而浑圆。

再一次想起乔恒的时候，是很多年后，头一回留人过夜的那晚。

年轻的男人动作又轻又缓，没有浓烈的酒臭味，没有焦躁的急于冒进，他给她留足了容纳的时间。过程漫长到她都开始微微发汗，用脚踝轻轻地蹭他。

整个过程，她都疯狂地投入，被抛上高峰，又快速坠落。以至于踏上平地，回归现实的那一瞬间，她因为巨大的落差而有些空虚。

她就是这个时候想起了乔恒。

回忆像一把被磨得钝钝的刀子，笔直地插进她的心里。刀子刺入的那刻，她以为会痛彻心扉，却陡然发现心更坚韧，居然不再流血。

她曾经深深爱过的人，曾经苦苦追求的人，因为心中所谓的爱情，让她放弃了一切自尊的人，她以为会对他恋恋不忘，却没想到，她居然就在那些日子里将他遗忘了。

就像段明过说的，她似乎、好像、真的连他的样子都不记得了。

她在隔天早上给段明过打电话，漫长的迂回，是为了问一个很愚蠢的问题："小婶婶她弟最近怎么样了？"

段明过带着一分警惕，问："你没事怎么提起他来了？"

段雨溪撒娇："就是随便问问嘛。怎么说当年也好过一场，知道他现在过得不好，我也就放心了。"

段明过很残忍地拆穿她："是你一厢情愿跟他好，他可没对你好过。"

段雨溪被气得发抖："段明过，你浑蛋啊！"

会做一手好菜的男朋友从厨房里颠颠地跑出来，问她发生了什么事："你刚刚的声音听了很让人害怕，我们那边乡下过年杀猪时，就能听到你这种叫声。"

段雨溪深感身边没有一个好人，全是彻头彻尾的大浑蛋，一脚踹在他肉乎乎的腰上："怎么不杀你呢，你比猪还胖呢。"

男朋友姓熊，身材也恰如其分。段雨溪时常觉得他就是个不见底的大软垫，怎么摸着都舒服。她一直管他叫大熊。

大熊跟她恋爱整三年，两人研究生在读的时候，段雨溪带他见家长——尽管诸多事实证明，段明过这位不称职的家长一直比大熊还幼稚。

乔颜新片口碑爆棚，拿到国际影后，段明过携夫人来这座城市领奖。但据他私下里说，其实是他花了一点小钱，捐了这个影后头衔。

两对人在颁奖晚宴后见了面。与五年前相比，段明过更加成熟内敛，穿着面料高级的定制西装、手工皮鞋；乔颜则更加明艳动人，一举一动都带着成熟女人的韵味。

大熊说他们是一对璧人，特别是小婶婶，怎一个美字可以形容！段雨溪在旁眼睛都快瞪瞎了，他仍旧不改神色："你也很美，但不一样。"

大人多数可恶，段雨溪最钟爱的，当然还是娇嗔可爱的小小朝天。接近六岁的小小人，应该算是最好玩的一段时间。

小朝天比小时候还好看，眼睛大而亮，鼻子直又挺，朝人撒起娇来能萌出血——段雨溪觉得，这世上没有任何人能够拒绝他的要求。

所以小朝天说要吃巧克力蛋糕的时候，她给了；说要喝花花绿绿的饮料时，她给了；说要亲亲旁边同样娇嗔可爱的小妹妹时——

段雨溪说："小朋友之间，拉拉手不好吗？"

小朝天不开心，背着小手去撩妹，问人家叫什么。对面的妹子很高冷地吃着手里的蛋糕，一言不发。又问她多少岁，妹子仍旧高冷地吃蛋糕，再喝一口饮料。

小朝天更不开心了，学他爸爸，捧起小可爱的脸猛一亲。高冷妹子抬起头，扬手就推了他一下，声音尖尖地喊妈妈。

她妈妈也好看，细长的眉眼，高挑的身材，一阵风地走过来，将处于风暴中的两个小朋友拽开来。闻声而来的乔颜慢一步，拍着那人肩膀说："明月？这么巧？"

助纣为虐的段雨溪拉着大熊跑开，两个人钻进乔颜的休息室里玩手机。

大熊说："为什么不能带我见见你父母，而是先见你叔叔婶婶？还是因为我长得太丑吧？"

段雨溪玩着消消乐，抽出空来瞄了他一眼，冷哼哼："知道就好，现在重新投胎还来得及。”

大熊也哼哼：“虽然我不帅，但我床上厉害啊！”

“……”段雨溪不解，这两者之间有什么关系吗？就见他摸过来，扯着她的热裤说：“要不要？要不要？现在就让你见识一下。”

段雨溪大骇，拉着裤底说：“你别这样啊！你疯了，外面全是人！”

大熊说：“外面的人都忙着互相吹嘘、追捧，谁有工夫管你在里面干什么。”

不过他到底收敛了，只是一边亲吻她，一边隔着衣服轻揉慢捻。

门上却传来咔哒一声，细碎的脚步走进来，门又落上锁。

两人都是一怔。

有人关了灯，随即便是窸窸窣窣的布料摩擦声，以及肢体间来回推搡的声音。段雨溪听他小婶婶说：“你能不能别时时刻刻都这样？”

段明过声音挺不耐烦地道：“以后别穿这么暴露的衣服，你看不见别人都盯着你？”

“是别人盯我，还是你？你把话说清楚行不行？喂，咱们好好说话，你撕我裙子干吗？”

在一片黑暗里，灯光透过玻璃窗折射到外面，影影绰绰的。段雨溪见段明过将乔颜抱起来，她白花花的腿锁在他的腰上：“喂，小朝天要来的！”

“不是让你那个朋友带一会儿吗？烦死他了，成天里里外外地跟着。”

“这是一个爸爸该说的话？而且，你确定一会儿就能好？”她捧着他的头，彼此间呼吸如牛喘，“上次谁说的还想要妹妹来着？”

“谁说的，反正不是我！”

大熊在一边偷偷笑，被段雨溪捂死了嘴，腹诽她这叔叔一把年纪了，没想到力气还不小。只是苦于如何脱身，难不成真要看一段无码大片？

忽地有人来敲门，小朝天声音糯糯地响起来：“爸爸……妈妈……”

门后两个人踉跄一下，段明过差点抱着乔颜摔倒。他小声骂一句，放她下来，拉好了礼服，这才闷闷地走出去，问：“你怎么来了？”

段雨溪这才放任大熊笑。他看着她无奈地道：“有点可惜，不然可以比比谁时间长啊！”

段雨溪一拳砸在他的胸上：“废什么话呢。”

两个人偷偷摸摸走出去。段雨溪内急去厕所，却又撞见少儿不宜的新一幕。有个陌生男人站在卫生间正中，拦着乔颜方才叫明月的那位朋友。

男人问：“行还是不行，你倒是给句痛快话，你逃什么？”

明月细长的眉眼轻轻一扫，便是无敌的漠然，说：“谈事也要看场所。这是女厕所，而且你这样，会吓坏我女儿的。”

男人不服气，问一边粉妆玉砌的小女孩：“我吓到你了吗？”

那女孩看起来比她妈妈还利落高冷，头往旁一偏，不屑地嗤道：“切。”

“……”男人牵住明月的手，“你看，她不怕。”

这世上哪来这么多痴男怨女和神仙眷侣？段雨溪一边感慨一边退出去。她拉着大熊往外走的时候，没想到这样的奇遇，竟还不是终点。

在宴会厅靠外的地方，她看到一抹熟悉的身影。原本只是一晃而过，她猜想大抵是自己眼花。直到他又出现了，她这才确定真是那个被她遗忘在角落里的人。

他模样变化不大，仍旧清俊，一头短发剃得非常利落。他正用很熟练的英文向一旁的侍者询问什么，后者很有礼貌地答话。

段雨溪猜想，他应该是借着这样的场合来见乔颜的。

段明过上次跟她说，乔恒复读一年后如愿考上了国内一等一的院校，每年都有奖学金，被公派留学，走得顺风顺水。

只是他和乔颜的关系回不到以前了。这两年，随着他越来越成熟，姐弟之间开始恢复来往，但乔颜也没有像最初时那样，对他掏心窝子。

至于感情生活，段明过懒得去管，自然也就无从八卦。

至于白静，后来跟了段明过身边的黄总一段时间。

大熊牵着她的手，问她要不要现在回去。

段雨溪回过神来，屈起手指往他厚实绵软的掌心扣了一扣，说：“走呗。”

大熊向着她方才视线所及的位置看过去，问：“在看什么哦？”

段雨溪带着淡淡的笑容说：“没什么啦，那边有个人好像一条狗哦。”